MORT BLANCHE

DU MÊME AUTEUR

RENFLOUEZ LE TITANIC, J'ai lu, 1979.
VIXEN 03, Laffont, 1980.
L'INCROYABLE SECRET, Grasset, 1983.
PANIQUE À LA MAISON BLANCHE, Grasset, 1985.
CYCLOPE, Grasset, 1987.
TRÉSOR, Grasset, 1989.
DRAGON, Grasset, 1991.
SAHARA, Grasset, 1992.
L'OR DES INCAS, coll. « Grand Format », Grasset, 1995.
ONDE DE CHOC, coll. « Grand Format », Grasset, 1997.
RAZ DE MARÉE, coll. « Grand Format », Grasset, 1999.
ATLANTIDE, coll. « Grand Format », Grasset, 2001.
WALHALLA, coll. « Grand Format », Grasset, 2003.
ODYSSÉE, coll. « Grand Format », Grasset, 2004.

En collaboration avec Craig Dirgo :

CHASSEURS D'ÉPAVES, Grasset, 1996.
BOUDDHA, coll. « Grand Format », Grasset, 2005.

En collaboration avec Paul Kemprecos :

SERPENT, coll. « Grand Format », Grasset, 2000.
L'OR BLEU, coll. « Grand Format », Grasset, 2002.
GLACE DE FEU, coll. « Grand Format », Grasset, 2005.

CLIVE CUSSLER

avec Paul Kemprecos

MORT BLANCHE

roman

Traduit de l'américain
par
JEAN ROSENTHAL

BERNARD GRASSET
PARIS

L'édition originale de cet ouvrage a été publiée par G.P. Putnam's Sons, avec l'accord de Peter Lampack Agency, Inc, en 2003, sous le titre :

WHITE DEATH

PROLOGUE I

A l'ouest des îles Britanniques, 1515

Diego Aguirrez s'éveilla d'un sommeil agité, avec l'impression qu'un rat venait de lui traverser le visage. Son large front était baigné d'une sueur froide, son cœur battait à tout rompre et une terreur confuse rongeait ses entrailles. Les ronflements étouffés de l'équipage endormi, le clapotis des vagues contre la coque de bois, tout semblait normal. Pourtant il n'arrivait pas à chasser un sentiment de malaise : une menace invisible rôdait dans l'ombre.

Aguirrez quitta son hamac, drapa autour de ses épaules musclées une grosse couverture de laine et grimpa sur le pont noyé dans le brouillard. Sous la lueur voilée de la lune, la robuste caravelle scintillait comme si elle était faite de toiles d'araignée. Aguirrez s'approcha d'une forme pelotonnée près de la lueur jaunâtre d'une lampe à huile.

— Bonsoir capitaine.

Aguirrez constata avec satisfaction que l'homme de quart se tenait sur ses gardes.

— Bonsoir, répondit-il. Tout va bien ?

— Oui, monsieur. Mais toujours pas de vent.

Aguirrez jeta un coup d'œil à l'enchevêtrement fantomatique des mâts et de la voilure.

— Il va se lever, je le sens.

— Bien, capitaine, fit l'homme en étouffant un bâillement.

— Descendez dormir un peu. Je vous relève.

— Ça n'est pas encore l'heure. Encore un tour de sablier pour finir mon quart.

Le capitaine prit le sablier posé à côté de la lampe et le retourna.

— Voilà, trancha-t-il. Maintenant, c'est l'heure.

L'homme marmonna des remerciements et se dirigea d'un pas traînant vers le poste d'équipage tandis que le capitaine se rencognait sur le château de poupe. Il tourna son regard vers le sud et scruta la brume qui montait d'une mer aussi plate qu'un miroir. Le soleil levant le trouva au même endroit, ses yeux sombres fatigués et rougis par le manque de sommeil, sa couverture alourdie par l'humidité. Mais il ne se souciait guère de cet inconfort et arpentait le pont comme un tigre en cage.

Le capitaine était originaire du Pays basque (qui fournissait les meilleurs marins du monde) et il ne fallait pas prendre à la légère ses intuitions affûtées par des années de mer. Des hommes de la trempe d'Aguirrez entreprenaient sans problème des voyages dans des régions considérées par d'autres, plus timorés, comme le royaume des serpents de mer et des tourbillons géants. A l'instar de la plupart de ses compatriotes, il avait des sourcils broussailleux, de grandes oreilles, un long nez droit et un menton en galoche. Plus tard, des savants avanceraient que les Basques, avec leur visage aux traits marqués, descendaient en ligne directe de l'homme de Cro-Magnon.

L'équipage émergea, bâillant et s'étirant dans la lumière grise qui précède l'aube et se mit au travail. Le capitaine refusa de se faire relever et, vers le milieu de la matinée, son obstination fut enfin récompensée : ses yeux injectés de sang distinguèrent à travers l'épais rideau de brume l'éclat d'une lumière chatoyante, qui ne dura qu'un instant mais emplit aussitôt Aguirrez d'un étrange mélange de soulagement et d'appréhension.

Son pouls s'accéléra; Aguirrez saisit la lunette attachée par un cordon autour de son cou, en déploya rapidement les diverses sections et se mit à observer l'horizon. Il ne distingua tout d'abord qu'un cercle d'un gris monotone à l'endroit où le banc de brume se confondait avec la mer ; il s'essuya les yeux avec sa manche, cligna pour y voir plus clair et reprit la longue-vue. Toujours rien. Un effet de lumière, se dit-il.

Soudain quelque chose bougea dans l'objectif : une proue effilée, tel le bec d'un rapace, émergea du brouillard. Puis il aperçut le vaisseau dans toute sa longueur. Une coque noire fila en avant, glissa lentement quelques secondes et s'élança à nouveau. Deux autres vaisseaux suivaient à peu de distance, à la manière de gigantesques insectes. Aguirrez jura sous cape.

Des galères de guerre.

La lumière du soleil se reflétait sur les rames luisantes qui plongeaient en cadence dans la mer. A chaque coup, les bateaux comblaient rapidement la distance qui les séparait du voilier.

Le capitaine examina calmement les galères, de l'étrave à la poupe, évaluant de son regard de constructeur qualifié les lignes pures et fonctionnelles de ces véritables lévriers des mers, capables de brèves pointes de vitesse, et qui sortaient des chantiers vénitiens à destination de nombreux pays d'Europe.

Elles étaient propulsées par cent cinquante rames réparties sur trois niveaux de vingt-cinq rangs sur chaque bord. Une silhouette basse et profilée leur donnait un aérodynamisme très en avance sur son époque ; la poupe s'incurvait gracieusement pour accueillir la cabine du capitaine et la proue demeurait allongée même si elle ne faisait plus office de bélier comme jadis ; l'avant avait été transformé en plate-forme d'artillerie.

Une petite voile latine flottait à l'unique mât qui se dressait à l'arrière, mais c'était l'énergie musculaire des hommes qui imprimait à la galère sa rapidité et sa manœuvrabilité. Le système pénal espagnol fournissait régulièrement des contingents de rameurs condamnés à mourir en souquant ferme sur les lourds avirons de dix mètres. De la *corsia*, l'étroite passerelle qui courait à l'avant et à l'arrière, des hommes sans pitié aiguillonnaient les galériens à grand renfort de menaces et de coups de fouet.

Aguirrez connaissait la formidable puissance de feu à laquelle son navire se trouvait confronté : ces galères de combat, presque deux fois plus longues que sa caravelle pansue, disposaient généralement de cinquante arquebuses à canon lisse à un coup qui se chargeaient par la gueule ; la plus grosse pièce, un mortier de fonte tirant quasiment à la verticale – la bombarde –, était montée sur la plate-forme d'artillerie à l'avant ; sa position sur le bord droit datait de l'époque où la stratégie navale consistait essentiellement à éperonner l'ennemi de front.

Si la galère ramenait au robuste navire grec qui avait transporté Ulysse du royaume de Circé jusque chez les Cyclopes, la caravelle préfigurait, elle, le vaisseau de l'avenir ; rapide et manœuvrable pour son époque, elle pouvait naviguer sur n'importe quelle mer. On y trouvait un gréement méditerranéen sur une coque résistante avec des madriers encastrés et un gouvernail monté sur charnières. Les voiles latines, d'un maniement aisé, étaient un héritage du dhow arabe et donnaient, quand on serrait les vents, une incontestable supériorité sur tous les autres vaisseaux de l'époque.

Hélas, les voiles d'Aguirrez, tellement efficaces d'ordinaire, pendaient mollement le long des deux mâts jumeaux ; sans brise pour les gonfler, elles n'étaient plus que d'inutiles bouts de toile. Encalminée, la caravelle restait collée à la surface de la mer comme un navire dans une bouteille.

Jetant un coup d'œil à la voilure inerte, Aguirrez maudit les éléments qui conspiraient contre lui et se reprocha son arrogance qui avait dédaigné son instinct, lequel lui conseillait de naviguer au large ; leur franc-bord étant assez bas, les galères auraient eu du mal à suivre la caravelle en haute mer. Mais il s'était obstiné à serrer la côte qui constituait une route plus directe. Avec des vents favorables, son navire l'emportait sur n'importe quel vaisseau. Il n'avait à aucun moment envisagé ce calme plat, ni imaginé que les galères le trouveraient si facilement.

Il écarta reproches et questions – il serait temps d'y penser plus tard – et, rejetant sa couverture d'un geste de matador, il commença à hurler des ordres. La voix retentissante du capitaine précipita les retardataires sur le pont qui, en quelques secondes, ressembla à une fourmilière dans laquelle on venait de donner un coup de pied.

— Les canots à la mer ! ordonna Aguirrez en désignant les

navires de guerre qui approchaient. Remuez-vous les gars, sinon les bourreaux vont avoir fort à faire!

Inutile de le leur dire deux fois : ils savaient tous que, s'ils étaient faits prisonniers, c'était la torture et le bûcher qui les attendaient. Aussi les trois chaloupes de la caravelle furent-elles rapidement mises à l'eau avec les matelots les plus robustes. Les cordes attachées au navire se tendirent à se rompre, mais la caravelle refusa obstinément de bouger. Aguirrez, déchaîné, criait à ses hommes de souquer plus ferme; il en appelait à leur virilité en proférant tous les jurons qui lui venaient à l'esprit.

— En avant toute! hurlait-il, ses yeux noirs flamboyant. Vous ne ramez pas mieux qu'une bande de putains espagnoles!

Sous le choc des avirons, l'eau calme bouillonnait d'écume. Enfin le vaisseau frémit, grinça et s'ébroua. Sans cesser d'encourager l'équipage de sa voix tonnante, Aguirrez se précipita à la poupe et colla son œil à sa longue-vue : à l'étrave de la galère de tête, un homme grand et maigre le regardait à la lunette.

— El Brasero, lâcha Aguirrez avec un mépris non déguisé.

*

* *

De son côté, Ignatius Martinez avait repéré Aguirrez; ses épaisses lèvres sensuelles se retroussèrent dans un ricanement triomphant. Dans un visage buriné, des yeux jaunes au regard impitoyable brûlaient d'un éclat fanatique. Son long nez d'aristocrate humait l'air comme s'il venait de flairer une mauvaise odeur.

— Capitaine Blackthorne, murmura-t-il à l'homme à la barbe rousse debout près de lui, faites passer le mot aux rameurs : si nous rattrapons notre proie, ils seront libres.

Haussant les épaules, le capitaine transmit l'ordre, sachant pertinemment que Martinez ne tiendrait pas sa promesse et qu'il s'agissait simplement d'une cruelle supercherie.

El Brasero : c'était son empressement à faire griller les hérétiques sur l'auto da fé – ainsi appelait-on les exécutions publiques

– qui avait valu son sobriquet à Martinez ; il rôdait souvent au pied des bûchers, cherchant par tous les moyens, corruption comprise, à allumer les premiers fagots. Bien que procureur public et conseiller de l'Inquisition, il avait réussi à persuader ses supérieurs de le nommer inquisiteur chargé de poursuivre les Basques – charge extrêmement rentable puisque l'Inquisition s'empressait de confisquer les biens des accusés, lesquelles richesses finançaient ses prisons, police secrète, chambres de torture, armée et bureaucratie ; elles faisaient aussi la fortune des inquisiteurs.

Les Basques avaient hissé l'art de la navigation et de la construction navale à des niveaux remarquables. Aguirrez s'était rendu des douzaines de fois sur les lieux de pêche secrets de la mer Occidentale pour des campagnes de chasse à la baleine ou de pêche à la morue. Grâce à leur sens du capitalisme, de nombreux Basques, tel Aguirrez, s'étaient enrichis en vendant les produits qu'on tirait de la baleine et de la morue. Son chantier naval de Bilbao débordait d'activité et produisait des bateaux de tous les types et de toutes les tailles. Il n'ignorait pas l'Inquisition et ses excès, mais il était trop occupé à gérer ses diverses entreprises et à profiter – bien que rarement – de la compagnie de sa belle épouse et de leurs deux enfants pour y penser souvent. Mais, lors d'un de ses voyages, il s'était soudain rendu compte que Martinez et l'Inquisition représentaient des forces malveillantes qu'on ne pouvait méconnaître.

Des gens en colère attendaient les bateaux chargés de poissons qui approchaient des quais pour décharger leurs prises ; ils criaient pour attirer l'attention d'Aguirrez et implorer son aide : l'Inquisition avait arrêté des femmes de la région en les accusant de sorcellerie. Sa propre épouse figurait parmi les prisonnières. Elles avaient été jugées et déclarées coupables ; on était en train de les conduire vers le bûcher.

Aguirrez apaisa la foule et se rendit tout droit à la capitale de la province. Son influence ne lui fut d'aucune utilité : on refusa d'entendre sa requête et de libérer les prisonnières. Les fonctionnaires répondirent qu'ils ne pouvaient rien faire : il s'agissait d'une affaire ecclésiastique qui échappait à la juridiction des autorités civiles. Certains murmurèrent qu'ils risquaient leurs biens, et même leur vie, en s'opposant aux ordres du Saint Office. « El Brasero », chuchotaient-ils, affolés.

Aguirrez avait alors décidé d'agir et, avec une centaine de ses hommes, avait attaqué le convoi sur le chemin du bûcher ; les femmes avaient été libérées sans que soit tiré un coup de feu. Tout en serrant sa femme dans ses bras, Aguirrez avait compris qu'El Brasero avait tout manigancé dans le but de s'emparer des biens du Basque.

Aguirrez se doutait qu'une raison encore plus forte avait attiré l'attention de l'Inquisition. L'année précédente, le conseil des Anciens lui avait confié la garde des reliques les plus sacrées du Pays basque, celles qui, un jour, serviraient à rallier les Basques dans leur lutte pour l'indépendance. Pour l'instant, elles étaient enfermées dans un coffre de la somptueuse demeure d'Aguirrez. Martinez aurait eu vent de l'affaire, il y avait tant d'espions dans la région ; or, il devait savoir combien les reliques sacrées pouvaient enflammer le fanatisme, tout comme le Saint Graal déclencher les croisades. Martinez n'avait pas réagi en apprenant la libération des femmes. Mais Aguirrez n'était pas stupide, il savait que Martinez ne frapperait que quand il aurait rassemblé toutes les preuves de sa culpabilité. Aguirrez mit à profit ce répit pour se préparer. Il envoya sa caravelle la plus rapide en cale sèche à San Sebastián, comme pour y subir des réparations. Il distribua de fortes sommes d'argent pour enrôler des espions jusque dans l'entourage du procureur et il fit savoir qu'il se montrerait généreux envers celui qui le préviendrait de l'imminence de son arrestation ; il reprit alors ses occupations et attendit sans trop s'éloigner de sa résidence où il vivait entouré de gardes, tous endurcis au combat.

Plusieurs mois s'écoulèrent sans histoire. Puis un soir, un de ses espions, un homme qui travaillait au bureau même de l'Inquisition, arriva au galop devant sa villa et frappa à la porte. Martinez, à la tête d'un groupe de soldats, était en route pour l'arrêter. Aguirrez paya l'espion et mit à exécution le plan qu'il avait conçu. Il fit ses adieux à sa femme et à ses enfants en leur promettant de les retrouver au Portugal. Sa famille s'échappa dans une charrette avec le plus clair de leur fortune pendant qu'on envoyait en guise de leurre une autre voiture pour attirer Martinez sur une fausse piste. Quant à Aguirrez, il gagna la côte, accompagné de son escorte bien armée ; profitant de l'obscurité, la caravelle quitta la cale où elle attendait, hissa ses voiles et mit cap au nord.

Le lendemain, quand le soleil se leva, une flotte de galères de combat émergea des brumes de l'aube pour tenter de couper la route à la caravelle. En manœuvrant habilement, Aguirrez avait échappé à ses poursuivants et une brise soutenue l'avait poussé vers le nord, le long des côtes françaises. Il mit le cap sur le Danemark où il virerait à l'ouest vers le Groenland, l'Islande et la Grande Terre au-delà. Hélas, le vent avait molli au large des îles Britanniques. Aguirrez et ses hommes se trouvaient encalminés...

Maintenant, les trois galères s'approchaient pour l'assaut final. Aguirrez était bien décidé s'il le fallait à se battre jusqu'à la mort. Il ordonna aux servants du canon de se préparer au combat. En armant la caravelle, il avait sacrifié l'artillerie à la vitesse, la puissance de feu à la manœuvre habile.

Il disposait d'une arquebuse classique, une arme à mèche encombrante qui se chargeait par la gueule et qui était fixée sur un pied portable : elle exigeait deux hommes, un pour la charger et un pour faire feu. Les canonniers de la caravelle étaient armés de versions plus petites et plus légères dont le maniement ne nécessitait qu'un seul homme. Son équipage était composé d'excellents tireurs capables de faire mouche presque à chaque coup. Pour l'artillerie lourde, Aguirrez avait choisi deux canons de bronze posés sur un affût monté sur roues ; leurs servants, parfaitement exercés, pouvaient charger, viser et tirer avec une précision d'horlogerie inconnue sur la plupart des navires.

Les rameurs étaient visiblement fatigués et le vaisseau évoquait une mouche rampant sur un flot de mélasse. Les galères se trouvaient presque à portée de tir : ses hommes représentaient des cibles faciles ; il décida pourtant de les laisser aux avirons. Tant que la caravelle se déplaçait, Aguirrez gardait un certain contrôle de la situation ; aussi pressa-t-il ses matelots de continuer à souquer. Il se dirigeait vers les servants du canon quand ses sens affinés décelèrent un changement de température annonçant généralement qu'une brise se levait. La voile latine, plus petite, se mit à battre comme l'aile d'un oiseau blessé. Puis elle retomba mollement.

Le capitaine scrutait la surface de la mer, à l'affût des rides qui annonceraient un souffle de vent, lorsque lui parvint le grondement bien reconnaissable d'une bombarde. Le mortier à large gueule était monté sur un attelage fixe qui ne permettait de régler ni l'orientation ni la hausse. Le boulet s'enfonça dans la mer à une centaine de mètres de la poupe de la caravelle. Aguirrez savait qu'il était pratiquement impossible de toucher au but avec une bombarde, même sur une cible se déplaçant aussi lentement que son vaisseau.

Les trois galères avançaient de front ; soudain, dans le nuage de fumée dérivant au-dessus de l'eau, celles qui flanquaient le navire de tête piquèrent de l'avant pour se placer derrière la caravelle. La manœuvre était une feinte : elles virèrent sur la gauche puis se mirent l'une derrière l'autre. Le plus gros de leur armement se trouvant sur leur bord avant droit, elles pouvaient, en dépassant la caravelle, arroser le pont et les gréements avec des pièces de petits et de moyens calibres. En prévision de l'attaque, Aguirrez avait placé les deux canons à bâbord et en avait dissimulé la gueule derrière un tissu noir. L'ennemi supposerait que la caravelle elle aussi était armée d'une bombarde inefficace et que ses flancs étaient pratiquement sans protection.

Le capitaine scruta à la lunette la plate-forme où se trouvait la bombarde et poussa un juron en reconnaissant un de ses anciens hommes d'équipage qui, ayant participé avec lui à de nombreuses campagnes de pêche, connaissait la route que suivait Aguirrez pour gagner la mer Occidentale. Selon toute probabilité l'Inquisition avait menacé sa famille.

Aguirrez vérifia la hausse de chaque canon. Il ôta le tissu noir et visa par les sabords un cercle imaginaire sur la mer. N'ayant rencontré aucune opposition, la première galère se rapprocha de la caravelle ; Aguirrez donna alors l'ordre de faire feu. Les deux canons se mirent à tonner : un coup, trop court, écorna la proue, mais le second boulet s'écrasa sur la plate-forme de la bombarde. La proue vola en éclats dans un jaillissement de feu et de fumée. L'eau s'engouffra dans la coque fracassée, poussée par l'élan du navire et, en quelques instants, la galère s'enfonça sous la surface et coula. Aguirrez éprouva de la pitié pour les rameurs qui, enchaînés à leurs avirons, étaient incapables de s'échapper ; au moins ils connaîtraient une mort rapide et non des semaines et des mois de souffrances.

La seconde galère changea brusquement de cap pour s'éloigner de la caravelle et rejoindre Martinez, resté prudemment en arrière. Aguirrez pressentait que les galères allaient se séparer pour se placer de chaque côté de la caravelle en prenant soin de rester hors de portée de ses canons et revenir en arrière pour attaquer les rameurs tellement vulnérables. Effectivement, comme si Martinez lisait dans ses pensées, les galères s'éloignèrent l'une de l'autre et amorcèrent un long virage en tournant autour de la caravelle comme des hyènes méfiantes.

Puis quelque chose claqua au-dessus de la tête d'Aguirrez : la grand-voile s'agitait mollement. Il retint sa respiration craignant qu'il ne s'agît encore une fois que d'une simple bouffée de vent, crainte infondée, car un nouveau claquement se fit entendre : la voile se gonfla et les mâts se mirent à grincer. Il se précipita vers l'avant pour crier à l'équipage de ramener les rameurs à bord.

Trop tard.

Les galères avaient brusquement piqué sur la caravelle. Celle de droite vira de bord pour se présenter dans sa longueur, permettant ainsi à ses tireurs de concentrer le feu de leurs arquebuses sur la chaloupe sans défense : les malheureux furent balayés.

Enhardie, la seconde galère tenta de répéter la manœuvre à bâbord. Mais sur la caravelle on s'était ressaisi, choisissant de viser la plate-forme où Aguirrez avait aperçu Martinez en dernier lieu. El Brasero se serait certainement caché derrière l'épaisse plaque de bois, mais il comprendrait le message.

La salve frappa son but comme un poing de plomb ; les hommes tiraient une volée puis, sans perdre un instant, attrapaient l'arme qu'un matelot venait de recharger. La fusillade incessante faisait des ravages. Incapable de supporter cette grêle de plomb, la galère vira de bord, sa coque partie en éclats et ses avirons fracassés.

L'équipage de la caravelle se précipita pour haler les chaloupes. Le premier canot ruisselait de sang et la moitié des rameurs étaient morts. Aguirrez lança des ordres à ses artilleurs, se précipita sur la barre et saisit la roue du gouvernail. Les servants poussaient les canons dans les sabords de la proue tandis que d'autres ajustaient le gréement pour profiter au maximum de la brise qui fraîchissait.

La caravelle prenait de la vitesse, laissant derrière elle un sillage de plus en plus marqué ; le capitaine barra alors vers la galère qu'avait balayée le feu de ses tireurs. L'ennemi tenta de l'esquiver, mais il avait perdu bien des rameurs et n'avançait plus que par à-coups. Quand Aguirrez se trouva à moins de cinquante mètres, la galère ouvrit le feu sur la caravelle, mais sans grand résultat.

Le canon tonna et les boulets frappèrent de plein fouet la cabine du commandant, la faisant voler en éclats. Puis le canon, braqué cette fois sur la ligne de flottaison, ouvrit d'énormes brèches dans la coque de la galère ; chargée d'hommes et de matériel, elle s'enfonça dans les flots ; il ne resta bientôt plus que quelques malheureux nageurs.

Le capitaine s'intéressa alors à la troisième galère.

Voyant sa chance tourner, Martinez avait pris la fuite. Sa galère filait vers le sud comme un lièvre affolé. Aguirrez la prit en chasse, se délectant déjà à l'idée d'arroser de feu El Brasero.

Hélas, il n'y réussirait pas. La brise, même si elle fraîchissait, restait douce, ne permettant pas à la caravelle de rivaliser de vitesse avec une galère en fuite dont les rameurs souquaient pour sauver leur peau ; elle ne fut bientôt plus qu'un point sombre sur l'océan.

Aguirrez aurait bien poursuivi Martinez jusqu'à l'autre bout de la terre, mais des voiles se profilant à l'horizon l'en dissuadèrent : il pouvait s'agir de renforts ennemis – l'Inquisition avait le bras long. Il se rappela la promesse qu'il avait faite à sa femme et à ses enfants ainsi que sa responsabilité envers le peuple basque. A regret, il vira donc de bord et mit le cap sur le Danemark. Aguirrez ne se faisait aucune illusion sur son ennemi : certes Martinez était un lâche, mais il était également patient et obstiné.

Aucun doute, ils se retrouveraient.

PROLOGUE II

Allemagne 1935

PEU après minuit tous les chiens de l'estuaire entre Hambourg et la mer du Nord se mirent à aboyer. Terrifiés, ils fixaient le ciel noir et sans lune, la langue pendante et les flancs tremblants. Leur ouïe fine avait capté un son que les oreilles humaines n'arrivaient pas à percevoir : le faible vrombissement des moteurs de la gigantesque torpille argentée qui filait bien au-dessus de leur tête, derrière l'épaisse couche de nuages.

Dans leur carter caréné, quatre moteurs Maybach de douze cylindres, deux de chaque côté, pointaient du fond du dirigeable long de 240 mètres. Des lumières brillaient derrière les énormes hublots de l'étroite nacelle de contrôle, près de l'avant du fuselage ; elle disposait d'un poste de pilotage identique à celui d'un navire, avec un compas et des roues à rayons manœuvrant les commandes de l'empennage et des gouvernails de profondeur.

Debout à côté du barreur, bien calé sur ses pieds, les bras croisés derrière le dos, se tenait, haute silhouette droite comme un piquet, le capitaine Heinrich Braun ; vêtu d'un uniforme bleu marine impeccable et coiffé d'une casquette à visière, il portait sous sa vareuse, les radiateurs n'ayant pas empêché le froid de s'infiltrer dans la cabine, un épais chandail à col roulé. Le profil hautain de Braun, comme ciselé dans le granit, sa raideur, ses cheveux argentés taillés en brosse et son menton impérieux qu'il relevait légèrement dénotaient un long passé de commandement dans la marine prussienne.

Il vérifia le cap sur le compas, puis se tourna vers un quinquagénaire corpulent que sa moustache broussailleuse et retroussée faisait ressembler à un morse jovial.

— Eh bien, Herr Lutz, nous avons parcouru avec succès la première étape de notre voyage historique. (Braun s'exprimait avec une élégance quelque peu anachronique.) Nous maintenons notre objectif de cent vingt kilomètres à l'heure. Même avec un léger vent debout, la consommation de carburant est exactement conforme à vos calculs. Mes compliments, Herr Professor.

Malgré son allure de serveur dans une brasserie munichoise, Herman Lutz était l'un des ingénieurs aéronautiques les plus brillants d'Europe. Une fois retraité, Braun avait, dans un livre, évoqué la possibilité d'une desserte de l'Amérique du Nord par le pôle en dirigeable. Lors d'une conférence pour la promotion de son ouvrage, il avait fait la connaissance de Lutz qui, de son côté, essayait de trouver le financement d'une expédition polaire en dirigeable. Leur foi en ces engins – ils les pensaient capables d'activer la coopération internationale – rapprocha les deux hommes.

Une lueur d'excitation brillait dans les yeux bleus de Lutz.

— C'est vous qu'il faut féliciter, capitaine Braun. Ensemble nous progressons pour la plus grande gloire d'une paix mondiale.

— Je suis sûr, ricana Gerhardt Heinz, que vous voulez dire pour la plus grande gloire de l'Allemagne. (L'homme, petit et frêle, était planté derrière eux, assez près pour ne pas perdre un mot de leur conversation, et allumait une cigarette d'un geste théâtral.)

— Herr Heinz, lança sèchement Braun, avez-vous oublié les centaines de litres d'hydrogène extrêmement inflammables stockés au-dessus de nos têtes ? Fumer n'est autorisé que dans la partie du poste d'équipage réservée à cet effet.

Heinz marmonna mais obtempéra. Il éteignit sa cigarette. Pour tenter de reprendre l'avantage, il se redressa comme un coq sur ses ergots. Heinz avait le crâne rasé et arborait un lorgnon pour corriger sa myopie. Sa tête d'une pâleur remarquable était juchée sur des épaules étroites. Sans doute cherchait-il à prendre une posture intimidante : elle n'en était que plus grotesque.

Lutz trouvait qu'avec son manteau de cuir noir trop ajusté, Heinz ressemblait à un asticot émergeant de sa larve, mais il se garda bien d'exprimer sa pensée. La présence de Heinz à bord était le prix que Braun et lui avaient dû payer pour obtenir de faire voler le dirigeable. Ainsi que le nom qu'on lui avait donné : *Nietzsche*, en souvenir du philosophe allemand. L'Allemagne s'efforçait de se libérer du joug financier et psychologique imposé par le traité de Versailles. Quand Lutz avait avancé l'idée d'un voyage en dirigeable jusqu'au pôle Nord, les contributions avaient afflué, mais l'affaire en était restée au stade de projet.

Des industriels avaient alors discrètement contacté Lutz, lui proposant – avec l'appui des militaires – le financement d'un dirigeable pour effectuer un voyage secret au pôle Nord. Si la mission réussissait, on la révélerait au public et les Allemands se trouveraient devant la preuve de la supériorité de leur nation en matière de technologie aéronautique. En cas d'échec, on garderait le secret. Rien ne perça de la construction du dirigeable – Lutz s'inspira de l'énorme Graf Zeppelin. En contrepartie, il dut accepter d'emmener Heinz qui représenterait les intérêts des industriels.

— Capitaine, lui demanda Lutz, voudriez-vous nous donner quelques renseignements sur notre progression?

Braun s'approcha de la table des cartes.

— Voici notre position. Nous suivrons ensuite la route empruntée par *le Norge* et par *l'Italia* jusqu'à l'archipel du Spitsberg. De là nous foncerons vers le pôle. J'estime que cette dernière étape devrait nous prendre une quinzaine d'heures, selon la météo.

— J'espère que nous aurons plus de chance que les Italiens, lança Heinz, rappelant inopportunément les tentatives précédentes.

En 1926, l'explorateur norvégien Amundsen et un ingénieur italien, Umberto Nobile, avaient réussi à atteindre puis à contourner le pôle à bord d'un dirigeable italien baptisé *le Norge*. La seconde expédition de Nobile devait se poser au pôle ; hélas, son aéronef jumeau, *l'Italia*, s'était écrasé à l'atterrissage. Amundsen avait disparu au cours d'une expédition de sauvetage, mais on avait fini par récupérer Nobile et une partie de ses hommes.

— Ce n'est pas une question de chance, riposta Lutz. Ce dirigeable a été construit en tenant compte des erreurs des précédents et de l'objet précis de cette mission. Il est plus robuste et plus facile à manœuvrer par gros temps ; ses systèmes de communication ont été doublés et le Blaugas nous dispensera d'évacuer de l'hydrogène comme ballast. Toutes nos commandes sont munies d'un dispositif de dégivrage et nos machines sont conçues pour fonctionner par les températures glaciales qui règnent dans l'Arctique. C'est le dirigeable le plus rapide jamais construit. En outre, nous disposons sur place d'avions et de navires prêts à réagir immédiatement au moindre problème, sans oublier notre incomparable appareillage de prévisions météorologiques.

— J'ai la plus entière confiance en vous et dans l'aéronef, déclara Heinz avec un sourire onctueux, son tempérament de lèche-bottes reprenant le dessus.

— Je propose que nous allions tous prendre quelque repos avant d'arriver au Spitsberg. Nous y referons le plein de carburant et nous poursuivrons notre route jusqu'au pôle.

Le trajet jusqu'au Spitsberg se passa sans histoire. Contactée par radio, l'équipe de ravitaillement en vivres et en carburant se tenait prête et, quelques heures plus tard l'aéronef, cap au nord, survolait l'archipel François-Joseph.

Des fragments de glace flottaient au-dessous de l'engin sur la mer d'un gris terne ; ils constituaient de grands îlots irréguliers qui, à leur tour, se rassemblaient en formant des icebergs que fendaient çà et là des veines noires d'eau libre. Puis, à l'approche du pôle, ce fut la banquise. Vue de trois cents mètres d'altitude, sa surface d'un blanc bleuté paraissait plate ; de pénibles expériences avaient cependant enseigné aux explorateurs qu'elle était sillonnée de crêtes et de monticules.

— Bonne nouvelle, annonça Braun avec entrain. Nous sommes à 85° nord. Nous ne tarderons pas à arriver au pôle. Les conditions météorologiques sont idéales : pas de vent, un ciel dégagé.

L'impatience montait et tous, y compris ceux qui n'étaient pas de quart, s'entassèrent dans la salle de contrôle derrière l'énorme hublot comme s'ils espéraient apercevoir un grand poteau indicateur désignant les 90° nord.

— Capitaine, cria un des observateurs, je vois quelque chose sur la glace.

Le capitaine braqua ses jumelles dans la direction qu'indiquait le matelot.

— Très intéressant, dit-il en tendant les jumelles à Lutz.

— C'est un navire, déclara Lutz au bout d'un moment.

Braun acquiesça et ordonna au timonier de changer le cap.

— Que faites-vous ? s'insurgea Heinz.

— Regardez, dit Braun en lui tendant les jumelles.

Ôtant son lorgnon, Heinz plissa les yeux derrière les oculaires.

— Je ne vois rien, annonça-t-il.

Sa réponse ne surprit pas Braun : leur passager était myope comme une taupe.

— Pourtant, il y a un bateau sur la glace.

— Que ferait un bateau ici ? riposta Heinz, ses yeux clignotant rapidement. Je n'ai entendu parler d'aucune autre expédition vers le pôle. Aussi, je vous ordonne de reprendre notre cap.

— Pour quelles raisons, Herr Heinz ? demanda le capitaine en levant encore un peu plus le menton. (De toute évidence, à en juger par son ton glacial, la réponse lui importait peu.)

— Notre mission est d'aller jusqu'au pôle Nord, déclara Heinz.

Le capitaine Braun foudroya Heinz du regard, comme s'il était prêt à le pousser dehors à coups de pied dans le derrière pour le regarder tomber sur la banquise.

Jaugeant l'humeur du capitaine, Lutz décida d'intervenir :

— Herr Heinz, vous avez raison, mon ami. Mais j'estime que

notre responsabilité nous commande aussi d'examiner tout ce qui peut se révéler utile pour nous en vue de la prochaine expédition.

— En outre, ajouta Braun, nous sommes tenus, comme tout navire en mer, de porter secours à ceux qui peuvent être en détresse.

— S'ils nous voient, ils lanceront l'alerte par radio et compromettront notre mission, insinua Heinz essayant une autre approche.

— Il faudrait qu'ils soient aveugles et sourds pour ne pas nous avoir déjà vus et entendus, observa Braun. Et s'ils signalent notre présence, et alors ? Notre appareil n'a d'autre insigne que son nom.

Se voyant vaincu, Heinz alluma lentement une cigarette et exhala la fumée avec une ostentation provocante.

Ignorant ce geste de défi, le capitaine donna l'ordre de descendre. Le timonier ajusta les commandes et le dirigeable géant amorça sa longue descente vers la banquise.

1

Les îles Féroé : aujourd'hui

Le *Sea Sentinel* fonçait sur les îles Féroé comme s'il voulait quitter au plus vite un terrain où il aurait été vaincu. Les cinquante mètres de sa coque étaient éclaboussés de la proue à la poupe d'un cafouillage psychédélique où s'affrontaient toutes les couleurs de l'arc-en-ciel. Ne manquaient plus qu'un orgue de Barbarie et un équipage de clowns pour mettre la dernière touche à cette atmosphère de carnaval. Mais il ne fallait pas se fier à cet aspect caricatural du navire; beaucoup l'avaient appris à leurs dépens, le *Sea Sentinel* était aussi dangereux que n'importe quel vaisseau inscrit dans les pages du Dictionnaire des navires de guerre.

Le *Sea Sentinel* avait parcouru 180 miles depuis les îles Shetland au large de l'Écosse. Des bateaux de pêche et des yachts, loués par des organes de la presse internationale, s'apprêtaient à l'accueillir; le croiseur danois *Leif Eriksson* était mouillé à proximité et un hélicoptère tournait dans le ciel chargé de nuages.

Le crachin estival tombait sur les dix-huit îlots rocheux qui constituent l'archipel des Féroé, situé dans le nord-est de l'Atlantique à mi-chemin entre le Danemark et l'Islande. Ses quarante-cinq mille âmes descendent essentiellement des Vikings, installés là depuis le IXe siècle, et parlent, malgré leur appartenance au royaume du Danemark, une langue dérivée du vieux norrois. Cette population est très minoritaire face aux millions d'oiseaux nichés au fond des hautes falaises, véritables remparts dressés contre la mer.

Sur le gaillard d'avant, des journalistes et des photographes entouraient la haute silhouette charpentée de Marcus Ryan, le commandant du *Sea Sentinel*, sanglé dans l'uniforme noir des officiers orné de galons dorés au col et au bas des manches. Profil de vedette de cinéma, peau hâlée, cheveux un peu longs ébouriffés par la brise et collier de barbe rousse encadrant une mâchoire carrée, Ryan aurait pu tenir le rôle de l'élégant officier de marine dans un film d'aventures. Il se donnait d'ailleurs beaucoup de mal pour cultiver cette image.

— Félicitations, mesdames et messieurs, déclara Ryan d'une voix bien modulée qui dominait le grondement des machines et le clapotis de l'eau contre la coque. Désolé de n'avoir pu vous éviter les inconvénients d'une mer très agitée depuis que nous avons quitté les Shetland : certains d'entre vous me paraissent mal remis.

Les membres du pool de presse avaient été tirés au sort pour couvrir l'histoire du débarquement. Après une nuit passée sur une couchette étroite, secoués par les flots tumultueux, la plupart regrettaient leur chance.

— On s'en remettra, lança d'une voix rauque une journaliste de CNN. Mais débrouillez-vous pour que l'histoire compense toutes les saloperies de Dramamine que j'ai avalées.

Ryan la gratifia de son sourire hollywoodien.

— Animation garantie. (D'un geste théâtral, son bras balaya l'horizon, suivi consciencieusement par les objectifs jusqu'au vaisseau de guerre qu'il pointa du doigt. Le croiseur décrivait très lentement un large cercle ; au sommet de son grand mât flottait le drapeau rouge et blanc du Danemark.) Lors de notre dernière tentative pour empêcher les pêcheurs féringiens de massacrer les baleines, ce croiseur danois que vous voyez a tiré une salve par-dessus notre étrave, manquant de peu un de nos hommes ; les Danois nient pourtant nous avoir agressés.

— Est-il vrai que vous les avez bombardés avec un canon à ordures ? interrogea la journaliste de CNN.

— Nous nous sommes défendus avec les matériaux que nous avions sous la main, répondit Ryan d'un ton d'une gravité délibérée. Notre cuistot, passionné d'armes médiévales, avait fabriqué une catapulte d'une portée étonnante pour lancer depuis le pont des sacs d'ordures biodégradables. Aussi, quand le croiseur a essayé de nous couper la route, lui avons-nous expédié un coup – au but, à notre grande surprise et à la leur. (Il s'interrompit et ajouta d'un ton faussement navré :) Rien de tel qu'une averse d'épluchures de patates, de coquilles d'œufs et de marc de café pour vous saper le moral.

Des rires fusèrent dans le petit groupe.

— Ne craignez-vous pas, s'informa le correspondant de la BBC, que ce genre de plaisanterie ne renforce la réputation de radicalisme des Sentinelles de la Mer dans leur défense de l'environnement et les droits de l'animal ? Votre organisation a reconnu avoir délibérément coulé des baleiniers, bloqué des voies navigables, peint à la bombe des bébés phoques, harcelé les chasseurs de phoques, cisaillé des filets dérivants...

— Il s'agissait, protesta Ryan en levant la main, de baleiniers pirates, opérant dans les eaux internationales, quant aux autres interventions nous pouvons établir que nous ne sommes jamais sortis de la légalité et avons toujours respecté les accords internationaux. Alors que nos navires ont été éperonnés et nos gens malmenés, victimes de tirs et d'arrestations illégales.

— Que répondez-vous à ceux qui parlent à votre propos d'organisation terroriste ? demanda un journaliste de *The Economist*.

— Je commencerai par leur demander ce qu'il y a de plus terrifiant que le massacre, chaque année, de quinze cents à deux mille baleines sans défense. Je leur rappellerai aussi que les Sentinelles n'ont jamais abandonné ou tué quiconque lors d'une intervention. Allons, mes amis, reprit Ryan avec son grand sourire, vous connaissez maintenant l'équipage de ce navire. (D'un geste il désigna une ravissante jeune femme qui, un peu à l'écart, écoutait.) Dites-moi franchement, cette jeune personne vous fait-elle peur ?

Therri Weld, la trentaine, était petite et bien proportionnée. La chemise de toile grossière qu'elle portait sous son caban ne parvenait pas à dissimuler sa silhouette sportive mais résolument féminine. Une casquette de base-ball marquée « SDM » coiffait ses cheveux châtains qui, à cause de l'humidité de l'air, bouclaient encore plus et ses yeux couleur gentiane brillaient d'une lueur vive et intelligente. Elle s'avança et sourit aux journalistes.

— J'ai déjà rencontré la plupart d'entre vous, dit-elle d'une voix grave mais claire. Vous savez donc que Marcus ne me fait pas trimer pour la SDM. Comme il l'a dit, et c'est vrai, nous n'avons recours à l'action directe qu'en dernier ressort. Après notre derrière rencontre dans ces eaux, nous nous sommes retirés pour entamer le boycott du poisson des îles Féroé.

— Mais vous n'avez toujours pas empêché les *grinds*, fit remarquer le journaliste de la BBC à Ryan.

— Les Sentinelles n'ont jamais sous-estimé la difficulté de mettre fin à une tradition séculaire, répondit Ryan. Les Féringiens font preuve de la même obstination que celle qu'ont mise leurs ancêtres vikings à survivre. Ils ne céderont pas devant notre compassion pour les baleines. J'admire les Féringiens, mais leur pratique du *grindarap* est une coutume cruelle et barbare. Indigne des insulaires. Je sais que certains d'entre vous ont assisté à un grind. Quelqu'un voudrait-il expliquer de quoi il s'agit ?

— Une vraie boucherie, reconnut le journaliste de la BBC. Mais je n'aime pas la chasse au renard non plus.

— Le renard, lui, a une chance, riposta Ryan, sa mâchoire se crispant. Le grind est purement et simplement un massacre. Aussitôt repérés, les épaulards sont signalés par un coup de sirène et poussés par les bateaux vers le rivage où les attendent les gens du pays, et même parfois des femmes et des gosses. On boit beaucoup, et c'est une grande fête sauf, bien sûr, pour les baleines. On leur plante des gaffes dans les évents et on les traîne sur la plage où on les saigne à mort en tranchant les veines jugulaires. L'eau devient toute rouge. Il arrive parfois que des pêcheurs scient la tête des animaux encore vivants !

— En quoi un grind diffère-t-il de l'abattage des bœufs ? demanda une journaliste blonde.

— Vous ne vous adressez pas à la personne compétente, dit Ryan. Je suis végétarien. (Il attendit que les rires se soient tus.) Cela dit, votre remarque n'est pas fausse. Par ailleurs, nous pourrions fort bien protéger les Féringiens d'eux-mêmes : la viande d'épaulard est chargée de mercure et de cadmium, elle intoxique leurs enfants.

— Mais s'ils veulent s'empoisonner avec leurs gosses, reprit la journaliste, la SDM ne fait-elle pas preuve d'intolérance en condamnant leurs traditions ?

— Les combats de gladiateurs et les exécutions publiques étaient des traditions. La civilisation a pourtant décidé que ces spectacles barbares n'avaient pas leur place dans le monde moderne. Il en va de même quand on inflige une souffrance inutile à des animaux sans défense. Ils parlent de tradition, nous parlons de meurtre. Voilà pourquoi nous revenons.

— Pourquoi ne pas poursuivre le boycott ? demanda l'homme de la BBC.

— Les résultats tardaient trop, répondit Therri, et les baleines continuaient à être tuées par centaines. Nous avons donc changé de stratégie. Les compagnies pétrolières projettent de forer des puits dans ces eaux mais, si nous faisons assez de bruit autour de la chasse à la baleine, nous réussirons peut-être à les en dissuader. Cela pourrait inciter les insulaires à mettre un terme à leurs grinds.

— Nous avons d'autres problèmes à régler ici, ajouta Ryan, dont celui que pose une multinationale d'élevage de poissons ; nous avons l'intention d'installer des piquets de grève pour manifester notre opposition à ses activités aux effets désastreux.

Le journaliste de Fox News n'en croyait pas ses oreilles.

— Existe-t-il quelqu'un qui trouve grâce à vos yeux ?

— Je vous en prie, signalez-moi nos éventuels oublis, répondit Ryan en déclenchant des rires.

— Jusqu'où, insista l'homme de la BBC, comptez-vous pousser vos protestations ?

— Le plus loin possible, car nous estimons que cette chasse est une infraction aux lois internationales. Vous êtes ici en tant que témoins mais, comme la situation risque de mal tourner, on peut organiser un transfert pour ceux qui souhaiteraient rentrer maintenant. (Il scruta les visages qui l'entouraient et sourit.) Personne ? Bon. Eh bien alors, mes courageux amis, à l'assaut ! Nous avons suivi la trace de plusieurs groupes d'épaulards – les eaux de ce secteur en regorgent. Mais le jeune matelot qui agite les bras a peut-être quelque chose à nous dire.

Un membre de l'équipage qui était de quart s'approchait en courant.

— Deux groupes d'épaulards passent devant le *Stremoy*, dit-il. Notre observateur à terre a entendu la sirène et vu mettre les canots à la mer.

Ryan se retourna vers les journalistes.

— Ils vont probablement essayer de pousser les baleines vers la plage de l'abattoir de Kvikik. Nous allons nous interposer entre les bateaux et les cétacés ; si nous ne parvenons pas à chasser les animaux, nous couperons la route des bateaux.

— Ça ne va pas irriter ces types ? s'inquiéta le correspondant de CNN en désignant le croiseur.

— J'y compte bien, rétorqua Ryan avec un sourire féroce.

De la passerelle du *Leif Eriksson*, un civil muni de puissantes jumelles examinait le *Sea Sentinel.*

— Seigneur, s'exclama Karl Becker, on dirait que ce bateau a été peint par un fou !

— Vous connaissez donc le capitaine Ryan ? répondit avec un petit sourire, Eric Petersen, commandant du navire.

— Seulement de réputation. Il semble bénéficier d'une chance insensée car, malgré toutes les infractions qu'il a commises, il n'a jamais été condamné. Que savez-vous de Ryan, commandant ?

— Tout d'abord, il n'est pas fou. Sa détermination touche au fanatisme, mais tous ses actes sont mesurés. Même les couleurs criardes de son navire sont calculées : elles amènent des adversaires sans méfiance à commettre des erreurs – et elles se voient très bien à la télévision.

— Ne pourrait-on, suggéra Becker, les arrêter pour pollution visuelle de la mer ?

— Je suis sûr que Ryan dénicherait un expert pour attester de la valeur artistique de son navire.

— Heureux de constater que vous avez conservé votre sens de l'humour malgré l'humiliation subie par ce bateau lors de sa dernière rencontre avec les Sentinelles de la Mer.

— Il a suffit d'arroser le pont quelques minutes pour nous débarrasser de leurs ordures. Mon prédécesseur estimait nécessaire de répondre par un tir d'artillerie à cette attaque aux ordures.

— Le commandant Olafsen, grimaça Becker, était encore dans les bureaux la dernière fois que j'ai eu de ses nouvelles. Cela lui a fait une très mauvaise publicité. « Un navire de guerre danois attaque un bateau désarmé. » Avec un gros titre précisant que l'équipage était ivre. Mon Dieu, quel désastre !

— Ayant servi comme second sous le commandement d'Olafsen, je suis à même de dire le grand respect que m'inspire son jugement. Hélas, les bureaucrates de Copenhague ne lui donnaient pas d'instructions claires !

— Des bureaucrates comme moi ? intervint Becker.

Le capitaine eut un sourire un peu crispé.

— J'exécute les ordres qu'on me donne. Mes supérieurs m'ont fait part de votre venue à bord en tant qu'observateur de la marine. Voilà tout.

— A votre place, je n'apprécierais pas la présence d'un bureaucrate à mon bord. Mais, je vous l'affirme, je n'ai aucune autorité pour vous donner des directives. Je ferai, bien entendu, un rapport sur ce que je verrai et entendrai ; je vous rappelle cependant que, si cette mission est un fiasco, nos deux têtes tomberont.

Le commandant ne savait trop que penser du passager petit et brun, aux grands yeux humides et au long nez, qu'il avait accueilli à bord de l'*Eriksson* : un cormoran découragé, se dit Petersen qui, grand, la mâchoire carrée et le cheveu blond, avait tout à fait le type danois.

— Je n'étais guère enthousiaste à l'idée de votre présence à mon bord, reconnut le commandant, mais les têtes brûlées qui participent à cette opération étaient bien capables de se laisser dépasser par les événements ; j'accueille volontiers cette occasion de consulter un envoyé du gouvernement.

Becker remercia le commandant et ajouta :

— Et vous, que pensez-vous de cette histoire de grindarap ?

— J'ai beaucoup d'amis sur l'île, fit le commandant en haussant les épaules. Ils préféreraient mourir plutôt que de renoncer à leurs vieilles coutumes. Ils disent que c'est ce qui fait d'eux ce qu'ils sont. Je respecte leurs sentiments. Et vous ?

— Je suis de Copenhague. Pour ma part, j'estime que cette affaire de baleines est une grande perte de temps. Mais il y a de gros intérêts en jeu. Le gouvernement respecte les souhaits des insulaires, mais le boycott a fait du tort à leurs pêcheries. Si les îles Féroé perdent leur moyen d'existence, l'État devra les prendre à sa charge. Bien trop coûteux. Sans parler des pertes pour notre pays si les compagnies pétrolières réduisent leurs forages à cause de cette chasse à la baleine.

— Je comprends fort bien la situation. Tous les acteurs connaissent parfaitement leur rôle. Les insulaires ont organisé le grind pour braver la SDM et aussi pour s'assurer que le Parlement prend conscience de leurs problèmes. Ryan a clairement laissé entendre qu'aucun obstacle ne l'arrêtera.

— Et vous, capitaine Petersen, connaissez-vous votre rôle ?

— Bien sûr. J'ignore tout simplement le dénouement de la pièce.

Pour toute réponse Becker émit un petit grognement.

— La police des Féroé a reçu l'ordre de rester en retrait, précisa le commandant, et moi l'interdiction de recourir aux armes. A moi de juger comment protéger les insulaires. Si le *Sea Sentinel* met en péril de petites embarcations, je suis autorisé à le pousser à l'écart. Mais maintenant, monsieur Becker, je vous prie de m'excuser. Je vois que le rideau va bientôt se lever.

De différents ports, des bateaux de pêche fonçaient vers un secteur agité de l'océan. Ils allaient vite, leur étrave fendant la mer, bondissant sur la crête des vagues. Les embarcations convergeaient vers un point où les dos noirs et luisants d'une bande d'épaulards venaient briser la surface de l'eau. Les jets d'embrun jaillissaient des évents des baleines.

Le *Sea Sentinel* avait mis à son tour le cap sur les cétacés. Petersen donna des ordres au barreur : le croiseur se mit en route.

Becker visiblement avait réfléchi à ce que Petersen venait de lui dire.

— Commandant, quand cesse-t-on de « pousser » pour éperonner ?

— Dès l'instant où je le décide.

— La différence ne se comble-t-elle pas rapidement?

Petersen ordonna d'augmenter la vitesse et de piquer vers le *Sea Sentinel*. Puis il se tourna vers Becker avec un sourire déterminé.

— Nous n'allons pas tarder à le savoir.

2

RYAN regarda le croiseur qui manœuvrait pour mettre le cap sur le navire de la SDM.

— Hamlet a fini par se décider, plaisanta-t-il avec Chuck Mercer, son second, à la barre du *Sea Sentinel.*

Le bateau avait essayé de pousser les cétacés vers le large. Le groupe comprenait une cinquantaine de baleines grises dont quelques femelles restaient à la traîne pour protéger leurs petits, ce qui ralentissait la tentative de sauvetage. Le navire de la SDM zigzaguait tel un cow-boy s'efforçant de rassembler du bétail dispersé, mais la nervosité des bêtes rendait la tâche presque impossible.

— Autant essayer de regrouper une bande de chats, marmonna Ryan.

Il sortit sur la plate-forme tribord de la passerelle pour évaluer la distance qui séparait le troupeau des canots. On n'avait jamais vu autant d'insulaires participer à un grind : les ports des Féroé s'étaient vidés. Des douzaines d'embarcations – du chalutier au simple canot propulsé par un hors-bord – accouraient de toutes les directions pour participer à la chasse, leurs sillages striant l'eau sombre.

Therri Weld observait déjà cette armada.

— Quelle ténacité, apprécia-t-elle, admirative.

Ryan aussi était abasourdi. Il acquiesça.

— Je comprends maintenant ce qu'a dû éprouver Custer. Les Féringiens défendent avec acharnement leurs sanglantes traditions.

— Ce n'est pas une sortie spontanée, observa Therri. Ils ont un plan, il n'y a qu'à voir la façon bien ordonnée dont ils se déplacent.

Comme pour illustrer ces propos, la flottille se scinda soudain pour se déployer en tenaille. Exécutant une manœuvre classique, les bateaux contournèrent le navire de Ryan de façon à couper le chemin du large aux cétacés. Ils formèrent une ligne parallèle à la côte, les baleines entre eux et le *Sea Sentinel*, puis l'incurvèrent lentement vers l'intérieur. Les cétacés se regroupèrent en avançant vers le rivage. S'il ne bougeait pas, Ryan risquait de blesser les baleines affolées ou de disperser des familles. A regret, il ordonna au barreur de s'éloigner.

Les pêcheurs saluèrent ce mouvement en poussant de grands cris de triomphe. Les baleinières avançaient, resserrant leur front pour pousser leurs proies vers le lieu du massacre où attendaient les bourreaux avec leurs harpons et leurs couteaux bien aiguisés.

Ryan donna l'ordre à Mercer d'emmener le *Sea Sentinel* vers le large.

— Fichtre, on leur cède facilement! se désola Mercer.

— Attendez un peu, dit Ryan avec un sourire énigmatique.

Le croiseur se rapprocha du *Sea Sentinel* comme un policier cherchant à éloigner un spectateur turbulent d'une rencontre de football mais, quand les deux bâtiments se trouvèrent à environ un demi-mille des chasseurs, le navire de guerre commença à ralentir. Ryan prit alors la barre tout en contrôlant fréquemment l'emplacement du croiseur. Quand les deux bateaux se trouvèrent à ce qu'il estima être la bonne position, il décrocha le téléphone pour appeler la salle des machines.

— En avant toute, ordonna-t-il.

Le *Sea Sentinel* était un gros bateau, haut sur l'eau aux deux extrémités; sa silhouette rappelait celle d'une baignoire ancienne. Peu rapide, il était conçu pour permettre de larguer d'une plate-forme stable les instruments sous-marins et les filets. Le premier soin de Ryan, après l'achat du navire par la SDM lors d'une vente aux enchères, avait été d'équiper la salle des machines de puissants diesels capables de le pousser à une allure plus respectable.

Ryan tourna la barre à gauche toute. Le navire trembla sous l'effort en décrivant une courbe qui le ramena vers les chasseurs. Surpris, le croiseur tenta de suivre, mais le navire de guerre, incapable de virer aussi sec, dut observer une trajectoire beaucoup plus large, ce qui lui fit perdre de précieuses secondes.

Les chasseurs se trouvaient à moins d'un mille du rivage quand le *Sea Sentinel* les rattrapa ainsi que le troupeau. Il effectua un virage brusque pour traverser le sillage des canots. Ryan restait à la barre pour assumer toute la responsabilité au cas où quelque chose tournerait mal. Son plan exigeait beaucoup de doigté à la barre. S'il allait trop vite ou se rapprochait trop, les chasseurs chavireraient dans l'eau glacée. Il maintint une vitesse régulière, profitant de sa largeur pour créer un vaste sillage. Les remous heurtèrent les embarcations par l'arrière ; certaines parvinrent à chevaucher la vague qui les souleva hors de l'eau. D'autres perdirent leur cap et se mirent à tournoyer dans des efforts désespérés pour ne pas chavirer.

La ligne se brisa, creusant les écarts entre les embarcations. Ryan donna un nouveau coup de barre qui amena son bateau par le travers des cétacés qui avançaient toujours. Fuyant les chasseurs qui approchaient, ils sentirent la présence du navire et repartirent dans la direction opposée en se frayant un chemin grâce aux brèches.

C'était maintenant au tour de l'équipage du *Sea Sentinel* de pousser des vivats – mais leur jubilation ne dura pas longtemps. Le croiseur, plus rapide, avait rattrapé le navire de la SDM et se portait à sa hauteur à moins de cent mètres, avançant à la même vitesse. Une voix qui s'exprimait en anglais crépita dans la radio :

— Ici, le commandant Petersen du *Leif Eriksson* qui appelle le *Sea Sentinel.*

— Ici le commandant Ryan, dit Ryan en saisissant le microphone. Que puis-je faire pour vous, commandant Petersen ?

— Vous êtes prié de faire route vers le large.

— Nous agissons en conformité avec les lois internationales, fit-il en lançant à Therri un sourire en coin. Mon conseiller juridique m'assiste.

— Commandant Ryan, je n'ai nullement l'intention de débattre de subtilités juridiques avec vous ou vos conseillers. Vous mettez en danger des pêcheurs danois. Je suis autorisé à faire usage de la force. Si vous ne vous éloignez pas immédiatement, j'ouvre le feu sur votre navire.

La pièce de la tourelle avant de la frégate pivota, son canon braqué sur le *Sea Sentinel.*

— Vous jouez à un jeu dangereux, déclara Ryan avec calme. Un coup mal ajusté qui nous manquerait pourrait envoyer à la mer certains de ces pêcheurs que vous essayez de protéger.

— A cette distance, répliqua Petersen, nous ne vous manquerions pas, mais je veux éviter une effusion de sang. La télé a tourné assez de bobine. Beaucoup de baleines se sont échappées, la chasse a été interrompue. Vous avez obtenu ce que vous vouliez, maintenant vous êtes indésirables.

— C'est agréable d'avoir un interlocuteur raisonnable, fit Ryan en riant. Contrairement à votre prédécesseur qui avait la gâchette facile. D'accord, je m'éloigne, mais nous ne quittons pas les eaux des Féroé. Nous avons d'autres problèmes à régler.

— Libre à vous, dès l'instant que vous n'enfreignez pas nos lois et que vous ne mettez pas nos compatriotes en danger.

Ryan poussa un soupir de soulagement, car la sérénité qu'il affichait n'était que feinte : il avait conscience des dangers que couraient son équipage et les journalistes. Il rendit la barre à son second et donna l'ordre de s'éloigner lentement : Ryan avait l'intention d'ancrer son navire à quelques milles au large pour préparer son opération de protestation contre l'élevage des poissons.

Ayant perdu de sa superbe depuis la démonstration du *Sea Sentinel*, Petersen resta un peu en arrière, prêt à foncer pour couper la route du navire s'il essayait de forcer le passage.

Ce fut Therri qui dissipa la tension sur la passerelle.

— Le commandant Petersen, dit-elle avec un sourire, ne sait

pas à quel point il l'a échappé belle. Un coup de canon et je le traînais devant une cour de justice pour faire saisir son navire.

— Je crois qu'il redoutait davantage notre canon à ordures! s'esclaffa Ryan.

Un juron de Mercer dissipa soudain leur allégresse.

— Qu'est-ce qui ne va pas, Chuck? s'informa Ryan.

— Bon sang, Marc, grommela Mercer, les deux mains sur la barre. Vous avez dû fausser le système de gouverne en faisant tourner ce navire comme un scooter des mers. (Le front soucieux, il recula.) Tenez, vérifiez.

Ryan essaya de tourner la barre : elle céda sur deux ou trois centimètres de chaque côté, mais elle semblait bloquée. Il poussa un peu puis renonça.

— Ce foutu système est coincé! s'écria-t-il, furieux et déconcerté.

Il décrocha le téléphone et ordonna à la salle des machines de stopper. Mais au lieu de ralentir, le navire prenait inexplicablement de la vitesse. Ryan étouffa un juron et rappela la salle des machines.

— Qu'est-ce qui se passe, Cal! cria-t-il. Ces moteurs ont fini par vous rendre sourd? J'ai dit de *réduire* la vitesse, pas de l'*augmenter.*

Cal Rumson, l'officier mécanicien, était un excellent marin.

— Bon sang, je sais ce que vous avez dit! répliqua Cal manifestement exaspéré. J'ai bel et bien réduit la vitesse, mais les machines ont perdu la tête. Je ne les contrôle plus.

— Alors, trancha Ryan, coupez l'alimentation.

— J'essaye, mais les diesels s'emballent.

— Essayez encore, Cal!

Ryan raccrocha brutalement. C'était de la folie! Le navire n'en faisait qu'à sa tête. Ryan balaya du regard la mer devant lui. Heureusement, ni vaisseau ni terre en vue. Le pis serait la panne de carburant dans l'Atlantique. Ryan décrochait le micro de la radio pour prévenir le croiseur quand un cri de Mercer l'interrompit :

— La gouverne tourne toute seule!

Mercer se cramponnait à la barre qui pivotait lentement vers la droite faisant virer le bateau vers le croiseur. Ryan empoigna la roue puis Mercer et lui s'efforcèrent de ramener le bateau sur son cap. Malgré tous leurs efforts, la barre leur échappait des mains et le *Sea Sentinel* se rapprochait du navire de guerre.

Le Danois avait remarqué le changement de cap. Une voix familière crépita dans la radio :

— Eh bien, *Sea Sentinel.* Ici le commandant Petersen. Pourquoi avez-vous changé de cap ?

— Nous avons des problèmes avec notre système de gouverne. La barre est bloquée et nous n'arrivons pas à stopper nos machines.

— C'est impossible, observa Petersen.

— Expliquez donc ça au bateau !

Un silence, puis Petersen reprit :

— Nous allons nous éloigner pour vous laisser de la place, et lancer un avertissement à tous les navires qui se trouvent sur votre route.

— Merci. On dirait que nous sommes en train d'exaucer votre souhait de nous voir quitter les Féroé.

Mais à peine le croiseur avait-il commencé à virer pour s'éloigner que le *Sea Sentinel*, changeant brutalement de cap, fonça, tel un missile téléguidé, vers le flanc exposé du navire danois.

Massés sur les ponts, les matelots adressèrent des signes désespérés au *Sea Sentinel.* Le croiseur lança quelques coups de sirène tandis que, à la radio, retentissaient des appels frénétiques en danois et en anglais. Sachant le désastre imminent, les marins s'enfuyaient en courant.

Dans un effort désespéré pour éviter la collision, Ryan pesa de tout son poids sur la barre. Il s'y cramponnait encore quand son navire éperonna le flanc du croiseur. L'étrave acérée du *Sea Sentinel* transperça aussi facilement qu'une baïonnette les plaques d'acier de la coque dans un horrible fracas de métal déchiqueté.

Le *Sea Sentinel* oscillait sur les vagues comme un boxeur sonné qui vient d'encaisser un uppercut. Le croiseur s'efforçait de rester à flot tandis que des milliers de litres d'eau s'engouffraient par la brèche béante de la coque. Les hommes se précipitaient sur les canots de sauvetage pour les mettre à la mer.

Le choc avait fait tomber Therri sur les genoux. Ryan l'aida à se relever et, avec tous ceux qui se trouvaient sur la passerelle, il se précipita sur le pont. Les gens de l'équipe de la télé, affolés à l'idée de participer à l'événement au lieu de le couvrir, cherchaient désespérément quelqu'un pour leur dire ce qu'ils devaient faire. Les blessés étaient nombreux.

Quelqu'un appelait au secours ; matelots et journalistes essayaient de désincarcérer un corps ensanglanté de l'enchevêtrement métallique qui, maintenant, tenait lieu d'étrave.

Ryan cria d'évacuer le navire.

Dans une telle confusion, personne ne vit l'hélicoptère qui tournoyait très haut au-dessus des deux navires : il effectua quelques tours comme un rapace affamé, puis s'éloigna en longeant la côte.

3

Au large de la côte septentrionale de la Russie

A douze cents milles au sud-est des îles Féroé, le *William Beebe*, navire de recherche et de surveillance, était à l'ancre dans les eaux glacées de la mer de Barents. Les lettres *NUMA* s'étalaient sur les soixante-quinze mètres de sa coque turquoise. Ainsi nommé en l'honneur d'un des pionniers de l'exploration sous-marine, le *Beebe* était hérissé de grues et de treuils assez robustes pour remonter du fond de l'océan des navires entiers.

Sur le pont arrière, quatre hommes d'équipage, vêtus de combinaisons de plongée en néoprène, attendaient, le regard fixé sur une zone dont la surface bouillonnait comme dans un chaudron. L'eau prit une coloration plus pâle et se gonfla pour former un dôme blanc d'écume : le véhicule de sauvetage sous-marin *Sea Lamprey* jaillit de l'eau comme un mutant monstrueux remontant pour respirer. Avec les gestes précis d'un commando de marine, l'équipe de quart poussa dans l'eau par la rampe arrière un canot pneumatique équipé d'un moteur hors-bord, sauta dans l'embarcation et fila vers le submersible ballotté par les vagues.

Les hommes attachèrent un câble à l'engin orange vif et un treuil du *Beebe* le hala jusque sous le grand cadre triangulaire qui dépassait à l'arrière du navire. On fixa des filins en Kevlar aux boulons rivés sur le pont exigu du submersible. Le puissant moteur du cadre se mit à rugir et le sous-marin fut hissé hors de l'eau, exhibant sa vilaine coque cylindrique à l'étrave en accordéon bizarrement tronquée.

Le cadre pivota lentement au-dessus du pont pour déposer l'engin dans un berceau d'acier au bord duquel les marins qui attendaient disposèrent une échelle. Puis le panneau du kiosque s'ouvrit et retomba bruyamment sur ses gonds. Kurt Austin passa la tête en clignant les yeux comme une taupe. Ses cheveux d'un gris presque platine brillaient dans la lumière métallique du ciel couvert.

Il salua l'équipage de la main puis, en passant ses larges épaules par l'écoutille, il se dégagea totalement du sous-marin. Quelques secondes plus tard apparut son équipier, Joe Zavala, qui lui tendit un boîtier d'aluminium étincelant.

Austin le lança au quadragénaire trapu qui se tenait au pied de l'échelle. Il portait un ciré jaune et un pantalon assorti sur un gros chandail à col roulé, qui, sans la haute casquette à visière dont il était coiffé, n'auraient pas indiqué son appartenance à la Marine russe. Cette manière désinvolte de traiter le coffret lui arracha un cri de désespoir : il s'empressa de l'attraper, faillit un instant le lâcher et, finalement, le serra contre sa poitrine.

Il en retira un objet enveloppé dans du papier et protégé par une couche de mousse plastique, une grosse bouteille carrée. La portant comme un nouveau-né, il murmura quelques mots en russe.

Voyant l'air perplexe des hommes de la NUMA, il expliqua :

— Excusez-moi, messieurs. Je remerciais le ciel d'avoir préservé le contenu de ce récipient.

Austin regarda l'étiquette et fit la grimace.

— C'est pour récupérer une bouteille de vodka que nous avons plongé à trois cents pieds et pénétré dans l'épave d'un sous-marin ?

— Oh, mais non ! s'exclama Vlasov en fouillant dans la boîte. *Trois* bouteilles ! La meilleure des vodkas produites en Russie. (Il déballa avec soin les autres récipients et planta sur chacun d'eux un baiser bruyant.) *Joyau de Russie*, la meilleure, la *Moskovska*, superbe, et la *Tcharodei*, qui doit se boire glacée.

Austin se demanda s'il comprendrait jamais la mentalité russe.

— Bien sûr, récapitula-t-il d'un ton joyeux, expliqué ainsi, couler un sous-marin pour garder sa gnôle au frais me paraît tout à fait justifié.

— C'était un vieux submersible de la classe Foxtrot utilisé pour l'entraînement, protesta Vlasov. Cela faisait au moins trente ans qu'il n'était plus en service. (Il sourit à Austin de toutes ses dents en or.) Reconnaissez que c'est *vous* qui avez eu l'idée d'y placer des objets pour mettre à l'épreuve vos possibilités de les récupérer.

— *Mea culpa.* Sur le moment, ça ne me semblait pas une si mauvaise idée.

Vlasov referma le coffret.

— Alors, contents de votre plongée ?

— Dans l'ensemble, oui, répondit Zavala. Nous avons eu quelques problèmes techniques, mais rien de sérieux.

— Ça s'arrose, conclut Vlasov.

Austin tendit la main pour reprendre le coffret.

— Pourquoi attendre ?

Munis de trois gobelets en plastique du mess, ils se dirigèrent vers le poste d'équipage. Vlasov ouvrit la bouteille de *Tcharodei* et servit à chacun une généreuse rasade. Il leva son verre pour porter un toast.

— Aux braves jeunes gens morts à bord du *Kursk.*

Vlasov siffla sa vodka comme il aurait bu de la tisane. Austin, lui, buvait à petites gorgées – il avait l'expérience de cette puissante liqueur.

— Et que plus jamais ne se reproduise une pareille catastrophe, dit-il.

Le naufrage du *Kursk*, en 2000, avait été l'une des pires catastrophes sous-marines de l'histoire : plus de cent marins avaient péri quand le submersible lance-missiles de classe Oscar II avait coulé dans la mer de Barents à cause d'une explosion dans le compartiment des torpilles.

— Avec votre sous-marin, souligna Vlasov, plus aucun jeune homme servant son pays – quel qu'il soit – ne connaîtra une mort aussi horrible. Grâce à l'ingéniosité de la NUMA, pénétrer dans un navire coulé, que l'écoutille d'évacuation soit accessible ou non est devenu possible. Les innovations que vous avez conçues pour cet engin sont révolutionnaires.

— Vous êtes trop aimable, commandant Vlasov. C'est à Joe que revient le mérite d'avoir bricolé quelques pièces et d'user de son bon sens.

— Merci de cet éloge, mais j'ai volé l'idée à Mère Nature, répondit Zavala avec sa modestie habituelle.

Diplômé en génie maritime, Zavala était un ingénieur exceptionnel. James Sandecker, le directeur de la NUMA, l'avait recruté dès la fin de ses études; outre ses fonctions au sein de l'équipe des missions spéciales sous les ordres d'Austin, il avait conçu de nombreux véhicules sous-marins habités ou non.

— Allons donc, protesta Vlasov, il y a loin de la lamproie à votre submersible!

— Le principe est le même, développa Zavala. Les lamproies sont des créatures superbement conçues; elles s'accrochent à un poisson en mouvement, plantent dans sa peau leurs rangées de dents et lui sucent le sang. Nous avons remplacé les dents par la succion et le laser. Le gros problème était de trouver un joint étanche flexible, susceptible de se fixer sur n'importe quelle surface et de nous permettre de pratiquer une ouverture. Les matériaux utilisés pour les engins spatiaux et les ordinateurs nous ont permis de mettre au point une assez bonne machine.

Vlasov leva une nouvelle fois son verre de vodka.

— Je tiens dans ma main la preuve de votre ingéniosité. Quand le *Sea Lamprey* sera-t-il pleinement opérationnel?

— Bientôt, dit Zavala, j'espère.

— Le plus tôt sera le mieux. Je frémis en pensant aux catastrophes qui risquent de se produire. Les Soviétiques ont construit de superbes navires; hélas, ils préfèrent faire passer le gigantisme avant la qualité. (Vlasov finit son verre et se leva.) Je vais maintenant préparer un rapport à mes supérieurs. Ils devraient être enchantés. Je vous remercie de tous vos efforts. Je remercierai personnellement l'amiral Sandecker, ajouta-t-il avant de regagner sa cabine.

Entra alors un officier qui signala un appel à Austin ; ce dernier décrocha, écouta quelques instants, posa deux ou trois questions puis dit :

— Je vous rappelle tout de suite. (Il raccrocha et expliqua :) C'était le Bureau des catastrophes sous-marines de la section Est-Atlantique de l'OTAN. Ils ont besoin de nous pour une mission de sauvetage.

— On aurait perdu un sous-marin ? s'informa Zavala.

— Un croiseur danois a coulé au large des îles Féroé et une partie de l'équipage est coincée à l'intérieur, certains apparemment sont toujours vivants. Les Suédois et les Anglais sont en route, mais le croiseur n'a pas d'écoutille d'évacuation, les Danois recherchent donc quelqu'un capable de découper directement la coque et d'évacuer les gars. Ils ont appris notre présence ici.

— De combien de temps disposons-nous ?

— Selon eux, de quelques heures.

Zavala secoua la tête.

— Les Féroé sont à plus de mille milles d'ici. Le *Beebe* a beau être rapide, compte tenu de sa taille, il lui faudrait quand même des ailes pour arriver là à temps.

— Tu es un génie ! s'exclama Austin après avoir réfléchi une minute.

— Content que tu aies fini par t'en rendre compte ! Ça t'ennuierait de m'expliquer comment tu es parvenu à cette conclusion ? Ça m'aiderait pour draguer...

— Laisse-moi d'abord te poser une question : le *Sea Lamprey* est-il en mesure de participer à une véritable opération de sauvetage ? J'ai senti que tu voulais protéger tes arrières quand Vlasov a demandé quand l'engin serait prêt.

— Nous autres fonctionnaires protégeons toujours nos arrières dès l'instant où nous signons notre contrat !

— J'en suis sûr. Alors ?

Zavala réfléchit un moment.

— Tu as vu comment il a remonté.

— Je pense bien, comme un taureau déchaîné, mais nous l'avons maîtrisé. Tu paierais une fortune pour une promenade pareille à Disney World.

— Tu as vraiment le don de présenter avec légèreté la perspective d'une mort atroce, fit Zavala en secouant lentement la tête.

— Je ne désire pas plus mourir que toi. Tu m'as bien dit que le *Sea Lamprey* était bâti comme un abri en brique ?

— Je me vantais un peu. Structurellement l'engin est extrêmement solide mais, sur le plan opérationnel, ça pourrait aller mieux.

— Tout bien pesé, quelles sont les chances d'une mission réussie ?

— A peu près cinquante cinquante. Je peux procéder à quelques modifications qui feraient pencher un peu la balance en notre faveur.

— Je ne te mets pas le couteau sous la gorge, Joe.

— Pas la peine. Je ne trouverais plus jamais le sommeil si nous ne tentons pas de secourir ces gars. Encore faut-il conduire le sous-marin jusqu'à ce croiseur danois. Tu as trouvé un moyen, n'est-ce pas, vieux renard ? interrogea Zavala en remarquant le sourire d'Austin.

— Peut-être, répondit Austin. J'ai encore quelques détails à mettre au point avec Vlasov.

— Puisque je m'apprête à risquer ma vie sur un de ces projets carrément improvisés, à la Austin, je pense que ce ne serait pas trop te demander que de me dire ce que tu mijotes sous cette chevelure prématurément grise...

— Pas du tout, confirma Austin. Tu te rappelles la réflexion de Vlasov à propos du gigantisme soviétique ?

— Oui, mais...

— Pense à quelque chose de grand, lâcha Austin en se dirigeant vers la porte, de vraiment grand.

4

KARL Becker arpentait fébrilement le pont du *Thor*, un navire de recherche danois. Les épaules voûtées, les mains enfoncées dans les poches de sa grande vareuse, il faisait penser à un grand oiseau sans ailes. Malgré plusieurs vêtements superposés, il frissonnait en revoyant la collision. On l'avait poussé dans un canot de sauvetage qui, surchargé, avait tout de suite chaviré, le précipitant dans l'eau glaciale. Un chalutier féringien l'avait sauvé d'une mort certaine.

Il s'arrêta pour allumer une cigarette, les mains jointes pour protéger la flamme, et s'accouda au bastingage. Il fixait avec consternation la sphère de plastique rouge qui signalait l'emplacement où avait coulé son croiseur quand il entendit Nils Larsen, le commandant du *Thor*, l'appeler ; il se dirigeait vers lui à grands pas.

— Où sont ces foutus Américains ? grommela Becker.

— Bonne nouvelle : ils viennent de me contacter, ils seront ici dans cinq minutes.

— Il serait temps, soupira Becker.

Comme son collègue du *Leif Eriksson*, le commandant Larsen était grand et blond avec un profil taillé à coups de serpe.

— Reconnaissez, observa-t-il, que le croiseur n'a pas coulé depuis longtemps et qu'il fallait bien à l'OTAN un minimum de soixante-douze heures pour acheminer un navire, un équipage et un engin de sauvetage. Ceux de la NUMA ont tenu leur promesse d'arriver dans les huit heures; les autres ont droit à une petite marge d'erreur.

— Je sais, je sais, fit Becker, plus exaspéré que furieux. Je ne veux pas me montrer ingrat, mais chaque minute compte. (D'une pichenette il expédia son mégot dans la mer et enfonça ses mains encore plus profondément dans ses poches.) Dommage que le Danemark ait aboli la peine capitale, marmonna-t-il, j'aurais aimé voir ces meurtriers du SDM se balancer au bout d'une corde.

— Ils vous ont délibérément éperonné, vous êtes certain?

— Ça ne fait aucun doute! Ils ont changé de cap et foncé droit sur nous. Bang! Comme une torpille. (Il jeta un coup d'œil à sa montre.) Vous êtes sûr que les Américains ont bien parlé de cinq minutes? Aucun navire n'approche.

— C'est étonnant, en effet. (Levant ses jumelles, le commandant scruta l'horizon.) Je ne vois rien non plus. (Un bruit lui fit observer le ciel chargé.) Attendez! Un hélicoptère se dirige vers nous, il avance très vite.

L'appareil grossissait rapidement sur le fond gris des nuages et on entendit bientôt le « thrump-thrump » de ses pales; il survola le *Thor* à une hauteur à peine supérieure à celle du mât puis vira pour décrire un large cercle autour du navire de recherche. « NUMA », en grandes majuscules, se distinguait clairement sur le flanc turquoise du Bell 212.

Le second traversa le pont en courant et désigna l'hélico.

— Ce sont les Américains. Ils demandent la permission de se poser.

Le commandant répondit par l'affirmative et l'officier transmit son accord dans un radio-téléphone crépitant. L'hélicoptère plongea aussitôt, se positionna au-dessus de la plage arrière et descendit lentement pour se poser en douceur au milieu du cercle blanc qui marquait la zone d'atterrissage.

Un grand gaillard – guère plus de quarante ans malgré ses cheveux gris, un mètre quatre-vingts, quatre-vingt-dix kilos, estima Becker – s'approchait, accompagné d'un homme au teint mat, plus petit, plus jeune et plus mince qui avançait avec la grâce féline d'un boxeur : Il a probablement financé ses études en combattant comme poids moyen, se dit Becker; des mouvements très décontractés, mais l'énergie d'un ressort tendu.

Le commandant vint au-devant des Américains.

— Bienvenue à bord du *Thor*, dit-il.

— Merci. Je m'appelle Kurt Austin, de la National Underwater and Marine Agency, se présenta le costaud qui semblait capable de passer à travers un mur. Et voici mon équipier, Joe Zavala.

Il serra la main du commandant puis de Becker, avec une énergie qui fit monter des larmes aux yeux du Danois. Zavala pulvérisa ensuite les os qu'Austin avait laissés intacts.

— Vous n'avez pas perdu de temps, apprécia le commandant.

— Nous avons pourtant quelques minutes de retard, rectifia Austin. La logistique nous a posé quelques problèmes.

— Ce n'est rien. Dieu merci vous êtes arrivés! s'exclama Becker en se frictionnant la main. Et l'équipe de sauvetage? demanda-t-il en jetant un coup d'œil vers l'hélicoptère.

Austin et Zavala échangèrent un regard amusé.

— Vous l'avez sous les yeux, répondit Austin.

La stupéfaction de Becker céda la place à une fureur à peine contenue. Il pivota vers le commandant.

— Comment, au nom du Ciel, ces deux... messieurs comptent-ils sauver le commandant Petersen et ses hommes?

Le commandant Larsen se posait la même question, mais il était plus réservé.

— Je vous conseille de le leur demander, répondit-il, manifestement embarrassé par la sortie de Becker.

— Eh bien? fit Becker en foudroyant du regard Austin, puis Zavala.

Becker ne pouvait pas se douter que ces deux hommes valaient une cargaison de sauveteurs. Né à Seattle, Austin avait été bercé par la mer, ce qui n'avait rien de surprenant – son père possédait une entreprise de sauvetage maritime. Tout en préparant son doctorat de gestion des systèmes à l'université de Washington, il avait fréquenté une école de plongée très cotée de sa ville natale, s'initiant à certains domaines spécialisés; il avait utilisé ses connaissances pour travailler sur des plates-formes pétrolières en mer du Nord, puis quelque temps pour son père jusqu'au jour où il avait été recruté par la CIA pour le renseignement sous-marin. La guerre froide terminée, Sandecker l'avait engagé pour prendre la tête de son équipe de missions spéciales.

Les parents de Zavala, mexicains, avaient franchi le Rio Grande pour s'installer à Santa Fe. Son génie de la mécanique était légendaire dans les couloirs de la NUMA et il était capable de réparer, de modifier ou de remettre en état n'importe quel type de moteur jamais conçu; il avait à son actif des milliers d'heures aux manettes d'hélicoptères, de petits avions à réaction ou encore d'appareils à turbopropulseurs. Il complétait avec succès l'équipe d'Austin. Le public ignorerait toujours la plupart de leurs missions, mais l'humour avec lequel ils affrontaient le danger masquait une détermination d'acier et des compétences sans pareilles.

Austin posa calmement sur Becker un regard vert bleuté – tel le corail sous l'eau; il comprenait le problème de Becker et, d'un large sourire, détourna la colère du Danois.

— Pardonnez-moi, j'aurais dû commencer par vous expliquer que l'engin de sauvetage est en route.

— Il arrivera dans une heure environ, précisa Zavala.

— En attendant, il y a beaucoup de choses à faire, déclara Austin en se tournant vers le commandant. J'ai besoin d'un coup de main pour décharger du matériel de l'hélico. Pouvez-vous me trouver quelques hommes au dos solide?

— Oui, bien sûr.

Soulagé d'avoir enfin quelque chose à faire, le commandant envoya aussitôt son second rassembler une équipe.

Sous la direction d'Austin, les matelots extirpèrent de la soute de l'hélicoptère une grande caisse en bois qu'ils déposèrent sur le pont. Austin força le couvercle et regarda à l'intérieur.

— Tout m'a l'air en ordre, déclara-t-il, après une brève inspection. Quelles sont les dernières nouvelles?

Le commandant Larsen désigna la bouée qui flottait à

l'emplacement du croiseur coulé et résuma brièvement la collision et le naufrage. Austin et Zavala l'écoutaient avec attention.

— C'est incompréhensible ! s'exclama Austin. D'après ce que vous dites, ils avaient largement la place de passer.

— Tout comme l'*Andrea Doria* et le *Stockholm*, souligna Zavala, faisant allusion à la désastreuse collision en mer au large de Nantucket.

Becker marmonna quelque chose à propos des criminels de la SDM mais Austin ne releva pas, concentrant son attention sur le problème qui les attendait.

— Qu'est-ce qui vous rend si sûr que le commandant et ses hommes sont encore en vie ?

— Nous procédions à un recensement de la population des cétacés non loin d'ici quand nous avons reçu l'appel au secours, expliqua Larsen. Nous avons largué un hydrophone par-dessus bord et nous avons capté un SOS tapé en morse sur la coque. Nous ne pouvons que recevoir des messages, pas en envoyer, malheureusement. Nous avons cependant réussi à déterminer que treize hommes, y compris le commandant Andersen, sont coincés dans une poche d'air du poste d'équipage avant. L'air était vicié et ils commençaient à souffrir d'hypothermie.

— De quand datent les dernières nouvelles ?

— De deux heures environ. Le message ne changeait pas, seulement les coups devenaient plus faibles. Vers la fin, ils ne tapaient plus qu'un seul mot.

— Lequel ?

— *Désespérés.*

— Avez-vous fait descendre de l'équipement jusqu'au navire ? demanda Austin, rompant le lourd silence qui suivit.

— Les garde-côtes des Féroé ont appelé la base de l'OTAN sur le *Stremoy* et ont obtenu en quelques minutes son réseau de sauvetage sous-marin. Ces unités que vous voyez là proviennent presque toutes de pays scandinaves. Nous avons joué le rôle de ravitailleurs intérimaires. Un bateau suédois devrait arriver bientôt avec un engin de sauvetage mais, comme les autres, il ne sert à rien dans cette situation : il est conçu pour sauver les hommes par une écoutille d'évacuation sous-marine. Nous avons repéré l'emplacement du croiseur par deux cent soixante pieds de fond mais, à part cela, malgré toutes nos possibilités techniques, nous ne sommes que les spectateurs d'une catastrophe qui se produit actuellement.

— Pas nécessairement, intervint Austin.

— Vous croyez pouvoir les secourir? fit Becker avec un regard suppliant.

— Peut-être. Nous serons plus précis quand nous aurons vu ce à quoi nous sommes confrontés.

— Désolé de m'être emballé, s'excusa Becker pour se faire pardonner sa brusquerie de tout à l'heure. Nous vous sommes très reconnaissants de votre aide. Je suis particulièrement redevable au commandant Petersen : quand nous avons eu la certitude que le croiseur allait sombrer, il s'est assuré que j'avais une place dans un canot de sauvetage. Puis, apprenant qu'il y avait encore des hommes à bord, il s'est précipité pour leur porter secours; il a été piégé quand le navire a coulé.

— C'est un brave. Raison de plus pour le sauver avec son équipage, constata Austin. Connaissez-vous la position du navire au fond?

— Oui, bien sûr. Venez avec moi, dit le commandant en l'entraînant vers un laboratoire équipé de moniteurs d'ordinateurs utilisés pour les projets de détection à distance, situé à côté du pont principal. Voici une image sonar à haute résolution du *Leif Eriksson*, dit-il en désignant l'image sur un grand écran. Il repose avec une légère gîte sur une pente; le poste d'équipage est ici, au-dessous du mess, un peu en arrière de l'étrave. De toute évidence, une poche d'air s'est formée là. (Il entoura avec le curseur une section de la coque.) C'est un miracle qu'ils soient encore en vie.

— Un miracle qu'ils regrettent peut-être, observa Becker, le visage sombre.

— Décrivez-moi le compartiment.

— Assez vaste; avec des couchettes pour deux douzaines d'hommes. On y accède par une coursive qui traverse le mess. Il y a également une écoutille d'urgence.

— Il faudra nous décrire avec précision le poste d'équipage et notamment l'emplacement des canalisations, des conduits et des structures de soutien.

Le commandant lui tendit un dossier.

— Le ministère de la Marine a faxé ces documents, je crois que vous y trouverez tout ce qu'il vous faut. Sinon, nous sommes en mesure de vous le procurer rapidement.

Austin et Zavala étudièrent les plans du navire puis revinrent à l'image du sonar.

— C'est insuffisant, décréta enfin Austin. Il est temps que je me mette à l'eau.

— Heureusement que tu as apporté ton maillot, ironisa Zavala.

— C'est le nouveau modèle Michelin. Très séduisant paraît-il.

Becker et le commandant se regardèrent, éberlués, mais suivirent malgré tout les deux illuminés de la NUMA. Tandis que Zavala esquissait leur stratégie à l'intention du commandant Larsen et de Becker, Austin surveillait les quatre robustes matelots qui apportaient la caisse sous une grue. Ils déroulèrent le câble du treuil qu'Austin fixa au coffre avant de donner le signal du levage.

L'objet d'un jaune vif qui en émergea, haut de près de deux mètres dix, ressemblait à un robot des films de science-fiction... des années cinquante. Les bras et les jambes en fonte d'aluminium évoquaient en effet ceux du bonhomme Michelin et le casque aurait pu servir de bocal à poissons. Les bras se terminaient par des pinces identiques à celles des insectes, quatre petits ventilateurs protégés par des grillages circulaires dépassaient des coudes et des aisselles. Austin tapota le boîtier attaché au dos.

— Voici le dernier cri de la technologie du scaphandre. Ce modèle peut opérer à deux mille pieds pendant plus de six heures, ce qui me laisse de la marge. Est-ce que je peux vous emprunter une petite échelle ? J'aurai besoin aussi qu'on mette à l'eau un canot avec un équipage expérimenté.

Le commandant envoya son second répondre à ces requêtes. Pendant ce temps Austin ôta son caban, passa un gros chandail par-dessus son maillot à col roulé et enfonça sur ses oreilles un bonnet noir. Le scaphandre se séparait en deux sections à la taille. Austin grimpa sur l'escabeau et se glissa dans la partie inférieure. Puis on fixa la partie supérieure, on attacha le câble d'arrimage et le treuil le souleva lentement.

Utilisant la radio du scaphandre, réglée sur la même fréquence que les téléphones du bord, il se fit arrêter à deux ou trois mètres au-dessus du pont. Il remua les bras et les jambes, grâce aux seize jointures rotatives à compensation hydraulique. Puis il essaya les manipulateurs fonctionnant à l'extrémité de chaque main. Pour finir, il testa les commandes aux pieds et écouta le ronronnement des propulseurs verticaux et horizontaux.

— Tout est paré, dit Austin.

La combinaison de plongée pressurisée avait été mise au point pour protéger les plongeurs de la formidable pression exercée par l'océan tout en leur permettant d'exécuter des tâches relativement délicates. Malgré sa forme humanoïde, le scaphandre était considéré comme un véhicule et le plongeur comme son pilote.

Sous la surveillance de Zavala, le treuil pivota au-dessus de l'eau. Austin se balançait comme un yo-yo au bout de son fil. Voyant que l'équipe d'accompagnement avait mis à l'eau son canot, il ordonna :

— Faites descendre.

On laissa filer le câble et Austin s'enfonça dans la houle. Une écume verte jaillit au-dessus de son casque. L'équipe du canot détacha le câble et Austin coula comme une pierre jusqu'au moment où il put régler la flottabilité du scaphandre. Il actionna alors les propulseurs, montant, descendant, reculant et avançant, puis s'immobilisant. Il lança un dernier regard à la surface qui brillait au-dessus de lui, alluma les projecteurs de poitrine, appuya sur la pédale de contrôle vertical et amorça sa descente.

5

SANS rien savoir des événements qui se déroulaient à plus de deux cents pieds au-dessus de sa tête, le commandant Petersen, allongé sur sa couchette, fixait l'obscurité en se demandant s'il périrait de froid ou suffoquerait d'abord par manque d'oxygène. Un exercice purement intellectuel. Peu lui importait la façon de mourir, il espérait seulement que cela ne tarderait pas.

Le froid avait épuisé le plus clair de son énergie. Chaque bouffée de gaz carbonique exhalée péniblement par ses hommes rendait l'air moins respirable. Il glissait dans cet état comateux qui survient quand la volonté de vivre décline comme la marée descendante. Même l'évocation de sa femme et de ses enfants n'arriverait pas à le retenir.

Il avait hâte d'atteindre l'engourdissement qui atténuerait ses souffrances. Son corps abritait néanmoins encore assez de vie pour alimenter son pessimisme. Une quinte de toux secouait ses poumons torturés et lui donnait des élancements dans le bras gauche, cassé quand il avait été précipité contre une cloison. Une fracture simple, mais qui lui faisait un mal de chien. Les gémissements de ses matelots rappelèrent à Petersen qu'il n'était pas le seul à souffrir.

Une douzaine de fois de plus, le commandant revit la collision et se demanda s'il aurait pu l'éviter. Tout se passait bien : on avait esquivé une dangereuse confrontation et on escortait le *Sea Sentinel* vers la mer. Et puis, brusquement, ce navire étrangement barbouillé avait mis le cap sur le flanc exposé du croiseur.

Ses ordres frénétiques de s'écarter étaient venus trop tard. L'horrible fracas de l'acier déchiqueté lui avait révélé que la blessure était fatale. Son entraînement de marin était aussitôt intervenu : il avait donné l'ordre d'évacuer le navire et surveillait la mise à l'eau des canots de sauvetage quand un matelot lui avait annoncé qu'il y avait des blessés dans l'entrepont. Petersen n'avait pas hésité : il avait laissé la mise à l'eau des canots à son second et s'était précipité au secours de ses hommes.

La bordée de nuit dormait quand le *Leif Eriksson* avait été touché. L'étrave du *Sea Sentinel* avait enfoncé la coque en dessous du poste d'équipage, épargnant aux hommes une mort immédiate mais en blessant certains. Petersen s'était précipité dans le mess puis avait dévalé la coursive pour constater que ceux qui étaient indemnes soignaient leurs camarades moins chanceux.

— Évacuez le navire ! ordonna-t-il. Portez les blessés.

Le croiseur coulait par l'arrière, entraîné par le poids de l'eau qui déferlait dans la brèche béante. Elle envahissait le carré puis dévalait du poste d'équipage par l'écoutille ouverte, coupant toute voie d'évasion. Petersen grimpa quelques barreaux de l'échelle, ferma le panneau et fit tourner la roue qui le bloquait. Là-dessus, une brusque embardée le projeta violemment contre la cloison et il perdit connaissance.

Aussi n'assista-t-il pas à l'agonie de son navire et ne fut-il pas plus malmené quand le croiseur s'enfonça dans la vase. Mais quand le commandant reprit conscience dans l'obscurité de la cabine, il n'échappa pas aux cris de ses hommes. Il venait de reprendre connaissance quand un rai de lumière avait percé l'obscurité, révélant des visages ensanglantés dans un enchevêtrement de coffres et de couchettes. Le cuistot du bord, un petit homme rondouillard du nom de Lars, appela le commandant.

— Par ici, dit Petersen d'une voix rauque.

La lumière vacillante s'approcha. Lars se glissa auprès de Petersen, une torche électrique à la main.

— Ça va, Lars ? s'informa le commandant.

— Quelques bleus par-ci, par-là, ma graisse m'a protégé. Et vous, commandant ?

— Je n'ai pas eu autant de chance, fit Petersen avec un petit rire. Je me suis cassé le bras gauche.

— Que s'est-il passé, commandant ? Je dormais.

— Un navire nous a éperonnés.

— Bon sang ! Je rêvais de plats délicieux quand j'ai été projeté à bas de ma couchette. Je ne m'attendais pas à vous voir ici, commandant.

— Un matelot m'a dit que vous aviez des problèmes. Je suis venu me rendre utile. (Il fit un effort pour se mettre debout.) Assis, je ne sers pas à grand-chose. Pouvez-vous me donner un coup de main ?

Son ceinturon en guise d'écharpe, le commandant, aidé de Lars et des rares matelots qui n'avaient pas été sérieusement touchés, s'efforça de venir en aide aux blessés. Le froid mordant représentait le danger le plus immédiat, et Petersen pensa gagner du temps en utilisant les combinaisons à immersion stockées dans la réserve.

Les rassembler et surtout les faire enfiler aux blessés demanda beaucoup de temps. Enfin, ils mirent leurs gants, rabattirent les capuchons, puis s'enveloppèrent tant bien que mal dans la moindre couverture, le moindre vêtement qui traînaient.

Le problème du froid provisoirement réglé, Petersen concentra ses efforts sur celui de l'air. Un des coffres en aluminium contenait des appareils respiratoires utilisés en cas d'incendie ou autres urgences. On s'empressa de les distribuer. Cela ferait gagner du temps. Petersen décida de consommer d'abord l'air des bouteilles, car il était plus pur que celui de la cabine qui rendait les hommes malades.

Petersen constitua des équipes pour la même raison qui fait que, dans les camps de prisonniers, les officiers assignent des tâches pour maintenir le moral : tour à tour les hommes munis d'une clef anglaise frappaient des SOS sur la coque. Les uns après les autres ils s'épuisaient à cogner tandis que Petersen s'obstinait, même s'il ne savait pas très bien pourquoi. Après les SOS, ce furent des messages décrivant leur triste situation ; puis il se lassa et ne frappa plus que de loin en loin ; enfin, il cessa complètement. Il abandonna l'idée d'un sauvetage, ferma les yeux et pensa à la mort.

Se guidant sur le câble de la bouée, Austin s'enfonça, les pieds en avant et légèrement penché. Des arcs-en-ciel transperçaient l'eau comme le soleil filtrant par des vitraux. Mais plus Austin plongeait profondément, moins il y avait de couleurs ; puis la pénombre transforma brusquement en nuit épaisse la lumière crépusculaire.

Les puissants projecteurs halogènes montés à l'avant du scaphandre surprenaient dans leurs faisceaux des flocons de végétation sous-marine et des bancs de poissons effrayés. A deux cents pieds, ils décelèrent les mâts et les antennes du croiseur, et enfin les contours fantomatiques du navire se précisèrent.

Austin mit en marche les propulseurs verticaux et ralentit sa descente pour arriver au niveau du pont, grâce, cette fois, aux propulseurs horizontaux ; il croisa le long de la coque, contourna l'arrière et revint jusqu'à l'étrave. Le navire gisait comme sur l'image du sonar, légèrement incliné, l'avant plus haut que l'arrière. Il l'examina avec le regard d'un médecin légiste penché sur le cadavre allongé sur la table d'autopsie et s'attacha tout particulièrement à la brèche triangulaire ouverte dans le flanc. Aucun vaisseau n'aurait pu survivre à ce gigantesque coup de baïonnette.

N'apercevant que du métal tordu au-delà de l'ouverture déchiquetée, il repartit vers l'avant.

Il s'approcha à quelques centimètres de la coque et se sentit aussi minuscule qu'un insecte quand il appuya son casque contre la plaque d'acier. Il n'entendit que le bruit sourd de sa respiration et le ronronnement des propulseurs qui maintenaient le scaphandre en position stationnaire. Austin s'éloigna de quelques mètres, pivota, donna quelques coups aux propulseurs horizontaux et laissa ses genoux métalliques heurter le croiseur.

De l'autre côté de la coque, les yeux mi-clos de Petersen s'ouvrirent tout grands. Il retint son souffle.

— Qu'est-ce que c'était? demanda Lars d'une voix rauque. (Il était pelotonné sur la couchette voisine.)

— Dieu merci, vous avez entendu vous aussi, murmura Petersen. Je croyais que je devenais fou. Écoutez.

Ils tendirent l'oreille : on frappait à l'extérieur de la coque, du morse, lentement, comme si le messager avait du mal avec chaque lettre. Les yeux du commandant s'écarquillèrent davantage quand il traduisit :

P-E-T-E...

Austin maudissait sa difficulté à manipuler le marteau, attaché selon ses instructions, par un matelot à sa main droite. Le bras mécanique se déplaçait avec une lenteur exaspérante mais, au prix d'incroyables efforts, il réussit à terminer son mot.

... ERSEN

Il s'arrêta et colla son casque contre la coque. Au bout d'un moment il entendit qu'on lui répondait par des points et des traits.

— OUI

— SITUATION

— AIR VICIÉ FROID

— SECOURS BIENTÔT

Un silence. Puis :

— VITE

— BIENTÔT

Petersen annonça à ses hommes l'imminence d'un sauvetage; il avait un peu honte de mentir – le temps dont ils disposaient était presque épuisé. Il respirait de plus en plus difficilement. La température était passée au-dessous de zéro et la combinaison d'immersion ne l'isolait plus du froid ; il avait cessé de trembler, premier symptôme d'hypothermie.

Lars interrompit les pensées noires de Petersen :

— Commandant, puis-je vous poser une question ? (Petersen émit un grognement affirmatif.) Pourquoi diable êtes-vous revenu ? Vous auriez dû vous sauver.

— J'ai entendu dire quelque part, répondit Petersen, qu'un commandant est censé couler avec son navire.

— Eh bien, commandant, vous n'avez pas manqué votre coup !

Petersen émit un gargouillis, aussi proche du rire qu'il en était capable. Lars l'imita, mais leurs forces s'épuisaient. Ils s'installèrent aussi confortablement que possible et attendirent.

6

L'ÉQUIPAGE, qui guettait Austin, le hissa dès qu'il jaillit de l'eau. Quelques instants plus tard, il expliquait la situation à Becker et au commandant Larsen.

— Bonté divine ! s'exclama Becker. Quelle horrible façon de mourir. Notre gouvernement ne reculera devant aucune dépense pour remonter les corps.

Le pessimisme de Becker commençait à agacer Austin.

— Je vous en prie, monsieur Becker, cessez de jouer le Danois mélancolique. Votre gouvernement gardera ses couronnes : ces hommes ne sont pas encore morts.

— Mais vous disiez...

— Je sais ce que j'ai dit. Ils sont dans un sale pétrin, mais ça ne signifie pas qu'ils sont condamnés. Le sauvetage du sous-marin *Squalus* a duré plus d'une journée et on a sauvé trente-trois hommes...

Il s'interrompit, car il venait de percevoir un son nouveau. Il leva la tête et mit sa main en visière pour se protéger de la réverbération.

— Il semble que la cavalerie arrive.

Un hélicoptère gigantesque fonçait vers le navire. Sous le fuselage, un sous-marin de poche au nez un peu carré se balançait au bout d'une élingue.

— Quel mastodonte ! s'exclama le commandant Larsen. Je n'en ai jamais vu de cette taille !

— Le Mi-26 est le plus gros hélicoptère du monde, déclara Austin. Il fait plus de trente mètres de long. On l'appelle la grue volante.

Pour la première fois depuis des heures, Becker sourit.

— Rassurez-moi, je vous prie, votre engin de sauvetage n'est pas cet objet étrange accroché sous l'hélicoptère ?

— Le *Sea Lamprey* n'est pas très élégant, je vous l'accorde, répondit Zavala en haussant les épaules. En le concevant, j'ai sacrifié la forme au fonctionnel.

— Au contraire, protesta Becker, il est magnifique.

Le commandant secoua la tête avec stupéfaction.

— Comment, au nom du ciel, avez-vous acheminé ce matériel aussi rapidement ? Vous vous trouviez à dix mille kilomètres quand nous avons lancé notre appel au secours.

— Nous nous sommes souvenus que les Russes aiment faire les choses en grand, expliqua Austin. Ils ont sauté sur l'occasion de montrer qu'ils occupent encore dans le monde une place de premier plan.

— Mais cet hélicoptère ne peut pas parcourir une telle distance en si peu de temps, à moins que vous ne soyez, messieurs, des magiciens.

— Tirer ce lapin d'un chapeau nous a effectivement donné du mal, appuya Austin sans cesser de surveiller la manœuvre de l'hélicoptère. Le Mi-26 est allé prendre le sous-marin en mer pour le transporter sur une base terrestre où l'attendaient deux Antonov, des N-124. Le *Sea Lamprey* est parti sur un avion, le gros hélico et celui de la NUMA ont été chargés sur l'autre ; puis deux heures de vol jusqu'à la base de l'OTAN dans les Féroé. Pendant ce temps, nous vous avions rejoints.

Les puissants turboréacteurs du mastodonte, qui se mettait en position stationnaire, noyèrent la réponse du commandant. Les pales – huit au rotor principal et cinq au rotor arrière – fouettaient l'air et leur tourbillon creusa un vaste cratère dans la mer. Une fois le *Sea Lamprey* largué, l'hélicoptère s'éloigna.

Austin suggéra au commandant de faire préparer l'infirmerie

pour traiter les cas d'extrême hypothermie. Puis des matelots transbordèrent les deux Américains sur le sous-marin ; débarrassé de ses flotteurs, il chassa l'air de son *water ballast* et s'enfonça sous la surface.

Stabilisé par ses propulseurs, le *Sea Lamprey* s'immobilisa pour permettre à Austin et Zavala, confortablement installés devant le tableau de bord dont la lueur bleue éclairait leur visage, de contrôler point par point la *check-list* de plongée. Puis Zavala, aussi nonchalamment que s'il emmenait sa famille pour une promenade dominicale, poussa le manche vers l'avant pour faire décrire au sous-marin une spirale descendante.

Austin scrutait les ténèbres bleutées sur lesquelles butait le faisceau des phares.

— Je n'ai pas eu le temps de te poser la question avant d'embarquer, déclara-t-il comme si l'idée venait de lui traverser l'esprit. Cet engin est sûr ?

— Selon l'expression de l'un de nos anciens présidents : « Cela dépend de la définition. »

— Je reformule ma question, précisa Austin. As-tu réparé les fuites et l'étanchéité de la pompe ?

— Je pense avoir arrêté les fuites ; quant à la pompe du *water ballast*, dans des conditions idéales, elle devrait bien fonctionner.

— Et dans des conditions réelles ?

— Kurt, médite le vieux proverbe espagnol que citait mon père : « Une bouche fermée n'avale pas de mouches. »

— Quel rapport entre les mouches et notre situation ?

— Aucun, répondit Zavala. Je voulais simplement changer de sujet. Peut-être que le problème du *water ballast* se réglera.

L'engin avait été conçu pour intervenir en dernier ressort : dès que ses lasers auraient percé un trou dans la coque du bâtiment immergé et que le *Sea Lamprey* se dégagerait, l'eau déferlerait à l'intérieur. Impossible d'obturer l'ouverture, il faudrait donc évacuer tous les naufragés en un seul voyage ; or ce prototype, conçu pour transporter huit passagers outre le pilote et son copilote, pourrait-il évacuer les treize hommes du croiseur et leur commandant ?

— J'ai mentalement tout recalculé, enchaîna Austin, en comptant soixante-dix kilos par homme, nous aurons plus d'une tonne de charge ; avec la marge de sécurité prévue dans le *Lamprey*, il n'y a pas de quoi s'inquiéter, sauf, bien sûr, si la pompe du *water ballast* flanche.

— Pas de problème, nous avons une pompe de secours. (Zavala doublait toujours les systèmes. Il marqua un temps puis reprit :) De plus, certains sont, hélas, probablement morts...

— J'y ai pensé, dit Austin, mais je ne repartirai pas avant d'avoir embarqué tous les hommes, morts ou vifs. Tant pis pour notre marge.

Le silence tomba sur le cockpit : on n'entendait que le bourdonnement des moteurs électriques entraînant leur étrange machine vers le croiseur qu'ils atteignirent rapidement.

Austin guida Zavala jusqu'au point de pénétration. Il y eut un bruit sourd : l'extrémité avant du sous-marin venait de heurter les plaques d'acier de la coque. Les moteurs de la pompe électrique se mirent à ronronner et l'engin resta collé à la coque par le vide.

Le tunnel d'évacuation, fabriqué dans un matériau synthétique robuste mais souple, fut déployé et huit propulseurs verticaux et horizontaux maintinrent sa stabilité, que contrôlaient des ordinateurs ; ils indiquaient le moment où l'adhésion devenait parfaite. Une sonde très fine percerait alors la coque pour déceler d'éventuelles vapeurs explosives.

Les capteurs mesurèrent la pression à l'intérieur de la jonction en maintenant le vide. Dès qu'il reçut le signal annonçant qu'il n'y avait aucun risque, Austin, muni d'un petit réservoir d'air et d'un régulateur de plongée, sortit du sas à air et commença à ramper, malgré le joint qui fuyait un peu, mais pas de façon inquiétante.

Les occupants du croiseur avaient sombré dans un sommeil qui ressemblait à la mort. Le commandant Petersen fut tiré de cette torpeur par le vacarme d'un pic-vert géant. Foutu oiseau ! Tandis qu'un étage de son cerveau maudissait la source de ce bruit, un autre l'analysait automatiquement, regroupant les coups en séquences familières dont chacune équivalait à une lettre.

— HELLO

Il alluma sa torche. Le cuistot avait entendu lui aussi et ouvrait des yeux grands comme des soucoupes. Les doigts crispés du commandant tâtonnèrent pour retrouver la clef anglaise, avec laquelle il frappa d'abord faiblement la coque puis avec plus de vigueur.

La réponse fut immédiate.

— ÉLOIGNEZ-VOUS

Plus facile à dire qu'à faire, se dit le commandant. Petersen conseilla au chef de s'éloigner de la cloison puis en fit autant en roulant au bas de sa couchette. Il se traîna sur le pont et cria aux hommes de se déplacer. Il s'adossa à une armoire métallique – pendant une éternité, lui sembla-t-il – ne sachant trop à quoi s'attendre.

Austin regagna le *Lamprey.*

— Mission accomplie, annonça-t-il.

— Je mets l'ouvre-boîte en marche, répondit Zavala.

Il abaissa la manette commandant l'anneau des lasers de découpe qui s'enfoncèrent de cinq centimètres dans la coque métallique aussi facilement qu'un couteau de cuisine dans une orange. Leur tâche terminée, ils s'arrêtèrent automatiquement.

Petersen avait remarqué une trace circulaire, rose pâle puis de plus en plus foncée pour virer ensuite au rouge orangé d'un métal en fusion. Une agréable chaleur caressa son visage. La partie de la coque ainsi découpée tomba dans la cabine avec un bruit métallique et il dut se protéger les yeux de la lumière.

La vapeur envahissait le tunnel d'évacuation et les bords de l'ouverture étaient encore brûlants. Austin glissa une échelle spécialement conçue par l'orifice et passa la tête à l'intérieur.

— L'un de vous, messieurs, aurait-il commandé un taxi ?

Son ton était désinvolte, pourtant Austin craignait d'arriver trop tard : il n'avait jamais vu un groupe en si piteux état. A son appel, le commandant Petersen, un fantôme couvert de cambouis, se traîna vers lui en demandant d'une voix rauque : « Je suis le commandant. Qui êtes-vous ? »

Austin s'introduisit à bord du croiseur et aida le commandant à se mettre debout.

— Les présentations seront pour plus tard. Veuillez dire à vos hommes encore valides de se glisser par cet orifice.

Pendant que le commandant traduisait l'ordre, Austin jetait deux couvertures détrempées sur les bords acérés du trou ; ensuite, il aida ceux qui n'arrivaient pas à passer tout seuls. Petersen s'évanouit et Austin dut le pousser. Au moment où il entrait dans le sas, il vit de l'eau suinter à l'endroit de la réparation de fortune de Zavala et s'empressa de refermer le panneau derrière lui.

Zavala avait mis les commandes en automatique pour aider au franchissement du sas. Les épaisses combinaisons de survie ne facilitaient pas les choses, mais ces survivants – dont certains s'étaient même débrouillés seuls – constituaient un miracle. L'espace réservé aux passagers se réduisait à deux banquettes capitonnées occupant, de part et d'autre d'un étroit passage, toute la longueur du sous-marin. Les rescapés s'y entassèrent ou restèrent debout, comme des banlieusards dans le métro de Tokyo.

— Désolé, il n'y a pas de première classe, déclara Austin.

— Mes hommes conviendront avec moi, dit le commandant, que cette installation est infiniment supérieure à la précédente.

— Il y a une petite fuite à un point de jonction, annonça Kurt en regagnant le cockpit.

Zavala désigna un voyant qui clignotait sur un diagramme informatisé du submersible.

— Plus qu'un peu. Le joint a lâché une seconde après que tu as refermé le sas.

Il escamota le tuyau d'évacuation télescopique, dégagea le sous-marin de l'épave et fit machine arrière : on voyait ainsi clairement dans le faisceau des projecteurs l'orifice rond découpé par les lasers. Une fois à bonne distance du croiseur, Zavala activa les pompes du *water ballast*. Les moteurs électriques s'enclenchèrent avec un léger bourdonnement, à l'exception de la pompe avant droite qui émettait un son comparable à celui d'une fourchette dégringolant dans un vide-ordures. Un réservoir contenait encore de l'eau, ce qui perturbait l'équilibre de l'engin à mesure que les autres s'emplissaient d'air comprimé.

Le *Sea Lamprey* fonctionnait comme n'importe quel sous-marin : il pompait de l'eau dans ses *water ballasts* pour plonger et de l'air pour remonter. L'ordinateur essaya de compenser en augmentant la puissance des propulseurs verticaux. Le nez de l'engin bascula en avant et une odeur de métal surchauffé se répandit par les conduits. Zavala pompa de l'eau dans les autres réservoirs et le *Lamprey* se stabilisa plus ou moins.

Austin se pencha sur le tableau de bord pour examiner les voyants signalant les problèmes. Il contrôla alors l'ordinateur central, le cerveau du véhicule. Le système de repérage des pannes montrait que le voyant d'avertissement avait été déclenché par un problème mécanique, du genre de ceux qu'on rencontre avec un équipement nouveau et en général faciles à réparer. Mais il ne s'agissait pas d'une plongée d'essai : le sous-marin se trouvait par cinquante brasses de fond. Un autre voyant rouge s'alluma.

— Les deux moteurs avant ont lâché, prévint Austin. Utilisons les pompes de secours.

— Nous étions déjà sur les pompes de secours, lâcha Zavala.

— Autant pour la duplication des systèmes. Quel est le problème ?

— Je te répondrais en une minute si j'installais cet engin sur un pont.

— Hélas, je ne vois aucun garage dans les parages ; de toute façon, j'ai oublié ma carte de crédit.

— Mon père prétendait que : « Pour faire avancer une mule entêtée, il suffit d'un bâton de dynamite », rétorqua Zavala.

Dans les couloirs de la NUMA, on parlait de l'obstination sans faille d'Austin face à l'adversité. Confrontés à une catastrophe inévitable, la plupart des hommes décampent ; Austin, lui, résistait avec sérénité. Qu'il comptât encore parmi les vivants démontrait qu'il jouissait d'une remarquable combinaison de chance et d'ingéniosité. Ses compagnons trouvaient cela un peu terrifiant mais Austin écartait leurs doléances d'un haussement d'épaules. Mais cette fois Joe lui rendait la monnaie de sa pièce : lèvres serrées, les doigts noués derrière sa nuque, il se cala sur son siège.

— Tu ne serais pas si détendu si tu n'avais pas un plan, déclara Austin.

Zavala adressa un grand clin d'œil à son équipier et ôta la clef à deux dents qui pendait à son cou; il souleva un clapet métallique au centre de la console et l'y inséra.

– En tournant cette clef et en poussant cet interrupteur, le troisième système de secours entre en action : des charges explosives qui vont faire sauter tous les *water ballasts* et, hop! on remonte. Futé, non?

— Pas si nous jaillissons sous le *Thor*. Nous le ferons couler et nous avec.

— Si ça peut te rassurer, presse ce bouton : il envoie à la surface une bouée d'alerte avec des fusées, des sifflets, le grand jeu.

Austin appuya sur le bouton et, poussant un « swoosh », la bouée s'éjecta du sous-marin; il conseilla alors à leurs passagers de bien se cramponner.

Zavala avec un sourire de gamin leva le pouce.

— Et que ça saute!

Il actionna le levier et tous se crispèrent. Malheureusement on n'entendit que le juron espagnol marmonné par Zavala.

— Le contact n'a pas marché, reconnut-il avec un sourire penaud.

— Dis-moi si je résume correctement la situation : trois cents pieds de fond, en surcharge, des marins à moitié morts plein la cabine et un système de sûreté qui ne fonctionne pas.

— Remarquable concision, Kurt.

— Merci. Je précise : avec deux réservoirs avant remplis d'eau et deux vides à l'arrière, nous obtenons une flottabilité neutre. Aucun moyen d'alléger le *Lamprey*?

— Je peux larguer le conduit d'évacuation, nous arriverons à la surface, mais ce ne sera pas beau à voir.

— Nous n'avons guère le choix. Je préviens les passagers, il faut qu'ils tiennent bon.

Austin fit son annonce, attacha sa ceinture et donna le signal. Zavala croisa les doigts et fit sauter le conduit d'évacuation. Il avait été prévu détachable pour permettre au sous-marin de se dégager rapidement d'un sauvetage en cas de besoin. On entendit une explosion étouffée et le submersible tangua. Le *Sea Lamprey* monta d'un pied, d'un mètre, puis de plusieurs; sa progression, qui d'abord sembla très lente, s'accéléra au fur et à mesure qu'il montait et, bientôt, il fonça vers la surface.

Le *Sea Lamprey* jaillit de la mer par l'arrière dans une gerbe d'écume. Il roula violemment, secouant ses passagers comme des dés dans un cornet. Alertés par le spectacle son et lumière de la bouée, des embarcations s'étaient précipitées et leurs équipages fixaient des pontons pour stabiliser l'engin. Le *Thor* lui lança une amarre puis le hala jusqu'à ce qu'il soit à la portée d'une grue; il ne resta plus qu'à le soulever et à le déposer sur le pont. Le personnel médical s'empressa autour des survivants; on les installa sur des brancards qui furent hissés à bord d'hélicoptères du service de santé et transportés dans l'hôpital le plus proche. Lorsque Austin et Zavala sortirent à leur tour du sous-marin, ils ne trouvèrent plus sur le pont que quelques matelots qui se précipitèrent pour les féliciter avant de repartir rapidement.

Zavala parcourut du regard le pont presque désert.

— Où est la fanfare?

— L'héroïsme constitue en lui-même sa propre récompense, scanda gravement Austin. Je ne refuserais pourtant pas un petit verre de tequila si on m'en offrait.

— Quelle coïncidence! J'ai justement une bouteille d'agave bleue dans mon sac! Super!

— Nous allons devoir attendre un peu pour fêter l'événement. M. Becker arrive.

Le fonctionnaire danois venait vers eux, le visage rayonnant. Il leur serra énergiquement la main, leur donna de grandes claques dans le dos et les combla d'éloges.

— Messieurs, jubilait-il, hors d'haleine, je vous remercie. Le Danemark vous remercie. Le monde entier vous remercie!

— Je vous en prie, répondit Austin, vous nous avez donné l'occasion d'essayer le *Sea Lamprey* dans des conditions réelles et nous vous en remercions. Nous appelons l'hélico russe qui attend à la base de l'OTAN avec les avions de transport et, dans quelques heures, nous partirons.

Becker reprit le masque sévère du bureaucrate.

— M. Zavala est libre de partir, mais vous, malheureusement, vous devrez retarder votre voyage. La commission d'enquête constituée pour examiner l'incident du croiseur se réunit demain à Tórshavn et ses membres désirent entendre votre témoignage.

— Je ne peux pas les aider, je n'ai pas assisté au naufrage.

— C'est vrai, mais vous avez plongé à deux reprises sur l'*Eriksson*. Vous êtes donc en mesure de décrire les dégâts. Cela aidera leurs travaux. (L'air dubitatif d'Austin l'incita à poursuivre :) Je crains de devoir insister pour que vous soyez notre hôte dans les Féroé jusqu'à la fin de l'audience. Courage ! L'ambassade américaine a été informée de notre requête et en avisera la NUMA. J'ai déjà pris mes dispositions pour votre hébergement. D'ailleurs, nous serons au même hôtel. Les Féroé sont magnifiques et dans un jour ou deux vous rejoindrez votre bord.

— Pas de problème pour moi, Kurt, le rassura Zavala. Je ramènerai le *Lamprey* jusqu'au *Beebe* et terminerai les essais.

Les yeux d'Austin flamboyaient de colère : il détestait qu'un petit fonctionnaire zélé lui dise ce qu'il avait à faire et ne fit aucun effort pour dissimuler son agacement.

— Je suis donc obligé d'accepter votre invitation, monsieur Becker. (Il se tourna vers Zavala.) Nous devrons attendre pour fêter cela. J'appelle la base de l'OTAN pour faire accélérer les choses.

Bientôt, le grondement du moteur de l'énorme hélicoptère russe emplit l'air; une fois l'élingue passée sous son ventre, le *Sea Lamprey* fut soulevé. Zavala décolla ensuite dans l'hélicoptère de la NUMA et suivit le sous-marin jusqu'à la base d'où il rentrerait, chargé dans un avion de transport.

— Encore une chose, précisa Becker. J'aimerais que vous gardiez à bord ce remarquable scaphandre au cas où la Cour aurait besoin de témoignages supplémentaires.

— Vous voulez parler d'une autre plongée ?

— C'est possible. Bien entendu, je demanderai l'accord de vos supérieurs.

— Bien sûr, céda Austin, trop fatigué pour discuter.

Puis le commandant leur annonça que la navette pour le continent était prête.

— Si vous n'y voyez pas d'inconvénients, répondit Austin, qui ne recherchait guère la compagnie du bureaucrate danois, je viendrai à terre demain. Le commandant Larsen veut me montrer les résultats de ses travaux sur les baleines.

Conscient du peu d'enthousiasme d'Austin, le commandant joua le jeu :

— Je suis sûr que vous serez captivé. J'amènerai M. Austin à terre demain matin.

— Comme vous voudrez, fit Becker en haussant les épaules. Le temps que je viens de passer en mer me suffira jusqu'à la fin de mes jours.

Austin regarda la navette s'éloigner et se tourna vers le commandant.

— Merci de m'avoir sauvé de M. Becker.

— Je suppose, soupira Larsen, que les bureaucrates à la Becker ont leur utilité dans la vie.

— De même que les bactéries de l'estomac facilitent la digestion, lança Austin.

Le commandant éclata de rire et posa la main sur l'épaule d'Austin.

— Je crois que nous devrions arroser le succès de votre mission.

— Vous avez raison, approuva Austin.

7

AUSTIN reçut un accueil royal à bord du navire de recherche. Le commandant lui offrit d'abord un verre dans sa cabine puis il eut droit à un repas délicieux et à la projection de quelques incroyables vues sous-marines filmées par ses hôtes. On lui donna une cabine confortable où il dormit comme un loir; le lendemain matin il fit ses adieux au commandant Larsen.

Celui-ci semblait navré de le voir partir.

— Nous restons sur place encore quelques jours pour inspecter l'épave du croiseur. Surtout prévenez-moi si vous pensez que je puisse vous être utile en quoi que ce soit à la NUMA.

Ils échangèrent une poignée de main avant qu'Austin embarque pour Western Harbor qui n'était guère éloigné. Heureux de retrouver la terre ferme après des semaines sur et sous la mer, il remonta le quai pavé auquel étaient accostés les bateaux de pêche. La capitale des îles Féroé s'appelle Tórshavn, « le port de Thor », en hommage au plus puissant des dieux scandinaves. Malgré son nom tonitruant, Tórshavn est un petit bourg tranquille juché sur un promontoire entre deux ports pleins d'animation.

Austin aurait aimé explorer les petites rues bordées de maisons anciennes et pittoresques, mais un coup d'œil à sa montre lui confirma que l'audience n'allait pas tarder à commencer. Il déposa son sac dans la chambre d'hôtel qui lui avait été réservée ; sans prendre l'avis de Becker, il demanda à la réception de lui retenir le vol du surlendemain pour Copenhague, car il n'avait pas l'intention de rester aux Féroé plus d'un jour ou deux.

Il gravit la colline en direction de la place Vaglio, au cœur du quartier commerçant. Il atteignit en quelques minutes un imposant bâtiment de basalte du XIXe siècle, le *Raohus*, la mairie. Redressant les épaules, il se prépara à l'épreuve qui l'attendait. Employé d'une agence fédérale, Austin connaissait parfaitement ce à quoi on s'expose en naviguant dans les eaux gouvernementales. Le sauvetage des prisonniers du *Leif Eriksson* a probablement été la partie la plus facile de mon aventure dans les îles Féroé, se dit-il.

La réceptionniste du *Raohus* expliqua à Austin comment se rendre à la salle d'audience : au bout d'un couloir, une porte gardée par un policier – robuste – auquel il déclina son identité. L'homme lui dit d'attendre et se glissa dans la salle. Il réapparut quelques instants plus tard avec Becker qui, prenant Austin par le bras, l'entraîna à l'écart.

— Heureux de vous revoir, monsieur Austin. (Jetant un coup d'œil au policier, il baissa la voix.) C'est une affaire extrêmement délicate. Avez-vous une idée du gouvernement des îles Féroé ?

— Seulement que ces îles font partie de la communauté danoise. Je ne connais pas les détails.

— Exact. Elles font partie du royaume de Danemark, mais jouissent d'une certaine autonomie depuis 1948 et ont conservé leur langue. Toutefois, elles n'hésitent pas à demander un soutien financier à Copenhague, ajouta-t-il avec un petit sourire. L'incident qui nous occupe s'est produit dans les eaux féringiennes, mais impliquait un navire de guerre danois.

— Ce qui signifie que la SDM ne serait pas particulièrement bien vue aujourd'hui au Danemark.

D'un geste désinvolte, Becker écarta ce commentaire.

— Je me suis exprimé assez clairement. Ces fous devraient

être pendus pour avoir coulé notre navire. Mais je suis réaliste : ce regrettable épisode n'aurait jamais eu lieu sans l'entêtement des insulaires à préserver leurs vieilles coutumes.

— Vous voulez parler de la chasse à la baleine?

— Je ne ferai aucun commentaire sur l'aspect moral du grindarap. Nombreux sont les Danois à considérer le grind comme un rituel barbare et inutile. Mais il y a plus important : les considérations économiques. Les sociétés susceptibles d'acheter le poisson des Féroé ou d'entamer des prospections pétrolières ne veulent pas, aux yeux de l'opinion, avoir l'air de faire des affaires avec des massacreurs de baleines. Quand les Féringiens sont incapables de payer leurs factures, Copenhague doit ouvrir les cordons de sa bourse.

— Autant pour l'indépendance.

Becker sourit de nouveau.

— Le gouvernement danois veut régler cette affaire rapidement, avec le minimum de publicité sur le plan international. Il n'est pas question que les militants de la SDM passent pour des martyrs courageux – mais imprudents – qui volent au secours de créatures sans défense.

— Que voulez-vous de moi?

— Je vous en prie, ne limitez pas votre déposition à vos observations techniques – nous savons ce qui a causé le naufrage du croiseur – et insistez sur les souffrances dont vous avez été le témoin. Notre objectif est de condamner Ryan devant l'opinion publique et d'expulser ces voyous de notre pays. Nous voulons qu'ils soient partout considérés comme des parias, non comme des martyrs. Peut-être alors ce genre d'incident ne se reproduira-t-il pas.

— Et si Ryan était innocent de tout cela?

— Mon gouvernement ne se préoccupe ni de son innocence ni de sa culpabilité. Il y a des problèmes plus importants en jeu.

— Il s'agit effectivement d'une affaire extrêmement délicate. Je décrirai à vos compatriotes ce que j'ai vu. C'est tout ce que je peux promettre.

— Très bien. Maintenant, allons-y.

Le policier ouvrit la porte devant Becker et Austin, qui balaya du regard la vaste salle aux boiseries sombres et plusieurs rangées de sièges occupés par des fonctionnaires et des avocats, sans doute, en costume de ville. Il portait pour sa part sa tenue de travail habituelle : jean, chandail à col roulé et caban, n'ayant pas besoin à bord de vêtements élégants. D'autres civils étaient assis derrière une longue table de bois. A droite, un homme en uniforme s'exprimait en danois et une sténo prenait sa déposition.

Becker désigna un siège, s'assit auprès d'Austin et lui murmura à l'oreille :

— C'est le représentant des garde-côtes. Vous passerez ensuite.

Dès que le témoin eut terminé, Austin entendit appeler son nom. Quatre hommes et deux femmes siégeaient derrière la table, représentant à égalité les Féringiens et les Danois. Un Danois, l'air paternel et le visage long des Vikings – il s'appelait Lundgren –, expliqua à Austin qu'il poserait les questions et que les autres membres de la commission demanderaient des précisions. Il s'agissait seulement d'une enquête destinée à recueillir des informations et non d'un procès, ajouta-t-il; il n'y aurait donc pas de contre-interrogatoire. Quand ce serait nécessaire, il ferait également office de traducteur.

Austin répondit sans détour; il décrivit le sauvetage. Il n'eut pas besoin d'insister sur les souffrances de l'équipage prisonnier dans cette tombe obscure et sans air. L'expression de Becker reflétait sa satisfaction. Quarante-cinq minutes plus tard, Austin en avait terminé; la commission le remercia et il s'apprêtait à quitter la salle quand le président du tribunal annonça, en danois et en anglais, que le commandant du *Sea Sentinel* allait plaider sa cause.

Austin, curieux de voir comment on pouvait se défendre contre autant de témoignages oculaires, décida de rester. La porte s'ouvrit pour livrer passage à deux policiers, encadrant un grand gaillard solidement bâti d'une quarantaine d'années. Austin aperçut un collier de barbe rousse à la capitaine Achab, une casquette d'officier et un uniforme aux galons dorés.

Le magistrat demanda au témoin de s'asseoir et de se présenter.

— Je m'appelle Marcus Ryan, dit l'homme, ses yeux gris regardant le public bien en face. Je suis directeur exécutif de l'organisation des Sentinelles de la Mer et commandant du navire amiral de la SDM, le *Sea Sentinel*. La SDM est une organisation internationale qui se consacre à la préservation de la mer et de la vie marine.

— Veuillez donner à la Cour un compte rendu des événements concernant votre collision avec le croiseur danois *Leif Eriksson*.

Ryan se lança dans une diatribe contre la chasse à la baleine mais le magistrat le pria avec fermeté de limiter ses remarques à la collision proprement dite. Ryan présenta ses excuses et s'attacha à décrire le brutal changement de cap du *Sea Sentinel* qui l'avait propulsé vers le croiseur; il l'avait éperonné, c'était inévitable.

— Capitaine Ryan, reprit Lundgren avec un amusement non dissimulé, vous voulez dire que votre navire a délibérément attaqué et éperonné le *Leif Eriksson* ?

Pour la première fois depuis le début de sa déposition, Ryan perdit son aplomb.

— Oh, non, monsieur. Je vous dis simplement que les commandes de mon navire ne répondaient pas.

— J'aimerais être sûr de bien comprendre, intervint alors l'un des deux enquêteurs. Le navire aurait pris le contrôle et s'en serait allé de son propre chef?

Des rires fusèrent dans l'auditoire.

— C'est ce qu'il m'a semblé, reconnut Ryan.

Cet aveu déclencha une volée de questions. Les débats, songea Austin, n'ont pas démarré dans une atmosphère hostile, mais la Cour démolit maintenant la défense de Ryan. Il faisait pourtant de son mieux pour parer à ce harcèlement mais à chaque réponse, sa position s'affaiblissait. Il finit par lever les mains au ciel comme pour se rendre.

— Je sais bien que mes explications posent plus de questions qu'elles n'en résolvent. Mais je tiens à dire, pour qu'il n'y ait aucun malentendu, que nous n'avons pas délibérément éperonné le navire danois; des témoins peuvent confirmer mes alllégations : le capitaine Petersen vous certifiera que je l'ai mis en garde.

— Combien de temps avant la collision ? demanda Lundgren.

Ryan prit une profonde inspiration et lâcha :

— Moins d'une minute avant le choc.

Lundgren ne posa pas d'autres questions. On libéra Ryan et la journaliste de CNN le remplaça à la barre ; elle décrivit calmement la collision, mais quand elle en arriva à la mort de son cameraman, elle craqua, tournant vers Ryan un regard accusateur.

Lundgren fit signe à un huissier d'introduire une cassette vidéo dans un téléviseur installé de manière à être visible de tous. La cassette commença à se dérouler, montrant Ryan sur le pont de son navire, entouré de journalistes et de photographes. On entendait quelques plaisanteries à propos de la mer un peu forte puis la réflexion de la correspondante : « Débrouillez-vous pour que l'histoire compense toutes les saloperies de Dramamine que j'ai avalées. »

Gros plan sur le visage souriant de Ryan qui répondait : « Je peux vous garantir qu'il y aura de l'animation », tandis que la caméra suivait son doigt braqué vers le croiseur danois ; un murmure parcourut le public. Ryan est foutu, se dit Austin.

Quand on arriva à la fin de la cassette, Lundgren demanda à la journaliste :

— Était-ce bien votre voix ?

Elle acquiesça et Ryan se leva d'un bond.

— C'est injuste ! Vous utilisez mon commentaire totalement hors de son contexte !

— Monsieur Ryan, fit Lundgren, veuillez vous asseoir.

Ryan comprit que sa sortie ne ferait que renforcer son image de tête brûlée capable d'éperonner un navire. Il reprit son calme.

— Toutes mes excuses, monsieur. On ne m'avait pas dit qu'on présenterait cette cassette comme pièce à conviction. J'espère avoir l'occasion de formuler mes commentaires.

— Nous ne sommes pas devant un tribunal américain, mais vous aurez toutes les occasions de faire connaître votre point de vue avant la fin de cette audience. La commission entendra le capitaine Petersen et son équipage dès qu'ils seront en mesure de témoigner. Jusque-là, vous resterez sous la protection de la police au commissariat. Nous ferons de notre mieux pour que les choses aillent vite.

Ryan remercia la Cour. Puis, escorté par les policiers, il quitta la salle.

— C'est tout ? demanda Austin à Becker.

— Apparemment. Je m'attendais à ce qu'on vous fasse revenir à la barre, mais il semble qu'on n'ait plus besoin de vous. J'espère que cela n'aura pas bouleversé votre emploi du temps.

Austin rassura Becker et, pendant que la salle commençait à se vider, il resta assis à sa place en réfléchissant à la déposition de Ryan : soit il disait la vérité, soit il était un excellent acteur. Il revenait à des hommes plus sages d'en décider. D'abord, un bon café bien serré, puis le premier vol à destination de Copenhague d'où il regagnerait Washington.

— Monsieur Austin ?

Une femme s'avançait vers lui, arborant un grand sourire. Austin remarqua la silhouette sportive et bien proportionnée, les cheveux châtains tombant sur les épaules, la peau sans défaut et le regard vif. Elle portait une robe islandaise en lainage blanc, une *lopapesya*.

Ils échangèrent une poignée de main.

— Je m'appelle Therri Weld, se présenta-t-elle d'une voix douce et chaleureuse. Je suis conseiller juridique près de la SDM.

— Ravi de vous rencontrer, mademoiselle Weld. Que puis-je faire pour vous ?

Therri avait observé l'air sérieux d'Austin lorsqu'il faisait sa déposition et elle ne s'attendait pas à ce sourire ravageur. Avec ces épaules larges, ce visage hâlé et ce regard bleu-vert, il pourrait jouer, pensa-t-elle, le séduisant capitaine d'un film de pirates. Elle faillit en oublier ce pour quoi elle l'avait abordé, mais se reprit rapidement.

— Pourriez-vous me consacrer quelques minutes ? sollicita-t-elle.

— Je m'apprêtais à chercher où prendre un café. Vous êtes la bienvenue si vous voulez bien m'accompagner.

— Merci. Il y a un endroit correct au coin de la rue.

Ils trouvèrent une table tranquille et commandèrent deux cappuccinos.

— Votre déposition m'a fascinée.

— Pourtant votre capitaine Ryan était la vedette du jour. Ce que j'ai dit paraît bien pâle auprès de son histoire.

Therri eut un petit rire dont Austin apprécia la musique.

— Je crois malheureusement qu'il a passé un mauvais quart d'heure. En général, il sait se montrer très éloquent, surtout sur des sujets qui le passionnent.

— Difficile d'expliquer à un auditoire sceptique que votre navire était possédé par de mauvais esprits. La déposition de la journaliste et la cassette vidéo n'ont rien arrangé.

— Je suis bien d'accord et c'est pour cela que je voulais vous rencontrer.

— Ah, dommage, fit Austin en lui décochant son sourire le plus naïf, j'espérais que vous aviez été irrésistiblement attirée par mon magnétisme animal.

— Cela va sans dire, lui concéda Therri en haussant délicatement les sourcils. Pour l'instant, j'avais seulement l'intention de solliciter votre aide pour la SDM.

— Pour commencer, mademoiselle Weld...

— Therri, Kurt, je peux ?

Austin acquiesça de la tête.

— Therri, ça me pose quelques petits problèmes : d'abord, je ne vois pas en quoi je peux vous aider et, ensuite, je ne suis pas certain d'avoir envie d'assister votre organisation. Je ne suis certes pas partisan du massacre des baleines, mais je ne soutiens pas non plus les extrémistes dingues.

Therri regarda Austin bien dans les yeux.

— Il fut un temps où Henry David Thoreau, John Muir et Edward Abbey étaient considérés comme tels et, je vous l'accorde, la SDM se montre parfois trop activiste. D'accord, vous ne soutenez pas les extrémistes. Et l'injustice ? Car c'est exactement de cela qu'il s'agit en l'occurrence.

— Comment cela ?

— Marcus n'a pas éperonné délibérément ce navire danois. Je

me trouvais sur la passerelle à ce moment-là : tout a été fait pour éviter la collision.

— L'avez-vous dit aux autorités danoises ?

— Oui, mais on m'a répondu qu'on n'avait pas besoin de mon témoignage et on m'a demandé de quitter le pays.

— Bon, fit Austin. Je vous crois.

— Comme ça ? Vous n'avez pourtant pas l'air d'accorder votre confiance aux gens sur leur bonne mine.

— Je ne sais quoi dire sans vous vexer.

— Rien de ce que vous direz ne pourra me vexer.

— Ravi de l'entendre. Mais qu'est-ce qui vous fait penser que je pourrais m'intéresser au sort de Ryan ?

— Je ne vous demande pas de vous préoccuper de Marcus.

La douceur de Therri cachait en fait une énergie d'acier. Austin réprima un sourire.

— Qu'attendez-vous exactement de moi, Therri ?

Elle écarta une mèche de cheveux qui tombait sur son visage et déclara :

— Que vous plongiez sur le *Sea Sentinel*.

— Dans quel but ?

— Pour apporter la preuve de l'innocence de Marcus.

— De quelle façon ?

— Je l'ignore, mais reste la possibilité que vous découvriez quelque chose ; tout ce que je sais, c'est que Marcus dit la vérité. Il se pose en extrémiste, mais, en réalité, il est pragmatique et résolu, il calcule ses chances avec beaucoup de soin. Il n'ira jamais éperonner un navire de guerre dans un accès de fureur. En outre, il adorait le *Sea Sentinel* pour lequel il avait lui-même choisi ce ridicule camouflage psychédélique. Personne à bord n'avait d'intention belliqueuse envers qui que ce fût.

Austin se renversa dans son fauteuil, noua les mains derrière sa nuque et considéra le visage grave de Therri. Il aimait le sourire à la Mona Lisa qu'esquissaient ses lèvres parfaites même dans une discussion sérieuse. Ses airs de grande fille toute simple n'arrivaient pas à dissimuler la femme sensuelle qui se cachait derrière d'aussi beaux yeux. Mille excuses auraient pu simplement le pousser à la remercier pour le café et à lui souhaiter bonne chance. Seulement il avait trois bonnes raisons pour envisager sa requête : la probable justesse de son raisonnement, la passion qu'elle mettait à plaider sa cause et sa beauté. Son avion ne partait que dans deux jours. Pourquoi faire une corvée de son bref séjour aux Féroé ? Intrigué, il se pencha en avant et commanda deux autres cafés.

— Très bien, céda Austin. Racontez-moi exactement ce qu'il s'est passé.

8

QUELQUES jours plus tard, bien loin de la chaleur du café, enfermé dans l'armure protectrice de son scaphandre d'aluminium, Austin s'enfonçait une nouvelle fois dans la mer inhospitalière. Il imaginait Becker apprenant qu'on utilisait un navire danois pour aider Marcus Ryan et la SDM. Bien fait pour ce déplaisant petit bureaucrate ! ricana-t-il bruyamment dans son casque.

Après avoir pris congé de Therri Weld, il était rentré à l'hôtel et avait appelé le capitaine Larsen pour lui demander la permission d'effectuer une nouvelle plongée à partir du *Thor* ; il voulait prendre des photos pour son rapport, ce qui était en partie vrai. Larsen lui donna son accord sans hésiter et envoya une navette le chercher. Becker lui ayant demandé de laisser le scaphandre, il n'avait plus qu'à l'enfiler.

Le sonar d'Austin le prévint de la proximité du fond. En quelques coups des propulseurs verticaux, il ralentit sa descente et se positionna à une quinzaine de mètres au-dessus de la section avant du croiseur. La mer avait déjà accueilli l'épave en son sein : une végétation marine recouvrait la coque et les superstructures comme une couverture d'alpaga ; des bancs de poissons des profondeurs entraient et sortaient par les hublots, curieux d'explorer les recoins ténébreux du navire.

Austin prit des photos numériques de la brèche découpée par le *Sea Lamprey* lors de sa mission de sauvetage et du trou béant ouvert dans la coque par le *Sea Sentinel.* Austin avait interrogé le capitaine Larsen sur la dernière position connue du *Sea Sentinel* par rapport au croiseur. Il fit un point à l'estime et se dirigea vers la zone approximative du naufrage.

Là, il appliqua la méthode classique, parcourant des tracés à peu près parallèles jusqu'au moment où il repéra dans le faisceau de ses projecteurs la peinture psychédélique du bateau de la SDM ; l'épaisse couche de végétation marine qui le recouvrait déjà lui aussi formait une combinaison étonnante avec le camouflage. Le *Sea Sentinel* reposait sur le flanc droit et, à part son étrave écrasée, semblait en bon état.

Austin examina les dégâts causés par la collision et se rappela la déposition de Ryan. Les machines, avait-il dit, s'étaient affolées et ne répondaient plus aux commandes qu'il ne pouvait inspecter sans pénétrer à l'intérieur de l'épave ; mais le système de gouverne, extérieur en partie, serait plus facile à examiner : sur les navires modernes, il combine appareils électroniques et hydrauliques ; cependant, même avec les ordinateurs, le GPS et le pilotage automatique, la conception n'est pas tellement différente de celle qu'utilisa Colomb pour partir à la recherche des Indes. A une extrémité, la roue de gouvernail ou la barre, à l'autre, le gouvernail. Si on tourne la barre, le gouvernail pivote et entraîne le navire dans la direction voulue.

Austin monta au-dessus de la poupe, la contourna puis se laissa tomber jusqu'au niveau du gouvernail ; il mesurait près de deux mètres de haut.

Curieux.

Le gouvernail était intact, mais il y avait quelque chose de bizarre : deux câbles y étaient vissés et reliaient le safran aux deux flancs du *Sea Sentinel.* Austin suivit le câble tribord qui le mena à un coffre d'acier, de la taille d'une grosse valise, qui était soudé à la coque ; un circuit électrique la traversait.

Encore plus curieux.

Les soudures entourant les boîtiers et le conduit brillaient comme si elles étaient neuves. Il recula et suivit le câble jusqu'à un coffret identique sur l'autre flanc. Il leva l'appareil et prit deux ou trois photos. Un conduit enveloppé de caoutchouc gros comme le pouce reliait les deux boîtiers. Un autre câble partait du boîtier bâbord pour épouser la courbure de la coque jusqu'à un point qui se trouvait avant le naufrage au-dessus de la ligne de flottaison. A son extrémité, un disque de plastique plat d'une quinzaine de centimètres de diamètre. Austin commençait à comprendre.

Il semble qu'on vous doive des excuses, monsieur Ryan.

Austin prit d'autres clichés puis, avec ses manipulateurs, arracha le disque qu'il rangea dans un étui attaché à son scaphandre. Il poursuivit son exploration une vingtaine de minutes et, ne trouvant plus d'anomalie, il actionna les commandes de son propulseur vertical pour remonter à la surface. Une fois sorti de son scaphandre, il remercia le capitaine Larsen de lui avoir permis d'utiliser le *Thor* et reprit un canot jusqu'à Tórshavn.

Il regagna sa chambre d'hôtel et introduisit sans plus tarder la carte de l'appareil numérique dans son ordinateur portable pour visionner les photos sous-marines qu'il avait prises. Il les examina longuement jusqu'à les avoir pratiquement enregistrées dans sa mémoire. Il appela alors Therri et lui donna rendez-vous au café. Arrivé en avance, il avait installé l'ordinateur sur la table quand elle le rejoignit quelques minutes plus tard.

— Bonnes ou mauvaises nouvelles ? demanda-t-elle.

— Les deux, répondit Austin en poussant l'ordinateur vers elle. J'ai résolu un mystère, mais j'en ai découvert un autre.

— De quoi s'agit-il exactement ? se renseigna-t-elle après avoir observé l'écran.

— Je crois que ce mécanisme annule ou court-circuite les commandes du gouvernail qu'on actionne depuis la passerelle.

— Vous en êtes certain ?

— Raisonnablement, déclara-t-il avant de faire défiler des photos prises sous différents angles des coffrets soudés à la coque.

— Ces boîtiers pourraient recouvrir des treuils capables d'actionner ou de bloquer le gouvernail. Regardez ce branchement électrique : il alimente un récepteur installé au-dessus de la ligne de flottaison. On pouvait contrôler la direction du navire sans se trouver à son bord.

— Ça ressemble à un petit moule à tarte, observa Therri en fronçant les sourcils.

Austin tira de sa poche le disque en plastique qu'il avait arraché de la coque et le posa sur la table.

— Aucune tarte dans ce moule-là, mais une antenne capable de capter des signaux.

Therri jeta un coup d'œil à l'écran puis prit le disque pour l'examiner.

— Cela expliquerait les problèmes de gouvernail rencontrés par Marcus. Et les machines qu'il n'arrivait pas à arrêter ?

— Là, reconnut Austin, je ne sais pas. Si on pouvait pénétrer dans l'épave et démonter la salle des machines, on y trouverait peut-être un mécanisme permettant de contrôler, de l'extérieur également, la vitesse du bateau.

— Je connais tout l'équipage du *Sea Sentinel*. Il est d'une loyauté totale, lança-t-elle en pointant le menton en avant comme si elle attendait qu'il proteste. Aucun n'aurait l'intention de saboter le navire.

— Je n'ai porté aucune accusation.

— Pardonnez-moi, il faut quand même que j'envisage cette possibilité.

— Pas nécessairement. Il faut que je rencontre la sécurité de l'aéroport. Avez-vous fait vos bagages vous-mêmes? Les avez-vous perdus de vue à un moment?

— Selon vous, quelqu'un de l'extérieur aurait pu saboter le navire?

Austin hocha la tête.

— Le câble d'alimentation des treuils traversait la coque pour se brancher sur le circuit du bateau. Pour cela, il fallait pénétrer à l'intérieur.

— Ça me rappelle, dit-elle soudain, que le navire a dû rester quatre jours en cale sèche aux îles Shetland pour effectuer quelques réparations aux machines.

— Qui s'en est occupé?

— Marcus doit le savoir. Je lui poserai la question.

— C'est probablement important, cela pourrait permettre à Ryan de sortir de taule, fit-il en tapotant l'écran. Un certain Becker, qui a l'air à tu et à toi avec le ministère danois de la Marine, est descendu à mon hôtel; il pourrait peut-être nous aider. Je vous conseille de prendre contact avec lui.

— Pour quelle raison les Danois chercheraient-ils à venir au secours de Marcus? Ils ont proféré tant d'horreurs à son propos.

— C'était pour le public. Ce qu'ils veulent vraiment c'est flanquer Ryan hors des Féroé et ne jamais l'y revoir. Ils ne veulent surtout pas qu'il monte sur ses grands chevaux parce que cela risquerait d'effrayer les sociétés qui envisagent d'investir aux Féroé. Désolé si ça fiche en l'air les projets de martyre de Ryan.

— Je ne nierai pas que Marcus espérait faire de son affaire une cause célèbre.

— C'est une stratégie hasardeuse, non? S'il pousse les Danois trop loin, ils seront forcés de le condamner et de le jeter en prison. Il ne me paraît pas aussi imprudent.

— Marcus ne l'est pas du tout, en revanche, il est capable de prendre un risque calculé s'il estime que le jeu en vaut la chandelle. En l'occurrence, il a probablement mis en balance la prison pour lui contre une chance de mettre un terme au grind.

Austin sortit la carte numérique de l'ordinateur et la tendit à Therri.

— Dites à Becker que je suis prêt à témoigner de ce que j'ai vu et de confirmer que c'est moi qui ai pris ces photos. Je vais me renseigner auprès d'un fabricant d'antennes, mais, si celle-ci a été montée à partir de pièces détachées, cela ne nous avancera à rien.

— Je ne sais comment vous remercier, dit Therri en se levant.

— Mes honoraires s'élèvent à l'acceptation de mon invitation à dîner.

— Je serais enchantée de... (Elle s'arrêta net et jeta un coup d'œil à l'autre bout de la salle par-dessus l'épaule d'Austin.) Kurt, connaissez-vous cet homme? Voilà un moment qu'il vous dévisage.

Un homme d'une soixantaine d'années – légère calvitie et mâchoire allongée – se dirigeait vers leur table.

— Mais, s'écria-t-il d'une voix tonnante, c'est Kurt Austin de la NUMA si je ne me trompe !

Austin se leva et lui tendit la main.

— Professeur Jorgensen, ravi de vous rencontrer ! Trois ans déjà !

— Quatre, en fait, depuis ce projet au Yucatan. Quelle merveilleuse surprise ! J'ai lu le récit du sauvetage miraculeux que vous avez accompli, mais je pensais que vous aviez quitté les Féroé.

Le professeur était grand et de carrure étroite. Les touffes de cheveux entourant sa calvitie criblée de taches de rousseur faisaient penser aux ailes d'un cygne. Il parlait anglais avec l'accent d'Oxford, ce qui n'avait rien d'étonnant puisqu'il avait accompli toutes ses études dans la célèbre université britannique.

— Je suis resté pour aider mademoiselle Weld ici présente à mener à bien un projet. (Il présenta Therri et ajouta :) Voici le professeur Peter Jorgensen, l'un de nos physiologistes les plus réputés au monde spécialisé dans les pêcheries.

— Kurt présente les choses sous un jour plus prestigieux qu'elles ne le méritent vraiment. Je suis en quelque sorte un médecin des poissons. Eh bien, mademoiselle Weld, qu'est-ce qui vous a conduite jusqu'à cet avant-poste perdu de la civilisation ?

— Je suis avocate, j'étudie le système juridique danois.

— Et vous, professeur ? s'enquit Austin. Faites-vous des recherches dans les Féroé ?

— Oui, je travaille sur un phénomène curieux, répondit-il sans quitter Therri des yeux. Si je ne craignais pas de vous paraître trop hardi, je vous proposerais de dîner ensemble ce soir ; ainsi pourrais-je vous parler de mes recherches.

— Malheureusement mademoiselle Weld et moi avons déjà des projets.

— Oh, Kurt, fit Therri avec une expression navrée, je suis vraiment désolée ! Je commençais à vous expliquer que je serais ravie de dîner avec vous, mais pas ce soir. Je dois travailler sur ce problème juridique que nous avons évoqué.

— Pris à mon propre piège, ironisa Austin en haussant les épaules. Eh bien, professeur, il semble que nous nous retrouverons pour dîner.

— Magnifique ! Si cela vous convient, vers dix-neuf heures, dans la salle à manger de l'hôtel Hania. Je suis consterné, mademoiselle Weld, j'espère que nous nous reverrons, ajouta-t-il en lui baisant la main.

— Il est charmant, observa Therri quand Jorgensen se fut éclipsé. D'une exquise politesse, un peu surannée.

— J'en conviens, fit Austin, mais j'aurais quand même préféré dîner avec vous.

— Je suis vraiment navrée. Aux États-Unis peut-être, à notre retour. (Ses yeux s'assombrirent légèrement.) Je pensais à cette éventualité d'un contrôle du *Sea Sentinel* de l'extérieur. A quelle distance est-ce possible ?

— Cela peut être fait d'assez loin ; mais il faut néanmoins surveiller les réactions du bateau. Vous pensez à quelque chose ?

— Il y avait pas mal de bateaux transportant des journalistes dans le secteur. Il y avait même un hélicoptère.

— Il n'est pas nécessaire d'être sur la mer et le matériel n'est pas volumineux : un émetteur et une manette ressemblant à celle des jeux vidéo. A supposer que nous sachions comment, parlons du pourquoi. Qui aurait avantage à neutraliser Ryan?

— Énumérer la liste des ennemis de Marcus à travers le monde demanderait une journée entière.

— Pour commencer, limitons-nous aux îles Féroé.

— Les baleiniers viendraient en tête de liste. Le problème suscite bien des passions, mais, malgré leurs coutumes bizarres, ce sont essentiellement des gens convenables. Je ne les vois pas attaquant le navire de guerre envoyé pour les protéger. (Elle s'arrêta pour réfléchir.) Il y a bien une autre possibilité, mais tellement tirée par les cheveux...

— Essayez toujours.

— Après l'opération sur le grindarap, expliqua-t-elle, concentrée, Marcus et son équipage comptaient se montrer dans les parages d'une entreprise de pisciculture appartenant à la compagnie Oceanus. Les Sentinelles s'opposent également à l'aquaculture sur une grande échelle à cause des dommages qu'elle cause à l'environnement.

— Que savez-vous d'Oceanus ?

— Pas grand-chose. Cette multinationale distribue les produits de la mer. Elle achetait le poisson à des flottes de pêche dans le monde entier jusqu'à ce que, il y a quelques années, elle se mette sérieusement à l'aquaculture. Elle évolue sur la même échelle que certaines des entreprises agricoles contrôlées par des sociétés agroalimentaires américaines.

— Vous pensez qu'Oceanus aurait pu manigancer tout ça ?

— Oh, je ne sais pas, Kurt. La compagnie a les moyens de le faire et peut-être même aussi le mobile.

— Où est située leur entreprise de pisciculture ?

— Pas loin d'ici, près de Skaalshavn. Marcus comptait croiser devant les eaux d'élevage pour que le *Sea Sentinel* soit filmé par les caméras d'actualité. (Therri regarda sa montre.) Cela me rappelle... il faut que j'y aille. J'ai beaucoup de travail.

Ils se serrèrent la main en se promettant de se revoir. Therri traversa la salle à manger et s'arrêta un instant pour lui jeter pardessus l'épaule un clin d'œil complice. Un geste sans doute destiné à le rassurer mais qui ne fit qu'accroître les regrets d'Austin.

9

DEPUIS quelques minutes, Austin tentait de s'y retrouver parmi les plats aux noms impossibles énumérés sur le menu ; poliment, le professeur Jorgensen attendait. Finalement, il se pencha en travers de la table.

— Si vous aviez envie d'essayer une spécialité féringienne, je vous recommanderais le moine frit ou le steak d'épaulard.

Austin s'imagina grignotant, empalé sur une baguette, un de ces petits oiseaux bien gras au bec de perroquet et il renonça au moine. Témoin de la fin cruelle des baleines aux Féroé, il pensa d'abord à commander du museau de requin, mais en dernier ressort il opta pour le *skerpikjot*, du mouton d'un certain âge. Dès la première bouchée, il regretta le moine.

— Comment est votre viande ? interrogea Jorgensen.

— Pas tout à fait aussi dure que de la semelle, répondit Austin en mastiquant avec énergie.

— Oh, mon Dieu, j'aurais dû vous conseiller ce que j'ai pris, le mouton bouilli ! Le *skerpikjot* est séché en plein vent, en général à Noël, et on le sert tout au long de l'année. Il commence à se faire vieux, comme on dit. (Il pensa à quelque chose et son visage s'éclaira.) Aux Féroé, l'espérance de vie est très élevée : ce doit donc être bon pour vous !

Austin parvint à découper une petite bouchée et à l'avaler. Puis il reposa ses maxillaires.

— Qu'est-ce qui vous amène aux Féroé, docteur Jorgensen? Ça ne peut pas être la cuisine.

Une lueur amusée s'alluma dans les yeux du professeur.

— En étudiant des rapports, j'ai constaté que leurs réserves de poisson diminuent. C'est un vrai mystère!

— A quel égard?

— J'ai d'abord songé à la pollution mais les eaux des Féroé sont d'une pureté étonnante. Je ne peux pas faire assez d'analyses sur place, aussi demain je rentre à Copenhague où j'examinerai quelques prélèvements. Peut-être contiendront-ils des traces infinitésimales de produits chimiques susceptibles de m'éclairer.

— Qui viendraient d'où, selon vous?

— C'est bizarre, marmonna-t-il en tirant sur une de ses touffes de cheveux. Je suis certain que le problème a un rapport avec l'entreprise de pisciculture voisine, mais pour l'instant je ne décèle aucun lien entre les deux.

Austin contemplait le mouton en rêvant de hamburger, mais les propos du professeur lui firent dresser l'oreille.

— Vous avez bien dit que vous testiez l'eau à proximité d'un élevage de poissons?

— Oui. Il y en a plusieurs dans les îles, qui produisent truites, saumons et autres poissons du même genre. J'ai effectué des prélèvements autour de l'entreprise d'aquaculture de Skaalshavn, à quelques heures de voiture de Tórshavn, sur le Sundini, le long chenal qui sépare Streymoy de l'île d'Eysturoy. C'était autrefois un port baleinier. L'élevage appartient à un conglomérat de pêcheries important.

— Oceanus? proposa Austin à tout hasard.

— Précisément. Vous en avez entendu parler?

— Oui, récemment. Selon vous, professeur, la population des poissons aux alentours de cet élevage serait moins nombreuse qu'elle ne le devrait?

— Exact, répondit Jorgensen en fronçant les sourcils, une véritable énigme.

— J'ai entendu dire que ce type d'élevage peut nuire à l'environnement, reprit Austin se rappelant sa conversation avec Therri Weld.

— En effet, leurs déchets sont toxiques. On accélère la croissance des poissons grâce à un régime spécial à base de produits chimiques, mais Oceanus prétend utiliser un système de purification de l'eau extrêmement sophistiqué. Jusqu'à maintenant je n'ai rien trouvé pour contester cette affirmation.

— Avez-vous visité cet élevage ?

— Les visiteurs ne sont pas admis, révéla Jorgensen avec un grand sourire. L'endroit est aussi protégé que les joyaux de la Couronne. J'ai réussi à parler – en dehors de l'entreprise – avec un avocat du cabinet qui représente la compagnie au Danemark. Il m'a certifié qu'on n'utilise aucun produit chimique dans la zone d'élevage et que les installations de purification de l'eau sont remarquables. Sceptique, comme tous les scientifiques, j'ai loué une petite maison non loin d'Oceanus et je me suis approché le plus près possible en bateau pour prélever des échantillons d'eau. Comme je vous le disais, je pars demain pour Copenhague, ce qui ne vous empêche pas, vous et votre jeune amie, d'aller jusqu'au chalet. C'est une jolie promenade.

— Merci, professeur. Malheureusement, dans les jours qui viennent, Mlle Weld a un emploi du temps très chargé.

— Quel dommage !

Austin hocha distraitement la tête, intrigué par la rigueur de la sécurité chez Oceanus. Un obstacle pour certains mais, pour Austin, une incitation à examiner de plus près le rapport entre Oceanus et la désastreuse collision du navire de la SDM avec le croiseur.

— En définitive, j'accepte votre proposition ; je connaîtrai un peu mieux les Féroé.

— Magnifique ! Restez aussi longtemps que vous voulez, car ces îles sont vraiment superbes. Je préviens le propriétaire pour lui annoncer votre arrivée : il s'appelle Gunnar Jepsen et habite une petite maison derrière la villa. Vous pourrez utiliser ma voiture de location et le canot de la villa. Les falaises abritent d'incroyables colonies d'oiseaux, vous avez le choix entre des randonnées toutes plus belles les unes que les autres et vous trouverez des ruines fascinantes non loin de là.

— Je suis certain, fit Austin en souriant, que je trouverai à m'occuper.

Après le dîner, ils burent un verre au bar de l'hôtel puis se séparèrent en se promettant de reprendre contact à Copenhague. Le professeur passait la nuit chez un ami et quitterait les îles le matin suivant. Austin regagna sa chambre d'hôtel : il voulait commencer de bonne heure le lendemain. De sa fenêtre, il contempla un moment la pittoresque bourgade puis, sortant de sa rêverie, composa sur son portable un numéro qui lui était familier.

Dans son bureau du siège de la NUMA à Washington, Gamay Morgan-Trout était concentrée sur son ordinateur quand le téléphone sonna. Sans quitter l'écran des yeux, elle décrocha le combiné et marmonna un allô distrait. Elle reconnut aussitôt la voix d'Austin et son visage s'éclaira d'un sourire éblouissant que soulignait l'espace entre ses dents de devant.

— Kurt ! s'écria-t-elle, manifestement ravie. Quelle joie de t'entendre !

— Pour moi aussi. Comment ça va à la NUMA ?

Toujours souriante, Gamay écarta une longue mèche de cheveux roux qui pendait sur son front et dit :

— Nous faisons du surplace ici depuis que Joe et toi êtes partis. Je suis en train de lire les conclusions d'une étude du système nerveux de la baudroie ; elles pourraient aider à guérir les problèmes d'équilibre chez l'homme. Paul, de son côté, planche sur un modèle de la fosse de Java. Ça fait longtemps que je ne me suis pas autant amusée. Je vous plains, Joe et toi : ce sauvetage audacieux a dû vous ennuyer mortellement.

Paul Trout et sa femme travaillaient dos à dos. Il était, comme d'habitude, penché devant son ordinateur, autant pour réfléchir que pour loger ses deux mètres. Il ramenait sur les tempes ses cheveux châtain clair partagés par une raie au milieu. Il était vêtu d'un élégant costume d'été vert olive qui venait d'Italie et un nœud papillon assorti. Il leva ses yeux noisette comme pour mieux regarder par-dessus des lunettes bien qu'il portât des verres de contact.

— Quand notre intrépide chef rentre-t-il? demanda Paul. Le siège de la NUMA est calme comme une tombe pendant que Joe et lui font les gros titres des journaux.

Austin avait entendu la question de Trout.

— Réponds-lui que je regagnerai mon bureau dans quelques jours. Joe rentrera un peu plus tard, quand il aura terminé les essais de son dernier joujou. Je voulais simplement vous expliquer où je serai : demain, en effet, je remonte la côte des Féroé jusqu'au petit village du nom de Skaalshavn.

— Qu'est-ce qui se passe? se renseigna Gamay.

— Je veux jeter un coup d'œil à une entreprise de pisciculture appartenant à la compagnie Oceanus. Il y a peut-être un rapport entre Oceanus et le naufrage. Pendant que je fouine dans les parages, renseigne-toi un peu sur cette boîte, s'il te plaît. Je n'ai pas grand-chose. Hiram te donnera peut-être un coup de main. (Génie informatique, Hiram Yeager veillait sur la vaste banque de données de la NUMA.)

Gamay promit de s'en occuper et ils bavardèrent encore quelques minutes, Austin donnant à son amie des précisions sur le sauvetage des matelots danois. Quand elle eut raccroché, elle rapporta à son mari l'essentiel de sa conversation avec Austin.

— Kurt n'a pas son pareil pour embobiner les gens, commenta Paul avec un petit rire. Que voulait-il savoir à propos de la pisciculture, comment faire marcher un tracteur sous l'eau?

— Non, une moissonneuse-lieuse, répliqua Gamay d'un ton définitif. Comment pourrais-je oublier que tu as pratiquement grandi sur un bateau de pêche?

— Je ne suis qu'un simple fils de pêcheur.

Trout était né à Cape Cod dans une famille de pêcheurs, mais, à l'adolescence, abandonnant la trace de ses ancêtres, il avait commencé à traîner du côté de l'Institut océanographique de Woods Hole. Quelques professeurs de l'Institut l'avaient alors encouragé à étudier l'océanographie. Il avait passé son doctorat à l'Institut Scripps d'océanographie, en se spécialisant dans la géologie des fonds sous-marins, et il utilisait maintenant beaucoup l'informatique pour la mise au point de divers projets.

— Je sais pertinemment que tu t'y connais plus en aquaculture que tu ne le prétends.

— La pisciculture n'a rien de nouveau : dans nos pays, on ensemence et on moissonne les bancs de palourdes et d'huîtres depuis plus de cent ans. On étend tout simplement ce principe aux poissons : on les fait pondre dans des réservoirs et on les élève dans des cages en filet qui flottent dans l'océan. Ainsi les élevages produisent du poisson beaucoup plus rapidement que les pêcheurs n'en ramènent.

— Les pêcheurs déjà contrôlés par le gouvernement à cause de la diminution des réserves n'ont pas vraiment besoin de ce genre de concurrence.

— Les éleveurs prétendent, eux, que l'aquaculture produit à moindre coût, procure des emplois et fait fonctionner l'économie locale. Qu'en pense une biologiste marine?

Gamay avait d'abord passé un diplôme d'archéologie sous-marine puis, intéressée par d'autres domaines, elle s'était inscrite à Scripps où elle avait obtenu un doctorat de biologie marine en même temps qu'elle rencontrait et épousait Paul.

— Je suis entre les deux, admit-elle. La pisciculture a des avantages, mais je crains que, avec de grosses sociétés qui dirigent les élevages, la situation ne se dégrade.

— Dans quel sens le vent souffle-t-il?

— C'est difficile à dire, mais imagine un instant que tu es un homme politique se présentant à une élection; l'industrie piscicole se déclare alors prête à investir des centaines de millions de dollars dans des communautés côtières, investissement qui va créer des emplois et verser chaque année des milliards de dollars dans les activités économiques de ta région. Dans quel camp te ranges-tu?

— Des milliards? s'exclama Trout. Je ne me doutais pas qu'il y avait autant d'argent impliqué.

— Je ne parle que d'une fraction du commerce mondial. On trouve des élevages de poissons dans le monde entier. Les derniers saumons, crevettes ou coquilles Saint-Jacques que tu as mangés ont très bien pu être élevés au Canada, en Thaïlande ou en Colombie.

— Leur rendement doit être incroyable pour fournir de telles quantités !

— C'est phénoménal. En Colombie-Britannique ils ont mis sur le marché soixante-dix millions de saumons d'élevage alors que la pêche en rapporte cinquante-cinq mille.

— Comment les pêcheurs peuvent-ils rivaliser avec une production pareille ?

— Ils n'y arrivent pas, déclara Gamay en haussant les épaules. Kurt s'intéresse à une certaine société Oceanus. Voyons ce que je peux trouver. (Ses mains pianotèrent sur le clavier de l'ordinateur.) Bizarre. En général, avec Internet, tu croules sous les informations. Or, concernant Oceanus, je ne trouve que quelques lignes annonçant la vente d'une conserverie canadienne de saumon à Oceanus. Je continue à fouiller.

Un bon quart d'heure plus tard – Paul toujours plongé dans la fosse de Java –, elle poussa une exclamation :

— Ah, ah !

— Dans le mille ? lui demanda Paul.

Gamay faisait défiler des données sur son écran.

— J'ai déniché quelques précisions sur cette acquisition, perdues au beau milieu d'une lettre d'information de l'industrie. Oceanus possède apparemment des sociétés dans le monde entier et dégage un bénéfice de plus de cinq cents millions de livres par an. Cette acquisition lui ouvre le marché américain par l'intermédiaire d'une filiale. Le vendeur estime que les États-Unis achèteront un quart de la production.

– Cinq cents millions de livres ! C'est décidé, je range ma canne à pêche ! Ça m'intéresserait de voir une de ces installations. Où se situe la plus proche ?

— C'est l'entreprise canadienne dont je viens de parler. Cela me tente aussi.

— Alors, qu'est-ce qui nous en empêche ? Nous nous tournons les pouces pendant l'absence de Kurt et de Joe. Aucune vie à sauver pour l'instant et, si ça se présente, Kurt et Joe sont disponibles !

— L'élevage se trouve à Cap-Breton, fit-elle en regardant l'écran, pas vraiment proche des rives du Potomac.

— Quand comprendras-tu que tu dois faire confiance à mon ingéniosité yankee? se lamenta Paul avec un grand soupir.

Sous le regard amusé de Gamay, Paul décrocha un téléphone et composa un numéro. La conversation fut brève et il raccrocha avec un sourire triomphant.

— J'ai appelé un copain du service voyages de la NUMA. Un appareil de l'organisation décolle pour Boston dans quelques heures. Il y a deux places libres. Ensuite, avec ton charme, peut-être obtiendras-tu du pilote une extension jusqu'à Cap-Breton...

— Ça vaut la peine d'essayer, décida Gamay en appuyant sur le bouton « OFF » de son ordinateur.

— Et tes recherches sur les grenouilles? lui rappela Paul.

— Et ta fosse de Java? riposta Gamay émettant un coassement approximatif.

— Elle est là depuis deux millions d'années; elle attendra probablement encore quelques jours.

L'écran de son ordinateur devint à son tour tout noir. Soulagés d'avoir enfin un but, ils se dirigèrent du même pas vers la porte de leur bureau.

10

LES brumes matinales avaient fini par se dissiper ; le soleil qui brillait rarement sur les Féroé révélait des paysages splendides. Le terrain accidenté, couvert d'un tapis aussi vert que celui d'un billard, était parsemé de maisonnettes aux toits de chaume avec, çà et là, un clocher ; partout des sentiers bordés de murets de pierre. On ne distinguait en revanche que très peu d'arbres.

Austin conduisait la Volvo du professeur sur une route côtière sinueuse d'où l'on découvrait vers l'intérieur des montagnes lointaines. Des roches de gneiss affleuraient dans les eaux d'un bleu froid évoquant des nageoires de baleine pétrifiées. Des oiseaux tournoyaient au sommet des hautes falaises dans lesquelles la mer avait creusé une côte irrégulière.

Vers midi, Austin émergea d'un tunnel percé à travers une montagne et aperçut un village de poupée blotti sur une colline en pente douce au bord d'un fjord. La route descendait en lacet, plongeant en quelques kilomètres de plusieurs centaines de mètres. Les virages en épingle à cheveux n'étaient protégés par aucun garde-fou. Austin fut soulagé de parvenir à la route plate qui courait entre les brisants crêtés d'écume et les maisons aux couleurs vives posées sur le versant de la colline comme des spectateurs dans un amphithéâtre.

Une femme plantait des fleurs devant une église minuscule avec un toit de chaume et un petit clocher rectangulaire. Austin jeta un coup d'œil à son manuel de conversation féroïen avant de descendre de voiture.

— *Orsaka*, dit-il. *Hvar er Gunnar Jepsen?* (Pardonnez-moi, où pourrais-je trouver Gunnar Jepsen?)

Elle posa sa bêche et s'approcha. C'était une belle femme, la cinquantaine, des cheveux argentés noués en chignon, le visage bronzé, des pommettes hautes et colorées, et des yeux aussi gris que la mer. Avec un grand sourire, elle désigna une petite route qui menait vers la lisière du bourg.

— *Gott taak*, dit-il. (Merci.)

— *Eingiskt?*

— Non, je suis américain.

— Nous ne voyons guère d'Américains ici à Skaalshavn, répondit-elle en anglais avec une intonation scandinave. Bienvenue.

— J'espère ne pas être le dernier.

— Gunnar habite là-haut sur la colline. Vous n'avez qu'à suivre cette petite route. J'espère, ajouta-t-elle avec un nouveau sourire, que vous ferez une bonne visite.

Austin la remercia encore une fois, remonta dans sa voiture et suivit sur environ quatre cents mètres deux ornières de gravier qui aboutissaient à une petite maison en madriers couleur chocolat sous le toit de chaume local. Une camionnette était garée dans l'allée. Une centaine de mètres plus bas se dressait une maison jumelle. Austin grimpa les marches du perron et frappa.

Un homme de taille moyenne et un peu corpulent ouvrit la porte. Il avait un visage rond comme une pomme et quelques rares mèches de cheveux d'un blond roux masquaient tant bien que mal sa calvitie.

— *Ja*, dit-il avec un sourire aimable.

— Monsieur Jepsen? fit Austin. Mon nom est Kurt Austin. Je suis un ami du professeur Jorgensen.

— Ah, monsieur Austin. Entrez. (Il serra la main de Kurt comme un vendeur de voitures d'occasion accueillant un futur client. Puis il le fit entrer dans un salon rustique.) Le Dr Jorgensen a téléphoné pour annoncer votre venue. La route est longue depuis Tórshavn, dit Jepsen, aimeriez-vous boire quelque chose?

— Pas maintenant, je vous remercie. Plus tard peut-être.

Jepsen acquiesça et demanda :

— Vous venez ici pour pêcher?

— J'ai entendu dire qu'aux Féroé on pêche du poisson même sur la terre ferme.

— Pas tout à fait, apprécia Jepsen en souriant, mais presque.

— J'ai fait une opération de sauvetage à Tòrshavn et pêcher me détendra agréablement.

— Du sauvetage? Austin! (Il jura en féroïen.) J'aurais dû m'en douter. Vous êtes l'Américain qui a sauvé les marins danois. J'ai vu cela à la télévision. Un vrai miracle! Attendez un peu que les gens du village apprennent que je reçois une célébrité.

— J'espérais passer inaperçu.

— Bien sûr, mais il sera impossible de leur cacher votre visite.

— J'ai déjà rencontré une dame charmante devant l'église.

— Probablement la veuve du pasteur. Elle est receveuse des postes et la reine des commères. Tout le monde connaît d'ores et déjà votre présence ici.

— C'est la villa du professeur plus bas sur la colline?

— Oui, dit Jepsen en prenant une clef accrochée au mur. Venez, je vais vous y conduire.

Austin prit son sac dans la voiture. Tandis qu'ils descendaient le sentier de terre battue, Jepsen demanda :

— Vous êtes un bon ami du Dr Jorgensen?

— Je l'ai rencontré il y a quelques années. Il a une réputation d'expert mondial en ichtyologie.

— Oui, je sais. J'étais très honoré. Et maintenant vous.

Ils s'arrêtèrent devant la villa dont la véranda s'ouvrait sur le port où était ancrée une pittoresque flottille de bateaux de pêche.

— Etes-vous pêcheur, monsieur Jepsen?

— Dans une petite bourgade comme celle-ci, on survit en faisant beaucoup de choses. Je loue ma villa et je dépense peu.

Ils montèrent le perron et entrèrent dans la maison qui comprenait une pièce avec un lit d'une personne, une salle de bains, un coin-cuisine, une petite table et deux chaises ; l'ensemble paraissait cependant confortable.

— Il y a du matériel de pêche dans le placard, déclara Jepsen. Avez-vous besoin d'un guide pour la pêche ou une randonnée ? J'ai des racines vikings et personne ne connaît mieux cette région que moi.

— Merci de votre offre, mais ces derniers temps j'ai dû côtoyer beaucoup de monde. J'aimerais rester seul quelques jours. J'ai cru comprendre qu'avec la villa il y a un bateau.

— C'est le troisième en partant du bout de la jetée, expliqua Jepsen. Un canot à double étrave. Les clefs sont dessus.

— Merci de votre aide. Maintenant, veuillez m'excuser, j'aimerais défaire mon sac avant de descendre jusqu'au village pour me dégourdir les jambes.

Jepsen insista pour qu'Austin n'hésite pas à lui faire part de ses besoins.

— Habillez-vous chaudement, conseilla-t-il en sortant. Le temps change vite par ici.

Sagement, Austin enfila un caban par-dessus son chandail et sortit sur le perron pour aspirer l'air frais à pleins poumons. Le terrain descendait en pente douce jusqu'à la mer. De sa place, il voyait distinctement le port, la jetée et les bateaux. Il reprit la Volvo pour descendre au village. Il s'arrêta d'abord à proximité de la jetée bourdonnante d'activité : des chalutiers déchargeaient leur pêche saluée par une nuée d'oiseaux piaillant. Le bateau était bien amarré à l'endroit indiqué par Jepsen : c'était un canot de bois à fond plat, bien construit, d'environ six mètres de long et aux extrémités élancées comme celles d'un doris. Il inspecta le moteur : il était relativement propre et assez neuf. La clef se trouvait bien sur le tableau de bord. Austin mit le moteur en marche et l'écouta quelques minutes. S'étant assuré qu'il tournait régulièrement, il coupa le contact et regagna sa voiture. En chemin, il rencontra la veuve du pasteur qui sortait d'une aire de chargement.

— Bonjour, l'Américain ! lança-t-elle avec un sourire amical. Avez-vous trouvé Gunnar ?

— Oui, merci.

Elle tenait un poisson enveloppé dans du papier journal.

— Je suis descendue m'acheter de quoi dîner. Je m'appelle Pia Knutsen, dit-elle en lui tendant une main tiède et robuste.

— Enchanté. Kurt Austin. Je suis allé admirer le paysage. Quel beau village que Skaalshavn ! Que signifie son nom en anglais ?

— J'en suis l'historienne officieuse. Skaalshavn signifie « le Port du crâne ».

Austin regarda vers l'eau.

— Parce que la baie a la forme d'un crâne ?

— Oh, pas du tout. Ça remonte loin. Les Vikings ont découvert des crânes dans certaines grottes lorsqu'ils ont fondé leur colonie.

— Les Vikings ne furent pas les premiers habitants ?

— Non, on parle de moines irlandais ; peut-être la côte était-elle même habitée avant. Les grottes se trouvent sur l'autre versant du cap à l'emplacement du port baleinier d'origine. Mais, la pêche se développant, il est devenu trop petit et des pêcheurs sont venus amarrer leur bateau de ce côté.

— J'aimerais faire quelques randonnées. Quels itinéraires me recommanderiez-vous pour profiter d'une bonne vue de la ville et de ses environs ?

— Depuis les falaises aux oiseaux, la vue s'étend sur des kilomètres. Prenez ce sentier derrière le village, répondit-elle en le lui montrant du doigt ; il traverse la lande ; il vous fera passer devant de magnifiques chutes d'eau et longer un grand lac. Une fois dépassées les ruines de la vieille ferme, le chemin monte sec jusqu'aux falaises. Ne vous approchez pas trop du bord surtout s'il y a du brouillard ; vous vous trouverez à près de cinq cents mètres au-dessus de l'eau. Pour revenir suivez les cairns en les gardant à votre gauche. Le chemin est raide ; ne marchez pas près du bord, car les vagues viennent parfois se briser là-haut et peuvent vous emporter.

— Je ferai attention.

— Encore une chose. Habillez-vous chaudement. Le temps change rapidement.

— Gunnar m'a donné le même conseil. Il a l'air de bien connaître la région. Est-il du pays ?

— Gunnar aimerait faire croire qu'il descend d'Éric le Rouge, ricana-t-elle. Mais il est de Copenhague ; il s'est installé au village il y a seulement un an ou deux.

— Vous le connaissez bien ?

— Oh, oui ! fit-elle en roulant des yeux. Il a essayé de m'attirer dans son lit, mais je ne suis pas assez en manque !

Pia était une belle femme et Austin ne fut pas surpris que Jepsen eût tenté sa chance ; mais il n'avait pas fait tout ce chemin pour s'entendre raconter les idylles locales.

— J'ai entendu parler d'un élevage de poissons un peu plus loin sur la côte.

— Oui, vous le verrez des falaises. D'affreux bâtiments de ciment et de métal. Le port est encombré de leurs cages à poissons. Ils y font de l'élevage et expédient leur production un peu partout. Les pêcheurs du pays n'aiment pas ça. Ça a causé du tort à la pêche dans la région. Personne de chez nous ne travaille là-bas. Même Gunnar n'y va plus.

— Il y a travaillé ?

— Au début. Pour la construction. Il a mis l'argent qu'il avait gagné dans l'achat des maisons et il vit des loyers.

— Vous avez beaucoup de visiteurs ici ? demanda Austin en observant un élégant yacht bleu qui entrait dans le port.

— Des amateurs d'ornithologie ou de pêche. (Elle suivit le regard d'Austin.) Comme les occupants de ce beau bateau, celui, dit-on, d'un riche Espagnol qui n'a pas hésité devant les milles pour satisfaire sa passion de la pêche.

— Vous parlez très bien anglais, la félicita Austin.

— Nous l'apprenons à l'école en même temps que le danois. De plus, mon mari et moi avons vécu quelque temps en Angleterre au début de notre mariage. Je n'ai guère l'occasion de le parler, hélas ! Pourquoi ne viendriez-vous pas dîner chez moi ? proposa-t-elle en brandissant le poisson sous le nez d'Austin. Ça me permettrait d'exercer mon anglais.

— Cela ne vous causerait pas trop de dérangement ?

— Pas du tout. Venez après votre promenade ; ma maison se situe derrière l'église, lui précisa-t-elle avant de le quitter.

Austin laissa la voiture au départ du sentier. Le chemin

caillouteux gravissait lentement la lande vallonnée parsemée de fleurs sauvages ; il contournait un petit lac tout rond qui semblait fait de cristal et, environ un kilomètre et demi plus loin, il menait aux ruines d'une ferme.

Le sentier devenait plus raide et son tracé moins visible. Austin se rappela les conseils de Pia et suivit les tas de pierres qui jalonnaient le chemin. Au loin, des troupeaux de moutons ressemblant à des peluches et, à l'horizon, une chaîne montagneuse ponctuée de cascades.

Au-dessus des falaises évoluaient des centaines d'oiseaux de mer planant gracieusement sur les courants d'air ascendants. Le sommet plat des hauts rochers jaillissant de la baie était noyé dans la brume. Austin mâchonna une tablette vitaminée en se demandant s'il existait sur la planète un endroit plus perdu que les Féroé.

Il poursuivit jusqu'à la cime d'une corniche d'où on avait une vue panoramique de la côte tourmentée : un promontoire arrondi séparait Skaalshavn d'une crique plus petite et, sur l'emplacement de l'ancien port, se dressaient des douzaines de bâtiments disposés avec soin. Une goutte de pluie sur sa joue lui fit remarquer les gros nuages sombres qui commençaient à masquer le soleil. S'éloignant de la corniche trop près du vide, il amorça sa descente : les lacets avaient beau atténuer la pente abrupte, il fallait quand même faire attention, aussi avança-t-il prudemment tant qu'il n'eut pas retrouvé le terrain plat. Il avait presque atteint le niveau de la mer quand la pluie se mit à redoubler de violence. Guidé par les lumières de la bourgade, il rejoignit bientôt sa voiture.

Pia jeta un coup d'œil à la silhouette trempée qui frappait à sa porte et hocha la tête.

— On dirait que vous sortez de l'eau.

Attrapant Austin par la manche, elle le poussa vers la salle de bains et lui ordonna de se déshabiller. Austin était trop mouillé pour protester. Pendant qu'il se dévêtait, elle entrebâilla la porte pour lui lancer une serviette et du linge sec.

— J'étais certaine que les vêtements de mon mari vous iraient, déclara-t-elle d'un ton approbateur quand Austin s'aventura dans le salon en chemise et pantalon. Vous avez la même stature que lui.

Pendant que Pia dressait la table Austin étendit ses affaires devant le poêle à bois et profita de sa chaleur jusqu'à ce que le dîner fût prêt.

La morue fraîche cuite au four fondait dans la bouche. Ils arrosèrent le dîner d'un petit vin blanc de fabrication locale. En dessert, un pudding aux raisins. Pendant le repas ils parlèrent de leur vie, celle de Pia dans les Féroé et celle d'Austin consacrée à la NUMA. Elle écoutait, fascinée par ces destinations exotiques.

— Je ne vous ai même pas demandé si, malgré la pluie, vous étiez satisfait de votre promenade? s'enquit Pia tout en débarrassant.

— J'ai grimpé jusqu'en haut des falaises. La vue y est extraordinaire. J'ai aperçu l'élevage de poissons dont vous m'avez parlé. Admettent-ils les visiteurs?

— Oh, non! répondit Pia en secouant la tête. Ils ne laissent entrer personne. Ainsi que je vous l'ai dit, aucun des villageois n'y travaille. La route qui longe la côte et qu'ils ont utilisée pendant les travaux demeure, mais elle est barrée par une clôture. Tout arrive et repart par la mer. Il paraît qu'ils sont tout à fait autonomes.

— Dommage qu'on ne puisse pas y entrer, ça semble intéressant.

Pia remplit le verre d'Austin et lui lança un regard en coulisse.

— Si je décidais, il me suffirait d'une minute pour entrer, par la porte des Sirènes.

Il la regarda, pas tout à fait sûr d'avoir bien entendu.

— La porte des Sirènes?

— C'est ainsi que mon père appelait l'arche naturelle au bout du vieux port. De temps en temps il m'y emmenait dans son bateau. Il ne m'a jamais fait franchir le passage : c'est dangereux à cause des courants et des rochers. Des hommes s'y sont noyés et les pêcheurs l'évitent : selon eux l'endroit serait hanté par les âmes des morts qu'on entendrait gémir; en fait, il s'agit seulement du vent qui souffle dans les grottes.

— Votre père ne craignait pas les fantômes?

— Il n'avait peur de rien.

— Quel rapport entre ces cavernes et l'élevage?

— L'une d'elles communique avec d'autres, qui débouchent sur l'ancien port. Mon père parlait de peintures murales. Attendez, je vais vous montrer.

Elle se dirigea vers une bibliothèque et elle en tira un vieil album de famille. Conservée entre les pages, une feuille de papier qu'elle étala sur la table. Austin découvrit des croquis de bisons et de cerfs et, plus intéressant, des peintures qui représentaient des embarcations longues et effilées naviguant à la voile et à la rame.

— Ce sont de très vieux dessins, observa Austin sans parvenir cependant à les dater. Votre père les a-t-il montrés à quelqu'un d'autre ?

— Seulement à la famille. Il voulait garder les grottes secrètes de peur qu'elles ne fussent dégradées par ceux qui les découvriraient.

— Impossible d'y pénétrer à pied sec?

— L'unique chemin a été bloqué par des éboulements. Selon mon père, ça n'aurait pas été un problème de déplacer les rochers. Il songeait à faire venir des scientifiques pour que ce soit bien fait, mais il est mort dans une tempête.

— Je suis désolé.

— Il n'avait vraiment peur de rien, rappela Pia en souriant. Bref, après sa mort, ma mère nous a tous emmenés vivre chez des parents. Je ne suis revenue à Skaalshavn qu'une fois mariée. J'étais trop occupée à élever les enfants pour me soucier des grottes. Là-dessus, l'entreprise de pisciculture a acheté le terrain ainsi que l'ancien port baleinier, et plus personne n'a jamais pu y retourner.

— Existe-t-il d'autres dessins ?

— Papa, fit-elle en secouant la tête, avait essayé de faire un plan des grottes, mais j'ignore ce que c'est devenu. Il admirait l'astuce des dessinateurs qui donnaient une valeur à leurs représentations de poissons et d'oiseaux : dès l'instant où ils suivaient le bon poisson, ils ne risquaient pas de se perdre. Certaines des grottes sont en effet des impasses.

Ils parlèrent jusqu'à une heure avancée de la soirée. Soudain Austin regarda sa montre et annonça qu'il devait rentrer. Pia refusa de le laisser partir avant qu'il eût accepté de revenir dîner le lendemain. Il reprit la route déserte dans la pénombre crépusculaire qui tient lieu de nuit sous les latitudes septentrionales.

Une lumière brillait dans la petite maison, mais il ne vit pas Jepsen et en conclut qu'il était couché. La pluie ayant cessé, il goûta un moment au calme du village et de son port. Enfin il entra dans la villa et s'apprêta à se mettre au lit. Même si cet endroit perdu semblait paisible, il n'arrivait pas à chasser la désagréable impression que Skaalshavn cachait de sombres secrets. Aussi, avant de coucher, s'assura-t-il que la porte et les fenêtres étaient bien fermées.

11

PAUL Trout manœuvrait son imposant 4×4 dans le flot de la circulation comme un ailier qui s'apprête à marquer un essai. Malgré de fréquentes expéditions familiales tout-terrain dans la campagne de Virginie, Gamay et lui n'avaient jamais affronté pires défilés que ceux de la conduite dans la capitale. Ils ne mirent pourtant pas longtemps, Paul s'engouffrant sans regarder dans les trouées que lui signalait Gamay. Les rouages bien huilés de leur association leur avaient permis de réussir d'innombrables missions pour la NUMA – un véritable hommage à la perspicacité de l'amiral Sandecker qui avait engagé le couple.

Paul se gara dans une petite rue de Georgetown sur laquelle donnait l'arrière de leur maison; ils s'y précipitèrent pour, quelques minutes plus tard, sauter dans un taxi avec un sac de voyage hâtivement rempli. Le jet de la NUMA attendait à l'aéroport, prêt à décoller pour Boston avec un groupe de scientifiques. Le pilote connaissait les Trout pour avoir effectué jadis quelques voyages avec l'équipe des missions spéciales et, la NUMA ayant accordé à Gamay une étape supplémentaire, il avait rempli un nouveau plan de vol.

Après avoir déposé les scientifiques à l'aéroport de Logan, le Citation Cessna remonta la côte atlantique; sa vitesse de croisière frôlant les huit cents kilomètres à l'heure, il amena les Trout à Halifax, en Nouvelle-Écosse, à temps pour un dîner un peu tardif. Ils passèrent la nuit dans un hôtel proche de l'aéroport. Le lendemain matin un vol d'Air Canada les déposa à Sydney, l'aéroport de Cap-Breton, où ils louèrent une voiture. Quittant la ville, ils s'engagèrent sur la côte rocheuse à la recherche de la conserverie que venait d'acquérir Oceanus. Gamay avait acheté un guide de voyage : l'auteur du chapitre concernant cette côte reculée devait être au désespoir car il décrivait la conserverie parmi les attractions touristiques.

Après des kilomètres sans rencontrer le moindre signe de civilisation, ils tombèrent sur une épicerie-café-station-service. Gamay, dont c'était le tour de conduire, s'arrêta à côté des camionnettes bringuebalantes alignées devant l'établissement.

Paul leva les yeux de la carte qu'il étudiait.

— Cet endroit est charmant, certes, mais le centre-ville est encore assez éloigné.

— De toute façon, il faut faire le plein, dit Gamay en tapotant l'aiguille de la jauge. Pendant ce temps-là, j'essaierai de faire parler les gens du pays.

Le guide sous son bras, Gamay enjamba le labrador noir galeux qui sommeillait devant le perron branlant et poussa la porte. Une agréable odeur de tabac de pipe, de bacon et de café vint lui chatouiller les narines. Le magasin occupait la moitié de la salle et proposait quantité d'articles allant du bœuf en conserve aux cartouches de fusil; le café occupait l'autre partie.

Une douzaine de clients étaient assis autour de tables rondes en Formica. Tous les regards se tournèrent vers Gamay (avec son mètre soixante-quinze et ses soixante-deux kilos, ses hanches fines et sa chevelure rousse, Gamay aurait attiré l'attention même lors d'une soirée sur la plage à Malibu); ils la regardèrent remplir deux gobelets de café au distributeur automatique. La jeune femme bien en chair installée à la caisse l'accueillit avec un sourire amical.

— Vous êtes de passage? demanda-t-elle comme si elle ne pouvait imaginer un voyageur restant en ville plus longtemps qu'il ne fallait pour remplir une tasse de café.

Gamay acquiesça.

— Mon mari et moi faisons une balade le long de la côte.

— Je ne vous reproche pas de ne pas rester, soupira la jeune femme, résignée. Il n'y a pas grand-chose à voir par ici.

Son enfance dans le Middle West avait donné à Gamay, pourtant d'une allure raffinée, une simplicité à laquelle il était difficile de résister.

— C'est un pays magnifique, déclara-t-elle avec un grand sourire, et nous resterions plus longtemps si nous en avions le temps. (Elle ouvrit le guide à la page qu'elle avait cornée.) On signale un joli petit port de pêche et une conserverie pas loin.

— Ah bon ? s'étonna la caissière.

Les autres clients n'avaient pas perdu un seul mot de leur conversation.

— La pêche n'est plus ce qu'elle était, caqueta une vieille femme maigrelette aux cheveux blancs. La conserverie a été rachetée par une grosse boîte qui a viré tous ceux qui travaillaient là. Personne ne sait ce qu'ils font. Les employés ne viennent jamais en ville. On voit quelquefois passer les Esquimaux dans leurs gros camions noirs.

Gamay jeta un coup d'œil au guide, cherchant si quelque chose ne lui avait pas échappé.

— Des Esquimaux ? Je ne croyais pas que nous étions si au nord.

Son innocente question déclencha un vrai débat : certains affirmaient que les Esquimaux gardaient l'installation, d'autres que les chauffeurs étaient des Indiens ou peut-être des Mongols. Gamay se dit qu'elle était tombée dans un asile de fous, conviction qui se renforça quand la caissière marmonna quelque chose à propos d'« extraterrestres ».

— Des extraterrestres ? répéta Gamay.

La caissière ouvrit de grands yeux derrière ses grosses lunettes.

— C'est comme cette base secrète d'OVNI aux États-Unis, la Zone 51, comme on voit dans les *X-Files*.

— Un jour je chassais près de la vieille usine et j'en ai vu un, lança un vieillard. Un grand machin argenté tout éclairé.

— Mon Dieu, Joe ! s'exclama la femme aux cheveux blancs. Je t'ai vu toi dans des états tels que tu venais probablement de croiser des éléphants roses !

— Justement, lâcha Joe, il y en avait aussi.

Des rires retentirent dans le restaurant.

— Nous aimerions tant raconter à nos amis que nous avons vu une base d'OVNI. C'est loin d'ici ? se renseigna Gamay avec un sourire charmeur à l'adresse de la caissière.

— Une trentaine de kilomètres, peut-être, répondit-elle en indiquant à Gamay la direction de la conserverie.

Gamay remercia la jeune femme, glissa un billet de dix dollars dans le pot vide réservé aux pourboires et se dirigea vers la porte.

Paul était appuyé à la voiture, les bras croisés sur sa poitrine. Il prit le café qu'elle lui tendait.

— Tu as appris quelque chose ?

— Je n'en sais trop rien, reconnut Gamay en jetant un coup d'œil au magasin. J'ai l'impression d'être tombée sur les figurants de *Twin Peaks*. Cette contrée serait le berceau d'une civilisation d'Esquimaux qui conduisent de gros camions noirs ; elle abriterait aussi une base d'OVNI et des éléphants roses.

— Ça ne m'étonne qu'à moitié, fit-il avec une gravité feinte. Pendant que je t'attendais, d'immenses créatures violettes sont passées en coup de vent.

— Après ce que j'ai entendu, ça ne me surprend pas, commenta-t-elle en se glissant derrière le volant.

— Ne penses-tu pas plutôt que les gens du pays se payaient la tête d'une touriste ? interrogea Paul en s'installant à côté d'elle.

— Je te le dirai quand nous aurons trouvé les grands machins argentés à côté de la Zone 51. (Voyant l'air abasourdi de son mari, elle éclata de rire en lui promettant :) Je t'expliquerai.

Ils ignorèrent l'embranchement qui menait au centre-ville et au port pour s'enfoncer dans une épaisse forêt de sapins. Malgré les instructions détaillées de la caissière qui n'avait pourtant épargné à Gamay aucun arbre mort ni aucun rocher sur des kilomètres, ils faillirent manquer le chemin suivant dont nul panneau ne signalait l'entrée. Seules de profondes ornières indiquant un passage récent le distinguaient d'autres saignées dans l'épaisseur des bois.

A peine un kilomètre plus loin, ils s'arrêtèrent, la caissière ayant recommandé de se garer dans une clairière près d'un gros rocher et de marcher ensuite à travers bois : quelques villageois qui s'étaient approchés en voiture des grilles de la conserverie avaient été interceptés et brutalement éconduits. Les Esquimaux, ou Dieu sait ce qu'ils étaient, disposaient sans doute de caméras cachées.

Gamay et Paul abandonnèrent donc la voiture et s'enfoncèrent dans les bois parallèlement à la route sur un peu plus de deux cents mètres jusqu'au moment où ils virent le soleil étinceler sur une clôture métallique. Un câble noir, qui courait tout en haut, indiquait que les barbelés étaient électrifiés. On n'apercevait aucune caméra, mais elles avaient certainement été camouflées.

— Et maintenant ? demanda Gamay.

— On continue.

Paul s'avança à découvert sur le sentier qui avait été dégagé le long de la clôture. Son regard acéré remarqua un fil très mince, presque invisible, à hauteur de sa cheville. Un déclencheur d'alarme. Il cassa une branche morte, la laissa tomber sur le fil puis repartit sous le couvert des arbres. Gamay et lui se couchèrent à plat ventre sur un tapis d'aiguilles de pin.

Ils n'attendirent pas longtemps : précédé par le bruit de son moteur, une grosse Jeep noire s'arrêta bientôt de l'autre côté de la clôture. L'air aussi féroce et puissant que des lions, des samoyèdes blancs en surgirent pour se précipiter vers la barrière ; un garde au visage rond et basané, en uniforme noir, les suivait, un fusil d'assaut à la main.

Les chiens couraient en tout sens le long de la clôture et le garde scrutait les bois d'un œil méfiant ; il aperçut alors le rameau en travers du fil et murmura quelques mots inintelligibles dans un talkie-walkie. Les molosses avaient certainement flairé les Trout, car, le corps raidi et le cou tendu, ils grognaient. Le garde les appela et ils remontèrent dans la voiture qui repartit aussitôt.

— Ils ne perdent pas de temps, déclara Paul en regardant sa montre. Quatre-vingt-dix secondes.

— Filons, répondit Gamay, ils vont envoyer quelqu'un pour ramasser cette branche.

Quelques minutes plus tard, les Trout avaient regagné la route principale.

— Ce garde t'a paru être un Esquimau? demanda Gamay, perplexe.

— Peut-être un peu. Malheureusement on n'en croise pas souvent à Cape Cod.

— Que ferait un Esquimau aussi loin au sud? Il vendrait des pizzas?

— Ce type et ses charmants animaux de compagnie ne proposent rien d'autre qu'un aller simple pour la morgue. Mais allons prendre un peu le pouls de la ville.

Gamay acquiesça et s'engagea sur la route qui menait au centre. Le bourg, rien moins que pittoresque, ne méritait pas plus que la note en bas de page dans le guide. Des plaques d'asphalte vert terne et rouge passé protégeaient les maisons des intempéries et les toits étaient recouverts de feuilles d'aluminium pour permettre à la neige de glisser. Peu de piétons, peu de voitures; en revanche plusieurs boutiques fermées jusqu'à nouvel ordre; bref, le village paraissait abandonné. Le port avait peut-être été pittoresque, mais dorénavant il n'accueillait plus aucun bateau ancré, ce qui ajoutait à l'aspect désolé des lieux.

La jetée n'était fréquentée que par des mouettes assoupies. Gamay repéra l'enseigne au néon d'un bar-restaurant dans un petit bâtiment carré dominant le port. Paul lui suggéra d'aller y retenir une table et d'y commander du poisson et des chips pendant qu'il rôderait dans les parages en essayant d'obtenir des renseignements sur les installations d'Oceanus.

Gamay entra dans le restaurant où flottait une odeur de bière et constata qu'à part le corpulent barman et un unique client, la salle était déserte. Elle choisit une table avec vue sur le port. Le garçon s'approcha pour prendre sa commande. Comme les gens qu'elle avait rencontrés à l'épicerie, il se révéla d'un abord aimable. Il était navré de ne pouvoir leur servir du poisson et des chips, mais il lui recommanda le sandwich au jambon grillé et au fromage. Gamay l'écouta : elle commanda deux sandwiches et une Molson : elle trouvait plus de goût à la bière canadienne qu'à celle qu'on buvait en Amérique.

Gamay sirotait tranquillement sa bière en admirant le plafond parsemé de crottes de mouche, le filet déchiré et la bouée crevassée censée représenter un homard qui décoraient le mur quand le client assis au comptoir se laissa glisser de son tabouret : considérant manifestement comme une invitation l'arrivée de cette jolie femme consommatrice solitaire, il s'avança d'un pas chaloupé, une bouteille de bière à la main, son regard s'attardant sur les cheveux roux et le corps souple et athlétique de Gamay ; ne lui voyant pas d'alliance – elle avait posé sa main gauche sur son genou –, il s'imaginait pouvoir l'emballer sans problème.

— Bonjour, dit-il en lui décochant un grand sourire. Vous permettez que je m'asseye ?

Gamay ne se laissa pas démonter par cette façon directe de l'aborder. Elle évoluait sans mal parmi les hommes car elle pensait comme eux. Avec sa haute silhouette svelte et son opulente chevelure, on avait du mal à croire que Gamay avait été un garçon manqué, fréquentant une bande de galopins, construisant des maisons dans les arbres et jouant au base-ball dans les rues de Racine ; elle était aussi un excellent fusil grâce à son père qui lui avait appris à tirer sur des pigeons d'argile.

— Je vous en prie, répondit Gamay avec indifférence en lui désignant une chaise.

— Je m'appelle Mike Neal.

La quarantaine, en tenue de travail et bottes de caoutchouc noires montant jusqu'aux jarrets, Neal, avec son visage hâlé, ses traits abruptes et ses épais cheveux noirs, aurait pu être beau, mais une bouche un peu molle et un nez rendu rubicond par une consommation régulière d'alcool gâchaient ses traits.

— Vous avez l'air d'une Américaine.

— Je le suis, fit-elle et, tendant la main, elle se présenta.

— Joli nom, commenta Neal, impressionné par la robuste poignée de main de Gamay.

Comme la caissière de l'épicerie, il s'informa :

— Vous êtes de passage ?

— Oui, acquiesça Gamay, j'ai toujours voulu connaître les Provinces maritimes. Vous êtes pêcheur ?

— Ouais, fit-il en désignant le port d'un geste plein d'orgueil. Voilà ma beauté là-bas au pied du chantier, le *Tiffany* ; je lui ai donné le prénom de mon ancienne copine. On a rompu l'année dernière, mais ça porte malheur de changer le nom d'un bateau.

— Vous prenez un jour de congé ?

— Pas exactement. Le chantier a fait quelques travaux sur mon moteur : ils ne lâcheront pas *Tiffany* tant que je ne les aurai pas réglés. Ils ont peur que je file sans payer.

— Vous le feriez ?

— Je les ai déjà carottés de quelques billets.

— Quand même, ça ne me paraît pas malin de leur part. Avec votre bateau, vous iriez pêcher et gagneriez de quoi les rembourser.

— Je le pourrais, lança Neal dont le sourire s'effaça soudain, je le pourrais s'il y avait du poisson à vendre.

— Quelqu'un à l'épicerie disait que la pêche n'allait pas fort.

— C'est pire que pas fort. Le reste de la flottille est remonté vers le nord. Les types reviennent à la maison entre deux campagnes pour voir la famille.

— Ça dure depuis combien de temps ?

— A peu près six mois.

— Qu'est-ce qui a provoqué ça ?

— Selon les responsables des pêcheries de la Province, fit-il en haussant les épaules, le poisson se serait déplacé pour trouver une meilleure nourriture. Ils n'ont même pas pris la peine d'envoyer quelqu'un comme nous l'avions demandé. Je pense qu'ils ne veulent pas se mouiller. Les spécialistes de la biologie marine préfèrent regarder leurs ordinateurs le cul vissé sur une chaise.

— Vous êtes d'accord avec l'hypothèse d'un départ des poissons ?

— Pour une touriste, observa-t-il en souriant, vous posez beaucoup de questions.

— Quand je ne fais pas du tourisme, je fais de la biologie marine.

— Pardon, fit Neal en rougissant. Ce n'était pas de vous que je parlais. Oh, bon sang...

— Je sais exactement, le rassura Gamay en riant, ce que vous voulez dire quand vous parlez des biologistes informaticiens qui ne quittent jamais leur labo. Je pense que les pêcheurs ont une connaissance plus pratique de la mer que n'importe quel scientifique. En même temps, les connaissances techniques ont leur utilité. Je peux vous aider à comprendre pourquoi il n'y a pas de poisson.

Un nuage passa sur le visage de Neal.

— Je n'ai pas dit qu'il n'y avait pas de poisson. Si, il y en a.

— Alors, quel est le problème ?

— Ils ne ressemblent à aucun de tous ceux que j'ai pêchés pendant si longtemps.

— Je ne comprends pas. (Neal haussa les épaules. Apparemment, le sujet l'affectait, il n'avait plus envie de discuter.) J'ai étudié des poissons dans l'eau et hors de l'eau dans le monde, dit Gamay. Plus grand-chose ne peut me surprendre.

— Je parie pourtant que ce serait le cas.

— D'accord, fit Gamay en lui tendant la main, je vous fais un pari. A combien se monte la note de réparation de votre moteur ?

— Sept cent cinquante dollars... canadiens.

— Je les règle si vous me montrez ce dont vous parlez. Laissez-moi vous payer une bière pour conclure le marché.

Neal ouvrit toutes grandes ses mâchoires mal rasées.

— Vous parlez sérieusement ?

— Tout à fait. Écoutez, Mike, il n'y a pas de barrières dans l'océan. Les poissons vont là où ça leur chante. Il y a peut-être quelque chose de nuisible dans ces eaux qui pourrait également affecter les pêcheurs américains.

— Bon, conclut-il en lui serrant la main. Quand pouvez-vous venir ?

— Pourquoi pas aujourd'hui ?

Neal sourit jusqu'aux oreilles. Ce n'était pas difficile de comprendre ce qui faisait sa joie. Une belle Américaine se disait prête à payer sa facture et à s'embarquer sur son bateau où il pourrait déployer tout son charme. Là-dessus, Paul Trout entra dans le bar et se dirigea vers leur table.

— Désolé d'avoir mis si longtemps, le port est vraiment désert.

— Je te présente Mike Neal, dit Gamay. Mike, voici mon mari.

Neal jeta un coup d'œil aux quelque deux mètres dix de son interlocuteur et ses fantasmes à propos de Gamay s'évanouirent. Mais, en homme pratique, il s'en tint au marché.

— Ravi de vous connaître, dit-il, et ils échangèrent une poignée de main.

— Mike, expliqua Gamay, a accepté de nous montrer des poissons extraordinaires.

— On peut partir dans une heure, annonça Neal. Ça vous donnera le temps de déjeuner. Rendez-vous au bateau.

Il se leva et s'apprêtait à partir.

— Faut-il apporter quelque chose ? demanda Paul.

— Mais non, fit Neal. (Il s'arrêta et ajouta :) Un fusil à éléphant, peut-être ?

Il éclata de rire en voyant l'air abasourdi des Trout. Ils l'entendaient encore quand il franchit la porte.

12

Avec sa pipe à long bec, des dents comme une clôture ébréchée et un visage boucané, le Vieil Éric avait l'air d'un personnage de *Capitaines Courageux*. Pia avait dit que le pêcheur en retraite parlait anglais et que personne ne connaissait mieux que lui les eaux de la région. Trop âgé maintenant pour aller pêcher, il faisait de petits boulots du côté de la jetée. Malgré son air farouche, il se montra tout à fait charmant quand Austin eut mentionné le nom de Pia.

Austin était arrivé de bonne heure sur la jetée, afin de recueillir des avis sur les conditions météo et l'état de la mer. Dans l'air humide flottait un voile d'un bleu violacé sortant des grosses cheminées de la flottille de pêche de Skaalshavn. Équipés pour le gros temps et chaussés de bottes, des pêcheurs s'affairaient dans le crachin, chargeant sur leurs bateaux des seaux d'appâts et des rouleaux de lignes de chaluts en vue d'une journée en mer. Il expliqua au vieux loup de mer qu'il allait sortir le bateau du professeur Jorgensen pour aller pêcher.

Le Vieil Éric scruta les nuages gris qui filaient à l'horizon et plissa les lèvres d'un air songeur.

— La pluie devrait cesser et la brume ne devrait pas tarder à se lever. (Il désigna un grand pilier rocheux qui gardait l'entrée de la rade.) Passez à tribord de ce rocher. Au bout d'un mille, vous trouverez du poisson. Le vent va se lever vers midi, mais le bateau du professeur tient bien le coup. Je suis bien placé pour vous le dire, ajouta-t-il avec un sourire édenté. C'est moi qui l'ai construit. Il vous ramènera au port sain et sauf.

— Comment est la pêche de l'autre côté, le long de la côte?

Le vieux pêcheur fronça le nez.

— Du côté de l'élevage de poisson, ça pue. Et puis au retour, avec vent arrière, on se fait tremper.

Austin remercia Éric de ses conseils, entassa dans le bateau son sac et son matériel de pêche, vérifia le niveau de carburant et aéra la cale. Le moteur démarra aussitôt et se mit à ronronner doucement. Austin largua les amarres, s'écarta du quai et mit le cap vers le gros rocher en forme de cheminée qui se dressait à l'entrée de la rade. Il passa à gauche plutôt qu'à droite, en espérant que le Vieil Éric ne le verrait pas.

Le bateau longea bientôt de hautes falaises devant lesquelles des milliers d'oiseaux de mer qui y avaient fait leur nid planaient comme des confettis emportés par le vent. Le moteur ronronnait comme un chaton bien nourri. Il y avait un peu de houle mais le canot fendait les vagues plutôt qu'il ne les subissait. Les embruns jaillissaient de temps en temps au-dessus de l'étrave, mais Austin restait bien au sec dans son ciré jaune et les bottes qu'il avait trouvées dans le casier du bateau.

Les hauts remparts qui se dressaient le long de la côte cédèrent la place à une série de falaises escarpées qui descendaient jusqu'à de petites collines et finirent par disparaître au niveau de la mer au moment où il approchait de l'ancien port. Il n'aperçut aucune autre embarcation. Les pêcheurs de la région sillonnaient les parages plus poissonneux dans l'autre direction. Ce fut seulement après avoir doublé un petit promontoire qu'il s'aperçut qu'il n'était pas seul. Le yacht espagnol à la coque bleue qu'il avait vu entrer dans le port la veille était à l'ancre dans une crique à environ un demi-mille du rivage. L'élégant bateau avait plus de soixante mètres de long et ses lignes basses et pures donnaient à penser qu'on l'avait construit pour la vitesse aussi bien que pour le confort. Le nom inscrit à la poupe était *Navarra*. Les ponts étaient déserts. Personne ne vint le saluer, comme c'était l'habitude quand un bateau en rencontrait un autre, surtout dans des parages aussi peu fréquentés. Austin sentit des regards invisibles le surveiller derrière les hublots teintés tandis qu'il continuait vers la terre. Le soleil qui brillait entre les nuages se reflétait au loin sur les toits métalliques qu'il avait remarqués la veille du haut de la crête.

Un point s'éleva dans le ciel du côté des bâtiments. Il grandit rapidement pour devenir un hélicoptère noir sans immatriculation. Il approcha à faible altitude, bourdonnant au-dessus du canot comme un frelon agacé, décrivit deux cercles puis resta en position stationnaire, devant Austin, à quelques centaines de mètres. Des lance-fusées étaient attachés au fuselage. D'ailleurs, il n'était pas tout seul : un bateau fonçait dans sa direction, projetant un jaillissement d'embruns en filant sur la crête des vagues. Le canot approchait à vive allure et Austin constata que c'était une Cigarette très basse sur l'eau comme les modèles à moteur gonflé qu'utilisaient les trafiquants de drogue de Floride.

Le canot ralentit et passa par le travers assez près pour permettre à Austin de bien distinguer les trois hommes à bord : petits et trapus, ils avaient le visage rond et le teint basané. Leurs cheveux noirs étaient coupés en frange au-dessus de leurs yeux légèrement bridés. Un homme resta à la barre tandis que les autres observaient Austin avec un intérêt inquiétant, en gardant leurs fusils épaulés.

Le canot coupa ses moteurs et ralentit jusqu'à s'arrêter tandis que l'homme qui était à la barre portait à ses lèvres un porte-voix électronique. Il cria quelque chose dans ce qui avait l'air d'être du feroïen. Austin répondit par un sourire niais en levant les mains dans ce geste universel qui indiquait son incompréhension. L'homme fit une nouvelle tentative en danois, puis en anglais.

— Propriété privée ! N'approchez pas.

Continuant à jouer les abrutis, Austin souriait toujours. Brandissant sa canne à pêche au-dessus de sa tête, il la montra du doigt. Les hommes, qui eux ne souriaient pas, en firent autant avec leurs fusils. Austin agita la main comme pour dire qu'il comprenait le message. Il rangea sa canne à pêche puis emballa le moteur, salua amicalement de la main et sortit de la rade.

Une minute plus tard, en jetant un coup d'œil par-dessus son épaule, Austin vit la Cigarette filer vers la terre. L'hélicoptère fit demi-tour et eut rapidement dépassé le bateau. Austin passa une nouvelle fois devant le yacht dont les ponts étaient toujours déserts. Il continua le long de la côte en direction d'un promontoire en forme de bec de perroquet. Quelques minutes plus tard, il aperçut la Porte de la Sirène au pied d'une falaise verticale. Pour une arche naturelle, elle offrait une stupéfiante symétrie. L'ouverture se dressait à environ six mètres de hauteur sur une largeur un peu plus étroite. A côté de l'imposante muraille de roche d'un noir brunâtre, on aurait dit un trou de souris.

Malgré le nom flatteur qu'on lui avait donné, la Porte des Sirènes n'était guère accueillante. La mer était relativement calme, mais de part et d'autre et devant l'arche, les vagues martelaient les rochers acérés en faisant jaillir des gerbes d'écume. Devant l'ouverture, l'eau bouillonnait et tourbillonnait comme une machine à laver géante. Par-dessus le fracas de la mer, Austin entendit un sourd murmure qui montait de l'ouverture qui lui fit dresser les cheveux sur la nuque. Le chant lugubre était ce qu'il imaginait être le gémissement de marins noyés. Mais à son grand regret, il ne vit pas une seule sirène.

Austin arrêta le bateau à une distance respectable du passage. Tenter de s'y glisser maintenant, ce serait comme essayer d'enfiler une aiguille au milieu d'une bousculade. Austin regarda sa montre et s'installa pour attaquer le pain et le fromage que Pia avait eu la bonne idée de lui préparer. Il terminait sa collation lorsqu'il sentit l'état de la mer changer. On aurait dit que le roi Neptune venait d'agiter son trident. Tandis que dans les parages immédiats l'eau était encore agitée, les vagues ne se brisaient plus contre l'arche avec la violence d'un tir d'artillerie. Pia lui avait expliqué qu'on ne pouvait franchir sans risque la Porte que quand les courants se calmaient. Il arrima les objets qui n'étaient pas fixés sur le canot, passa son gilet de sauvetage, se planta les jambes bien écartées pour avoir plus de stabilité, mit les gaz et dirigea l'embarcation vers l'arche. Même avec peu de courant, l'eau autour du passage était agitée de tourbillons. Il serra les dents et pria le ciel pour que les souvenirs d'enfance que gardait Pia des paroles de son père soient exacts. Quand il ne fut qu'à quelques mètres des rochers, il emballa le moteur en obliquant légèrement sur la droite comme elle le lui avait conseillé, même si cela le faisait s'approcher dangereusement des écueils. Avec un battement de quelques centimètres, le canot se glissa comme une anguille par l'étroite ouverture.

Barrant sèchement à gauche dans le passage voûté, il se dirigea vers une étroite crevasse et s'engagea dans un canal à peine plus large que le canot. Celui-ci heurtait les bords couverts de varech en suivant une trajectoire en S pour déboucher sur un lagon circulaire de la taille d'une petite mare. Les algues donnaient à l'eau une coloration noirâtre et les relents d'iode étaient presque suffocants dans cet espace confiné.

Austin amena le canot le long d'un rebord et attacha une amarre autour d'un saillant rocheux. Se débarrassant de son gilet de sauvetage et de son ciré, il gravit une volée de quelques marches creusées dans la roche pour se trouver dans une ouverture ayant la forme d'un trou de serrure inversé. Il fut aussitôt assailli par les bouffées d'un vent violent qui apportait une odeur de renfermé. Provenant de la crevasse, l'air vibrait comme le souffle d'un trompettiste, ce qui produisait l'obsédant gémissement des marins disparus.

Il alluma sa torche électrique et s'engagea dans un tunnel qui finit par déboucher dans une vaste grotte d'où partaient trois cavernes plus petites. A l'entrée de chacune, on avait peint sur la paroi l'image d'un poisson. Se rappelant les instructions de Pia, il pénétra dans celle marquée d'une dorade. Sans ces jalons, il aurait été complètement perdu. Après quelques minutes de marche, il arriva dans une salle haute de plafond dont on avait poli les parois pour les recouvrir de peintures. Il reconnut le bison et le cerf d'après le dessin qu'avait rapporté le père de Pia. Les tons ocre et rouge étaient encore d'une étonnante fraîcheur.

Les peintures représentaient une scène de chasse à l'antilope, avec des chevaux sauvages et même un mammouth velu. On voyait des chasseurs en kilt attaquer leur proie à l'aide de lances, d'arcs et de flèches. La peinture murale évoquait des scènes de la vie quotidienne : certaines montraient des gens drapés dans des robes flottantes, des voiliers qui filaient sous le vent, des maisons de deux ou trois étages à l'architecture raffinée. Le dessin des mammouths donnait à penser que les fresques remontaient à l'époque néolithique, mais il s'agissait là d'une civilisation extrêmement avancée.

Suivant toujours la dorade, Austin pénétra dans une série de grottes plus petites et y aperçut des restes d'anciens foyers. Ce qui le préoccupait davantage, c'étaient les preuves d'une occupation récente par des hommes. Le murmure des voix qu'il entendait venait d'un peu plus loin. Il avança prudemment, le dos collé à la paroi, et au détour d'un passage découvrit une caverne ayant à peu près les dimensions d'un petit entrepôt. Il s'agissait sans doute d'une grotte naturelle agrandie à coups d'explosifs et de marteaux-piqueurs. Des projecteurs accrochés au plafond éclairaient des centaines de récipients en plastique qui s'entassaient sur des palettes de bois. De l'ombre où il était tapi, Austin vit une équipe d'une douzaine d'hommes en salopettes noires décharger des boîtes d'un chariot élévateur pour les déposer sur un tapis roulant. Les ouvriers avaient la peau sombre et le teint basané comme les hommes qu'il avait vus à bord de la Cigarette. Ils avaient les cheveux d'un noir de jais coupés en frange, de hautes pommettes et des yeux un peu bridés. Ils étaient en train de terminer leur tâche et, au bout d'un moment, la moitié d'entre eux sortit, les autres restant quelques minutes pour se nettoyer. Sur un ordre lancé par un homme dont l'air autoritaire montrait qu'il était le chef, eux aussi franchirent une porte.

Austin sortit de sa cachette pour inspecter ce qu'il y avait d'écrit sur les boîtes. Les mots tracés au pochoir dans plusieurs langues annonçaient qu'il s'agissait de conserves de poisson. Il passa devant une grande porte encastrée dans une paroi, destinée sans doute à apporter le poisson dans l'entrepôt, et il poursuivit jusqu'à celle par où venaient de sortir les ouvriers.

La salle suivante était occupée par un réseau de canalisations et de pompes rayonnant autour d'une énorme cuve ronde où aboutissait une série de glissières. Austin en conclut qu'on déversait les aliments dans les glissières pour les mélanger dans le bassin et les transporter jusqu'à l'élevage de poissons grâce au réseau de canalisations.

Dans un atelier voisin il prit un ciseau à froid. Soupesant une barre métallique il se dit qu'elle lui rendrait à peu près autant de service qu'une plume en face d'armes automatiques mais il la glissa quand même dans sa ceinture. Puis il suivit les conduits d'alimentation partant de la zone de mélange. Ils s'engouffraient dans un passage jusqu'à un mur fermé par une porte. Austin la força et reçut en plein visage une bouffée d'air froid. Il tendit l'oreille. N'entendant rien, il s'avança. Après l'atmosphère confinée des cavernes, c'était bon de sentir l'air frais.

De l'autre côté de la paroi, les canalisations continuaient et descendaient une large allée blanche de gravier qui séparait deux rangées de bâtiments parallèles. Des conduits plus petits bifurquaient pour s'enfoncer dans les bâtiments. Ces édifices d'un seul étage étaient en parpaings avec des toits de tôle ondulée. De puissants relents de poisson flottaient et de toutes parts montait le bourdonnement des machines.

Austin alla jusqu'au bâtiment le plus proche dont la porte d'acier n'était pas fermée à clef : Oceanus ne s'attendait sans doute pas à voir des rôdeurs franchir le barrage de ses bateaux et de son hélicoptère. L'intérieur, éclairé par des lampes à basse tension, était plongé dans une semi-obscurité. Le bourdonnement qu'il avait entendu provenait de moteurs électriques actionnant les pompes qui faisaient circuler l'eau dans de grands réservoirs en plastique bleu qui s'alignaient de part et d'autre d'une allée centrale courant sur toute la longueur de la construction. Les réservoirs étaient alimentés par de grosses conduites, des tuyaux d'alimentation, des pompes et des soupapes commandés par des contacts électriques.

Austin escalada une échelle métallique accrochée au flanc d'un des réservoirs. Le faisceau de sa torche affola des centaines de poissons pas plus gros que son doigt.

Il redescendit, sortit et inspecta chaque bâtiment l'un après l'autre. Ils étaient tous identiques, ne différant que par leurs proportions et par les espèces de poissons qu'ils abritaient. Dans les bassins, il reconnut des saumons, des morues et d'autres espèces familières. Une construction plus petite et située au centre contenait un central informatique. Il n'y avait personne. Il regarda les cadrans et les voyants clignoter et comprit pourquoi il avait rencontré si peu de gens au cours de son exploration : l'élevage était presque totalement automatisé.

Il sortait du centre informatique quand il entendit un crissement de bottes. Il s'esquiva derrière un pan de mur au moment où deux gardes passaient d'un pas nonchalant. Ils avaient leur fusil en bandoulière et riaient, bien loin de se douter qu'un intrus s'était glissé parmi eux.

Les gardes passés, Austin se dirigea vers le port. Un quai assez long pour recevoir de gros bateaux s'étendait depuis les rochers du rivage. Le patrouilleur qui l'avait intercepté un peu plus tôt était amarré là. Pas trace de l'hélicoptère. A l'extrémité de la rade, on apercevait le couvercle de centaines de cages à poissons. Sur des canots, des hommes surveillaient les cages sous une nuée de mouettes piaillantes. D'autres gardes arpentaient le quai supervisant les opérations d'un œil distrait.

Austin regarda sa montre. Il devait partir tout de suite s'il comptait repasser par la Porte des Sirènes avant que le courant reprenne de la vigueur. Contournant le complexe, il tomba sur un bâtiment similaire aux autres sauf qu'il était à l'écart. Des panneaux d'avertissement l'entouraient. Évitant l'entrée principale, il trouva de l'autre côté une petite porte de service, qui contrairement aux autres constructions, était fermée à clef. Utilisant le ciseau à froid, Austin fit sauter la serrure aussi discrètement que possible et poussa le battant. Dans la faible lumière qui régnait à l'intérieur, il constata que les bassins avaient deux fois la taille de ceux qu'il avait vus précédemment et qu'il y en avait moitié moins. Quelque chose dans cet endroit le gênait, mais il n'arrivait pas à distinguer quoi. Pour la première fois depuis le début de ses pérégrinations, il se sentit frissonner.

Il n'était pas seul dans le bâtiment. Un unique garde patrouillait autour des bassins. Austin, guettant ses mouvements, attendit qu'il se trouvât à l'extrémité de sa ronde puis, reposant son ciseau à froid, il grimpa sur une échelle accrochée au flanc du bassin le plus proche et regarda ce qu'il contenait.

L'odeur de poisson était encore plus forte qu'auprès des réservoirs plus petits des autres constructions. Se penchant, il entendit un bruit de tourbillon dans l'eau. Le bassin était occupé. Braquant le faisceau de sa torche pour distinguer ce qu'il y avait à l'intérieur, il vit l'eau exploser littéralement. Un éclair de chair blanche jaillit en même temps qu'une gueule bordée de dents acérées. Machinalement, Austin sauta en arrière. Quelque chose d'humide et de visqueux lui effleura la tête. Il lâcha prise et tomba de l'échelle. Ses mains battant l'air se refermèrent sur un bout de tuyau en plastique qui se rompit et il dégringola jusqu'au sol cimenté. De l'eau ruisselait du tuyau qu'il avait arraché. Il se remit sur ses pieds et, encore hébété, il vit une lumière rouge qui clignotait au-dessus du bassin. Il jura sous cape : il avait déclenché une alarme.

Le garde avait entendu ce vacarme et arrivait en courant. Austin se glissa dans un espace entre deux bassins, non sans manquer de trébucher sur un tas de tuyaux métalliques. Le garde passa en courant devant Austin et s'arrêta en voyant l'eau qui jaillissait. Austin ramassa un bout de tuyau métallique et s'avança derrière le garde. L'homme avait dû sentir la présence d'Austin : il commençait à se tourner en prenant le fusil qu'il avait en bandoulière, mais le morceau de tuyau s'abattit sur son crâne et il s'écroula.

Débarrassé de ce danger immédiat, Austin eut pour première réaction de détaler, mais il décida de créer d'abord une diversion. Frappant avec son tuyau comme si c'était une massue, il entreprit de fracasser méthodiquement plusieurs ensembles de conduits en plastique. Les lumières d'alarme rouges se mirent à clignoter au-dessus de plusieurs bassins tandis que l'eau jaillissait des canalisations et inondait le sol.

Pataugeant dans ce flot, Austin se dirigea vers la porte. Le ruissellement de l'eau étouffait tous les autres sons si bien qu'il n'entendit pas les pas lourds du second garde. Les deux hommes se rejoignirent à un croisement entre les rangées de réservoirs, manquant d'entrer en collision comme des clowns de cirque. Le comique de la situation s'accentua encore quand tous deux glissèrent sur le carrelage humide et s'affalèrent. Mais Austin n'avait plus du tout envie de rire quand l'homme se releva d'un bond et dégaina un pistolet.

Austin saisit le tuyau tout en se relevant et envoya valser le pistolet. L'homme ouvrit de grands yeux surpris en voyant la rapidité d'Austin. Plongeant une main sous la chemise de son uniforme noir, il en tira un couteau à longue lame. Reculant d'un pas, il se mit sur la défensive, ce qui donna à Austin l'occasion d'examiner son adversaire.

Nettement moins grand que lui, on avait l'impression qu'il avait la tête posée directement sur des épaules musclées qui trahissaient la force peu commune de son corps trapu. Il avait lui aussi le visage rond et les cheveux coupés en frange au-dessus de ses yeux en amande noirs comme de l'obsidienne. Des tatouages verticaux ornaient ses hautes pommettes. Sous le nez camus, de grosses lèvres charnues. Un large sourire découvrit ses dents mais aucune gaieté sur son visage, seulement de la cruauté.

Austin n'était pas d'humeur à participer à un concours de sourires. Le temps ne jouait pas pour lui. D'un instant à l'autre, d'autres gardes pouvaient surgir. Impossible de battre en retraite : il fallait se débarrasser de cet obstacle en priant qu'il n'y en eût pas d'autres. Ses mains se crispèrent sur le morceau de tuyau. Son regard avait dû trahir ses intentions car l'homme plongea sans crier gare. Malgré son corps trapu, il agit avec la rapidité d'un scorpion. Austin sentit une douleur lui cingler le côté gauche de la cage thoracique : le couteau avait glissé sous sa garde. Quelque chose coulait là où la lame avait traversé son chandail et sa chemise.

Le sourire de l'homme s'élargit et il brandit une nouvelle fois son couteau à la pointe tachée de sang. Il feinta vers la gauche. Austin réagit par pur réflexe et brandit son tuyau comme pour marquer un but au base-ball. Dans un horrible bruit de craquement, le tuyau s'abattit sur le nez de l'homme, broyant os et cartilages et le sang jaillit en fontaine. Austin n'en croyait pas ses yeux : après le coup qui aurait abattu un bœuf, l'homme était de nouveau sur ses pieds. Mais bientôt son regard se voila et, une seconde plus tard, le poignard échappait à ses doigts sans force et il s'écroula sur le sol.

Austin se précipita vers la sortie, mais il entendit des cris et plongea derrière un bassin de poissons. Plusieurs gardes s'engouffrèrent par la porte et foncèrent vers les lumières rouges qui clignotaient. Austin sortit la tête et entendit des voix excitées qui venaient de la direction du port. Il se jeta vers la sortie, courut sur le côté du bâtiment et revint vers le complexe principal. Presque toute l'attention se concentrant sur les dégâts qu'il avait laissés derrière lui, Austin parvint à se glisser jusqu'à l'entrepôt où on préparait les aliments pour les poissons. A son grand soulagement, le hangar était toujours désert. Il ne tarda pas à s'engouffrer dans le labyrinthe des grottes. Il avait la main serrée contre sa poitrine mais n'arrivait pas à étancher complètement le saignement. Et, ce qui était pire, il laissait sur son passage une traînée de gouttes de sang. Au loin on entendit le hurlement d'une sirène. Il passait en courant devant le chariot élévateur quand une pensée lui vint : il facilitait trop la tâche de ces types.

Il se glissa sur le siège du chariot, mit le moteur en marche, braqua les fourches vers une grande pile de boîtes d'aliment et écrasa l'accélérateur. L'engin bondit et vint frapper les boîtes avec assez de force pour les faire dégringoler. Elles s'écrasèrent sur le tapis roulant, bloquant l'entrée. Il renversa deux ou trois autres piles devant les portes d'accès et, pour mettre la dernière touche à ce saccage, il coinça une fourche dans les commandes du tapis roulant.

Quelques instants plus tard il se précipitait dans le dédale des cavernes. Il s'arrêta un instant dans la grande grotte aux fresques et tendit l'oreille. Le souffle rauque, il parvenait quand même à entendre les vociférations. Et un son plus inquiétant encore : des aboiements de chiens. On franchissait la barricade rudimentaire qu'il avait édifiée. Il repartit au petit trot, se guidant sur le faisceau tremblant de sa torche. Dans sa hâte, il prit un poisson-repère pour un autre et perdit quelques instants précieux à rebrousser chemin. Les cris et les aboiements étaient plus forts maintenant et il distinguait derrière lui l'éclat fantomatique des lumières. Les grottes amplifiaient les échos, donnant l'impression qu'il avait toute une armée à ses trousses.

Le crépitement d'une arme automatique retentit. Austin se jeta à terre et une grêle de balles vint s'écraser contre les parois. S'efforçant d'ignorer la douleur lancinante de sa blessure à la poitrine, il se remit debout. Une nouvelle fusillade balaya le passage, mais il avait maintenant franchi un tournant et l'angle de la paroi le protégeait. Quelques secondes plus tard, il se glissait par le dernier passage étroit, puis il se retrouva dehors, dévalant l'escalier naturel qui le conduisit jusqu'au bateau.

Quand il essaya de le mettre en marche, le moteur toussa sans démarrer. Plongeant dans l'eau froide sa main droite, il arracha les algues qui s'étaient enroulées autour de l'hélice et fit une nouvelle tentative. Cette fois, le moteur réagit. Au moment où il s'éloignait en mettant le cap vers le canal qui allait le ramener jusqu'à la Porte des Sirènes, deux silhouettes vêtues de noir descendirent jusqu'au bord de l'eau. Le faisceau de leurs torches se braqua sur lui et ils éclairèrent en même temps l'ouverture du chenal.

Austin se dirigea vers la crevasse et se heurta une nouvelle fois contre les flancs du chenal, faisant voler des éclats de bois. Puis il vit devant lui la lumière du jour et le bateau s'engouffra par la Porte. Il donna un brusque coup de barre. Le canot vira sèchement à droite vers l'ouverture mais l'accalmie arrivait à son terme et le tourbillon démoniaque du courant et de la marée avait repris de plus belle. Le canot glissa sur le flanc d'une vague et allait se fracasser contre la paroi opposée quand une autre lame le ramena vers l'orifice du chenal.

Austin mit pleins gaz, s'efforçant de reprendre le contrôle du canot qui dérapait comme s'il glissait sur des peaux de banane. Il donna un brusque coup de barre pour éviter de s'écraser contre un affleurement rocheux qui aurait coupé le canot en deux. L'hélice tinta contre un écueil. Il rétablit le cap mais une nouvelle fois les vagues le ballottèrent comme un jouet. Cessant d'avancer, le canot se trouva repoussé au fond de la grotte. Austin examina les fluctuations de l'eau bouillonnante et, dans une tentative désespérée, mit le cap sur un V qui marquait une zone calme entre les rochers.

Le bateau fonçait vers l'ouverture quand Austin constata qu'il avait de la compagnie. Ses poursuivants l'avaient suivi le long des corniches qui bordaient le chenal et ils étaient plantés sur les rochers, à quelques mètres à peine de l'endroit où il allait passer.

Un des hommes braqua son fusil sur Austin qui offrait une cible facile, mais son compagnon l'arrêta. Il détacha de sa ceinture une grenade, jongla quelques instants avec comme un lanceur de base-ball qui s'échauffe et, au moment où Austin passait, l'homme la dégoupilla. Levant les yeux, Austin vit le visage impitoyable de l'homme qui l'avait frappé avec son poignard. Son nez n'était qu'une bouillie sanglante et les ruisseaux de sang avaient séché sur ses joues. Il devait souffrir le martyre, mais un large sourire éclairait son visage au moment où il lança nonchalamment la grenade sur le canot d'Austin. Puis son compagnon et lui plongèrent derrière les rochers en se bouchant les oreilles.

Après avoir décrit une gracieuse trajectoire, la grenade tomba dans le canot avec un bruit sourd, presque aux pieds d'Austin. Celui-ci arracha au moteur sa dernière bouffée d'énergie. Le canot parut s'envoler au-dessus de l'eau et la grenade roula sur le pont pour venir se loger contre l'étroite traverse.

Le canot franchit l'arche pour déboucher en eau libre. Ayant le choix entre le diable et la mer bleue, Austin choisit d'instinct celle-ci : il se jeta par-dessus bord. Il plongea dans l'eau glacée et, quelques secondes plus tard, il entendit l'explosion étouffée de la grenade puis les réservoirs d'essence s'embrasèrent. Austin resta aussi longtemps qu'il le put sous l'eau et refit surface sous une pluie d'éclats de bois. Le canot avait disparu et il plongea une nouvelle fois pour éviter l'essence enflammée qui flottait à la surface. Quand il remonta, le froid commençait à l'engourdir mais son instinct de survie le soutenait. Il se mit à nager en direction de la terre. Il n'avait fait que quelques brasses quand il eut l'impression qu'on avait déversé de l'oxygène liquide dans ses articulations.

Par-dessus la crête des vagues, il aperçut vaguement un bateau qui fonçait vers lui : ses poursuivants à n'en pas douter venaient terminer leur travail. Un rire étranglé s'échappa de ses lèvres. Le temps qu'ils arrivent il ne serait plus rien qu'un énorme gargouillis.

13

TOUTEFOIS, Austin ne partit pas pour le voyage sans retour : une main tendue par-dessus le plat-bord de la vedette empoigna ses cheveux, les lui arrachant lui sembla-t-il. Une autre main le saisit sous les aisselles et il fut hissé hors de l'eau, toussant et crachant comme un chaton qu'on vient de sortir d'un puits; ses dents claquaient comme des castagnettes.

Ses jambes pendaient encore dans la mer quand l'embarcation s'élança sur les vagues, l'étrave pointée vers le ciel. Austin vit bientôt avec surprise qu'il se balançait le long du yacht bleu. Il fut transporté à demi conscient dans l'infirmerie du bord, où on le débarrassa de ses vêtements trempés et où on l'enveloppa dans des serviettes chaudes; un homme à l'air renfrogné équipé d'un stéthoscope l'examina. Puis on l'installa dans un sauna où il commença peu à peu à remuer ses doigts et ses orteils. Après une seconde auscultation, on lui donna un survêtement de lainage bleu : vraisemblablement, il survivrait.

Son retour des frontières de la mort s'effectua sous l'œil attentif de deux hommes bâtis comme des lutteurs professionnels et qui se parlaient en espagnol. Ces mêmes chiens de garde l'escortèrent jusqu'à une luxueuse cabine où, chaudement installé sur une chaise longue, on le laissa se reposer.

Austin sombra dans un profond sommeil; à son réveil, il découvrit deux Noirs qui le surveillaient et, assis près de lui, un troisième individu qui l'observait comme un échantillon sur une lame de microscope.

— Vous voilà réveillé, dit-il en souriant. (Il avait une voix basse et vibrante et parlait anglais avec un soupçon d'accent.)

Il prit sur une petite table une flasque en argent et versa une rasade à Austin qui, d'un geste encore malhabile, fit tourner son verre, huma les puissants effluves de la liqueur ambrée et en but une grande gorgée. L'alcool coula au fond de sa gorge, sa chaleur se répandant dans tout son corps.

— C'est trop bon pour être de l'antigel, déclara Austin en regardant la flasque, pourtant l'effet est le même.

L'homme eut un petit rire et prit à son tour une lampée.

— L'Izarra verte titre près de cinquante degrés, expliqua-t-il en s'essuyant les lèvres du revers de la main. On la sert généralement dans des verres pas plus gros que votre pouce. J'ai pensé que dans votre cas, un petit supplément serait particulièrement bénéfique. Comment va votre blessure?

Austin se palpa les côtes : il sentit un pansement sous sa chemise, mais, même quand il appuya, il n'eut absolument pas mal. Il se rappela alors l'éclair blanc du poignard à manche d'ivoire.

— C'était sérieux?

— Un centimètre plus profond et nous vous aurions immergé, répondit l'homme avec un grand sourire.

— Ça a l'air d'aller maintenant.

— Le médecin du bord est un expert dans le traitement des traumatismes. Il vous a recousu et a gelé la plaie.

Austin jeta un coup d'œil autour de lui, ses souvenirs lui revenant lentement.

— Le médecin du bord? Je suis bien sur le yacht bleu n'est-ce pas?

— Parfaitement. Je m'appelle Balthazar Aguirrez et ce bateau m'appartient.

Avec son torse puissant et ses battoirs en guise de mains, Aguirrez ressemblait plutôt à un débardeur qu'au propriétaire d'un yacht de plusieurs millions de dollars. Un front large avec d'épais sourcils noirs encadrant un nez fort, une grande bouche que retroussait un sourire quasi constant, un menton comme taillé dans le granit, et des yeux du noir violacé des olives mûres. Il portait un survêtement bleu clair identique à celui qu'on avait prêté à Austin et, posé de façon désinvolte sur ses cheveux poivre et sel, un béret noir.

— Enchanté de vous rencontrer, monsieur Aguirrez. Je m'appelle Kurt Austin. Merci de votre hospitalité.

Aguirrez lui donna une poignée de main à lui broyer les os.

— Je vous en prie, monsieur Austin. Nous sommes toujours prêts à recevoir des invités. (Une lueur amusée dansait dans ses yeux sombres.) La plupart, il est vrai, arrivent à bord de façon plus conventionnelle. Puis-je vous servir une autre Izarra?

Austin refusa de la main : il voulait garder les idées claires.

— Peut-être après vous être un peu restauré. Avez-vous faim?

Le pain et le fromage qui lui avaient tenu lieu de brunch étaient loin.

— Ma foi, maintenant que vous en parlez, je prendrais bien un sandwich.

— Quel mauvais hôte je ferais si je ne trouvais pas mieux! Vous sentez-vous assez bien pour partager une collation au salon?

— Ça ira, affirma Austin après avoir testé ses jambes encore un peu tremblantes.

— Parfait. Venez dès que vous serez prêt.

Aguirrez se leva et quitta la cabine. Austin regarda la porte fermée et hocha la tête. Affaibli par le sang qu'il avait perdu, il se sentait l'esprit encore un peu brumeux; il passa dans la salle de bains et se regarda dans le miroir : il avait le teint cadavérique, ce qui n'avait rien de surprenant après un coup de poignard et un séjour dans la mer glacée. Il se lava le visage à l'eau froide d'abord, puis bien chaude. Il rasa sa barbe naissante et regagna la cabine.

Les stewards au visage de brute l'y attendaient : le premier ouvrit la porte pour lui montrer le chemin, l'autre fermait la marche. Austin profita du trajet pour prendre un peu d'exercice;

à chaque pas ses jambes retrouvaient leur vigueur. Arrivés devant le salon du pont principal, ses accompagnateurs lui firent signe d'entrer et l'abandonnèrent là.

Austin s'avança. Il était monté à bord de douzaines de yachts au décor – chrome, cuir et mobilier aux lignes dépouillées – toujours à peu près semblable. Mais le salon du *Navarra* ressemblait à l'intérieur d'une ferme européenne : murs et plafond blanc cassé en stuc, grosses poutres apparentes et sol recouvert de carrelage rouge. Un feu brûlait dans une grande cheminée de pierre; sur le manteau, un tableau représentant des joueurs de pelote basque. Il cherchait à lire la signature d'une nature morte quand une voix de basse lança :

— On s'intéresse à l'art, monsieur Austin?

Aguirrez avait surgi derrière lui sans un bruit.

— Je collectionne les pistolets de duel, une forme d'art me semble-t-il, répondit Austin.

— Indubitablement! Les objets d'art, même s'ils servent à tuer, restent de l'art. J'ai ajouté ce Cézanne à ma petite collection l'an dernier. Les autres pièces proviennent de ventes aux enchères ou ont été achetées à des particuliers.

Austin reconnut des Gauguin, un Degas, des Manet et des Monet – une « petite collection » plus complète que celles de bien des musées. Une autre cloison tapissée de grandes photographies.

— Des tirages originaux aussi?

— Quelques-unes de mes affaires, répondit Aguirrez en haussant les épaules. Des chantiers navals, des aciéries, etc., précisa-t-il du ton d'un serveur blasé énumérant les plats d'un menu. Mais assez parlé travail, ajouta-t-il en prenant Austin par le bras. Le dîner est prêt.

Il l'entraîna dans une élégante salle à manger où trônait, au centre, une table ovale en acajou prévue pour une douzaine de convives. Aguirrez ôta son béret et, d'un mouvement précis du poignet le lança sur une chaise à l'autre bout de la pièce; puis, d'un geste large, il désigna deux sièges qui se faisaient face. Les deux hommes s'installèrent et un domestique, apparu de nulle part, leur servit du vin dans de grandes coupes en cristal.

— Je pense que vous aimerez ce robuste Rioja espagnol, dit Aguirrez en levant son verre. A l'art !

— Au maître et à l'équipage du *Navarra* !

— Vous êtes trop aimable, répondit Aguirrez, manifestement ravi. Ah ! s'exclama-t-il, son regard s'allumant, notre festin va bientôt commencer.

Ils attaquèrent directement le plat de résistance, de magnifiques côtes de porc au poivre servies avec du chou. Austin félicita le chef et demanda de quelle recette il s'agissait.

— Ce sont des *alubias de tolosa*, répondit Aguirrez en vidant son assiette avec entrain. Les Basques traitent ce plat avec un respect quasi mystique.

— Basque. Bien sûr. La Navarre est une province basque. Et puis, ce tableau de pelote basque. Et le béret noir !

— Vous m'impressionnez, monsieur Austin ! Vous semblez bien connaître mon peuple.

— Ceux qui s'intéressent à la mer savent que les Basques ont été les plus grands explorateurs, les meilleurs marins et constructeurs de navires du monde.

— Bravo ! fit Aguirrez en applaudissant. (Il remplit la coupe d'Austin et se pencha vers lui.) Dites-moi, quel est l'intérêt que vous, vous portez à la mer ? (Sans se départir de son grand sourire, il fixait sur Austin un regard pénétrant.)

Austin admira la façon dont son hôte avait subtilement détourné la conversation ; cependant, avant de le connaître mieux et de comprendre ce que faisait le yacht bleu à proximité de l'élevage de poissons d'Oceanus, Austin entendait bien ne pas abattre tout de suite ses cartes.

— J'ai travaillé sur un projet dans les Féroé en tant que spécialiste du sauvetage et de la récupération en mer, et j'espérais faire un peu de pêche à Skaalshavn, avança-t-il.

Aguirrez se renversa en arrière en éclatant de rire.

— Veuillez me pardonner mes mauvaises manières, hoqueta-t-il les larmes aux yeux. Il me semble que ce sont mes hommes qui vous ont repêché.

— Ce bain froid, reconnut Austin avec un sourire penaud, ne figurait pas dans mes projets.

— Il y a eu une explosion à bord de votre bateau, poursuivit Aguirrez en reprenant son sérieux.

— La ventilation du compartiment moteur était insuffisante et a permis aux vapeurs d'essence de s'accumuler. Cela arrive quelquefois, expliqua Austin.

— Bizarre, insista Aguirrez en hochant la tête. D'après mon expérience, les explosions de ce genre se produisent quand le bateau est à quai. De plus votre blessure a été causée par un éclat métallique.

— C'est certain, renchérit Austin impassible, sachant pertinemment que le médecin du bord avait dû constater que sa peau ne portait aucune trace de brûlure et que la plaie était trop franche pour avoir été causée par un fragment métallique. (Austin ne savait pas pour quelle raison Aguirrez jouait avec lui au chat et à la souris, mais il laissa faire.) J'ai eu de la chance que vous vous trouviez dans les parages.

Hochant gravement la tête, Aguirrez reprit :

— Nous avons observé votre première rencontre avec le patrouilleur et nous vous avons vu suivre la côte. Quand, un peu plus tard, nous avons doublé le cap, vous aviez disparu. Peu de temps après, vous avez jailli de cette grotte comme un boulet de canon. Boum ! fit-il en battant des mains. Votre bateau était en miettes et vous dans l'eau.

— C'est un assez bon résumé de ce qui s'est passé, admit Austin avec un pâle sourire.

Aguirrez alluma un cigare très foncé d'où émanait une fumée de déchetterie (Austin avait refusé celui qu'on lui proposait).

— Alors, mon ami, dit-il en soufflant des volutes par ses narines, avez-vous pénétré dans les grottes ?

— Les grottes ? répéta Austin feignant l'innocence.

— Allons, mon cher, c'est pour les grottes que je suis ici. Vous avez sûrement dû vous demander ce que mon bateau faisait dans ce coin perdu.

— Je m'étais en effet posé la question.

— Alors, laissez-moi vous l'expliquer. J'ai très bien réussi dans mes affaires.

— C'est le moins qu'on puisse dire. Félicitations.

— Je vous remercie. Ma fortune me donne les moyens et le loisir de faire ce qui me plaît. Certains dépenseraient leur argent en compagnie de belles jeunes femmes. J'ai choisi l'archéologie, en amateur.

— Ambitieux passe-temps, dans un cas comme dans l'autre.

— J'apprécie toujours la compagnie des jolies femmes, surtout si elles sont intelligentes. Mais, pour moi, l'étude du passé représente bien plus qu'un violon d'Ingres, fit-il comme s'il allait jaillir de son siège. C'est ma passion. Comme vous l'avez dit, les Basques ont été de grands marins. Des décennies avant Colomb, ils pêchaient la morue et chassaient la baleine au large de l'Amérique du Nord. C'est ainsi qu'un de mes ancêtres, Diego Aguirrez, a fait fortune.

— Il serait fier de son descendant.

— Vous êtes trop bon, monsieur Austin. Son courage et ses principes rigoureux lui ont attiré des ennuis avec l'Inquisition espagnole. Il a irrité l'un des plus impitoyables inquisiteurs.

— Il a donc été exécuté ?

— Heureusement, c'était également un homme de ressources, déclara Aguirrez en souriant. Diego a mis son épouse et ses enfants à l'abri. Je descends en droite ligne de son fils aîné. Selon la tradition familiale, il se serait échappé sur l'un de ses navires, mais son sort reste un mystère.

— La mer est pleine d'énigmes qu'on n'a jamais résolues.

— Néanmoins, reprit Aguirrez, il a laissé des indices qui montrent son intention de se mettre hors d'atteinte de l'Inquisition. Les Basques en route pour l'Amérique du Nord faisaient traditionnellement une étape dans les îles Féroé. J'ai donc entrepris d'explorer cette piste. Connaissez-vous l'origine du mot de Skaalshavn ?

— On m'a dit que cela signifiait le « port du Crâne ».

Aguirrez sourit et se leva pour prendre dans un placard une boîte en bois sculpté. Il en sortit un crâne qu'il tint dans sa main à la manière d'Hamlet contemplant Yorick.

— Celui-ci provient d'une de ces grottes. Je l'ai fait examiner par des experts : il présente une caractéristique basque. (Il lança le crâne à Austin comme une balle, espérant sans doute le choquer. Austin le rattrapa au vol et le fit tourner dans sa main comme un géographe étudiant un globe terrestre.)

— Votre ancêtre Diego ? suggéra-t-il en lui lançant le crâne à son tour.

— J'y ai pensé et j'ai fait faire des recherches d'ADN. J'ai le regret de vous apprendre que ce monsieur et moi ne sommes pas apparentés. (Aguirrez remit le crâne dans la boîte et rejoignit Austin.) C'est ma seconde visite ici. La première fois, je croyais les grottes accessibles par la terre et j'ai été consterné d'apprendre que le port et les environs avaient été achetés pour installer un élevage de poissons. J'ai rencontré un ouvrier qui avait participé aux travaux de démolition ; il m'a raconté que quand les propriétaires ont fait sauter le rocher pour aménager les entrepôts, ils ont découvert les grottes. J'ai tenté de persuader ces gens de me laisser mener des explorations archéologiques, mais ils ont refusé. J'ai fait jouer toutes les relations possibles, en vain. Voilà pourquoi je suis revenu inspecter une nouvelle fois les lieux.

— Vous avez de la suite dans les idées.

— C'est devenu pour moi une véritable quête, ce qui justifie mon intérêt pour votre aventure. Je me doutais que cette arche naturelle permettait d'accéder aux grottes, malheureusement les parages sont trop dangereux pour nos vedettes. Apparemment, vous avez trouvé un moyen d'entrer.

— Un coup de chance, dit Austin sans insister.

— Allons, s'esclaffa Aguirrez, avouez que c'était plus que de la chance ! Je vous en prie, dites-moi ce que vous avez vu. Je suis prêt à vous soudoyer avec du vin !

Il claqua des doigts. Le serveur apporta une nouvelle bouteille, la déboucha et remplit leurs verres.

— Inutile, déclara Austin. Considérez que ce sera ma façon de vous remercier de votre hospitalité et de ce somptueux repas. (Il but une gorgée de vin, ravi de ménager le suspens.) Vous avez raison, l'arche permet bien d'accéder aux grottes ; les villageois l'appellent la « Porte des Sirènes ». Il s'agit d'un réseau très étendu, je n'en ai vu qu'une partie.

Austin décrivit longuement les peintures murales de la grotte mais passa sous silence sa petite excursion dans l'élevage de poissons. Aguirrez était suspendu à ses lèvres.

— Au Pays basque, murmura-t-il, on a découvert des peintures paléolithiques similaires datant de douze mille ans. Les autres dessins donnent à penser que ces cavernes ont été utilisées par une civilisation avancée.

— C'est l'impression que j'ai eue, mais les Féroé n'auraient pas été habitées avant l'installation des moines irlandais et des Vikings. Peut-être les historiens se sont-ils trompés ?

— Je n'en serais pas surpris. Les savants n'ont aucune idée quant à l'origine de mon peuple. Notre langue n'a d'antécédent ni en Europe ni en Asie et on trouve chez les Basques le plus fort pourcentage au monde de sang à rhésus négatif, ce qui en a amené certains à supposer que nous descendons directement de l'homme de Cro-Magnon. Je donnerais n'importe quoi pour pénétrer dans ces grottes.

— Vous avez été témoin de la chaleur de l'accueil qu'on m'a réservé.

— Vous semblez avoir bouleversé un nid de frelons. Pendant que vous dormiez, les patrouilleurs sont venus de la côte dans l'intention de monter à bord. Bien entendu, nous avons refusé.

— L'embarcation à laquelle j'ai eu affaire avait à son bord deux hommes armés de fusils automatiques.

— Quand ils ont vu que nous étions plus nombreux et mieux armés, ils n'ont pas insisté.

— Ils avaient aussi un hélicoptère, armé de roquettes.

— Oui, c'est vrai, dit-il comme s'il parlait d'un moucheron agaçant. J'ai demandé à ce qu'on brandît nos missiles sol-air et l'hélicoptère a cessé de nous ennuyer.

Des missiles, des armes automatiques : le *Navarra* était armé comme un navire de guerre.

Aguirrez devina la pensée d'Austin.

— Quand on est riche, on tente les kidnappeurs. J'ai donc armé le *Navarra* et me suis entouré d'une équipe fidèle et bien armée.

— Pourquoi, à votre avis, Oceanus ne veut-il pas qu'on s'intéresse à ses affaires ? demanda Austin. Nous parlons d'un élevage de poissons, pas de mines de diamant.

— Je me suis posé la même question, dit Aguirrez en haussant les épaules.

Un des gardiens d'Austin entra dans la salle à manger, tendit un sac en plastique à Aguirrez et lui murmura quelque chose à l'oreille.

Aguirrez hocha la tête et dit :

— Merci de m'avoir parlé si franchement de votre visite dans les grottes, monsieur Austin. Que puis-je faire d'autre pour vous ?

— J'aimerais bien qu'on me ramène au village.

— Entendu. On vient de m'annoncer que nous passons le piton rocheux et que nous devrons jeter l'ancre dans quelques minutes. (Il tendit le sac en plastique.) Vos affaires sont sèches.

On raccompagna Austin à sa cabine et il se changea. Il récupéra aussi son portefeuille ; sa carte de la NUMA agrémentée d'une photo d'identité s'y trouvait bien en vue sous son étui de plastique. Aguirrez n'était pas sot : il avait certainement compris que Austin ne récupérait pas vraiment des épaves mais il n'en avait rien montré. Il trouva également une carte de visite de son hôte avec un numéro de téléphone. Austin la rangea dans son portefeuille.

Aguirrez attendait sur le pont pour le saluer.

— Je vous remercie de votre hospitalité, lui dit Austin en lui serrant la main. J'espère ne pas m'être montré grossier en filant la dernière bouchée avalée.

— Pas le moins du monde, fit Aguirrez avec un sourire énigmatique. Je ne serais pas surpris que nos chemins se croisent de nouveau.

— On a vu plus étrange, répondit Austin avec un sourire.

Quelques instants plus tard, il traversait les eaux calmes du port.

14

A deux mille pieds au-dessus de la rade de Skaalshavn, le Bell 206 Jet Ranger – il avait suivi le yacht le long de la côte – se mit en position stationnaire et un technicien brancha une caméra de surveillance à haute résolution sur le canot qui se dirigeait vers le rivage : tout ça pour regarder un unique passager débarquer.

Le pilote de l'hélicoptère avait un visage rond et plat avec de hautes pommettes striées de tatouages verticaux. Ses cheveux très noirs étaient coupés en frange au-dessus de son front bas, détail qui, au premier abord, évoquait un indigène de la toundra septentrionale; seulement, dans ce cas, le sourire affable caractéristique des Esquimaux était remplacé par une expression cruelle, presque sadique. Les yeux qui auraient pu pétiller d'une bonne humeur innocente brillaient, durs comme des diamants noirs. La peau d'un brun rougeâtre était grêlée et le pansement appliqué à la hâte sur son nez écrasé intensifiait son air grotesque.

— Cible en vue, ricana-t-il en s'exprimant dans une langue très ancienne du pays des aurores boréales.

Le signal électrique envoyé par la caméra, converti en micro-ondes, était aussitôt transmis de l'autre côté de la terre, dans une pièce obscure où de pâles yeux gris surveillaient la même image que celle qu'on apercevait de l'hélicoptère.

— Je le vois très nettement, dit l'homme aux yeux gris. (Son élocution, suave et posée, était celle d'un homme cultivé mais aussi glacial qu'un crotale.) Quel est le nom de l'intrus qui a violé si facilement notre sécurité ?

— Il s'appelle Kurt Austin. (Un silence.)

— Celui qui a arraché les marins danois de leur navire naufragé ?

— Oui, grand Tounouk. C'est un ingénieur du génie maritime qui travaille pour la National Underwater and Marine Agency.

— En es-tu certain ? Un simple ingénieur n'aurait pas eu l'audace ni les ressources pour pénétrer aussi facilement dans nos installations. Et pourquoi la NUMA s'intéresserait-elle à notre opération ?

— Je l'ignore, mais notre guetteur a vérifié son identité.

— Et le yacht qui l'a recueilli et qui a fait fuir tes hommes ? Est-ce un navire de la NUMA ?

— A notre connaissance, il s'agirait d'un yacht privé immatriculé en Espagne. Nous faisons établir l'identité du propriétaire par nos sources de Madrid.

— Veille à ce que ce soit fait rapidement. Quel est le dernier bilan des dégâts causés à nos installations ?

— Un garde est mort. Nous avons pu réparer les canalisations endommagées et sauver les meilleurs échantillons.

— Pour sa négligence, le garde méritait de mourir. Je veux qu'on expédie immédiatement des spécimens au Canada : nos expériences sont d'une trop grande importance pour être mises en péril.

— Oui, grand Tounouk.

— N'importe quel idiot peut comprendre ce qui s'est passé. M. Austin a fait le rapprochement entre Oceanus et la collision que nous avons provoquée.

— C'est impossible...

— Les preuves sont sous tes yeux, Umealiq. Ne discute pas. A toi de faire face à la situation !

Le pilote resserra son étreinte sur les commandes, prêt à plonger comme un aigle. Ses yeux cruels toujours fixés sur l'écran de contrôle suivirent la silhouette qui s'éloignait du quai pour gagner une voiture en stationnement. Il lui suffisait de quelques secondes pour lancer ses roquettes ou déclencher sa mitrailleuse et supprimer ainsi un gêneur. Un rictus cruel plissa les lèvres minces.

— Ne devrions-nous pas tuer Austin pendant que nous l'avons en ligne de mire ?

— Ne décèlerais-je pas un désir de venger les dommages causés à ton précieux nez ? se moqua la voix. C'est moi, reprit-il sans attendre de réponse, qui devrais le tuer pour les problèmes qu'il m'a causés. S'il ne s'était pas occupé des marins danois, c'est la SDM qui attirerait l'hostilité du monde, et l'attention de la presse serait détournée d'Oceanus.

— Je vais le faire maintenant...

— Non ! Ne sois pas impatient. Nous ne devons pas attirer les regards sur sa disparition même si elle est nécessaire.

— Il habite dans une villa isolée, l'endroit rêvé. Il pourrait tomber d'une falaise.

— Alors, occupe-t'en et arrange-toi pour que cela ait l'air d'un accident. Il ne faut pas laisser à Austin la possibilité de raconter ce qu'il a découvert. Nous sommes à un stade critique de nos projets.

— Je regagne la base et organise une équipe. Je veillerai à ce qu'Austin meure lentement, qu'il connaisse la peur et la douleur tandis que la vie quitte son corps, et que...

— Non. Charges-en quelqu'un d'autre. J'ai des projets pour toi : tu pars immédiatement pour le Canada où tu t'assureras que les échantillons arrivent sans dommage, ensuite tu te rendras à Washington pour éliminer ce sénateur qui s'oppose à nos projets. J'ai prévu une couverture pour toi et tes hommes.

Le pilote lança un regard nostalgique à l'écran et palpa doucement la chair tendre de ce qui avait été son nez.

— Comme vous voudrez, obéit-il à regret.

Il actionna les commandes et, quelques instants plus tard, l'hélicoptère s'éloignait dans la direction de l'ancien port.

Sans se douter qu'il venait de frôler une mort violente, Austin gara la Volvo du professeur Jorgensen et considéra l'étape suivante. L'isolement de la villa le préoccupait. Il jeta un coup d'œil aux chaudes lumières de la ville, empoigna son sac de voyage et quitta la voiture. Il traversa le village sans rencontrer âme qui vive et se dirigea vers la maison derrière l'église.

Radieuse, Pia vint lui ouvrir la porte et l'invita à entrer mais, quand il s'avança à la lumière, elle cessa de sourire : elle avait lu sur son visage les épreuves qu'il avait subies.

— Des soucis ? s'inquiéta-t-elle.

— Rien dont un verre d'aquavit ne viendra à bout.

Avec une sollicitude de mère poule, elle le poussa vers la table de la cuisine; elle lui versa un grand verre d'alcool et le regarda boire.

— Alors ? interrogea-t-elle enfin. Avez-vous pris beaucoup de poissons ?

— Non, mais je suis allé rendre visite aux sirènes.

Pia laissa échapper un grand rire, claqua dans ses mains et lui versa encore deux doigts de liqueur.

— Je le savais ! fit-elle avec excitation. Les grottes sont-elles aussi merveilleuses que le prétendait mon père ?

Elle écouta Austin avec une ferveur enfantine : il lui décrivit son équipée et la façon dont elle s'était terminée. Jurant énergiquement en féroïen, elle conclut :

— Ne retournez pas à la villa ce soir. Gunnar nie travailler pour ces gens, mais je ne le crois pas.

— C'est ce que je pensais. J'ai laissé la voiture sur le quai. Je devrais peut-être quitter la ville.

— Mon Dieu, non ! Vous tomberiez directement dans la mer. Non, vous restez ici ce soir et vous partirez de bonne heure demain matin.

— Etes-vous sûre d'accepter la présence d'un gentleman sous votre toit la nuit ? Vos voisins risquent de jaser, objecta Austin avec un grand sourire.

— Je l'espère bien ! répondit-elle, espiègle.

Peu avant le lever du jour, Austin s'éveilla et quitta le canapé sur lequel il avait dormi. Pia, l'entendant bouger, se leva pour lui préparer une gigantesque omelette aux pommes de terre, du poisson fumé et quelques pâtisseries. Puis elle lui composa un déjeuner – viande froide, fromage, pomme ; elle lui fit promettre de revenir, et, seulement alors, elle le laissa partir.

La ville s'éveillait tandis que, par les rues humides du petit matin, il se dirigeait vers le port. Au moment où il ouvrait sa portière, deux pêcheurs qui s'en allaient au travail le saluèrent du haut de leur camion. Dans son geste pour leur répondre il laissa tomber ses clefs ; en se penchant pour les ramasser, il sentit une odeur chimique et perçut un bruit de goutte-à-goutte. S'agenouillant, il découvrit qu'un liquide coulait des conduits de freins là où ils avaient été proprement coupés. Austin jura sous cape, puis se mit en quête d'un bon garagiste. Le capitaine du port passa un coup de fil et bientôt un type dégingandé d'une quarantaine d'années se présenta.

Après avoir inspecté les dégâts, le mécanicien se releva et tendit à Austin un morceau du conduit.

— Quelqu'un ne vous aime pas.

— Ça pourrait être un accident...

Le Féringien, peu bavard, désigna la route qui escaladait la falaise et secoua la tête.

— Au premier virage vous vous seriez envolé. Je vais vous arranger ça facilement.

Effectivement, il eut tôt fait de réparer les freins. Quand Austin voulut le payer, il refusa l'argent.

— Ça va bien. Vous êtes un ami de Pia.

— Ces voyous, déclara soudain Austin, pourraient s'en prendre à Pia s'ils savent que j'ai passé la nuit chez elle. Je me demande si je ne devrais pas en parler à la police.

— Ici, ça n'existe pas. Mais ne vous inquiétez pas, toute la ville veillera sur elle.

Austin le remercia encore et, quelques minutes plus tard, tout en regardant dans son rétroviseur le pilier rocheux, il passait en revue les événements de son bref séjour à Skaalshavn : il quittait la ville avec plus de questions que de réponses. Allons, se dit-il, un sourire aux lèvres, il faut voir le bon côté des choses : je me suis fait de nouveaux amis formidables.

15

PAUL Trout monta sur le pont du chalutier qu'il balaya d'un regard d'expert. Neal était peut-être une canaille et un ivrogne, mais il aimait son bateau et le bichonnait : une couche de peinture fraîche recouvrait les boiseries ; pas de tache d'huile sur le pont, pas de point de rouille non plus et, dans le poste de pilotage, les équipements les plus récents en matière de recherche de poisson et d'instruments de navigation.

Trout félicita Neal pour l'état de son bateau et le pêcheur s'épanouit comme un père à qui on vient de dire que son premier-né est son portrait tout craché. Bientôt ils échangeraient des histoires de mer. Puis, Neal s'étant éloigné un instant, Gamay en profita pour dire en haussant un sourcil :

— Mike et toi vous entendez comme larrons en foire. Pour quand les recettes de cuisine ?

— Je le trouve intéressant. Regarde ce bateau : il est rudement bien équipé.

— Heureuse de te l'entendre dire. La NUMA est maintenant propriétaire d'un bout du *Tiffany*.

Pour sortir le chalutier du chantier naval, la rançon avait été plus proche de mille dollars que de sept cent cinquante. Après un plein rapide du réservoir, également payé par Gamay, Neal mit le cap sur le large.

— Les lieux de pêche ne sont pas loin, cria-t-il par-dessus les vibrations du moteur. A environ sept milles. Des fonds de dix brasses. Un sol doux comme un derrière de bébé. Idéal pour pêcher à la traille. On y sera bientôt.

Au bout d'un moment, Neal vérifia sa position au GPS, mit le moteur au ralenti et descendit le filet : un sac de mailles coniques d'une cinquantaine de mètres de long, conçu pour être traîné au fond de la mer. Après deux lancers, ils avaient pris beaucoup d'algues, mais pas de poissons.

— C'est très étrange, marmonna Trout qui examinait la poche étroite où se concentrait la pêche. Qu'une pêche ne soit pas fabuleuse, ça arrive, mais qu'on ne rapporte rien... que le filet soit absolument vide...

— Vous allez peut-être regretter qu'il ne le reste pas, fit Neal avec un sourire entendu.

On lança une nouvelle fois le filet, on le traîna le long du fond et on le remonta lentement. On utilisait un treuil pour déverser la pêche sur le pont. Cette fois quelque chose se débattit frénétiquement dans le filet. A travers l'enchevêtrement des mailles, étincelaient des écailles d'un blanc argenté : un gros poisson s'efforçait désespérément de se libérer.

— Reculez-vous, les enfants, on en tient un vivant ! cria Neal avant de vider sur le pont le contenu du filet.

Dégagé du filet, le gros poisson redoubla ses efforts : il se cambrait et faisait claquer son corps, ses yeux ronds brillaient d'un éclat inquiétant, sa gueule grande ouverte happait l'air. Il fut précipité dans une caisse arrimée au pont, ce qui le rendit encore plus furieux ; ses convulsions s'accélérèrent et il se retrouva filant sur le pont glissant.

— Holà ! cria Neal s'écartant précipitamment de ses redoutables mâchoires. (Il saisit une gaffe et en brisa le manche sur la tête de la bête.)

Derrière un amas de filets, Paul observait, fasciné. Gamay avait sorti son Caméscope et filmait tant qu'elle pouvait.

— C'est le plus gros saumon que j'aie jamais vu ! s'exclama Paul. (Il mesurait un bon mètre cinquante.)

— C'est dingue, appuya Gamay en stabilisant son Caméscope. Les saumons ne se comportent pas ainsi quand ils sont capturés ; leurs dents sont trop peu solides pour tenter quelque chose comme ça.

— Expliquez ça à ce foutu poisson, maugréa Neal en empoignant une fourche.

Il transperça la bête derrière les ouïes pour la clouer au pont ; elle continua à se débattre. Neal lui assena un coup sur la tête avec une batte de base-ball qui traînait par là ; étourdie une seconde, elle recommença à gigoter, avec un peu moins de violence toutefois.

— Il faut parfois s'y prendre à plusieurs reprises pour qu'ils se calment, reprit-il en nouant avec d'infinies précautions autour de la queue de l'animal une corde qu'il fit passer dans une poulie.

Il retira la fourche et hissa le poisson au-dessus de la cale ouverte, en prenant bien garde d'éviter les mâchoires. Neal prit alors un couteau bien aiguisé et trancha le filin, précipitant le poisson dans sa prison ; on entendit ses assauts furieux contre les parois.

— Je n'ai jamais vu un poisson aussi agressif, commenta Paul, songeur. Il se comporte plus en barracuda qu'en saumon.

— Il a beau ressembler à un saumon de l'Atlantique, je ne sais pas exactement de quelle espèce il s'agit. Quelles étranges écailles, blanches, presque albinos. (Gamay refermait son Caméscope et contemplait, pensive, la pénombre de la cale à poissons.) Il est bien trop gros et bien trop agressif pour un poisson normal ; il me fait penser à une sorte de mutant. (Elle se tourna vers Neal.) Depuis quand attrapez-vous ces créatures ?

Neal ôta le mégot du cigare qu'il avait entre les dents et cracha par-dessus bord.

— Les premiers bateaux ont commencé à en rapporter dans leurs filets il y a environ six mois. Les types les avaient baptisés les « poissons-diables » : ils massacraient les filets et ils étaient gros : alors on les a découpés et envoyés au marché. Je pense que la chair n'était pas toxique, ajouta-t-il en ricanant. Bientôt, nous n'avons rien pris d'autre ; les poissons habituels avaient tout simplement disparu. (De son cigare, il désigna la cale.) Cela explique pourquoi.

— Avez-vous contacté des scientifiques pour leur en parler?

— Oh, oui! On s'est mis en rapport avec les gens des pêcheries, mais ils n'ont envoyé personne.

— Pourquoi?

— A court de personnel, prétendaient-ils. Je pense qu'il faut regarder les choses de leur point de vue. Vous, spécialiste de la biologie marine, sortiriez-vous de votre labo si quelqu'un vous demandait de venir voir un énorme poisson-diable qui mange sa pêche?

— Je serais arrivée dans la minute.

— Vous êtes différente des autres. Eux voulaient qu'on leur envoie une de ces bestioles pour qu'ils l'examinent.

— Pourquoi ne l'avez-vous pas fait?

— On allait le faire, mais après ce qui est arrivé à Charlie Marstons, les pêcheurs ont pris peur; ils ont dit: « Et puis merde! » et ont continué à pêcher.

— Qui était Charlie Marstons? s'informa Paul.

— Un vieux de la vieille qui pêchait dans ces eaux depuis des années, même quand sa mauvaise jambe l'a gêné pour se déplacer. Mais c'était un vieil entêté et il aimait sortir tout seul. On l'a retrouvé – enfin, ce qu'il en restait – à deux milles à l'est d'ici. On a imaginé qu'il était tombé sur un banc de ces monstres, qu'il s'était trop approché et que sa mauvaise jambe l'avait peut-être lâché. En tout cas, il en restait à peine assez pour l'enterrer.

— Vous dites que c'est le poisson qui l'a tué?

— Il n'y a pas d'autre explication. C'est à ce moment-là que les gars ont commencé à partir. J'en aurais fait autant si j'avais eu mon bateau. C'est drôle, ajouta-t-il en souriant, c'est peut-être un de ces bébés qui va me permettre de partir d'ici.

Gamay réfléchissait.

— Je voudrais le ramener au labo pour procéder à des analyses.

— Pas de problème, acquiesça Neal. On le mettra en caisse dès qu'il n'y aura plus de risque.

Il remit le cap sur la terre. Quand ils accostèrent, le poisson était pratiquement mort, mais quelques spasmes justifièrent une nuit supplémentaire à bord pour l'animal et une pension de famille recommandée par Neal pour Paul et Gamay. Elle donna au pêcheur une prime de cent dollars et ils convinrent de se retrouver le lendemain matin.

Ils furent chaleureusement accueillis par un couple d'un certain âge dans une maison de style victorien à la lisière de la ville. A en juger par cet enthousiasme, Paul et Gamay sentirent que les affaires n'étaient pas brillantes. Leur chambre était simple, propre et le dîner copieux. Ils passèrent une excellente nuit et, après un solide petit déjeuner, ils se mirent en quête de Neal pour récupérer le poisson.

Le quai était désert : aucune trace de Neal ni du *Tiffany*. Ils s'enquirent de lui au chantier naval mais personne ne l'avait vu depuis qu'il était venu payer ses dettes. Quelques villageois traînaient, désœuvrés, sur le front de mer ; aucun d'eux n'avait vu Neal. Le cafetier, en route pour ouvrir son établissement, ne savait pas non plus où se trouvait Neal.

— Il soigne sûrement sa gueule de bois, précisa-t-il. Il est arrivé hier soir avec cent dollars en poche qu'il a en partie claqués en tournées pour les habitués. Il est parti bourré vers onze heures ; comme ça lui est déjà arrivé, je ne me suis pas inquiété. Neal navigue mieux quand il est beurré que certains à jeun. Il a toujours couché sur son bateau, même quand le chantier ne voulait pas le lâcher.

— Savez-vous pourquoi le *Tiffany* n'est pas à quai ? demanda Paul.

Le bistrotier parcourut du regard le port et jura sous cape.

— Quel idiot, il n'était pas en état de naviguer !

— Ses compagnons d'hier soir sauraient-ils où il est ?

— Mais non, ils étaient encore plus pintés que lui. Le seul qui n'a pas bu, Fred Grogan, est parti avant Mike.

— Qui est Grogan ? interrogea Paul, à l'affût du moindre détail.

— Quelqu'un qui ne vous plairait pas, lâcha le cafetier, méprisant. Il habite dans les bois près de l'ancienne conserverie, le seul type de la région que les nouveaux propriétaires ont gardé. C'est plutôt surprenant parce que Fred n'est pas un type très net.

Et pas causant. Quelquefois il débarque en ville, au volant d'un de ces gros 4×4 noirs qu'on voit autour de la conserverie. (Il s'arrêta, sa main en visière, pour regarder un canot entrer dans le port et se diriger à vive allure vers le quai.) C'est Fitzy, le gardien du phare. Il paraît drôlement pressé.

Le canot accosta et l'homme à la barbe blanche qui se trouvait à bord lança une amarre sur le quai. Manifestement excité, il n'attendit même pas d'avoir débarqué pour se lancer dans un discours presque incohérent.

— Calme-toi, Fitzy, lui conseilla le bistrotier. Je ne comprends pas un mot de ce que tu racontes.

Le barbu reprit son souffle et dit :

— Tard hier soir, j'ai entendu un grand boum, ça a fait trembler les vitres. J'ai pensé qu'il s'agissait peut-être d'un Jet volant très bas. Ce matin je suis sorti jeter un coup d'œil et j'ai constaté qu'il y avait des débris de bois tout autour. Regarde ça, ajouta-t-il en brandissant un bout de planche au-dessus de sa tête sur lequel on distinguait nettement : *Tif.*

Le cafetier s'assombrit et s'engouffra dans son bar pour appeler la police et passer quelques autres coups de fil. Les camionnettes commencèrent à affluer et une flottille hétéroclite s'organisa. Menée par Fitzy, elle avait déjà appareillé quand le chef de la police arriva. Il écouta le récit du cafetier. Certains bateaux revenaient déjà avec une confirmation concernant l'embarcation, mais sans aucune trace de Neal.

Le shérif alerta les garde-côtes qui promirent d'appeler un hélicoptère, mais, de l'avis général, Neal s'était enivré et avait décidé de s'offrir une virée : il avait sans doute heurté un écueil et coulé. Les Trout ne firent aucun commentaire; ils envisageaient une possibilité plus sinistre.

— Je crois, lança carrément Gamay, que Mike a été tué.

— Je pense que d'autres ont vu comme moi des traces de brûlure sur le bois : à mon avis, on a mis le feu à son bateau ou on l'a fait sauter. Neal aura parlé à tort et à travers de sa pêche et on l'aura descendu.

— Tu crois? fit Gamay, les yeux flamboyant de colère. On aurait tué Neal à cause d'un poisson?

— Ça se pourrait.

— Pauvre type, déplora-t-elle en secouant la tête. Dans une certaine mesure nous sommes responsables...

— Les seuls responsables, ce sont ceux qui l'ont tué.

— Je parierais qu'Oceanus y est pour quelque chose.

— Si tu as raison, c'est à nous qu'ils s'en prendront ensuite.

— Alors, je suggère que nous bouclions nos sacs et que nous quittions cette ville.

Paul se gara devant la pension de famille pour régler la note et prendre les bagages. Les propriétaires, navrés de les voir partir, les escortèrent jusqu'à la voiture. Comme ils répétaient que c'était vraiment dommage, Gamay tira sur la manche de Paul et l'entraîna vers la voiture en leur adressant des signes d'adieu.

— Désolée de gâcher ce départ; je viens de voir passer un 4×4 noir.

— Les loups se rassembleraient-ils? observa Paul. (Il s'engagea sur la route en jetant un coup d'œil dans le rétroviseur.) Mais personne ne nous suit.

La route à deux voies qui montait doucement en serpentant à travers des pinèdes épaisses était déserte. A environ trois kilomètres du bourg, ils se retrouvèrent dominant la mer d'assez haut : d'un côté la forêt, de l'autre un à-pic de deux ou trois cents mètres.

— Oh! oh! s'exclama Gamay qui venait de se retourner.

Paul jeta un coup d'œil dans le rétroviseur : un 4×4 noir fonçait sur eux.

— Ils ont dû attendre notre passage sur un chemin de traverse.

— Bon, déclara Gamay en serrant sa ceinture de sécurité, montre-leur ce que tu sais faire!

— Tu réalises, riposta Paul en lui lançant un regard incrédule, que nous roulons dans une familiale six cylindres, moitié moins lourde et moitié moins grosse que ce monstre noir derrière nous?

— Bon sang, Paul, assez réfléchi, pied au plancher!

— A vos ordres, madame, obtempéra Trout en levant les yeux au ciel.

Sur ce, il écrasa la pédale : la voiture atteignit la vitesse respectable de cent trente à l'heure, ce qui n'empêcha pas le 4×4 de gagner du terrain sans effort. Paul poussa encore un peu plus le moteur, mais le 4×4 se rapprochait.

Ils arrivèrent sur une corniche aux virages serrés, leur limousine qui n'était certes pas une voiture de sport tenait cependant mieux la route dans les tournants que le gros 4×4 qui penchait lourdement et perdait du terrain. Trout toutefois se gardait bien de jubiler : il ne quittait pas la route des yeux, tenait fermement le volant et poussait la voiture autant que possible; les roues hurlaient sur l'asphalte. Il savait que la moindre erreur de jugement, une plaque de sable ou une pierre pouvaient les tuer tous les deux.

Il dévalait une longue pente quand il aperçut, jaillissant de derrière un gros rocher, un 4×4 noir devant lui. Ils ont pris un raccourci, se dit-il.

— Il y a deux 4×4. Ils essaient de nous prendre en sandwich, le détrompa aussitôt Gamay.

Effectivement le second véhicule ralentit de manière à barrer le passage tandis que l'autre se rapprochait rapidement derrière eux. Trout essaya de passer sur l'autre voie mais le 4×4 se déporta lui aussi. Paul freina pour éviter la collision, ce qui permit au 4×4 qui les suivait d'emboutir son pare-chocs arrière et d'enfoncer le coffre.

Paul se cramponna au volant et parvint à éviter le tête-à-queue. Au deuxième choc, des vapeurs d'essence emplirent la voiture. Le 4×4 s'apprêtait à recommencer quand Gamay, le voyant venir, hurla :

— A droite !

Trout obéit et sa voiture ne fut qu'effleurée.

— On dirait qu'ils attendent, prévint Gamay, constatant que l'autre 4×4 avait disparu.

— Ça m'étonnerait que ça dure, répondit Paul.

— Raison de plus pour réagir rapidement. L'agence de location sera en droit de se demander pourquoi leur voiture ne mesure plus qu'un mètre. Bon sang, le voilà qui revient ! A gauche !

Trout s'exécuta et se retrouva sur la voie de gauche; il découvrit alors – ses cheveux se dressèrent sur sa tête – que la route virait brusquement à droite ; les 4×4 les coinceraient jusqu'à la dernière minute : celui de devant masquerait le virage puis ralentirait pour tourner, tandis que celui de derrière les projetterait du haut de la falaise aussi facilement qu'une queue de billard frappant une boule.

Paul cria à Gamay de se cramponner et crispa encore plus fort ses paumes moites sur le volant. Il essaya de bannir toute pensée de son esprit, ne se fiant qu'à son instinct et surveillant le rétroviseur. Il s'agissait de bien calculer son coup.

Le véhicule qui le suivait commença à accélérer ; quand il arriva à quelques centimètres du pare-chocs, Trout donna un violent coup de volant vers la droite.

La voiture heurta le sable du talus et avala le virage comme les bolides dans la courbe d'un circuit et s'écrasa au milieu des buissons, dans un violent crissement de bois griffant le métal.

Puis un éclair noir sur sa gauche, un abominable hurlement de freins et un fracas terrible : le poursuivant avait percuté l'autre 4×4, entremêlant leurs pare-chocs. Le véhicule de tête tenta de ralentir et de tourner, mais le poids supplémentaire rendait toute manœuvre impossible. Littéralement soudés, ils jaillirent ensemble de la falaise comme lancés par une fronde et firent une chute de plusieurs dizaines de mètres.

Trout, de son côté, avait des problèmes : la voiture, se désolidarisant du talus, continuait tout droit ; elle s'envola véritablement et il en perdit le contrôle, plaqué contre la portière par la force centrifuge. Elle se ficha dans le sol et ses roues s'écrasèrent sous le choc dans un effroyable vacarme. Inquiet de l'état de Gamay, il voulut lui jeter un coup d'œil, mais les airbags se gonflèrent et il ne vit plus que du plastique blanc. Puis ce fut le noir.

16

— HEUREUX de vous revoir à Tórshavn, monsieur Austin, déclara l'employé de la réception de l'hôtel Hania. J'espère que votre partie de pêche sur la côte s'est bien passée.

— Oui, merci. Je suis tombé sur des poissons très inhabituels.

— C'est arrivé dans la matinée, dit le réceptionniste en lui tendant une enveloppe en même temps que la clef de sa chambre.

Austin ouvrit l'enveloppe et lut le message soigneusement tracé sur du papier à lettres d'hôtel : « Je suis à Copenhague. Au Palace. Notre invitation à dîner tient toujours ? Therri. »

Austin sourit en pensant aux yeux incroyables de Therri et à sa voix douce. Il faut que je pense à jouer au loto ; la chance ne m'a peut-être pas totalement oublié, se dit-il avant de répondre : « Ce soir au Tivoli ? » Il tendit le message au réceptionniste et lui demanda de l'envoyer.

— Pouvez-vous me réserver une chambre pour ce soir au Palace Hotel ? ajouta-t-il.

— Avec plaisir, monsieur Austin. Je prépare votre note.

Il finissait de se doucher quand le téléphone sonna. L'employé de la réception le prévint que tout était arrangé pour sa chambre au Palace et qu'il avait pris la liberté d'annuler la réservation à l'hôtel de l'aéroport. Austin boucla son sac avant d'appeler le professeur Jorgensen ; celui-ci faisait son cours, aussi Austin lui fit-il dire qu'il souhaitait le voir, dans la journée si possible ; il précisa qu'il partait pour Copenhague et suggéra à Jorgensen de laisser une réponse à la réception du Palace Hotel.

Austin donna un généreux pourboire à l'employé de la réception puis prit l'hélicoptère qui faisait la navette entre Tórshavn et l'aéroport de Vagar d'où partait le vol Atlantic Airways pour Copenhague. Le taxi de l'aéroport le déposa ensuite Radhuspladen, la place principale de la ville. Passant devant la statue de Hans Christian Andersen et les dragons de la fontaine, il gagna le majestueux Palace Hotel qui dominait la place. Deux messages l'attendaient. L'un de Therri : « D'accord pour Tivoli ! Rendez-vous à six heures. » L'autre du professeur Jorgensen : « Je serai à mon bureau tout l'après-midi. »

Austin déposa son sac dans sa chambre et appela le professeur pour lui annoncer qu'il arrivait. Il allait quitter l'hôtel quand il réalisa que jean et col roulé ne convenaient guère à une soirée en compagnie d'une jolie femme. Il avisa un magasin pour hommes dans le hall où, grâce à un vendeur efficace, il trouva ce dont il avait besoin. Quelques billets glissés dans la main du vendeur et du tailleur lui donnèrent l'assurance que toutes ses affaires seraient prêtes à cinq heures.

Le campus de l'université de Copenhague n'était qu'à quelques minutes de taxi de la place. Le Laboratoire de biologie marine faisait partie de l'Institut zoologique, un bâtiment de deux étages posé sur une vaste pelouse. Le petit réduit dévolu au professeur était juste assez spacieux pour accueillir un bureau, un ordinateur et deux sièges sans dépasser les limites du capharnaüm que le savant avait pourtant largement dépassées. Diagrammes et schémas couvraient les murs et des dossiers s'entassaient partout.

— Pardonnez-moi ce désordre, s'excusa-t-il. Mon bureau principal se trouve sur le campus d'Helsingor. Je n'utilise ce placard que lorsque j'enseigne ici. (Pour faire place à Austin, il débarrassa une chaise d'un tas de papiers que, ne sachant trop qu'en faire, il ajouta à une pile à l'équilibre déjà précaire posée sur son bureau.) Ravi de vous revoir, Kurt, dit-il avec son sourire qui découvrait ses grandes dents. Je suis content que ayez pu venir dans notre belle ville.

— Je viens toujours avec plaisir à Copenhague. Malheureusement je reprends l'avion demain pour les États-Unis : il ne me reste qu'une nuit.

— C'est mieux que rien, déclara Jorgensen en se carrant dans son siège. Dites-moi, avez-vous eu des nouvelles de cette charmante avocate qui prenait le café avec vous à Thórshavn?

— Therri Weld? Je dîne avec elle ce soir.

— Heureux homme! Je suis sûr que vous passerez une plus agréable soirée qu'avec moi! s'esclaffa Jorgensen. Alors, Skaalshavn vous a plu?

— Plu n'est peut-être pas le mot. Skaalshavn est un endroit étonnant. Merci de m'avoir permis d'utiliser votre villa et votre bateau.

— Je vous en prie. C'est une région incroyable, n'est-ce pas?

Austin acquiesça.

— A propos de Skaalshavn, qu'ont donné vos tests au laboratoire?

Le professeur fouilla parmi les papiers amoncelés devant lui et, miraculeusement, retrouva le dossier qu'il cherchait. Il changea de lunettes et commença :

— Je ne sais pas si vous connaissez bien ma spécialité, les effets de l'hypoxie. J'étudie en quoi la déficience en oxygène et les changements de température affectent les populations de poissons. N'étant pas un expert dans tous les domaines, j'ai soumis mes découvertes à ceux de mes collègues qui étudient les virus bactériens. Nous avons fait des tests sur les douzaines d'échantillons d'eaux et de poissons prélevés à proximité des installations d'Oceanus, nous y cherchions des traces d'anomalies, un parasite. Rien.

— Des traces de produits chimiques dans l'eau?

— Au contraire. Les gens d'Oceanus n'exagéraient pas en se glorifiant d'avoir mis au point un système de filtrage extrêmement perfectionné : l'eau est absolument pure. Ce qui n'est pas le cas des autres élevages où j'ai fait des tests. Bref, je n'ai rien trouvé qui puisse affecter les réserves de poissons de Skaalshavn.

— Demeure alors la question : Qu'est-ce qui décime la population de poissons ?

Jorgensen remonta ses lunettes sur son front.

— Il pourrait y avoir d'autres raisons que nous n'avons pas examinées : les prédateurs, la dégradation de l'habitat, une perturbation de l'approvisionnement.

— Avez-vous éliminé tout lien avec l'élevage de poissons ?

— Pas du tout, c'est pourquoi je retourne à Skaalshavn.

— Cela pourrait poser un problème..., commença simplement Austin. (Et il raconta brièvement ses aventures.) Bien entendu, je vous dédommagerai de la perte du bateau, conclut-il.

— C'est le cadet de mes soucis ! Vous auriez pu vous faire tuer ! s'exclama Jorgensen. Je suis plusieurs fois tombé sur des canots de patrouille, assez intimidants mais jamais menaçants.

— Peut-être que mon visage ne leur a pas plu ; pour ma part, je n'ai pas aimé les leurs.

— Vous avez certainement remarqué que je n'ai pas exactement un physique de vedette de cinéma, plaisanta le professeur. Personne n'a essayé de me tuer.

— Ils devaient savoir que vos expériences ne donneraient aucun résultat. Dans ce cas, aucune raison de vous effrayer. Avez-vous discuté de vos travaux avec Gunnar ?

— Oui, il semblait s'intéresser vivement à ce que je faisais. (Une lueur apparut dans le regard du professeur.) Je vois ! Vous pensez qu'il jouait le rôle d'informateur auprès d'Oceanus ?

— Je n'ai aucune certitude mais, comme il a participé à la construction et l'installation de la pisciculture, il est possible qu'Oceanus continue de l'employer.

— L'avez-vous mentionné à la police ? demanda Jorgensen en fronçant les sourcils.

— Pas encore. Théoriquement, j'étais coupable de violation de propriété privée.

— Mais on ne tue pas quelqu'un parce qu'il est curieux !

— Réaction excessive en effet. Cependant je ne vois guère la police féringienne poussant l'affaire plus loin. Oceanus nierait l'échauffourée. Leur comportement en me voyant fureter révèle qu'ils ont quelque chose à cacher. J'aimerais fouiner discrètement et que la police se manifeste juste un peu.

— Comme vous voudrez. Je ne suis pas très doué pour l'intrigue : mon domaine, c'est la science. (Un pli soucieux barra son front.) Le monstre dans le bassin, celui qui vous a fichu une telle frousse. Vous avez pensé à un requin?

— Tout ce que je sais, c'est qu'il était grand, affamé et pâle comme un fantôme.

— Un poisson fantôme. Intéressant. Il faudra que j'y réfléchisse. En attendant, je vais me préparer pour retourner aux Féroé.

— Je crains que ce ne soit devenu dangereux maintenant.

— Cette fois, ce sera à bord d'un navire de recherche. Nous serons nombreux, donc plus en sécurité, et j'aurai à ma disposition un meilleur équipement. J'aimerais fouiller ces grottes avec un archéologue.

— Si vous persistez dans cette idée, qui n'est pas très bonne, professeur, il vous faudrait rencontrer quelqu'un qui pourrait vous aider : son père avait visité le site et elle m'a expliqué comment y accéder. Elle s'appelle Pia.

— La veuve du pasteur?

— Oui, vous l'avez rencontrée? Sacrée bonne femme!

— En effet, reconnut Jorgensen avant de se reprendre. (La rougeur qui lui était montée aux joues était assez éloquente.) Nous nous sommes rencontrés à plusieurs reprises dans le village. Impossible de l'éviter. Allez-vous changer vos plans et revenir à Skaalshavn avec moi?

— Merci de votre proposition, fit Austin en secouant la tête, mais il faut que je retourne à mon travail et à la NUMA. Je laisse Joe terminer les essais sur le *Sea Lamprey*. Surtout, tenez-moi au courant de vos découvertes.

— Bien entendu. (Jorgensen posa son menton au creux de sa main et son regard se perdit dans le vague.) Un scientifique ignore les mauvais présages. On lui a enseigné à étayer ses conclusions par des faits pour les soutenir. Or, il y a là, Kurt, quelque chose que je n'aime pas du tout. Je le sens dans mes os. Quelque chose d'affreux.

— J'ai eu cette même impression : ça va au-delà de ces hommes armés jusqu'aux dents. J'aimerais, dit-il en le regardant bien en face, que vous me promettiez une chose quand vous retournerez à Skaalshavn.

— Bien sûr, mon garçon. Je vous écoute.

— Faites attention, professeur, scanda Austin avec une grande fermeté. Faites très attention.

17

LE soleil brillait très fort sur Copenhague, pas assez cependant pour arracher Austin aux sombres pressentiments qui ne le lâchaient plus depuis qu'il avait quitté le professeur. A plusieurs reprises, il se surprit à regarder par la vitre arrière du taxi qui le ramenait à son hôtel. Il finit par se calmer et se cala contre le dossier pour profiter de la promenade, car si un danger le menaçait jamais il ne le repérerait au milieu de toute cette circulation.

Il s'arrêta au magasin pour prendre ses achats et monta dans sa chambre. Il était cinq heures et demie, il appela Therri.

— Ma chambre se trouve à l'étage au-dessous de la vôtre, je vous entends chanter : la joie de dîner ensemble probablement.

— Alors vous avez dû m'entendre danser aussi.

— Mon charme m'épate, poursuivit Austin, sur le même registre. Je vous retrouverai dans le hall, comme d'anciens amants qui se rencontrent par hasard.

— Quel romantisme étonnant, monsieur Austin.

— On m'a déjà dit des choses plus désagréables. Vous me reconnaîtrez à l'œillet rouge que j'ai épinglé à ma boutonnière.

Les portes de l'ascenseur s'ouvrirent et Therri entra en scène. Les hommes, y compris Austin, admirèrent sa démarche souple, sa silhouette moulée dans une robe longue de dentelle blanche et sa chevelure châtain qui caressait ses épaules.

Visiblement, Therri appréciait elle aussi son cavalier, sa veste gorge-de-pigeon légèrement cintrée – ce qui faisait ressortir sa carrure –, sa chemise bleue et la cravate de soie blanche qui mettaient en valeur son teint hâlé, ses yeux couleur de fonds marins et ses cheveux blonds. A sa boutonnière, il portait bien un œillet rouge.

Elle lui tendit la main et Austin y posa un baiser léger.

— Quelle charmante surprise ! dit-elle avec un accent d'aristocrate britannique. Où vous trouviez-vous donc depuis...

— Biarritz. Ne s'agissait-il pas plutôt de Casablanca ?

— Oh, comment savoir ? fit Therri en portant la main à son front. Le temps s'écoule et les lieux finissent par se confondre, n'est-il pas vrai ?

Austin se pencha pour lui souffler à l'oreille :

— Il nous restera toujours Marrakech.

Là-dessus il lui offrit son bras et ils franchirent la porte comme s'ils se connaissaient depuis des années. Ils traversèrent la place et gagnèrent Tivoli, le célèbre parc d'attractions créé au XIXe siècle ; les visiteurs s'y pressaient pour assister aux spectacles, ballets et concerts. Ils regardèrent quelques minutes une troupe de danseurs folkloriques puis choisirent un restaurant avec une terrasse ; on les installa à une table d'où l'on voyait la grande roue.

Austin prit le menu.

— Permettez-moi de choisir notre menu, dit-il en s'emparant de la carte, je vous ai laissé décider du restaurant.

— Avec plaisir, car, depuis mon arrivée, je ne me suis nourrie que de sandwiches au *smorrebrod.*

Austin commanda des petites crevettes de fjord en hors-d'œuvre puis, pour Therri, une *morbradbof,* des petits filets de porc dans une sauce aux champignons, et pour lui-même du *flackesteg,* du rôti de porc servi avec des lardons grillés et du chou, le tout arrosé de Carlsberg plutôt que de vin.

— Quel brio ! lança Therri, admirative.

— J'ai triché. Je suis déjà venu dans ce restaurant lors de ma dernière mission à Copenhague pour la NUMA.

Ils trinquèrent et burent une gorgée de bière bien fraîche.

— C'est merveilleux, murmura-t-elle en fermant les yeux de plaisir après la première bouchée.

— Le secret, c'est de ne jamais noyer le goût subtil du poisson dans l'assaisonnement. Ces crevettes ont été préparées simplement avec du citron et du poivre vert.

— Encore un bienfait dont je vous suis redevable.

— Votre bonne humeur n'est pas seulement due à la cuisine. Je présume que votre rencontre avec Becker s'est bien passée.

— A vrai dire, votre ami M. Becker a été tout à fait charmant. Il ne tarit pas d'éloges sur vous et il a été très impressionné par vos photos du *Sea Sentinel.* Comme j'insistais, ils ont examiné eux-mêmes le *Sentinel* et constaté qu'on l'avait saboté, exactement comme vous l'aviez décrit. Nous sommes parvenus à un accord : ils ont accepté d'abandonner les poursuites contre Marcus.

— Félicitations. Sans conditions ?

— Oh, que si ! Marcus et tous ceux ayant un rapport avec le SDM, y compris votre servante, doivent avoir quitté le Danemark dans les quarante-huit heures. Nos places sont retenues sur le Concorde de demain.

— Le Concorde ? La SDM ne mégote pas !

— Les donateurs qui se délestent de millions de dollars n'y voient aucun inconvénient dès l'instant que les océans sont bien protégés.

— Je vais essayer ça avec les comptables de la NUMA qui épluchent toujours mes frais de voyage. Vous déjeunerez chez Maxim's pendant que je mastiquerai du poulet caoutchouteux à trente-cinq couronnes. Quelles autres conditions Becker vous a-t-il imposées ?

— Aucune conférence de presse sur le sol danois. Pas de tentative pour récupérer le *Sea Sentinel.* Et la seule façon de remettre un jour les pieds au Danemark sera de nous introduire clandestinement comme travailleurs invités. Une fois de plus, je ne vous remercierai jamais assez pour tout ce que vous avez fait.

— Tout a un prix : dites-moi tout ce que vous savez d'Oceanus.

— Avec plaisir. Comme je vous l'ai déjà expliqué, Oceanus est une multinationale spécialisée dans les produits de la mer et le transport. Elle contrôle des flottes de bateaux de pêche et de navires de transport à travers le monde.

— Cette description correspond à une douzaine de sociétés, fit Austin en souriant. Pourquoi ai-je l'impression que vous me cachez quelque chose ?

— Ça se voit tant que ça ?

— C'est parce que je traite souvent avec des gens qui s'imaginent que lâcher une partie de la vérité les dispense de révéler tout le reste.

Elle fronça les sourcils en répondant :

— Bien fait pour moi. C'est une vieille habitude d'avocat. J'aime bien garder un atout en réserve. La SDM vous doit beaucoup. Qu'aimeriez-vous savoir ?

— Pour commencer, qui possède la compagnie ?

— La SDM s'est posé la même question. Nous sommes tombés sur un labyrinthe de sociétés-écrans, de compagnies bidon et de faux investissements ténébreux. Toutefois, un nom revenait souvent : Tounouk.

— Ça me rappelle un documentaire que j'ai vu quand j'étais gosse, *Nanouk l'Esquimau.* C'est un Esquimau ?

— Je le pense, mais nous n'avons que quelques preuves indirectes qui convergent dans cette direction. Ça nous a demandé des recherches incroyables : enfin nous avons appris qu'il s'agit d'un citoyen canadien qui réussit à ne jamais se montrer. Voilà tout ce que je peux vous dire sur lui et c'est vraiment *toute* la vérité.

Austin hocha la tête en repensant aux gardes à la peau basanée qui avaient tiré sur lui.

— Qu'est-ce qui a tout d'abord attiré l'attention de la SDM sur Oceanus ?

— Ils étaient une des rares sociétés à ne pas avoir tenu compte du boycott des Féroé. Nous savions que leurs installations de pisciculture posaient un problème écologique, mais ce sont les efforts de la compagnie pour camoufler ses opérations qui ont intéressé Marcus. Quand il a appris leur implantation aux Féroé, il a pensé qu'il réussirait peut-être à faire bouger les choses en braquant les projecteurs sur eux.

— Les deux navires au fond de l'océan prouvent qu'il avait raison.

— Laissez-moi à mon tour vous demander quelque chose, dit Therri. Qu'est-ce que vous, vous savez d'Oceanus que vous m'avez tu ?

— D'accord. Pendant que vous négociiez avec M. Becker, je suis allé fouiner dans l'élevage en question.

— Avez-vous appris quelque chose ?

Austin sentit sa blessure à la poitrine l'élancer brusquement.

— J'ai appris qu'ils n'aiment pas voir les gens mettre le nez dans leurs affaires et je vous conseille ainsi qu'à vos amis de les éviter.

— Et maintenant, quel est celui qui se dérobe ?

Austin se contenta de sourire. Malgré toute l'envie qu'il avait de faire confiance à Therri, il n'en allait pas de même avec la SDM et son chef.

— Je vous en ai assez révélé pour vous éviter des ennuis.

— Vous devriez savoir que ce petit bout de renseignement ne fait qu'exciter ma curiosité.

— Rappelez-vous simplement que la curiosité est un vilain défaut. Je ne voudrais pas qu'il vous arrive malheur.

— Merci de l'avertissement, fit-elle avec son sourire enjôleur.

— Je vous en prie. Peut-être pourrons-nous poursuivre cette conversation une fois rentrés à Washington.

— Je connais un certain nombre de halls d'hôtel qui pourraient servir de cadre à des rendez-vous fortuits. Promettons-nous de ne pas parler affaires.

— Si nous commencions maintenant ?

Austin fit signe au serveur et commanda deux alcools de cerise Peter Heering.

— Alors, dit Therri, de quoi voudriez-vous parler ?

— Parlez-moi de la SDM.

— On pourrait considérer cela comme une question d'affaires.

— Bon, voici une question personnelle : comment en êtes-vous arrivée à travailler pour les Sentinelles ?

— Par hasard, répondit-elle avec un sourire. Avant de prendre la défense des baleines, je défendais les arbres. Mon avenir était tracé dès ma naissance : mes parents m'ont prénommée Thoreau d'après Henry David.

— Je me demandais d'où venait Therri.

— J'ai eu de la chance, ils auraient pu me baptiser *Henry*. Père était un écologiste activiste avant l'heure et ma mère appartenait à une vieille famille yankee qui s'était enrichie dans le commerce des esclaves du rhum. Quand je suis sortie de l'école de droit de Harvard, je ne pouvais qu'assumer, comme les autres, la culpabilité familiale. A mon tour maintenant. Comment êtes-vous entré à la NUMA ? (Austin lui fit un résumé expurgé de sa carrière.) Il y a une lacune inexplicable dans votre biographie, insista-t-elle.

— Vous avez l'esprit beaucoup trop vif : à cette période, je travaillais pour la CIA ; mon service a été dissous à la fin de la guerre froide. Je ne peux pas vous en dire plus.

— Ça ne fait rien, dit-elle. Un parfum de mystère ajoute à votre charme.

Austin sentit qu'il fallait saisir la balle au bond. Therri avait fait dériver la conversation vers un niveau un peu plus intime et il allait sauter sur l'occasion quand il la vit regarder par-dessus son épaule : Marcus Ryan se dirigeait vers leur table.

— Therri ! fit Ryan avec son sourire de vedette de cinéma. Quelle charmante surprise !

— Bonjour, Marcus. Vous vous souvenez de Kurt Austin que vous avez vu à l'audience à Thórshavn ?

— Bien sûr ! M. Austin a fait la seule déposition impartiale de toute cette triste affaire.

— Asseyez-vous donc avec nous, proposa Therri. Ça ne vous ennuie pas, Kurt ?

Au contraire, cette rencontre qui ressemblait fort à un coup monté ennuyait beaucoup Austin. Il approcha cependant un fauteuil et échangea avec Ryan une poignée de main d'une étonnante vigueur.

— Juste une minute, accepta Ryan. Je ne veux pas vous déranger pendant votre dîner, mais je suis ravi de cette occasion de remercier M. Austin pour son aide.

— Vous n'avez pas à me remercier, car je ne l'ai pas fait pour aider la SDM mais pour rendre service, à titre personnel, à Mlle Weld. C'est elle qui m'a persuadé de regarder de plus près votre navire.

— Je ne connais personne qui soit capable de résister à sa force de persuasion et il faut lui en rendre hommage. Il n'empêche que vous avez rendu un grand service aux créatures de la mer.

— Ne vous fatiguez pas, monsieur Ryan. J'ai fourni ces preuves d'un sabotage à Therri parce que je devais le faire, non parce que je crois à votre cause.

— Alors, vous savez que je n'étais en rien responsable de cette collision.

— Je sais que vous avez délibérément fait monter la tension, dans l'espoir d'un événement susceptible d'intéresser les télévisions.

— A situation désespérée, mesures désespérées. La NUMA, paraît-il, n'hésiterait pas non plus à recourir à des méthodes peu orthodoxes pour arriver à ses fins.

— Il y a une grande différence : chacun de nous, l'amiral Sandecker compris, est prêt à assumer la responsabilité de ses actes. Nous ne nous réfugions pas derrière des affiches de bébés phoques.

Le visage de Ryan s'empourpra.

— J'ai toujours été prêt à assumer les conséquences de mes actes !

— Bien sûr, dès l'instant que vous saviez qu'il existait une issue.

— Décidément, vous êtes un homme difficile, monsieur Austin, lâcha Ryan en souriant pour dissimuler sa colère.

— J'essaye.

— Allons, fit Ryan profitant de l'arrivée du serveur, je m'en voudrais de gâcher votre soirée. J'ai été ravi de bavarder avec vous, monsieur Austin. Therri, je vous passerai un coup de fil plus tard, ajouta-t-il avec un petit salut désinvolte.

Austin le regarda s'éloigner et dit :

— Votre ami semble avoir beaucoup de considération pour sa personne. Je croyais pourtant que Neptune – ou Poséidon – régnait déjà sur les océans.

Il s'attendait à ce que Therri volât au secours de Ryan, mais elle se contenta de rire.

— Félicitations, Kurt ! Quel bonheur de découvrir que Marcus a un concurrent en matière de provocation !

— Ça me vient très naturellement. Rappelez-le-lui pour notre prochaine rencontre accidentelle.

Évitant son regard, elle tourna les yeux vers la grande roue puis chipota dans son assiette avant de répondre :

— C'était si transparent que cela ?

— Plus transparent, ce serait énorme.

Elle eut un grand soupir.

— Désolée pour cette tentative maladroite. Vous ne méritiez pas ça. Marcus voulait vous rencontrer pour vous remercier. Il était tout à fait sincère. Je ne m'attendais pas à ce que cela tournât à l'affrontement. Je vous fais toutes mes excuses.

— Je ne les accepterai que si vous voulez bien prendre le coup de l'étrier au bar du Palace après une longue promenade dans les environs.

— Vous êtes dur en affaires.

— Comme l'a noté votre ami M. Ryan, riposta Austin avec un sourire diabolique, je suis un homme difficile.

18

COPENHAGUE semblait en pleines festivités, pourtant cette animation était normale pour l'une des capitales européennes les plus vivantes. De la musique dans tous les cafés, des promeneurs et des artistes forains. Dans les jardins publics et sur les places qui se succédaient tout le long du vaste mail Stroget. Cette atmosphère de fête était distrayante mais rendait difficile toute conversation. Austin proposa de prendre les rues tranquilles bordées de boutiques fermées pour regagner l'hôtel.

Il faisait sombre sauf devant quelques rares vitrines et sous les becs de gaz. Austin écoutait Therri lui raconter une anecdote à propos de Becker quand il remarqua deux silhouettes sortant de l'ombre et se postant dans une flaque de lumière.

Le taux de criminalité dans la capitale de ce peuple calme et d'une extrême politesse était, Austin le savait, relativement faible. Aussi pensa-t-il que ces deux hommes qui bloquaient le trottoir avaient bu trop d'aquavit et il prit le bras de Therri pour les contourner. Il réévalua rapidement la situation quand il découvrit les longues massues dont ils étaient armés.

Un bruit de pas alerta Austin : deux autres individus, eux aussi armés de battes, s'approchaient par-derrière. Therri avait senti la menace et s'était interrompue dans son récit. Appliquant une stratégie certainement bien préparée, les hommes commencèrent à les encercler.

Austin chercha une arme du regard. Estimant que n'importe quoi valait toujours mieux que rien, il empoigna le couvercle d'une poubelle, fort heureusement en aluminium épais et solide. Il se campa devant Therri et, grâce à son bouclier improvisé, détourna les coups de l'agresseur le plus proche. Celui-là releva son gourdin pour frapper une nouvelle fois, mais Austin, passant de la défensive à l'offensive lui projeta le lourd couvercle en plein visage ; l'adversaire poussa un cri de douleur puis s'effondra sur le trottoir ; Austin, soulevant le couvercle à deux mains l'avait abattu sur son crâne, le faisant résonner comme un gong.

Austin voulut rééditer sa manœuvre et frapper au visage avec son bouclier le deuxième agresseur, mais celui-là recula hors de portée et, d'un coup de matraque, écarta le couvercle. Austin s'efforçait de protéger le côté gauche de son thorax encore endolori et, son assaillant, sentant une faiblesse, le frappa violemment à la tête – des étoiles filèrent devant ses yeux. Au même instant Therri poussa un cri : l'un des agresseurs la maintenait tandis que l'autre la tirait par les cheveux pour lui dégager la gorge : un coup violent sur la trachée pouvait être fatal.

Austin secoua la tête pour chasser la pluie d'étoiles de ses yeux et tenta de venir à son secours. Son adversaire se planta devant lui et abattit son gourdin à la manière d'un glaive. Austin réussit à détourner le coup mais cela lui arracha le couvercle de la main et lui fit perdre l'équilibre. Prenant appui sur un genou, Austin leva le bras pour se protéger le crâne. Il vit deux visages larges aux yeux brillants, les matraques qui s'élevaient et il attendit les coups. Au lieu de cela, il entendit des chocs sourds, des hurlements, les uns en espagnol, les autres incompréhensibles. Ses agresseurs se fondirent dans l'obscurité.

Il se remit debout et vit deux silhouettes qui partaient en courant, les gourdins abandonnés sur le trottoir. Therri et lui se retrouvaient seuls, avec l'individu qu'il avait assommé, apparemment lâché par ses complices.

— Ça va ? s'inquiéta Austin en prenant le bras de Therri.

— Oui, mais terriblement secouée. Et vous ?

Il se palpa délicatement la tempe.

— Un hamburger cru en guise de tête et le crâne plein de moineaux qui piaillent. A part ça, je vais très bien. Ça aurait pu être pire.

— Je sais, fit-elle en frissonnant. Dieu merci, ils nous ont sauvés.

— Qui donc ? Je cherchais tellement à ressembler à Ivanhoé que je ne les ai pas vus.

— Ils étaient deux, je crois, ils ont jailli de nulle part et se sont lancés à la poursuite des autres ; ils les ont chassés.

— Bon sang ! s'exclama Austin en écartant d'un coup de pied le couvercle de poubelle cabossé, moi qui croyais les avoir impressionnés avec mon presse-purée. (Il épousseta son pantalon sale et déchiré.) Mon Dieu, mon premier costume depuis des années !

— Incroyable, fit Therri en éclatant de rire. Vous venez d'échapper à la mort et vous vous inquiétez de votre costume, gémit-elle en l'étreignant.

Elle le serrait fort, en appuyant son corps sur sa blessure, mais il ne s'en plaignait pas. Elle sentait si bon. Tout d'un coup elle se raidit, s'écarta et regarda par-dessus l'épaule d'Austin, horrifiée.

— Kurt, attention !

Le gisant se relevait lentement en les dévisageant. Serrant les poings, Austin s'avança vers lui, prêt à le renvoyer au pays des songes. Mais il s'arrêta soudain en voyant une petite tache d'un rouge intense apparaître au milieu de son front.

— Couchez-vous ! cria-t-il à Therri et, comme elle hésitait, il la plaqua sur le trottoir en la protégeant de son corps.

L'homme s'avançait vers eux quand il s'arrêta comme s'il venait de heurter un mur invisible ; il tomba à genoux et s'affala sur le sol. Puis des bruits de pas et une silhouette s'enfonçant dans l'ombre. Austin aida Therri à se relever en s'excusant de l'avoir renversée.

— Que s'est-il passé ? demanda-t-elle, éberluée.

— Quelqu'un a abattu notre ami. J'ai vu la tache d'un viseur laser.

— Pourquoi feraient-ils ça ?

— La réglementation de sa société est peut-être très stricte en matière de rupture de contrat.

— Ou on ne voulait pas que vous lui parliez, suggéra-t-elle en contemplant le cadavre.

— En tous les cas, ne restons pas ici, ce n'est pas sain.

Il prit Therri par le bras et l'entraîna. Il ne baissa la garde que quand il aperçut les lumières du Palace Hotel. Le bar leur parut un autre monde, une joyeuse tour de Babel où un pianiste aurait joué du Cole Porter. Ils choisirent une table dans un coin, où on leur servit les deux doubles whiskies commandés par Austin.

Therri avala une grande gorgée et regarda les autres clients.

— Ai-je fait un cauchemar ou ce qui s'est passé dans la rue a bien eu lieu ?

— En tout cas, il ne s'agissait pas d'une scène de *West Side Story*. De quoi vous souvenez-vous exactement ?

— Ça s'est passé si vite. Deux de ces hommes armés de matraques m'ont empoignée. Regardez ce que ces salauds ont fait à mes cheveux, poursuivit-elle, la peur cédant la place à la colère. Qui étaient-ils donc ?

— L'attaque était bien organisée. Ils savaient que nous nous trouvions à Copenhague et ils nous auront guettés ce soir pour dresser leur embuscade. De qui s'agissait-il, à votre avis ?

— Oceanus, lança-t-elle sans hésiter.

Austin hocha la tête d'un air grave.

— Mon expérience aux Féroé me permet d'affirmer qu'Oceanus a tout ce qu'il faut : les malfrats, le goût de la violence et l'organisation. Que s'est-il passé ensuite ?

— Ils m'ont laissée partir. Comme ça. Et puis ils ont détalé, poursuivis à leur tour. (Elle secoua la tête.) Je regrette de n'avoir pu remercier nos bons Samaritains. Est-ce que nous ne devrions pas raconter tout cela à la police ?

— Normalement, oui. Mais à quoi cela nous avancerait-il ? Étant donné les relations que nous entretenons avec les autorités danoises, vous risqueriez d'être retenue ici plus longtemps que vous ne le souhaiteriez.

— Vous avez raison, admit Therri en terminant son verre. Je ferais mieux de remonter dans ma chambre. Mon avion part de bonne heure demain matin.

Austin accompagna Therri jusqu'à sa porte où ils s'arrêtèrent un moment.

— Vous êtes sûre que ça va aller?

— Oui, très bien. Merci pour cette intéressante soirée. Vous avez l'art de distraire une femme.

— Ce n'était rien. Attendez un peu notre prochain rendez-vous.

Elle sourit et déposa sur ses lèvres un baiser léger.

— J'ai hâte d'y être.

La rapidité avec laquelle Therri s'était remise l'impressionnait. Un papillon peut-être mais d'acier.

— Appelez-moi si vous avez besoin de quoi que ce soit.

Elle acquiesça de la tête. Austin lui souhaita bonne nuit et se dirigea vers l'ascenseur. Elle attendit que les portes de la cabine se fussent refermées puis elle retira sa clef de la serrure et parcourut le couloir jusqu'à une autre porte à laquelle elle frappa. Marcus Ryan ouvrit; son sourire disparut en voyant son visage tendu.

— Ça va? demanda-t-il d'un ton soucieux. Vous êtes un peu pâle.

— Bah, un peu de maquillage arrangera cela. (Elle s'allongea sur le canapé.) Préparez-moi donc une bonne tasse de thé, ensuite je vous raconterai tout.

— Austin a raison. C'est Oceanus. J'en suis certain, déclara Marcus après avoir réfléchi quelques instants à ce que Therri venait de lui décrire.

— Moi aussi. Mais je suis moins sûre de l'identité de nos sauveteurs.

— Austin ne les connaissait pas?

— Il a prétendu que non, fit-elle en secouant la tête.

— Disait-il la vérité?

— Il s'en doute peut-être, mais je n'ai pas insisté. Kurt ne me paraît pas enclin au mensonge.

— Bien, bien, mon implacable conseil juridique se serait laissé attendrir... Vous l'aimez bien, n'est-ce pas ? ironisa Ryan.

— Il est... différent.

— Moi aussi, je suis différent, vous en conviendrez.

— C'est vrai, acquiesça-t-elle avec un sourire. Ce qui explique nos rapports professionnels, pas sentimentaux.

— Mon destin, soupira Ryan, théâtral, est celui du perpétuel garçon d'honneur, non celui du mari.

— Ce rôle ne vous conviendrait pas du tout. D'ailleurs, vous avez eu votre chance. Rappelez-vous, ça ne me plaisait guère de jouer les utilités à la SDM.

— Je ne vous le reproche pas. J'ai un côté moine guerrier quand il s'agit des Sentinelles.

— Allons donc ! Ne me faites pas le coup du moine. Je sais très bien que vous avez une petite amie dans chaque port.

— Bon sang, Therri, même un moine doit sortir du monastère pour prendre un peu de bon temps ! Mais parlons de vos surprenants rapports avec Austin. Croyez-vous qu'il soit suffisamment entiché de vous pour se laisser mener par le bout du nez ?

— D'après ce que j'ai vu, ce n'est pas le genre de Kurt. Mais éclairez-moi donc un peu, vous échafaudez tant de plans et de complots...

— Une idée comme ça. J'aimerais avoir la NUMA dans notre camp. Des renforts nous seront nécessaires si nous voulons nous attaquer à Oceanus.

— Sinon ?

— Il faudra y aller tout seuls, dit-il en haussant les épaules.

— Impossible, riposta Therri en secouant la tête. Ils sont trop puissants. Vous avez vu avec quelle facilité ils ont saboté notre navire. Kurt Austin est nerveux, alors nous devrions faire attention. Nous ne pouvons pas risquer d'autres vies.

— Ne sous-estimez pas la SDM, Therri. Les gros bras, ce n'est pas tout. La force peut venir de la connaissance.

— Marcus, ne parlez pas par énigmes.

— Nous disposons peut-être d'un atout gagnant, lâcha-t-il en souriant. Josh Green a téléphoné hier. Il est tombé sur quelque chose qui concerne une opération d'Oceanus au Canada.

— Quel genre d'opération?

— Josh n'était pas sûr. Ça provenait de Ben Nighthawk.

— Le stagiaire?

Ryan acquiesça de la tête.

— Nighthawk est un Canadien indien. Il a reçu de curieuses lettres de sa famille qui habite la région de North Woods. Une société a acheté un énorme terrain auprès de leur village. Pour rendre service à Ben, Josh s'est renseigné sur l'identité du propriétaire. Les terres ont été achetées par une compagnie écran montée par Oceanus.

— C'est peut-être la piste que nous cherchons! s'exclama Therri tout excitée.

— Hé oui! J'ai pensé à la même chose. Et c'est pourquoi j'ai demandé à Josh de se renseigner.

— Vous l'avez envoyé là-bas tout seul?

— Quand Ben a appelé, il était en route pour le Canada. Nighthawk connaît la région. Ne vous inquiétez pas. Ils seront prudents.

Therri se mordit la lèvre en repensant à l'agression dont elle avait été victime dans une rue paisible de Copenhague. Elle avait cent raisons de respecter Ryan, mais son désir d'arriver au but entravait parfois son jugement.

— Je l'espère, murmura-t-elle, la peur assombrissant son regard.

19

LES troncs d'arbres se dressaient, telles les colonnes d'un temple antique ; leurs branches emmêlées bloquaient les rayons du soleil et créaient dans la forêt un crépuscule artificiel. Tout en bas, la camionnette défoncée tanguait et tressautait sur les racines noueuses et les pierres qui hérissaient le sol.

A la place du passager, Joshua Green, une main sur la tête, protégeait son crâne des heurts contre le toit de la cabine ; il travaillait pour les Sentinelles de la Mer en tant que spécialiste du droit écologique. Avec ses cheveux roux, son visage maigre, ses grosses lunettes rondes et son nez d'oiseau, il ressemblait à une chouette maladive. Il avait vaillamment supporté le trajet sans une plainte jusqu'au moment où la camionnette, passant sur un obstacle, l'avait pratiquement projeté à l'extérieur.

— Je me fais l'effet d'un grain de maïs dans une machine à pop-corn, gémit-il. Combien de temps va durer ce supplice ? s'informa-t-il auprès du chauffeur.

— Environ quinze minutes, ensuite on marchera, répondit Ben Nighthawk. Je suis désolé pour ce mode de transport : mon cousin n'a rien trouvé de mieux.

Green hocha la tête d'un air résigné et tourna de nouveau son regard vers l'épaisse forêt qui les entourait. Avant d'être affecté au quartier général de la SDM, il avait connu le terrain avec une équipe de SWAT ; il avait éprouvé les heurts les plus rudes, les fusillades les plus nourries et les séjours – inoubliables – dans des prisons aussi accueillantes que des oubliettes. Cet intellectuel, qui, en toutes circonstances, gardait un calme stupéfiant, était en réalité un gaillard de première. Pourtant l'étrange pénombre du décor déconcertait Green plus que tout ce qu'il avait rencontré en mer.

— Ce n'est pas la route qui me gêne, mais ces foutus sous-bois, maugréa-t-il. Ils me donnent la chair de poule ! Au beau milieu d'une journée très ensoleillée, il y fait sombre comme en enfer. Je me croirais dans un roman de Tolkien : j'attends qu'un orque ou un ogre me saute dessus. Tiens, je viens d'apercevoir Shrek !

Nighthawk se mit à rire.

— C'est vrai qu'ils paraissent sinistres à ceux qui ne les connaissent pas. (Sur son visage rond se lisait le respect et non l'appréhension.) C'est différent quand on a grandi ici. La forêt et l'obscurité sont vos amis parce qu'ils vous protègent. (Il marqua un temps puis reprit d'un ton nostalgique :) La plupart du temps.

Quelques minutes plus tard, Nighthawk stoppa et ils descendirent ; des nuées de moucherons tourbillonnaient autour de leurs têtes ; la puissante odeur des sapins, qui suffoquait Green, grisait Nighthawk qui savoura le spectacle quelques instants avant d'endosser, comme son compagnon, les sacs chargés d'appareils photo et de pellicules, ainsi que de matériel de survie, d'eau et de quelques provisions.

— Par ici, décréta Nighthawk, sans même regarder une boussole.

Ils avancèrent silencieusement sur l'épais tapis que formaient les aiguilles de pin en s'amoncelant année après année. L'air était lourd et, en quelques minutes, leur chemise fut trempée de sueur. A part quelques fougères et la mousse, aucune végétation ne poussait au pied des arbres. Tout en peinant derrière Nighthawk, Green songeait aux raisons qui l'avaient arraché au confort de son bureau climatisé pour l'entraîner dans cette cathédrale végétale.

A côté de son travail à la SDM, Green donnait des cours à l'université de Georgetown à Washington ; Ben Nighthawk était l'un de ses étudiants. Le jeune Indien bénéficiait d'une bourse et voulait mettre à profit son savoir pour sauver l'environnement de North Woods menacé par le développement industriel. Frappé par l'intelligence de Ben et son enthousiasme, Green lui avait proposé un poste de chercheur assistant au bureau de la SDM.

L'écologiste efflanqué et l'étudiant robuste n'avaient que quelques années de différence et étaient rapidement devenus de bons amis. Nighthawk s'en réjouissait d'autant plus qu'il voyait rarement sa famille établie au bord d'un grand lac dans un coin perdu et quasi inaccessible de l'est du Canada. Un hydravion appartenant à la communauté permettait aux villageois d'aller en ville chaque semaine pour en rapporter des provisions et assurer le service du courrier.

Sa mère avait parlé à Nighthawk d'une construction qui s'élevait au bord du lac. Un nouveau chalet, s'était dit Nighthawk, résigné. C'était le genre de projet contre lequel il était décidé à lutter quand il sortirait de l'université. Et puis, la semaine précédente, sa mère avait évoqué dans sa lettre de mystérieuses allées et venues et demandait à son fils de venir dès que possible.

Green donna à Nighthawk tout le temps dont il aurait besoin. Quelques jours après, l'Indien l'appelait à la SDM.

— J'ai besoin de votre aide, implora-t-il, désespéré.

— Bien sûr, répondit Green, pensant à des difficultés matérielles. Combien vous faut-il ?

— Il ne s'agit pas d'argent. Je me fais du souci pour ma famille !

Nighthawk expliqua que cela faisait deux semaines que l'hydravion n'était pas venu. L'appareil avait probablement des problèmes mécaniques, avait-on pensé en ville en attendant ceux qui traverseraient la forêt pour venir chercher les pièces de rechange.

Il avait alors emprunté un camion à un parent qui habitait le bourg et s'était engagé sur la piste rudimentaire qui menait au village quand il se heurta à un poste de garde tenu par des hommes à la mine patibulaire ; ils lui avaient annoncé qu'il se trouvait désormais dans une propriété privée. Il avait insisté, déclarant qu'il voulait se rendre dans son village, mais ils l'avaient écarté en le menaçant de leurs armes et lui avaient conseillé de ne pas revenir.

— Je ne comprends pas, s'était étonné Green au téléphone. Votre famille n'habitait-elle pas sur le territoire de la réserve ?

— Ils n'étaient plus que quelques-uns à vivre encore là. La terre appartenait à une papeterie qui tolérait notre présence, l'utilisant même dans des placards publicitaires pour preuve d'humanité. Seulement, elle a vendu le terrain et les nouveaux propriétaires travaillent à un important projet sur l'autre rive du lac.

— C'est leur terre : ils ont le droit d'en faire ce qu'ils veulent.

— Je le sais, mais ça n'explique pas ce qui est arrivé à mon peuple.

— C'est vrai. Vous êtes-vous adressé aux autorités ?

— J'ai commencé par là. Les responsables de la police de la province m'ont dit qu'un avocat de la ville les avait contactés pour les prévenir de l'expulsion des villageois.

— Mais où sont-ils allés ?

— Plus loin, a répondu l'avocat à la police qui lui posait la même question. Ils ont probablement squatté une autre propriété, a-t-il ajouté. Il faut comprendre : on considère mon peuple comme un anachronisme, une excentricité. La police prétend qu'elle ne peut rien faire. J'ai besoin d'aide.

Tout en l'écoutant, Green consultait son agenda.

— Je me ferai déposer là-bas demain matin par l'avion de la société, déclara-t-il. (La SDM disposait d'un Jet toujours prêt à décoller.)

— Vous êtes sûr ?

— Pourquoi pas ? En l'absence de Marcus, bloqué au Danemark, c'est moi qui suis responsable et, à dire vrai, affronter quotidiennement les susceptibilités de chacun et les guéguerres de ce bureau me rend dingue. Dites-moi où vous vous trouvez.

Tenant parole, Green était parti le lendemain pour le Québec.

Un petit avion l'avait ensuite conduit à la ville d'où Nighthawk l'avait appelé. Ben l'attendait dans une camionnette bourrée de matériel de camping prête à partir. Ils avaient roulé jusqu'à la nuit sur des routes secondaires puis s'étaient arrêtés pour camper. Étudiant la carte à la lueur de la lanterne du camp, Green avait constaté que la forêt couvrait toutes les surfaces qui n'étaient pas occupées par des lacs. La famille de Ben vivait – survivait – de la pêche et de la chasse ainsi que de quelques revenus laissés par les pêcheurs et les chasseurs auxquels elle servait de guide.

Green avait proposé de louer un hydravion mais Nighthawk l'en avait dissuadé à cause des menaces sans équivoque proférées par les gardes contre tout intrus. Heureusement, avait-il ajouté, la route qu'ils surveillaient n'était pas le seul moyen d'arriver au village. Aussi, le lendemain matin, avaient-ils roulé jusqu'à la piste s'enfonçant dans l'épaisse forêt.

Ayant abandonné la camionnette depuis environ une heure, ils se glissaient maintenant comme des ombres dans le silence des grands arbres, jusqu'au moment où Nighthawk, en levant la main, lui fit signe de s'arrêter : les yeux mi-clos, il inclina légèrement la tête d'avant en arrière comme une antenne de radar localisant une cible qui approche ; il avait abandonné la vue et l'ouïe des gens ordinaires pour utiliser, sous l'œil fasciné de Green, une sorte de goniomètre intérieur.

Nighthawk se détendit enfin, fouilla dans son sac et en tira une gourde dont il dévissa le bouchon pour la tendre à Green.

— Je ne voudrais pas être rabat-joie, dit Green en buvant une gorgée d'eau tiède, mais devrons-nous marcher longtemps encore ?

— A une centaine de mètres, se trouve un sentier de chasseurs qui nous conduira au lac.

— Comment le savez-vous ?

— Ça n'est pas bien compliqué, expliqua Ben en se tapotant le nez. J'ai suivi l'odeur de l'eau.

Green renifla une ou deux fois et constata, très étonné, qu'il percevait une légère odeur de végétation en décomposition et de poisson mélangée au parfum des sapins. Nighthawk but un peu d'eau et rangea la gourde. Baissant la voix, il dit :

— Désormais il va falloir être très prudent. Je communiquerai par gestes.

Green acquiesça et ils repartirent. Presque aussitôt le paysage commença à changer. La cime des arbres se faisait moins haute à mesure que le sol devenait plus sablonneux. Le sous-bois, de plus en plus touffu, rendait leur progression difficile ; des épineux lacéraient leurs vêtements.

Des rais de lumière perçaient la voûte des arbres puis, brusquement, apparut une surface scintillante : le lac. Sur un signe de Nighthawk, ils se mirent à quatre pattes pour atteindre la rive.

Au bout d'un moment, Nighthawk se releva : il avait repéré le vieil hydravion Cessna amarré à un ponton branlant ; il l'inspecta et ne trouva rien d'extraordinaire ; il souleva alors le capot et sursauta.

— Josh, regardez-moi ça !

— On dirait que quelqu'un s'est acharné dessus à coups de hache, commenta Green.

Tuyaux et canalisations, coupés en plusieurs endroits, pendaient et le moteur était cabossé.

— Personne ne pouvait évidemment s'envoler d'ici, ironisa Nighthawk. (Il désigna une piste creusée par d'innombrables empreintes de pas qui partaient du ponton.) Ce chemin mène au village.

Quelques minutes plus tard, ils contournaient une clairière. Nighthawk fit signe à Green de s'arrêter et s'accroupit pour scruter les buissons alentour.

— Il n'y a personne ici, finit-il par dire.

— Vous en êtes sûr ?

— Hélas, oui ! soupira Nighthawk et il s'avança sans crainte à découvert, suivi de Green plus hésitant. Le village se constituait d'une douzaine de robustes maisons en rondins pour la plupart agrémentées d'un perron. Elles étaient bâties de part et d'autre d'une bande de terre battue – la grand-rue en quelque sorte ; un panneau signalait même une épicerie d'où Green s'attendait à voir sortir des clients. Mais le magasin, comme toutes les autres maisons du village, était silencieux comme une tombe.

— Voilà la maison où vivaient mes parents et ma sœur, annonça Nighthawk en y pénétrant. Personne. Tout est en place, comme s'ils venaient juste de sortir, déclara-t-il en ressortant assez vite.

— A côté, c'est pareil, dit Green. Combien de personnes vivaient ici ?

— Une quarantaine.

— Où peut-on aller d'ici ?

Nighthawk s'approcha du lac, écouta le léger clapotis des vagues et désigna la rive opposée :

— Là-bas probablement...

— Comment pouvez-vous en être sûr ? s'étonna Green.

— Ma mère m'a écrit qu'il se passait de drôles de choses en face. Il faut aller vérifier.

— Quelles drôles de choses ?

— De gros hélicoptères déchargeant du matériel jour et nuit, par exemple, l'interdiction de s'approcher et enfin la visite de types armés dans le village : ils ont tout inspecté sans faire de mal à personne, mais ma mère sentait qu'ils reviendraient.

— Ne vaudrait-il pas mieux alerter les autorités ? Elles enverraient quelqu'un en avion.

— Je crains que nous n'en ayons pas le temps, car sa lettre date d'il y a plus de deux semaines. D'ailleurs, je respire l'odeur de la mort. (Green frissonna : il était perdu au milieu de nulle part et la seule personne capable de l'en faire sortir délirait comme un sorcier dans un film de série B.) Ne vous inquiétez pas, précisa le jeune Indien en souriant, je ne joue pas au primitif. C'est une bonne idée en effet de prévenir la police, mais je me sentirais mieux si on examinait d'abord la situation. Venez, dit-il en précédant son ami sur un tertre qu'ils avaient déjà escaladé.

Soudain Nighthawk s'arrêta pour écarter des branches : elles masquaient l'ouverture d'une sorte de niche dans laquelle, posé sur un support rudimentaire, se trouvait un canoë en écorce de bouleau. Nighthawk passa tendrement la main sur la surface luisante.

— Je l'ai construit moi-même. En utilisant exclusivement les matériaux et les techniques traditionnels.

— C'est magnifique, le complimenta Green. On le croirait sorti du *Dernier des Mohicans*.

— Mieux que ça. J'ai sillonné le lac grâce à lui.

Ils tirèrent le canoë jusqu'à la plage, dînèrent de corned-beef et se reposèrent en attendant le coucher du soleil.

Quand le crépuscule commença à tomber, ils jetèrent leurs sacs dans le canoë, le poussèrent à l'eau et se mirent à pagayer. Il faisait nuit quand ils gagnèrent l'autre rive; le canot heurta alors un objet solide dans l'eau.

Nighthawk se pencha, pensant qu'il s'agissait d'un rocher.

— C'est une cage métallique, une sorte de boîte à appâts. L'eau en est certainement pleine : je sens le poisson, des tas de poissons. Nous sommes probablement tombés sur une installation de couveuses.

Ils profitèrent de la première brèche dans cette barricade flottante pour diriger le canoë vers la terre. L'hypothèse de Nighthawk se confirmait : ça bougeait dans les cages métalliques. Ils atteignirent un ponton flottant éclairé par les lumignons qu'ils avaient aperçus en pagayant. Étaient amarrés là des scooters des mers et des canots à moteur; à côté d'autres embarcations, plus petites, était amarré un catamaran imposant qui comportait un tapis roulant central – on l'utilisait pour transporter des œufs, supposa Nighthawk.

— J'ai une idée, lui glissa Green.

Il retira toutes les clefs de contact et les jeta à l'eau. Ils glissèrent alors le canoë entre deux bateaux, le recouvrirent d'une bâche et grimpèrent sur le quai.

On accédait au ponton par une allée goudronnée qui s'enfonçait dans les terres mais, prudents, Nighthawk et Green restèrent à l'abri de la végétation. Après quelques minutes de marche ils tombèrent sur un large chemin de terre, comme si un gros bulldozer s'était frayé un chemin dans la forêt, qui les mena à des camions et des machines de terrassement bien alignés derrière un vaste entrepôt. En risquant un coup d'œil, ils découvrirent une clairière brillamment éclairée par des projecteurs halogènes. Des pelles mécaniques aplatissaient la terre battue et de gros engins déposaient des bandes d'asphalte. Des ouvriers ratissaient le goudron brûlant en attendant probablement l'intervention des rouleaux compresseurs.

— Qu'est-ce qu'on fait maintenant, professeur? s'enquit Nighthawk.

— Il nous reste combien de temps avant le lever du jour?

— Environ cinq heures. Il serait prudent de regagner le lac avant.

Green s'assit, adossé à un arbre.

— En attendant, surveillons un peu ce qui se passe. Je prends le premier quart.

Peu après minuit Ben le relaya. Green s'allongea sur le sol et ferma les yeux. Il ne restait plus dans la clairière que quelques hommes armés qui faisaient leur ronde.

— Josh, pas de bruit... chuchota Nighthawk en tapant sur l'épaule de Green.

Green se releva et regarda l'espace dégagé.

— Bon sang... qu'est-ce que...?

Au-delà de la clairière, là où il n'avait vu que des bois, se dressait un énorme dôme dont la surface marbrée brillait d'un éclat bleuté qui semblait avoir surgi par magie.

— Qu'est-ce que c'est que ça? murmura Ben. D'où est-ce venu?

— Ça alors!

— C'est peut-être un hôtel.

— Non, le détrompa Green. Trop fonctionnel. Vous séjourneriez dans un endroit pareil?

— Pour moi qui ai grandi dans une cabane de rondins, tout ce qui est imposant comme cette construction est un hôtel.

— Je ne voudrais pas vous vexer, mais vous imaginez des pêcheurs et des chasseurs se précipitant là-dedans? C'est bon pour Las Vegas.

— Oui, seulement on est plus près du pôle Nord, mon vieux. Et ça ressemble à un igloo démesuré.

Green devait en convenir, cela lui rappelait les photographies d'abris esquimaux qu'il avait vues dans le *National Geographic.* En guise de neige tassée, ce qui semblait être du plastique translucide. D'énormes portes de hangar étaient ouvertes à la base du dôme ; elles donnaient sur un espace découvert aménagé comme une place.

Un regain d'activité se manifesta alors : les équipes de construction étaient revenues, escortées d'hommes armés qui regardaient en l'air. Puis un bruit de moteur retentit et un objet gigantesque obstrua le ciel, masquant les étoiles.

— Le dôme ! s'exclama Nighthawk.

Sur la partie supérieure de la structure se dressait un joint vertical, une fente bientôt ; le haut du dôme se détacha comme le quartier d'une orange et finit par s'ouvrir complètement. L'éclairage provenant de l'intérieur révéla l'enveloppe argentée d'une sorte d'énorme torpille qui venait lentement prendre position juste au-dessus de l'édifice.

— Nous nous trompions tous les deux ! s'esclaffa Nighthawk. Votre hôtel de Las Vegas est en réalité un hangar à dirigeables.

Green examinait les contours du monumental appareil.

— Vous n'avez jamais eu l'occasion de voir la bande d'actualités qui montre le *Hindenburg*, ce dirigeable allemand qui a brûlé dans les années 1930 ?

— Mais qu'est-ce qu'un truc pareil fait ici ?

— Nous allons le savoir très bientôt, prédit Green.

Le dirigeable s'enfonça dans la structure qui se referma sur lui en reprenant sa forme initiale. Bientôt, en sortirent des hommes au teint aussi sombre que leur uniforme encadrant un individu à la carrure puissante, venu, vraisemblablement, inspecter la progression des travaux. Nighthawk, qui jusque-là n'avait pas particulièrement prêté attention aux ouvriers, réalisa soudain qu'ils étaient en jean et chemise de travail et que, en fait, les hommes armés en uniforme les surveillaient.

— Oh, bon sang ! chuchota-t-il.

— Qu'est-ce qui se passe ? s'inquiéta Green.

— Ils sont de mon village, je reconnais mon frère et mon père. Mais je ne vois ni ma mère ni aucune des autres femmes.

Le chef continuait sa tournée d'inspection en longeant l'orée de la clairière ; les surveillants le suivaient. L'un des travailleurs, profitant d'un moment d'inattention, s'était rapproché de la forêt ; puis, lâchant sa pelle, il s'enfuit en courant.

— Il boite ! s'écria-t-il. C'est mon cousin ! Il s'est cassé le pied quand nous étions gosses.

Hélas ! un des gardes repéra le fuyard et épaula son fusil ; il s'interrompit vraisemblablement sur un ordre du grand gaillard qui, saisissant un pic à deux mains, le projeta de toutes ses forces.

Le projectile avait été lancé d'une main experte : il décrivit une longue trajectoire et se ficha entre les épaules de l'ouvrier. Le malheureux s'affala, épinglé comme un papillon dans un album de collectionneur. Le chef avait déjà tourné le dos et ne le vit même pas s'écrouler.

La scène n'avait duré que quelques secondes sous les yeux de Nighthawk, littéralement figé sur place mais, dès lors et malgré les efforts de Green, il abandonna l'abri des arbres pour se précipiter vers le corps de son cousin.

Green se jeta à sa poursuite et le plaqua au sol ; un instant après, il se relevait et remettait Nighthawk sur ses pieds en le tenant par la peau du cou – dans la lumière des projecteurs. Nighthawk vit les fusils braqués dans leur direction et son instinct reprit le dessus.

Ils foncèrent sous le couvert de la forêt, des coups de feu claquèrent et Green s'effondra. Nighthawk s'arrêta pour secourir son compagnon, mais la balle l'avait atteint à la nuque, faisant éclater son crâne. Le jeune Indien tourna les talons et détala ; une fusillade hachait les branches au-dessus de sa tête, et c'est sous une pluie de feuilles et de brindilles qu'il courut jusqu'au lac.

Apercevant les scooters des mers, Nighthawk regretta que Green n'ait pas gardé une seule clef de contact. Il tira de sa ceinture un couteau de chasse et trancha les amarres d'une embarcation pour la pousser aussi loin que possible ; ensuite, il arracha la bâche qui dissimulait le canoë et se mit à pagayer furieusement. Il avait déjà gagné le large quand ses poursuivants atteignirent le ponton ; ils tiraient à l'aveuglette et leurs balles frappaient l'eau sans le toucher.

Nighthawk fut bientôt hors de portée mais continua à pagayer de toutes ses forces : une fois sur l'autre rive, il se perdrait dans les profondeurs de la forêt. Il ne fait jamais complètement noir sur l'eau qui reflète et grossit le moindre point lumineux. Mais cette fois le lac, autour de lui, devenait lumineux comme si on y avait versé un produit luminescent. En se retournant, il vit qu'il s'agissait en fait d'un reflet : derrière lui, un large pinceau lumineux était braqué vers le ciel, le dôme s'ouvrait libérant le dirigeable qui s'élevait lentement dans les airs. Parvenu à quelques dizaines de mètres au-dessus de la cime des arbres, il s'orienta vers le lac. Baigné dans l'étrange lumière qui venait d'en bas, l'engin ressemblait à un monstre vengeur sorti d'on ne sait quel mythe séculaire. Le dirigeable longea le rivage et fouilla la surface du lac grâce à des projecteurs situés sous son ventre.

Arrivé au bout, l'engin vira de bord pour suivre un trajet parallèle au précédent; il procédait méthodiquement, comme on tond une pelouse. Nighthawk avait beau pagayer à perdre haleine, les projecteurs qui dansaient au-dessus de la surface du lac le repéreraient bientôt.

En effet, le dirigeable vira une nouvelle fois et amorça le tracé qui passerait juste au-dessus de lui. Une fois repéré, il offrirait une cible facile; il ne lui restait donc qu'une solution : il dégaina son couteau de chasse et pratiqua une ouverture dans le fond du bateau. L'eau froide s'y engouffra l'enveloppant jusqu'à la taille, jusqu'au cou quand le mastodonte masqua le ciel au-dessus de lui. Le rugissement de ses moteurs étouffait tout autre son.

Nighthawk se cramponna à l'embarcation pour la maintenir en dessous de la surface; il resta ainsi aussi longtemps qu'il le put puis, hors d'haleine, sortit la tête de l'eau, qui était redevenue noire.

Le dirigeable avait viré de bord pour effectuer un nouveau passage quand Nighthawk perçut, mêlée à la vibration des moteurs, la pétarade sifflante des scooters des mers – quelqu'un possédait le double des clefs de contact. Nighthawk choisit alors de s'éloigner du village.

Quelques minutes plus tard, les bolides fonçaient vers le village abandonné. Nighthawk venait de sentir sous ses pieds la vase du rivage ; il se traîna sur la berge où, malgré sa fatigue, il ne s'accorda que le temps d'essorer sa chemise.

Les lumières longeaient la plage, dans sa direction.

Nighthawk posa un dernier regard empreint de tristesse sur le décor familier puis se fondit dans l'épaisseur de la forêt.

20

TANDIS que le taxi faisait crisser le gravier de l'allée de sa maison de Fairfax, en Virginie, Austin arborait un large sourire qui illuminait son visage bronzé. Il régla la course depuis l'aéroport de Dulles et grimpa en courant les vingt marches du hangar à bateaux qui complétait la vieille propriété sise au bord du Potomac. Il déposa ses bagages et, parcourant du regard la petite pièce qui lui servait de bureau, il se remémora le vers de Robert Louis Stevenson :

Abandonnant la mer, le marin est de retour.

La maison reflétait les contrastes de la personnalité de son propriétaire. Homme d'action doté d'une force, d'un courage et d'une fougue avec lesquels il fallait compter, il savait aussi garder la tête froide et nourrir sa vive intelligence auprès des grands esprits du siècle passé. Si, dans son travail, il utilisait les derniers gadgets inventés par la technologie la plus poussée, son amour de l'histoire l'avait conduit à acheter la paire de pistolets de duel accrochée au-dessus de la cheminée – élément d'une collection comportant plus de deux cents pièces qu'il ne cessait d'enrichir malgré les limites que lui imposait son salaire de fonctionnaire.

Témoins aussi de sa personnalité à facettes les meubles de style colonial en bois sombre contrastant avec les murs blancs auxquels étaient accrochées des toiles de peintres contemporains. Des rayonnages ployaient sous le poids de centaines de livres dont des éditions originales de Joseph Conrad et de Herman Melville côtoyant des œuvres de grands philosophes. Capable de passer des heures plongé dans Platon ou Kant, il se délectait de jazz moderne. Curieusement rien ne suggérait qu'il travaillait dans les profondeurs de la mer, à l'exception peut-être d'une marine ancienne, d'une photo de son petit bateau toutes voiles dehors et d'une vitrine abritant une maquette de son hydroplane de course.

Austin avait lui-même converti le hangar en résidence. Ses missions pour la NUMA, et auparavant pour la CIA, l'emmenaient aux quatre coins du globe. Mais, une fois son travail accompli, il retrouvait l'abri de son port où il amenait les voiles et jetait l'ancre. Pour compléter cette analogie nautique, il ne manque plus, songea-t-il, qu'un bon grog.

Il se versa une rasade de rhum qu'il agrémenta de bière jamaïcaine au gingembre. Il ouvrit toutes grandes les portes pour aérer la pièce et écouta les glaçons tinter plaisamment dans son verre. Il sortit sur la terrasse et respira à pleins poumons l'air frais du fleuve; il observa dans la lumière déclinante le lent trafic des bateaux sur un Potomac plus beau et plus serein que jamais.

S'allongeant dans une chaise longue en lattes de bois, il contempla le ciel comme si les étoiles pouvaient lui expliquer ce que cachaient les événements de ces dernières journées.

Il n'avait pas rêvé ses aventures dans les îles Féroé ou à Copenhague : la démangeaison à la poitrine, à l'endroit où la balafre cicatrisait, et la bosse encore douloureuse, due au coup de matraque sur le crâne, en témoignaient. Le sabotage du navire de la SDM et l'agression dont ils avaient été victimes dans une rue sombre de Copenhague étaient liés. Pour dire les choses carrément, on cherchait à se débarrasser de la SDM. Dès qu'Austin se montrait trop curieux, il devenait une cible, d'abord à Skaalshavn, plus tard à Copenhague. La situation se résumait facilement : s'approcher d'une installation provoquait un résultat désastreux. Il pensait à l'élevage des îles Féroé et à la créature du bassin qui lui avait fait tellement peur. Des émanations maléfiques semblaient planer au-dessus de l'opération d'Oceanus. Qu'avait dit Jorgensen? Quelque chose d'*affreux*. Et puis il y avait ce magnat, Balthazar Aguirrez, et sa quête de visionnaire. Qu'est-ce que tout cela voulait dire?

Austin refit défiler les derniers événements jusqu'au moment où il sentit ses paupières s'alourdir. Il but une dernière gorgée, monta dans la tourelle où il avait installé sa chambre et se coucha. Il dormit comme une masse jusqu'au lendemain matin de bonne heure; le sommeil et un café l'avaient totalement requinqué. Il téléphona à un ami de la CIA pour vérifier sa présence, puis à son bureau de la NUMA pour annoncer qu'il serait en retard.

Contrairement à son collègue Dirk Pitt qui collectionnait les vieilles automobiles et adorait les conduire, Austin ne s'intéressait pas du tout aux moyens de transport. Au volant d'une limousine de la flotte de la NUMA absolument banale à l'exception de sa peinture turquoise, il se dirigea vers Langley en retrouvant la route qu'il connaissait bien; il gara sa voiture à côté de douzaines d'autres véhicules officiels. Depuis le 11 septembre, les mesures de sécurité sur le vaste complexe étaient plus rigoureuses.

Un homme à la silhouette un peu frêle, au teint olivâtre et aux yeux marron assortis à ses cheveux bruns et clairsemés, l'attendait dans la zone des visiteurs : Herman Perez, qu'il avait prévenu un peu plus tôt. Il aida Austin à passer le contrôle de sécurité et l'entraîna dans un dédale de couloirs jusqu'à son bureau : sur sa table, pas le moindre bout de papier; seulement un écran d'ordinateur, un téléphone et la photo d'une jolie femme avec deux charmants enfants.

— Kurt, quel plaisir de vous voir! fit Perez en lui désignant un fauteuil. Songeriez-vous à abandonner le navire de Sandecker pour revenir à la Compagnie? Nous en serions ravis. Les histoires de cape et d'épée dans lesquelles vous excellez ont acquis droit de cité à Langley.

— Je ne sais pas si l'amiral Sandecker serait d'accord. Mais je dois avouer que j'éprouve encore une certaine nostalgie quand je repense à notre dernière mission. Qu'est-ce que nous nous sommes amusés!

— Quand nous avons récupéré le missile secret au large de Gibraltar, précisa Perez avec un grand sourire. Mon Dieu! c'était quelque chose!

— J'y pensais ce matin en venant ici. Ça fait combien de temps?

— Bien trop longtemps. Vous savez, Kurt, chaque fois que je bois du vin espagnol, j'entends encore dans ma tête chanter ces petits danseurs de flamenco. (Une expression songeuse passa sur le visage de Perez.) On a eu de bons moments, n'est-ce pas?

Austin acquiesça de la tête.

— Le monde a beaucoup changé depuis lors.

— Pas pour vous! fit Perez en riant. J'ai lu l'extraordinaire sauvetage que vous avez réussi aux îles Féroé. Vous n'avez absolument pas changé, vieux loup de mer que vous êtes. Toujours le même Austin et son panache.

— Ces jours-ci, grommela Austin, pour chaque minute de panache, je passe une heure à mon bureau à lire des rapports.

— Ça ne m'étonne pas. J'aimerais, moi aussi, me passer de la paperasserie; pourtant, depuis que je suis devenu père de famille, je commence à goûter les journées de neuf heures à cinq heures. Deux gosses, vous vous rendez compte. La condition de bureaucrate n'est pas si mauvaise que ça. Vous devriez essayer.

— Non, merci! Je préférerais me faire tatouer le blanc des yeux!

— Allons, s'esclaffa Perez, vous n'êtes pas venu ici pour parler du bon vieux temps! Vous cherchez des renseignements sur Balthazar Aguirrez? Puis-je vous demander en quoi il vous intéresse?

— Bien sûr. Je suis tombé sur Aguirrez aux îles Féroé. Un personnage fascinant. Je sais que c'est un magnat de la construction navale, mais j'ai eu l'impression qu'il cachait son jeu.

— Vous l'avez rencontré?

— Il pêchait, moi aussi.

— J'aurais dû m'en douter, déclara Perez. Les problèmes attirent les problèmes.

— En quoi en est-il un?

— Que savez-vous du mouvement séparatiste basque?

— Qu'il existe depuis longtemps. De temps en temps, des terroristes basques font sauter un bâtiment public ou assassinent un fonctionnaire innocent.

— Ça résume assez bien les choses. Voilà des décennies qu'on parle d'un État basque autonome à cheval sur l'Espagne et la France. Le groupe séparatiste le plus radical, l'ETA, a commencé à se battre en 1968. A la mort de Franco, en 1975, le nouveau gouvernement espagnol a accru le pouvoir politique des Basques, mais l'ETA en réclamait davantage : il a plus de huit cents victimes sur la conscience. Quiconque n'est pas dans leur camp est un ennemi.

— Attitude fort répandue, malheureusement.

— L'aile politique du mouvement, Batasuna, est comparée par certains au Sinn Fein, la vitrine légale de l'IRA. Après de nouveaux assassinats et la découverte d'une grande cache d'armes de l'ETA, le gouvernement espagnol a renoncé : l'autonomie ne marchant pas, ils ont interdit Batasuna et commencé à s'attaquer à l'ensemble du mouvement séparatiste.

— Quelle est la place d'Aguirrez dans ce sanglant petit tableau ?

— Vous avez raison de dire qu'il cachait bien son jeu. Il a été un important bailleur de fonds pour Batasuna. Le gouvernement l'a accusé de financer le terrorisme.

— Il m'a bien plu. Il n'avait pas l'air d'un terroriste, rétorqua Austin, se rappelant les façons directes de son bienfaiteur.

— Bien sûr, Joseph Staline ne ressemblait-il pas à un bon grand-père ?

Austin se souvint des durs à cuire qui composaient l'équipage du yacht et du puissant armement dont était équipé le navire.

— Les accusations sont-elles fondées ?

— Il admet avoir soutenu le Batasuna, mais fait remarquer qu'à l'époque il s'agissait d'un parti légal. Le gouvernement le soupçonne de continuer malgré tout. Seulement on n'a pas de preuves et Aguirrez a trop de relations pour être traîné devant un tribunal avec un dossier aussi peu convaincant.

— Quelle est votre opinion sur ce type ?

— J'ai passé de nombreuses années en Espagne et je ne l'ai

jamais rencontré. Ce qui explique ma surprise quand vous m'avez dit l'avoir vu. Je pense que c'est un modéré qui aimerait une solution pacifique au problème des séparatistes : hélas, les meurtres causés par l'ETA ont sapé sa cause. Il a peur que des mesures plus sévères ne raniment le conflit et ne mettent en danger des citoyens innocents. Il a peut-être raison.

— Il marche vraiment sur une corde raide?

— D'après certains, la pression lui aurait fait perdre la tête : il parlait sans cesse de rallier l'opinion publique européenne à la cause de la nation basque. A-t-il fait la moindre allusion devant vous à cela? demanda Perez en le regardant droit dans les yeux. Vous n'avez sûrement pas parlé uniquement de pêche.

— Il m'a paru très fier de son héritage basque. Son yacht s'appelle le *Navarra.* Il ne m'a pas dit un mot de politique. Nous avons essentiellement parlé d'archéologie. C'est un archéologue amateur qui s'intéresse beaucoup à ses propres ancêtres.

— A vous entendre, on dirait un professeur un peu timbré. Mon bon ami, laissez-moi vous mettre en garde : la police espagnole serait trop heureuse de le coincer. On n'a aucune preuve directe de ses liens avec les terroristes, mais, quand on trouvera, mieux vaudra ne pas être dans les parages.

— Je m'en souviendrai. Merci de me prévenir.

— Kurt, c'est le moins que je puisse faire pour un ancien compagnon d'armes.

Sans laisser à Perez le temps d'évoquer de nouveaux souvenirs, Austin jeta un coup d'œil à sa montre.

— Il faut que j'y aille. Merci de m'avoir consacré un peu de votre temps.

— Je vous en prie. Déjeunons ensemble un de ces jours. Vous nous manquez ici. Le grand manitou est en rogne contre Sandecker pour vous avoir mis le grappin dessus.

— Peut-être, fit Austin en se levant, aurons-nous l'occasion d'une opération commune.

— Ça me plairait, approuva Perez en souriant.

La circulation dans Washington s'était calmée et Austin arriva bientôt en vue des trente étages de verre étincelant dans le soleil qu'occupait la NUMA au bord du Potomac. En entrant dans son bureau, il poussa un gémissement en découvrant la pile de messages que sa secrétaire zélée avait soigneusement entassés. Il avait donc des dizaines d'appels à passer et une avalanche d'e-mails à consulter avant de pouvoir s'attaquer au rapport concernant Oceanus.

Quelle vie excitante que celle d'un héros de la NUMA ! Il parcourut ses messages (en supprima la moitié) et regarda les mémos roses : Paul et Gamay étaient partis au Canada pour enquêter sur une opération Oceanus ; Zavala disait sur son répondeur qu'il repasserait chez lui avant de se rendre chez une dame. Les choses ne changent pas, le charme de mon partenaire continue ses ravages chez la gent féminine de Washington, songea Austin en commençant à pianoter sur son ordinateur. Il terminait le premier jet de son rapport quand son téléphone sonna.

— Bonjour, monsieur Austin. J'espérais vous trouver à votre bureau.

Austin sourit en reconnaissant la voix de Therri.

— Je brûle pourtant du désir de reprendre la mer. Votre voyage de retour en Concorde s'est-il bien passé?

— Oui, mais pourquoi me suis-je tellement pressée pour rentrer? Je croule sous les dépositions et le courrier. Allons, je ne vous appelle pas pour me plaindre ! J'aimerais passer un moment avec vous.

— Je suis déjà sur le pas de ma porte. Une promenade peut-être. Cocktails, puis dîner. Et ensuite, qui sait?

— Nous devrons mettre de côté le « qui sait? » pour le moment. Il s'agit de travail. Marcus voudrait vous parler.

— Je commence vraiment à prendre votre ami en grippe. Il sabote ce qui pourrait bien être l'histoire d'amour du siècle.

— Kurt, c'est important.

— D'accord, j'accepte de le rencontrer, mais à une condition : nous nous retrouverons ce soir.

— Entendu.

Elle fixa à Austin une heure et un lieu de rendez-vous. Il demeurait sensible au charme de Therri mais, s'il avait fini par se laisser faire, c'est parce qu'il était arrivé à une impasse et que quelque chose de neuf sortirait peut-être de cette entrevue. Il se renversa dans son fauteuil et croisa les doigts derrière sa tête : cette douleur à la poitrine quand il levait les bras lui rappelait aisément Marcus.

Il se demanda si les Trout avaient déniché quelque chose et il appela sur leur portable; pas de réponse. Il ne s'inquiéta pas, Paul et Gamay savaient parfaitement se débrouiller tout seuls. Ensuite il joignit Rudi Gunn, le directeur adjoint de la NUMA, et prit rendez-vous avec lui pour déjeuner : la célèbre puissance d'analyse de Rudi l'aiderait peut-être à trouver son chemin dans le labyrinthe entourant la mystérieuse société.

Gunn ne manquerait pas de s'intéresser à Aguirrez quand il découvrirait la possibilité d'un lien entre le terrorisme basque et la violence d'Oceanus. Aguirrez avait si souvent évoqué son ancêtre Diego qu'Austin se demandait si le Basque n'avait pas flairé une piste. Austin lui-même avait constaté à plusieurs reprises que le passé permet de déchiffrer le présent. Qui l'aiderait à remonter le temps, à se retrouver cinq siècles en arrière? Un nom vint aussitôt à l'esprit d'Austin qui décrocha son téléphone et pianota un numéro.

21

CÉLÈBRE historien de la marine et gourmet reconnu, St. Julien Perlmutter touchait à l'extase : assis sur la terrasse d'une villa toscane tricentenaire d'où il avait une vue superbe sur les vignobles épousant les collines et, plus loin, sur le Duomo dominant Florence, il admirait, disposé devant lui, un assortiment de cuisine italienne, depuis la saucisse relevée de fabrication locale jusqu'au steak à la florentine épais et bien bleu. Il y avait une telle abondance de mets admirables, tant de couleurs merveilleuses et de parfums grisants qu'il ne savait par quoi commencer.

— Maîtrise-toi, mon vieux, murmura-t-il en caressant sa barbe grise. Rappelle-toi que l'âne de Buridan se laissa mourir, faute de se décider.

Mais Perlmutter ne donnait pas vraiment l'impression qu'il risquait de dépérir. Cela faisait maintenant dix jours qu'il remontait la botte italienne pour la promotion d'un magazine gastronomique italo-américain : iI avait festoyé partout et s'était traîné de caves en trattorias et en fumeries de poisson ; il avait posé dans des chambres froides en compagnie de douzaines de *prosciutti* et il avait donné des conférences sur l'histoire de l'alimentation depuis les Étrusques. A chaque étape, l'attendaient des repas somptueux. Voilà qui expliquait son douloureux dilemme : la sonnerie de son téléphone portable l'en libéra.

— Veuillez exposer votre propos d'une façon concise.

— Vous n'êtes pas facile à trouver, St. Julien.

En reconnaissant la voix familière de Kurt Austin, une lueur de plaisir s'alluma dans ses yeux bleus.

— Bien au contraire, mon cher Kurt. Je suis comme Hansel et Gretel : suivez les miettes et vous me trouverez grignotant dans le palais de dame Tartine.

— C'était plus facile de suivre le conseil de votre gouvernante qui m'a appris que vous faisiez une tournée en Italie. Comment cela se passe-t-il ?

— Le moins qu'on puisse dire, déclara Perlmutter en tapotant son ventre rebondi, c'est qu'il y a de tout en abondance. Et à Washington, tout va bien ?

— Pour autant que je sache. Je ne suis rentré de Copenhague qu'hier soir.

— Ah, la ville de Hans Christian Andersen et de la Petite Sirène... Je me rappelle y avoir dîné il y a quelques années dans un restaurant où...

Austin l'interrompit avant qu'il ne détaillât longuement ses agapes :

— Je serais ravi de vous écouter à l'occasion mais, pour l'instant j'ai besoin de vos connaissances d'historien.

— Mes deux sujets favoris sont la gastronomie et l'histoire. Allez-y. (La NUMA faisait souvent appel à Perlmutter.)

— Avez-vous rencontré au cours de vos lectures un marin basque, un certain Diego Aguirrez ? XVe ou XVIe siècle.

Perlmutter fit une plongée dans son esprit encyclopédique.

— Oui, et ça aurait un rapport avec *la Chanson de Roland*, un poème épique français.

— *La Chanson de Roland* ? Je me la suis farcie en cours de français.

— Alors, vous connaissez la légende : Roland, le neveu de l'empereur Charlemagne, frappa son épée magique Durandal contre un rocher ; il ne voulait pas qu'elle tombât dans des mains ennemies, mais il ne parvint pas à la briser. Il souffla alors dans son cor pour appeler à l'aide : Charlemagne arriva avec ses armées, hélas trop tard, Roland avait succombé. Les siècles passant, Roland devint le héros de la nation basque, le symbole de son obstination.

— Comment passons-nous de Roland à Aguirrez?

— Je me souviens d'une référence à la famille Aguirrez dans un ouvrage du XVIIIe siècle traitant des voyages précolombiens vers les Amériques : Aguirrez aurait fait plusieurs expéditions de pêche dans les eaux nord-américaines bien des décennies avant le voyage de Colomb. Malheureusement il a eu maille à partir avec l'Inquisition espagnole. D'après des rapports non vérifiés, c'est à lui qu'on aurait confié les restes de Roland.

— L'histoire de Roland n'était donc pas qu'une légende; il aurait existé, et son épée aussi.

— C'était l'opinion de l'Inquisition qui craignait qu'on utilisât ces reliques pour regrouper les Basques.

— Qu'est-il advenu d'Aguirrez et des restes de Roland?

— Tout a disparu. Je ne connais aucune trace écrite d'un naufrage. Puis-je vous demander ce qui vous intéresse dans cette histoire?

— J'ai rencontré un descendant de Diego Aguirrez. Il refait le voyage de son lointain ancêtre, mais il ne m'a pas parlé des reliques sacrées.

— Ça ne m'étonne pas. Les séparatistes basques continuent à poser des bombes en Espagne. Dieu sait ce qui se passerait s'ils mettaient la main sur des symboles aussi forts que ceux-là.

— Vous souvenez-vous d'autres détails à propos d'Aguirrez?

— A première vue, non. Quand je serai rentré, je fouillerai un peu dans mes livres. (Perlmutter possédait l'une des plus belles collections au monde d'ouvrages d'histoire maritime.) Je serai de retour à Georgetown dans quelques jours, après une escale à Milan.

— Comme d'habitude, vous m'avez été d'un grand secours. Nous nous reparlerons. *Buon appetito !*

— *Grazie*, répondit Perlmutter en raccrochant.

Son attention revint à la table. Il s'apprêtait à attaquer des artichauts marinés quand son hôte, le propriétaire de la villa et des vignobles environnants, se présenta avec une bouteille de vin.

La stupeur se peignit sur son visage.

— Vous n'avez touché à rien ! Vous êtes souffrant ?

— Oh, non, *signor* Nocci. J'ai été dérangé par un appel téléphonique : une question de caractère historique.

— Peut-être, fit l'Italien aux cheveux argentés, que le marcassin aidera votre mémoire : la sauce a été confectionnée avec des truffes qui viennent de mes bois.

— Excellent conseil, mon ami.

La brèche ouverte, Perlmutter attaqua son repas avec son appétit habituel. Nocci réprima poliment sa curiosité pendant que son invité faisait honneur au repas. Mais, quand Perlmutter s'essuya les lèvres et reposa sa serviette, Nocci reprit :

— Je suis un historien amateur. Impossible de ne pas l'être quand on vit dans un pays entouré des vestiges de civilisations innombrables. Peut-être puis-je vous aider ?

Perlmutter se versa encore un verre de Chianti 1997 et lui raconta sa conversation avec Austin. L'Italien pencha la tête.

— Je ne connais rien à propos de ces Basques, mais votre histoire me rappelle quelque chose sur quoi je suis tombé alors que je faisais des recherches dans la Biblioteca Laurenziana.

— Je l'ai visitée il y a des années. J'ai été fasciné par ses manuscrits.

— Elle contient plus de dix mille chefs-d'œuvre, approuva Nocci en hochant la tête. Les Médicis ont fondé la bibliothèque pour abriter leur inestimable collection de documents. J'ai écrit un essai sur Laurent le Magnifique que j'espère publier, même si je doute que quelqu'un le lise un jour.

— Soyez assuré, déclara Perlmutter, que moi, je le lirai.

— Alors mes efforts n'auront pas été vains. Quoi qu'il en soit, lorsqu'on mène des recherches, on peut être tenté de s'éloigner de sa route ; ainsi, à l'époque dont je vous parle, ai-je folâtré sur un petit chemin qui m'a conduit au pape Léon X, un Médicis. A la mort du roi Ferdinand en 1516, on a pressé son héritier de dix-sept ans, Charles V, de restreindre le pouvoir de l'Inquisition. Humaniste, comme tous les Médicis, Léon y était favorable, mais les conseillers du jeune roi le persuadèrent de la nécessité de l'Inquisition pour asseoir son autorité, et les persécutions durèrent encore trois cents ans.

— Quel triste chapitre de l'histoire de l'humanité ! Qu'Aguirrez ait eu le courage de dénoncer ces excès est réconfortant, mais les forces du mal finirent par avoir le dessus.

— Et parmi elles, Martinez, un Espagnol particulièrement maléfique : il a écrit au roi, le pressant de soutenir l'Inquisition et d'étendre ses pouvoirs ; cette lettre fut certainement communiquée à Léon X pour qu'il la commente, car on l'a retrouvée dans ses papiers. (Il secoua la tête.) Ce sont les propos fanatiques d'un monstre. Martinez détestait les Basques et voulait les voir balayés de la surface de la terre. Je me souviens d'une allusion à Roland qui m'avait alors paru insolite dans ce contexte.

— Quelle allusion ?

Nocci poussa un grand soupir et se tapa le crâne avec son index.

— Impossible de m'en souvenir. Voilà ce que c'est que de vieillir.

— La mémoire vous reviendra peut-être après avoir bu un peu de vin.

— Je me fie plus au vin qu'à ma mémoire, dit Nocci avec un sourire. L'adjointe du conservateur de la bibliothèque est de mes amies. Détendez-vous, je vous prie, le temps que je passe un coup de fil. (Quelques minutes plus tard il était de retour.) Elle se fera un plaisir de nous montrer cette lettre dès que nous le souhaiterons.

— Je pense qu'un peu d'exercice ne me ferait pas de mal, constata Perlmutter après avoir extrait, non sans mal, sa corpulence du fauteuil.

Gagner Florence leur prit moins d'un quart d'heure. Nocci possédait une Fiat mais, en prévision de la visite de Perlmutter, il avait loué une Mercedes qui accueillerait plus confortablement l'embonpoint de son invité. Ils se garèrent non loin des éventaires des objets de cuir et des souvenirs qui abondaient autour de la piazza San Lorenzo et pénétrèrent dans la vieille chapelle paroissiale de la famille Médicis.

Ils traversèrent le cloître, si calme après le brouhaha des boutiques, et grimpèrent l'escalier de Michel-Ange qui menait à la salle de lecture. L'agilité de Perlmutter défiait les lois de la gravité, cependant l'ascension de l'escalier l'essouffla et il accepta avec gratitude la proposition de Nocci d'aller chercher son amie. Perlmutter attendit donc en déambulant dans les rangées de bancs au dossier sculpté, appréciant la lumière qui filtrait par les hautes fenêtres et humant l'odeur de renfermé et de vieux papiers.

Nocci revint en compagnie d'une belle femme d'une quarantaine d'années qu'il présenta comme Mara Maggi, l'adjointe du conservateur. Elle paraissait, avec ses cheveux d'un blond vénitien et son teint clair de Florentine, sortir d'un tableau de Botticelli.

— *Signora* Maggi, dit Perlmutter en lui serrant la main, merci de nous recevoir si rapidement.

Elle offrit à Perlmutter un sourire radieux.

— Pas du tout. Ouvrir nos collections à un érudit d'une telle réputation est un réel plaisir. Suivez-moi, je vous prie. La lettre que vous voulez voir est dans mon bureau.

Elle les installa dans une petite pièce dont la fenêtre donnait sur les jardins du cloître ; sur une table, à l'abri dans un coffret en bois, plusieurs pages d'un parchemin un peu froissé. Mara Maggi laissa les deux hommes seuls, non sans leur avoir précisé qu'elle se tenait à leur disposition.

Nocci prit avec précaution la première page du dossier en la tenant par les bords.

— Mon espagnol n'est pas trop mauvais, si vous voulez me permettre.

Perlmutter acquiesça et Nocci se mit à lire.

En l'écoutant, Perlmutter songeait qu'il avait rarement entendu des propos aussi débordants de venin et de haine sanguinaire, une telle kyrielle d'accusations portées contre les Basques – sorcellerie, satanisme entre autres. On en voulait même pour preuve le caractère unique de leur langue. Martinez était fou, mais, derrière ses élucubrations, transparaissait un habile message politique adressé au jeune roi Médicis : diminuer le pouvoir de l'Inquisition serait diminuer l'autorité du trône.

— Ah, fit Nocci en ajustant ses lunettes, voici le passage dont je vous parlais ! Martinez écrit :

« Mais ce que je crains le plus, c'est leur tendance à la rébellion. Ils sont attachés à des reliques. Ils ont l'Épée et le Cor auxquels ils attribuent de grands pouvoirs. Cela leur donne le droit de se révolter. Ce qui menacera l'autorité de l'Église et de votre royaume, mon Seigneur. Il y a parmi eux un homme, Aguirrez, qui est au cœur de la sédition. J'ai juré de le poursuivre jusqu'au bout de la terre pour récupérer ces reliques. Sire, si on ne laisse pas notre mission sacrée poursuivre son œuvre jusqu'à ce qu'on ait extirpé du pays l'hérésie, je crains qu'aux accents du cor de Roland on n'appelle nos ennemis au combat et que cette Lame ne fasse des ravages parmi ceux qui nous sont chers. »

— Intéressant, fit Perlmutter en fronçant les sourcils. Tout d'abord, il atteste l'existence des reliques et précise qu'Aguirrez les détient. Voici qui confirme les récits légendaires du trépas de Roland.

La signora Maggi, entrebâillant la porte, leur demanda s'ils avaient besoin de quelque chose. Nocci la remercia et dit :

— C'est un document fascinant. Avez-vous d'autres papiers de la plume de ce Martinez ?

— Je suis désolée, mais je ne vois rien d'autre.

— Pourtant, observa Perlmutter en joignant les doigts, Martinez donne l'impression d'être très imbu de lui-même. Il a certainement tenu un journal de ses activités. Quel bonheur si un tel livre existait et si nous pouvions mettre la main dessus ! Aux archives d'État de Séville, peut-être...

La signora Maggi n'écoutait que d'une oreille : elle lisait l'un des autres documents du coffret posé sur le bureau.

— Voici la liste de tous les manuscrits que devrait contenir ce coffret. Apparemment l'un des précédents conservateurs en a retiré un, envoyé aux archives d'État de Venise.

— Quelle sorte de document ? demanda Perlmutter.

— On le décrit ici comme « Disculpation d'un homme de la mer », rédigée par un Anglais, le capitaine Richard Blackthorne. On devait le retourner, mais il y a plus de quatre-vingt-dix kilomètres d'archives couvrant ce siècle, si bien que parfois certains se glissent dans les fentes, comme vous dites en Amérique.

— J'aimerais lire le texte de Blackthorne, déclara Perlmutter. Je dois être à Milan demain, mais pourquoi ne pas faire un détour par Venise ?

— Ce ne sera peut-être pas nécessaire. (Elle emporta le dossier dans son bureau et on l'entendit pianoter sur le clavier de son ordinateur. Elle réapparut au bout de quelques instants.) J'ai contacté les Archives d'État de Venise et leur ai demandé une recherche virtuelle dans leurs registres : dès qu'on aura retrouvé le document, on le copiera et on le transmettra par Internet.

— Bien joué ! s'exclama Perlmutter. Je vous remercie du fond du cœur.

La signora Maggi embrassa Perlmutter sur les joues et bientôt les deux hommes quittèrent Florence.

Épuisé par tant d'activités, Perlmutter fit un petit somme et s'éveilla juste à temps pour le dîner. Nocci le rejoignit sur la terrasse. Perlmutter, ayant retrouvé son équilibre gustatif, engloutit sans problème un plat de veau accompagné de pâtes. Ils terminèrent sur une salade d'épinards, et de simples *dolci* de fruits frais puis regardèrent le soleil se coucher, buvant à petites gorgées du *limoncello*.

Le téléphone sonna et Nocci laissa Perlmutter assis dans le noir et savourant l'odeur de la terre et des raisins qu'une brise légère portait à ses narines. Quelques instants plus tard, Nocci entraîna Perlmutter dans une petite salle abritant une installation informatique dernier cri.

— Même une affaire aussi modeste que la mienne, expliqua Nocci, conscient de la surprise de son hôte, doit disposer des derniers progrès en matière de communication pour survivre sur le marché mondial. C'était la signora Maggi, dit-il en s'asseyant devant l'écran. Elle regrette ce délai mais il a fallu retrouver le document que vous souhaitiez au Museo Storico Navale, le musée de la Marine où il se languissait. Le voici, annonça-t-il en se levant.

Le fauteuil, pourtant solide, gémit quand Perlmutter s'y installa. Il parcourut du regard la page de titre où l'auteur déclarait qu'il s'agissait du « récit d'un mercenaire involontaire au service de l'Inquisition espagnole ».

Perlmutter se pencha sur l'écran et entreprit de déchiffrer les mots écrits cinq siècles plus tôt.

22

Le chauffeur du camion de bière prit un virage serré et dut freiner à mort pour éviter d'emboutir la voiture cabossée qui gisait au milieu de la chaussée ; couchée sur le côté, elle semblait être tombée de très haut ; deux autres épaves fumaient au fond du ravin quelques dizaines de mètres plus bas. Le chauffeur se rua hors de son camion pour vérifier l'état des occupants : à sa grande surprise, il constata qu'ils vivaient encore.

Le camionneur appela les secours sur sa CB. Ils durent utiliser des mâchoires métalliques pour désincarcérer les Trout, puis les transportèrent dans un petit hôpital heureusement bien équipé. Paul s'en sortait avec un poignet cassé, Gamay avec une commotion cérébrale et tous deux étaient couverts de bosses et d'ecchymoses. Ils passèrent la nuit en observation et, après un nouvel examen, ils furent autorisés à sortir. Ils étaient en train de signer leur décharge à la réception quand deux hommes en costume de ville froissé se présentant comme membres de la police de la province demandèrent à leur parler.

Ils s'installèrent dans un salon inoccupé réservé aux visiteurs et invitèrent les Trout à raconter ce qui s'était passé. Le plus âgé des policiers – le gentil dans le duo classique du bon et du méchant – s'appelait MacFarlane ; un nommé Duffy interprétait l'équipier agressif en essayant de trouver des lacunes dans leur histoire.

Après une question particulièrement pointue, Gamay qui n'avait rien d'une timide violette, dévisagea Duffy en souriant.

— Dites-moi si je me trompe, inspecteur, mais il semblerait que vous nous accusiez de quelque chose.

MacFarlane se mordilla les doigts.

— Je vous demande, madame, de considérer la situation de notre point de vue. Votre mari et vous arrivez en ville et, en vingt-quatre heures, un pêcheur qu'on a vu avec vous disparaît avec son bateau et quatre hommes sont tués dans un accident très insolite.

— Une véritable épidémie, si vous voulez mon avis, grommela Duffy.

— Nous vous avons tout dit, déclara Paul. Nous étions en vacances et nous en avons profité pour sortir avec Mike Neal, un pêcheur que nous avions rencontré dans un restaurant du port. Vérifiez auprès du patron. M. Neal cherchait du travail et a proposé de nous emmener en excursion.

— Rudement chère l'excursion ! ricana Duffy. Le chantier naval dit que vous avez payé la facture de Neal : près de mille dollars.

— Nous sommes océanographes tous les deux. Nous avons entendu parler des mauvaises pêches que font les gens d'ici. Nous avons alors demandé à M. Neal de faire quelques recherches.

— Que s'est-il passé ensuite ?

— Nous avons passé la nuit dans une chambre d'hôtes. Le lendemain matin nous avons appris la disparition de M. Neal et de son embarcation. Nous poursuivions notre voyage quand nous avons été coincés par deux grosses voitures conduites par de très mauvais conducteurs.

— Qui, selon vous, reprit Duffy, sans chercher à dissimuler son scepticisme, auraient tenté de vous faire quitter la route.

— C'est l'impression que j'ai eue.

— Ce que nous n'arrivons pas à comprendre, poursuivit Duffy en se grattant le menton, c'est pourquoi ils en auraient voulu à deux innocents touristes ?

— Il faudra le leur demander, lâcha Paul.

Le visage rougeaud de Duffy s'empourpra davantage encore. Il ouvrait la bouche pour répliquer mais MacFarlane l'interrompit :

— Ces personnes ne sont plus en état de répondre à des questions, déclara-t-il avec un petit sourire. Mais, voyez-vous, cela pose un autre problème. La jeune dame ici présente s'est arrêtée dans une épicerie où elle s'est renseignée à propos d'une conserverie de poisson. Or les quatre messieurs qui ont trouvé la mort travaillaient dans cette même conserverie.

— Je suis une spécialiste de la biologie marine, expliqua Gamay. L'intérêt que je porte aux poissons n'a rien d'extraordinaire. Je ne prétends pas vous apprendre à faire votre travail, ajouta-t-elle d'un ton qui signifiait qu'elle pensait exactement le contraire, pourtant il me semble que vous devriez peut-être parler à quelqu'un de la conserverie.

— Encore un détail curieux, fit Duffy, la conserverie est fermée.

Gamay dissimula sa surprise en haussant les épaules et se tenait prête pour d'autres questions quand le portable de MacFarlane en sonnant leur épargna un nouvel interrogatoire. Il s'excusa et passa dans le couloir hors de portée de voix. Il revint quelques minutes plus tard et leur dit :

— Merci de nous avoir consacré un peu de votre temps. Vous pouvez partir.

— Pourriez-vous nous expliquer ce qui se passe, inspecteur ? demanda Paul. Il y a une minute, nous étions des ennemis publics.

Un sourire amical vint remplacer l'air soucieux de MacFarlane.

— C'était le commissariat. Les cartes d'identité qui se trouvaient dans votre portefeuille nous ont permis d'obtenir quelques renseignements. Washington a appelé pour confirmer que vous occupez tous les deux un poste important à la NUMA. Dès que les deux procès-verbaux seront rédigés, on vous les présentera afin que vous y ajoutiez éventuellement quelques détails et que vous les signiez. Peut-on vous déposer quelque part ?

proposa-t-il, apparemment soulagé de se voir tiré d'une situation difficile.

— Une agence de location de voitures serait un bon début, suggéra Gamay.

— Et un pub une bonne conclusion, ponctua Paul.

Durant le trajet, Duffy abandonna son numéro de flic méchant et leur indiqua un pub où bière et cuisine étaient bonnes et bon marché. D'ailleurs, leur service étant terminé, les policiers s'invitèrent. La seconde pinte de bière les rendant très loquaces, ils expliquèrent avoir remonté la piste des Trout en discutant avec les propriétaires de la chambre d'hôtes et quelques habitués du port. Toujours aucune trace de Mike Neal ni d'un certain Grogan qui avait également disparu. Ils n'avaient pas de numéro de téléphone pour la conserverie Oceanus et essayaient en vain de contacter le bureau international de la société.

Après le départ des policiers, Gamay commanda une autre bière. Elle souffla le faux-col de mousse et lança :

— C'est la dernière fois que je monte dans une voiture conduite par toi !

— Ne te plains pas, tu n'as rien de cassé. Tandis que moi, je dois tenir mon verre de la main gauche. Et comment vais-je nouer mon nœud papillon ?

— Mon pauvre ! Tu en porteras des tout faits. Et mes cernes, tu les as vus ?

Paul se pencha et posa un baiser sur la joue de sa femme.

— Ils te donnent un air exotique.

— J'imagine que c'est mieux que rien, dit Gamay avec un sourire indulgent. Que faisons-nous maintenant ? Nous ne pouvons pas rentrer à Washington et ne montrer que des bleus et la facture de réparation d'un bateau qui n'existe plus.

Il but une gorgée de bière.

— Te rappelles-tu le nom du savant que Mike Neal avait essayé de contacter ?

— Throckmorton, de l'université McGill.

— A Montréal ! Profitons de notre séjour dans la région pour passer le voir.

— Brillante idée ! approuva Gamay. Savoure ta bière, gaucher, pendant que je m'isole, ajouta-t-elle en désignant un coin relativement tranquille du pub pour appeler Kurt à la NUMA.

Austin ne s'y trouvant pas, elle lui laissa alors un message où elle lui expliquait qu'ils suivaient la piste d'Oceanus jusqu'au Québec et qu'ils reprendraient contact. Puis elle demanda à la secrétaire d'Austin de lui trouver le numéro de téléphone de Throckmorton et l'itinéraire le plus rapide pour Montréal. Quelques minutes plus tard, Gamay avait le numéro de téléphone demandé et des réservations sur un vol partant en fin de matinée.

Gamay appela Throckmorton : « Je suis biologiste maritime à la NUMA et j'aimerais que vous me parliez de vos travaux. » Ravi et flatté, il lui proposa de la rencontrer après ses cours. Leur vol d'Air Canada les déposa au milieu de l'après-midi à l'aéroport de Dorval. Ils déposèrent leurs bagages au Queen Elizabeth Hotel et prirent un taxi jusqu'au campus de l'université McGill : des bâtiments anciens de granit gris flanqués de constructions plus modernes sur la pente du mont Royal.

Le professeur Throckmorton sortait de sa salle de classe quand les Trout arrivèrent ; il remarqua la chevelure flamboyante de Gamay et la haute silhouette de Paul. Écartant les étudiants qui l'entouraient, il vint à leur rencontre.

— Les docteurs Trout, je présume ? dit-il en leur serrant la main.

— Merci de nous recevoir ainsi à l'improviste, répondit Gamay.

— Pas du tout, répliqua-t-il d'un ton chaleureux, c'est un honneur de rencontrer des savants de la NUMA. Je suis flatté que vous vous intéressiez à mes travaux.

— Nous étions en voyage au Canada, expliqua Paul quand Gamay a entendu parler de vos recherches. Elle a insisté pour que nous fassions un détour.

— J'espère ne pas être à l'origine d'une querelle conjugale ! s'exclama-t-il, ses sourcils se dressant comme des chenilles processionnaires.

— Absolument pas, le détrompa Gamay. Montréal est une de nos villes préférées.

— Dans ces conditions, pourquoi ne viendriez-vous pas au labo pour voir sur le tas, comme on dit.

Malgré sa taille inférieure à la moyenne et ses rondeurs que l'on retrouvait aussi sur son visage en forme de lune chaussé de lunettes à monture circulaire, Throckmorton leur montrait le chemin en avançant du pas rapide d'un athlète.

Il ouvrit une porte et introduisit les Trout dans un vaste espace brillamment éclairé ; il leur désigna des tabourets à côté d'une paillasse. Un peu partout des ordinateurs et des aérateurs bouillonnant dans de grands aquariums alignés au fond du labo ; des relents saumâtres de poisson emplissaient la pièce. Throckmorton emplit trois verres gradués de thé glacé et s'assit auprès d'eux.

— Comment avez-vous entendu parler de mes travaux ? fit-il après avoir bu une gorgée. Par un article dans une publication scientifique ?

Les Trout échangèrent un coup d'œil.

— A dire vrai, déclara Gamay, nous ne savons pas sur quoi vous travaillez.

Voyant l'expression stupéfaite de Throckmorton, Paul intervint :

— C'est un pêcheur nommé Mike Neal qui nous a communiqué votre nom : il vous avait contacté de la part de ses camarades pêcheurs qui, ne prenant presque plus rien, se demandaient si cela avait un rapport avec la bizarrerie de leurs quelques prises.

— Oh, mais oui, M. Neal ! Je sais qu'il a appelé, mais je n'ai jamais eu l'occasion de lui parler car je me trouvais à l'étranger quand il a téléphoné et, trop occupé, je n'ai pas pu le rappeler. Son histoire de « poisson-diable » m'a beaucoup intrigué ; j'essaierai de lui passer un coup de fil dans la soirée.

— J'espère que vous avez de bons tarifs pour les conversations longue distance. Neal est mort.

— Je ne comprends pas.

— Il a été tué dans l'explosion de son bateau, expliqua Gamay. La police ignore ce qui a provoqué l'accident.

— Pauvre homme... (Il marqua un temps puis reprit :) Ne me

croyez pas sans cœur, mais je présume que, désormais, je ne saurai rien de cet étrange « poisson-diable ».

— Nous nous ferons un plaisir de vous décrire ce que nous en savons, assura Gamay.

Throckmorton écouta avec attention le récit que Gamay et Paul lui firent de leur sortie avec Neal. Chaque détail assombrissait son visage. Il les regarda gravement tous les deux.

— Etes-vous absolument certains de tout ce que vous venez de me raconter ? Certains des dimensions du poisson et de son étrange couleur blanche ? Certains de son agressivité ?

— Jugez-en par vous-même, fit Paul en exhibant la cassette vidéo filmée sur le bateau de Neal.

Après l'avoir visionnée, Throckmorton se leva et se mit à marcher de long en large.

— Ce n'est pas bon, pas bon du tout, répétait-il.

— Je vous en prie, professeur, expliquez-nous de quoi il s'agit, demanda carrément Gamay.

— En tant que spécialiste de la biologie marine, vous devez savoir ce qu'est un poisson transgénique, commença-t-il. Le premier a été conçu tout près de chez vous, à l'Institut de biotechnologie du Maryland.

— J'ai lu un certain nombre de communications, mais cela ne fait pas de moi un expert dans ce domaine. On greffe, me semble-t-il, des gènes sur des œufs de poisson pour en accélérer le développement.

— C'est exact. Ces gènes proviennent d'autres espèces, parfois même d'insectes et d'humains.

— D'humains ?

— Pour ma part, je n'en utilise pas, car je pense comme les Chinois qui ont fait des études très poussées dans ce domaine : une telle utilisation a quelque chose d'immoral.

— Comment utilise-t-on les gènes ?

— Ils produisent un niveau anormalement élevé d'hormones de croissance et stimulent ainsi l'appétit du poisson. J'ai développé des poissons transgéniques avec le laboratoire du Département fédéral d'océanographie de Vancouver. Les saumons élevés là-bas sont nourris vingt fois par jour. Cette alimentation constante est essentielle. Ces super-saumons sont programmés pour, la première année, grandir huit fois plus vite et être quarante fois plus gros que l'échantillon normal. Vous vous représentez aisément les avantages que cela représente pour la pisciculture. On obtient un poisson plus gros qu'on met sur le marché dans un délai extrêmement raccourci.

— En s'assurant ainsi un bénéfice bien supérieur.

— Naturellement. Ceux qui s'efforcent de commercialiser les poissons transgéniques appellent cela la « Révolution bleue ». Ils admettent chercher à augmenter leurs bénéfices, mais ils affirment aussi avoir des motifs plus altruistes. Les poissons à l'ADN modifié fournissent un aliment bon marché et abondant pour les pays les plus pauvres.

— Nous avons déjà entendu ces mêmes arguments à propos des récoltes transgéniques.

— Non sans raison. Les poissons génétiquement modifiés dérivent logiquement du développement de la biotechnologie. Si on sait manipuler le maïs, pourquoi ne pas en faire autant avec des organismes d'un ordre supérieur ? Cela risque toutefois de provoquer plus de controverses. Les protestations ont déjà commencé. Les adversaires affirment que les poissons transgéniques sèmeront la pagaille dans l'environnement, provoqueront la disparition de la pêche des espèces sauvages et causeront la ruine des petits pêcheurs. Ils appellent « frankenfish » ces créations biotechniques.

— Le nom est bien trouvé, intervint Paul qui avait suivi la conversation avec beaucoup d'intérêt. Je pense cependant qu'il n'est guère vendeur.

— Quelle est votre opinion sur ce problème ? interrogea Gamay.

— J'ai créé certains de ces poissons, c'est pourquoi je me sens particulièrement responsable et je veux que, avant de passer à l'élevage de ces créatures, l'on procède à des études très poussées. Ces efforts en vue de la commercialisation me préoccupent ; nous devons évaluer complètement les risques avant de déclencher une possible catastrophe.

— Vous semblez très inquiet, observa Gamay.

— C'est ce que j'ignore qui me tracasse. Les choses vont trop vite. Déjà des douzaines d'entreprises commerciales s'efforcent de mettre leurs poissons sur le marché. Outre le saumon, on fait des recherches sur deux bonnes douzaines d'espèces de poissons. Les possibilités sont immenses, même si certains pisciculteurs renoncent aux élevages transgéniques en raison de la controverse qu'ils suscitent. Mais de grosses sociétés s'y sont mises. Des douzaines de brevets pour de tels élevages ont été déposés au Canada et aux États-Unis. Un raz de marée économique de cette ampleur sera difficile à arrêter une fois qu'il déferlera.

— Je me sens comme le roi Canute essayant de faire taire l'océan, gémit-il d'un ton où perçait la frustration. Des milliards de dollars sont en jeu, aussi la pression est-elle fantastique. Voilà pourquoi le gouvernement canadien finance la recherche transgénique, car si nous ne prenons pas la tête du mouvement d'autres le feront à notre place. Nous voulons être prêts quand la digue cédera.

— Si pression et enjeux financiers sont tels, qu'est-ce qui empêche le déferlement des bio-poissons ?

— La perspective de relations publiques cauchemardesques. Je vous donne un exemple : une société néo-zélandaise, le Roi saumon, mettait au point des poissons transgéniques ; la presse eut connaissance de quelques ratés – des spécimens à deux têtes et couverts d'excroissances – et en informa le public qui se déchaîna, obligeant l'entreprise à cesser ses expériences et à détruire ses installations, tant il craignait que ces « frankenfish » ne s'échappent dans la nature et ne se reproduisent avec des poissons normaux.

— Est-ce envisageable ? questionna Gamay.

— Pas avec une pisciculture contrôlée, en revanche des poissons transgéniques placés dans des cages en pleine eau s'échapperaient, cela ne fait aucun doute ; agressifs et affamés, ils trouveraient un moyen, comme tout détenu qui rêve de liberté. Le labo des pêcheries gouvernementales à Vancouver est aussi protégé que Fort Knox : alarmes électroniques, gardes, bassins à double grillage. Mais une entreprise privée pourrait être moins prudente.

Gamay hocha la tête.

— Il est arrivé que des espèces étrangères envahissent les eaux américaines; cela aurait pu provoquer une catastrophe. Dans certains États on a trouvé des spécimens asiatiques de l'anguille des marais, une créature vorace qui rampe sur la terre ferme. On a repéré des carpes asiatiques dans le Mississippi, qui menacent le lac Michigan; elles mesurent jusqu'à un mètre vingt de long et, raconte-t-on, certaines d'entre elles jaillissent de l'eau pour assommer les marins; ce qui est vraiment inquiétant, c'est leur façon de sucer le plancton comme un aspirateur. Il y a aussi le poisson-lion, cette charmante petite bête hérissée d'épines empoisonnées qui rivalise avec les espèces indigènes pour chasser.

— Vous avez tout à fait raison mais en ce qui concerne les poissons transgéniques, cela va bien au-delà de la lutte pour la nourriture. Certains de mes collègues s'inquiètent de ce qu'ils ont baptisé le « gène troyen ». Vous vous souvenez naturellement de l'histoire du cheval de Troie?

— Le cheval de bois bourré de soldats grecs, récita Paul. Les Troyens, croyant à un cadeau, l'ont introduit dans leur ville... précipitant la fin de Troie.

— L'analogie est, hélas, tout à fait justifiée dans ce cas, souligna Throckmorton en tapotant du doigt la couverture d'un épais dossier posé sur la table. Cette publication d'English Nature – l'organisme gouvernemental britannique chargé des problèmes d'environnement – récapitule les résultats de deux études qui incitent English Nature à s'opposer à la mise en liberté des poissons transgéniques qui n'auraient pas été rendus stériles et une commission de la Chambre des Lords à en réclamer l'interdiction totale. La première étude, effectuée à l'université de Purdue, a constaté que les mâles transgéniques sont quatre fois plus avantagés pour la reproduction; les femelles les préfèrent en effet, parce qu'ils sont plus gros.

— Qui a prétendu que peu importait la taille? ironisa Paul.

— Il se trouve que c'est *très* important pour les poissons. Les chercheurs ont étudié la medaka japonaise : sa progéniture transgénique grandit et atteint sa maturité sexuelle plus vite que ses autres rejetons et les gros mâles assurent quatre-vingts pour cent de la reproduction contre vingt pour leurs congénères plus petits.

Gamay se pencha, le front barré d'un pli soucieux.

— Un désastre donc pour la population vivant à l'état sauvage.

— Plus qu'un désastre, une véritable catastrophe. Il suffit d'introduire un seul poisson transgénique parmi cent individus pour qu'en seize générations la moitié de toute la population soit génétiquement modifiée.

— Pour des poissons, ce délai n'est pas très long, observa Gamay.

— Il peut même se réduire encore, fit Throckmorton en hochant la tête. Des modèles informatiques montrent qu'en introduisant cinq cents poissons génétiquement modifiés dans une population de six mille individus, il ne faudrait que quarante générations pour polluer le patrimoine génétique jusqu'à l'extinction.

— Vous parliez d'une seconde étude.

— Ah, oui ! lâcha Throckmorton en se frottant les mains. C'est encore mieux. Des chercheurs des universités d'Alabama et de Californie ont greffé sur certains poissons-chats de la Manche des gènes de croissance du saumon et ont découvert que ces poissons transgéniques échappaient plus facilement aux prédateurs que leurs homologues naturels.

— Bref, vous pensez qu'un de ces super-poissons pourrait se répandre dans la nature où il se reproduirait plus vite et où il vivrait plus longtemps que les espèces naturelles, les poussant ainsi à l'extinction.

— Exactement.

Paul secoua la tête d'un air incrédule.

— Étant donné ce que vous venez de nous expliquer, déclara-t-il, pourquoi un gouvernement ou une société se permettraient-ils de jouer avec une dynamique génétique de ce genre?

— Je comprends ce que vous dites, mais entre les mains d'un professionnel, la dynamique doit être extrêmement utile, dit Throckmorton en se levant. Venez donc voir le bureau du Dr Frankenstein, il est juste à côté.

Il les entraîna vers les bassins dans lesquels nageaient des poissons de la taille d'un doigt jusqu'à une soixantaine de centimètres. Il s'arrêta devant l'un des grands aquariums où évoluait lentement un poisson aux écailles argentées avec une strie sombre le long de l'épine dorsale.

— Alors, que pensez-vous de notre dernier monstre génétiquement modifié ?

— Il ressemble à n'importe quel saumon bien nourri de l'Atlantique, déclara Gamay le nez pour ainsi dire collé à la vitre. Peut-être un peu plus d'embonpoint à la taille.

— Les apparences sont trompeuses. Quel âge donneriez-vous à ce bel échantillon ?

— Environ un an.

— Il y a seulement quelques semaines, ce n'était qu'un œuf.

— Impossible.

— J'aurais pensé comme vous si je n'avais pas joué les accoucheurs à sa naissance. Vous vous trouvez devant une machine à dévorer dont nous avons réussi à gonfler le métabolisme. Lâchée dans la nature, cette créature dévorerait en un rien de temps les réserves indigènes. Son petit cerveau ne décrypte qu'un seul message : « De la nourriture, j'ai faim ! » Regardez plutôt.

Throckmorton sortit un seau d'appâts d'un réfrigérateur et en jeta une poignée dans l'aquarium. Le saumon se jeta dessus et, en quelques instants, eut tout dévoré, déchets compris.

— J'ai pratiquement grandi sur un bateau de pêche, dit Paul en ouvrant de grands yeux. J'ai vu des requins s'attaquer à un cabillaud pris à l'hameçon ou des bancs de loups de mer entraîner des appâts sur la plage, mais jamais rien de pareil. N'auriez-vous pas introduit dans ce petit gaillard des gènes de piranha ?

— Absolument pas, même si nous nous sommes livrés à quelques manipulations. Le saumon a de petites dents fragiles, alors nous avons donné à cet échantillon une dentition plus acérée et plus durable qui lui permet de s'alimenter plus rapidement.

— Étonnant, fit Gamay impressionnée.

— Ce poisson n'a été que légèrement modifié. De vrais

monstres, de vrais « Frankenfish », nous en avons conçu quelques-uns, mais nous les avons immédiatement détruits pour éviter qu'ils ne s'échappent dans la nature. Nous pouvions en contrôler la taille mais pas l'agressivité, malgré leur apparence à peu près normale ; c'est à ce moment-là que j'ai commencé à m'inquiéter.

— Le poisson que nous avons pris, observa Gamay, était agressif *et* d'une taille anormale.

— Une seule conclusion, hélas ! déplora Throckmorton l'air soucieux. Votre « poisson-diable » était un mutant créé en laboratoire : quelqu'un y aura mené des recherches qui auront échappé à son contrôle et les mutants, au lieu d'être exterminés auront été lâchés dans la nature. Dommage que votre prise ait été détruite ; j'espère seulement qu'elle était stérile.

– Qu'arriverait-il si un poisson génétiquement modifié comme celui-là commençait à se propager ?

— Des poissons de ce genre constituent fondamentalement une espèce étrangère, un peu comme si on introduisait dans notre environnement une forme de vie physique rapportée de Mars. Cela provoquerait des ravages écologiques et économiques sans précédent. Ces sujets pourraient anéantir des flottilles de pêche entières et causer le sort qu'ont connu M. Neal et ses camarades pêcheurs. Ils bouleverseraient totalement l'équilibre naturel de nos eaux côtières qui abritent les zones les plus productives. Je suis incapable de mesurer les conséquences à long terme.

— Laissez-moi jouer les avocats du diable, fit Gamay après quelques instants de réflexion. Imaginons que ces superpoissons aient supplanté la population naturelle. Les pêcheurs se transformeraient alors en prédateurs qui maintiendraient cette population dans des limites raisonnables. Ainsi pêcherait-on encore des poissons qu'on vendrait sur le marché ; ils seraient simplement plus gros et plus charnus.

— Plus dangereux également, observa Paul.

— Le nombre d'inconnues est tel qu'on ne peut prendre le risque, rétorqua Throckmorton. Des saumons hybrides se sont échappés dans les eaux norvégiennes et s'y sont croisés sans mal avec les poissons locaux mais – il y a un mais – ils survivent difficilement dans la nature. Donc, le super-poisson, qui remplace les espèces naturelles, pourrait disparaître en s'éliminant en même temps que la population naturelle.

— Mon cher Throckmorton, intervint une voix sardonique, essayez-vous d'affoler ces malheureux avec vos sinistres prédictions ?

Un homme vêtu d'une blouse blanche s'était introduit sans bruit dans le labo et les observait avec un grand sourire.

— Frederick ! s'exclama le professeur Throckmorton, ravi. Voici mon distingué collègue, le Dr Barker, ajouta-t-il à l'intention des Trout. Frederick, je vous présente les docteurs Trout, de la NUMA. (Puis il murmura, ajoutant comme en aparté :) On me surnomme peut-être Frankenstein, mais lui c'est le Dr Folamour !

Cette plaisanterie les fit tous rire. Barker s'approcha et leur serra la main. Une cinquantaine d'années, un physique imposant, un crâne rasé, des lunettes de soleil qui lui masquaient les yeux et une peau si blanche qu'elle semblait décolorée.

— Je suis enchanté de rencontrer quelqu'un de la NUMA et je ne voudrais pas que Throckmorton vous effraye ; vous ne mangeriez jamais plus de saumon aux amandes. Qu'est-ce qui vous amène à l'université McGill ?

— Nous étions en vacances quand nous avons entendu parler des expériences du Dr Throckmorton, répondit Gamay. En tant que biologiste de la mer, j'ai pensé trouver là des informations susceptibles d'intéresser la NUMA.

— Alors, vous travaillez même en vacances ! Eh bien, permettez-moi de défendre ma cause contre les calomnies de mon ami ici présent : je suis un ardent partisan des poissons transgéniques, ce qui me rend suspect à ses yeux.

— Plus qu'un partisan, puisque vous êtes en rapport avec certaines des sociétés biotechniques qui s'apprêtent à lancer ces créatures sur le marché.

— A vous entendre, Throckmorton, on croirait qu'il s'agit d'un sombre complot. Mon ami oublie de vous dire que je travaille en plein accord et avec le soutien financier du gouvernement canadien.

— Le Dr Barker aimerait créer un saumon de synthèse qui proposerait chaque jour de la semaine une saveur différente.

— Ce n'est pas une mauvaise idée, Throckmorton. M'autorisez-vous à vous l'emprunter ?

— Seulement si vous assumez la pleine responsabilité de créer un tel monstre.

— Le professeur s'inquiète trop, fit-il en désignant l'aquarium. Ce beau spécimen est la preuve qu'il n'est pas nécessaire de créer un poisson transgénique de taille monstrueuse. Et, comme il l'a souligné, les poissons biotechniques survivent moins bien dans la nature. De plus, il est assez facile de les stériliser, ainsi ils ne se reproduiront pas.

— Oui, mais les techniques de stérilisation ne sont pas fiables à cent pour cent. Écoutez et regardez donc ce que m'ont rapporté les Trout, vous serez peut-être ensuite moins désinvolte. Qu'en dites-vous, Frederick ?

— Je suis responsable, je le crains, répondit Barker en secouant la tête, une fois la cassette vidéo visionnée. J'ai moi aussi reçu le message de Neal mais je ne lui ai jamais répondu.

— Et que pensez-vous ?

Le sourire de Barker avait disparu.

— Je n'aurais pas cru cette scène possible si elle n'avait pas eu pour témoins deux observateurs qualifiés et qu'elle n'avait pas été filmée. Il s'agit probablement d'une expérience transgénique ayant mal tourné.

— Mais qui serait assez irresponsable pour laisser un poisson pareil s'échapper dans la nature ? Et, d'après les pêcheurs, il y en aurait d'autres. Nous devons absolument envoyer quelqu'un sur place.

— J'acquiesce sans réserve, car, de toute évidence, ce « poisson-diable » blanc rivalise déjà avec les espèces naturelles dans la recherche de nourriture. Qu'il puisse transmettre ses gènes, c'est un autre problème.

— C'est précisément le caractère imprévisible de votre histoire qui me tracasse depuis le début, appuya Throckmorton.

— En revanche, ce qui est prévisible, coupa Barker en jetant un coup d'œil à sa montre, c'est le début, dans quelques minutes, de mon prochain cours. (Il s'inclina légèrement et serra la main de Paul et de Gamay.) Je suis désolé de devoir filer. J'ai été ravi de vous rencontrer.

— Votre collègue est fascinant, il ressemble plus à un lutteur professionnel qu'à un généticien, commenta Gamay.

— C'est vrai, Frederick est un numéro. Ses étudiantes l'adorent : il circule en ville à motocyclette, ce qu'elles trouvent super.

— Il a un problème oculaire?

— Ah! Vous avez remarqué ses lunettes de soleil. Frederick a une tendance à l'albinisme. Comme on le voit à la pâleur de son teint, il évite le soleil et ses yeux sont très sensibles à la lumière. Toutefois ce handicap ne l'a pas gêné dans sa carrière. Tout ce que je vous ai dit sur son esprit brillant est vrai, même si, contrairement à moi, il met ses talents au service du secteur privé. Il finira sans doute milliardaire. Quoi qu'il en soit, nous devons vous remercier tous deux de nous avoir alertés. Je mets sur pied sans tarder une équipe qui se rendra sur place.

— Merci de nous avoir consacré tout ce temps, dit Gamay.

— Pas du tout. J'ai été ravi de discuter avec vous. J'espère que nous nous reverrons.

Le temps pour Throckmorton de faire une copie de la cassette vidéo, et Paul et Gamay montaient dans un taxi qui les ramènerait à l'hôtel.

— Intéressant après-midi, déclara Paul.

— Plus que tu ne le penses, car, pendant que Throckmorton copiait la cassette, je lui ai fait préciser le nom des employeurs de Barker, me disant qu'une piste supplémentaire pourrait nous aider. La société s'appelle Aurora.

— Joli nom, bâilla Paul. Qu'en a-t-il dit?

Gamay eut un sourire énigmatique.

— Qu'Aurora était une filiale d'une entreprise plus importante.

Paul en tressaillit.

— Ne me dis pas...

Elle acquiesça de la tête.

— Oceanus.

— J'ai commencé par envisager la situation, analysa-t-il après avoir réfléchi un moment, comme si je créais un graphisme informatique, seulement le problème ressemble plus à un puzzle pour gosse. Barker se trouve à une extrémité, nos chauffards veillent à l'autre bout ; en reliant les deux, nous esquissons un dessin, ce qui rend notre ligne de conduite évidente.

— Je t'écoute, fit Gamay, sceptique.

— Trouvons d'autres points, fit Paul avec un petit sourire en coin.

23

Le rendez-vous fixé par Ryan n'était qu'à quelques minutes des bureaux de la NUMA. Austin suivit l'autoroute George-Washington jusqu'au panneau annonçant THEODORE-ROOSEVELT-ISLAND. Il gara sa voiture, franchit la passerelle qui enjambait la Little River et se rendit jusqu'au Roosevelt Memorial, une large place entourée de bancs de pierre. Ryan attendait, tournant le dos à la statue de bronze du président et guettant apparemment l'arrivée d'Austin.

— Merci d'être venu, Kurt. (Il se retourna pour contempler Roosevelt campé sur ses jambes écartées, le poing brandi.) C'est ce vieux Teddy qui m'a lancé dans cette folle entreprise. Il a placé sous protection fédérale des milliers d'hectares, il a sauvé du tir des chasseurs de plume des oiseaux menacés de disparition, il a fait du Grand Canyon un parc national. Il ne craignait pas de pousser la loi à l'extrême quand il croyait agir dans l'intérêt public. Chaque fois que j'ai des doutes sur ce que j'entreprends, je pense à ce type qui regarde de haut ceux qui s'engraissent.

Ryan prend la pose pour une photo, ne put s'empêcher de penser Austin.

— Il vous arrive de douter, Marcus, j'ai du mal à le croire.

— Oh, si, surtout quand je songe que je me suis assigné pour tâche de protéger les océans du monde et les créatures qui y vivent.

— D'après ce que je me rappelle de la mythologie, il me semble que le poste de dieu de la mer est occupé depuis quelques milliers d'années.

— Je sais, reconnut Ryan avec un sourire d'enfant coupable, je donne parfois l'impression de me prendre pour un dieu. La mythologie raconte aussi que les dieux se sont souvent approprié eux-mêmes leurs postes.

— Je m'en souviendrai pour le cas où la NUMA me renverrait. D'après Therri, nous devons parler de quelque chose d'important.

— En effet, fit Ryan en regardant par-dessus l'épaule d'Austin. D'ailleurs, la voici.

Therri traversait l'esplanade en compagnie d'un jeune homme – une vingtaine d'années, estima Austin –, il avait un teint cuivré, le visage large et les pommettes saillantes.

— Contente de vous revoir, Kurt, affirma Therri en lui tendant la main. (Elle affichait un air très professionnel, mais Austin lisait dans ses yeux qu'elle n'avait pas oublié leur baiser d'adieu à Copenhague – du moins l'espérait-il.) Je vous présente Ben Nighthawk. Ben est assistant de recherche dans notre service.

Ryan suggéra qu'ils s'éloignent des touristes qui visitaient le mémorial et, une fois hors d'écoute, il ne perdit pas de temps :

— Ben détient des renseignements importants sur Oceanus.

— Je viens, commença le jeune Indien, d'un petit village très isolé du nord du Canada, situé au bord d'un grand lac et généralement plutôt calme. Il y a quelques mois ma mère m'a signalé dans une lettre que quelqu'un avait acheté un grand terrain sur l'autre rive en face du village. Une grosse société, pensait-elle. A la fin de mes études, je veux pouvoir lutter contre le développement à outrance des régions sauvages du nord du Canada, aussi j'ai porté un grand intérêt à l'activité incessante qu'elle me décrivait ainsi qu'au ballet des hélicoptères et des hydravions. Je lui ai demandé de me tenir au courant ; ses dernières nouvelles datent d'il y a plus de deux semaines et elle était vraiment inquiète.

— A propos de quoi ? interrogea Austin.

— Elle ne me l'a pas précisé ; je sais seulement que c'était à propos de ce qui se passait de l'autre côté du lac. Cela m'a tracassé alors je suis retourné chez moi pour jeter un coup d'œil... et ma famille n'était plus là.

— Vous voulez dire qu'elle avait disparu ? fit Austin.

— Les habitants du village se sont volatilisés, déclara Nighthawk.

— Ben, c'est grand le Canada. Où se situe votre village ?

Nighthawk jeta un coup d'œil à Ryan.

— Chaque chose en son temps, Kurt, intervint Ryan. Ben, explique à M. Austin ce qui est arrivé ensuite.

— Je me suis mis à la recherche de ma famille, reprit Nighthawk. Je l'ai retrouvée : elle était prisonnière sur l'autre rive. Des types armés obligeaient les hommes de mon village à défricher le terrain qui entoure un grand bâtiment.

— Savez-vous qui ils sont ?

— Je ne les avais jamais vus. Ils portaient des uniformes noirs. (Du regard il quêta un encouragement de Ryan, puis poursuivit :) C'est dingue, mais quand nous sommes arrivés là-bas...

— Nous ?

— Josh Green, mon adjoint, expliqua Ryan, accompagnait Ben. N'aie pas peur de dire à M. Austin tout ce que tu as vu, même si ça paraît invraisemblable.

— Très bien, fit Nighthawk en haussant les épaules. Quand nous sommes arrivés là-bas, nous n'avons rien vu d'autre que la forêt sauf à l'endroit où ils étaient en train de défricher. Et puis cette énorme construction a jailli tout d'un coup de nulle part. (Il s'arrêta, s'attendant à voir Austin lui répondre par un rire incrédule.)

Mais Austin resta impassible.

— Continuez, se contenta-t-il de dire.

— C'est exactement ça. A la place des arbres, un dôme gigantesque. Josh et moi avons pensé à un igloo, mais des centaines de fois plus grand. Pendant que nous regardions, le haut de la chose s'est ouvert comme ça. (Il joignit les mains et les entrouvrit pour simuler un portail ouvert.) Figurez-vous qu'il s'agissait d'un hangar pour un dirigeable.

— Comme le dirigeable Goodyear? suggéra Austin.

— Non, fit Nighthawk en plissant les lèvres d'un air songeur. Plus gros et plus long. Ça ressemblait plutôt à une fusée. Un nom était peint sur l'aileron : *Nietzsche.*

— Comme le philosophe allemand?

— Je crois. Nous avons vu la chose se poser dans le hangar, là-dessus le toit s'est refermé et des types sont sortis par la porte de devant. Mon cousin, qui faisait partie d'un groupe d'ouvriers, a essayé de s'enfuir mais un de ces salauds l'a abattu, conclut Nighthawk d'une voix étranglée d'émotion.

— Ben, fit Ryan en posant sa main sur l'épaule de Nighthawk, ça suffit pour l'instant.

— J'aimerais vous aider, mais il me faudra davantage de détails, dit Austin.

— Nous nous ferons un plaisir de vous les fournir, affirma Ryan. Mais ces renseignements ont un prix, ajouta-t-il.

— Marcus, riposta Austin en haussant un sourcil, je suis un peu à court aujourd'hui.

— Ce n'est pas l'argent qui nous intéresse, mais que la SDM et la NUMA travaillent de conserve pour abattre Oceanus. Nous partageons les informations et vous nous faites participer aux missions.

Un large sourire découvrit les dents d'Austin.

— Vous feriez mieux d'appeler les Marines, Ryan. La NUMA est une organisation scientifique qui se consacre à rassembler des connaissances. Ce n'est pas une organisation militaire.

— Allons, Kurt, soyez sincère, rétorqua Ryan avec un sourire entendu. Nous avons fait des recherches sur votre travail à la NUMA. Cette Équipe de missions spéciales que vous dirigez a essuyé quelques coups durs. Vous n'avez pas arrêté les méchants à coups de traités scientifiques.

— Vous me flattez, Marcus. Je n'ai pas le pouvoir d'autoriser une mission conjointe. Il faudrait que j'en parle à mes supérieurs.

Ryan prit cette réponse pour un acquiescement.

— Je savais bien que vous marcheriez, triompha-t-il, merci infiniment.

— Gardez vos remerciements, je n'ai pas l'intention de m'adresser à mes patrons.

— Pourquoi pas ?

— La NUMA mettrait sa réputation en jeu en travaillant avec une organisation marginale comme la SDM. En revanche, les Sentinelles gagneraient le soutien du public si vous les placiez sous le parapluie de légitimité de la NUMA. Désolé. C'est un accord à sens unique.

— Kurt, fit Ryan en ramenant ses cheveux en arrière, nous ne vous avons pas tout dit. J'ai un enjeu personnel dans cette affaire : outre le cousin de Ben, Josh Green a été tué.

— A cause de moi, poursuivit Ben. Je me suis précipité à découvert et il a tenté de m'arrêter. Ils l'ont abattu.

— Tu as fait ce que n'importe qui aurait fait à ta place, l'apaisa Ryan, et Josh était un homme courageux.

— Vous parlez maintenant de *deux* meurtres, récapitula Austin. Les avez-vous signalés à la police ?

— Non. Nous voulons régler cette histoire nous-mêmes. Autre chose encore, et vous changerez peut-être d'avis : le nouveau propriétaire du terrain au bord du lac de Ben est une société immobilière bidon montée par... Oceanus.

— Vous en êtes certain ?

— Absolument. Vous marchez avec nous maintenant ?

Austin secoua la tête.

— Avant que vous ne preniez votre fusil à six coups et que vous n'enfourchiez votre monture, laissez-moi vous rappeler que vous vous attaquez à une structure riche et tentaculaire, dont les sbires – comme vous l'avez constaté – n'hésitent pas à tuer de sang-froid. Ils vous écraseraient comme des mouches, vous et quiconque de la SDM. Je déplore le sort réservé au cousin de Ben et à votre ami ; cela ne fait qu'appuyer ce que je viens de dire. Vous allez faire courir à vos collaborateurs des dangers similaires, ajouta-t-il en jetant un coup d'œil vers Therri.

— Ils ne reculent devant rien pour sauver l'environnement,

affirma Ryan, alors que, apparemment, la NUMA s'en fiche complètement.

— Calmez-vous, Marcus, intervint Therri remarquant les mâchoires serrées d'Austin. Kurt a raison, aussi je suggère un compromis : que la SDM travaille avec la NUMA, mais *derrière*, en coulisse.

— Voilà bien des propos d'avocat, ironisa Austin.

Therri ne s'attendait pas à une rebuffade aussi prompte de la part d'Austin.

— Qu'est-ce que cela signifie? rétorqua-t-elle, soudain glaciale.

— Je pense qu'il s'agit moins de baleines, de morses et d'amis morts que de l'ego de votre ami. (Il se tourna vers Ryan.) Vous n'avez toujours pas digéré la perte du *Sea Sentinel*, c'était votre fierté. Vous vous apprêtiez à jouer les martyrs devant les caméras de télévision, mais les Danois vous ont cloué le bec en renonçant à leurs accusations et en vous expulsant discrètement.

— Ce n'est pas vrai, protesta Therri. Marcus est...

D'un geste de la main Ryan lui imposa le silence.

— De toute évidence, Kurt n'est qu'un ami des beaux jours.

— C'est mieux que rien, riposta Austin. (Il désigna la statue de Roosevelt.) Relisez donc la vie de ce gaillard, il n'a jamais demandé à quiconque de prendre des risques. Désolé pour votre cousin, Ben, et pour Josh Green. Ravi de vous avoir revue, Therri.

Austin en avait assez de voir Ryan se pousser perpétuellement du col. Il avait écouté, plein d'espoir, le récit de Nighthawk, mais il en voulait à Ryan d'avoir claqué la porte sur une piste possible. Il descendait le sentier à grands pas quand il entendit marcher derrière lui : Therri l'avait suivi; elle le rattrapa et le prit par le bras.

— Kurt, je vous en prie, reconsidérez la question. Marcus a vraiment besoin de votre aide.

— Je le comprends. Mais ses conditions sont inacceptables.

— On peut trouver une solution, insista-t-elle.

— Si Ben et vous avez besoin de l'aide de la NUMA, il va vous falloir couper les ponts avec Ryan.

— Ça, je ne le peux pas, fit-elle en braquant sur lui un regard irrésistible.

— Je crois que si, fit Austin en tenant bon.

— Bon sang, Austin, lâcha-t-elle exaspérée, que vous êtes entêté !

— Dois-je comprendre, fit Austin en souriant, que vous ne viendrez pas dîner avec moi ?

Furieuse, Therri tourna les talons et s'éloigna. Austin la regarda disparaître et secoua la tête. Que de sacrifices pour la NUMA ! songea-t-il. Il approchait du parking quand Ben Nighthawk surgit devant lui.

— J'ai prétexté que je devais aller aux toilettes pour m'éloigner, haleta Nighthawk. Je ne vous blâme pas de ne pas vouloir travailler avec la SDM. Marcus se prend pour Wyatt Earp. Toute cette publicité lui est montée à la tête. Mais j'ai quand même vu ces types tuer mon cousin et Josh. J'ai bien essayé de lui décrire ce à quoi il veut s'attaquer, mais il ne veut rien entendre. Si la SDM intervient, ma famille sera massacrée.

— Situez-la-moi et je ferai tout mon possible.

— Pas facile à expliquer sans carte. Oh, bon sang !...

Ryan dévalait à grands pas le sentier dans leur direction, l'air furieux.

— Appelez-moi, lança Austin.

Ben acquiesça et rejoignit Ryan pour se lancer dans une discussion animée. Puis Ryan prit Ben par les épaules pour le ramener au mémorial, non sans se retourner une fois pour foudroyer du regard Austin qui se contenta de hausser les épaules en montant dans sa voiture.

Vingt minutes plus tard Austin entrait dans le musée de l'Air et de l'Espace sur Independence Avenue. Il prit l'ascenseur jusqu'au second étage puis se dirigea vers la bibliothèque.

— Ma parole, s'exclama un homme entre deux âges vêtu d'un costume beige froissé qui sortait d'un bureau, c'est Kurt Austin !

— J'espérais bien tomber sur vous, Mac.

— Par ici, vous avez toujours de bonnes chances. Je vis pratiquement à l'intérieur de ces murs. Comment se porte l'orgueil de la NUMA ces jours-ci ?

— Fort bien. Comment va la réplique de St. Julien Perlmutter au Smithsoniam ?

MacDougal éclata de rire. Grand, maigre, avec de pauvres cheveux roux et un nez aquilin dominant son visage étroit, il était la vivante antithèse du corpulent Perlmutter. Mais ce qui lui manquait en poids, il le compensait par une connaissance encyclopédique de l'histoire de l'air qui valait celle de Perlmutter dans le domaine maritime.

— L'historien St. Julien pèse plus lourd que moi, souligna-t-il tandis qu'une lueur amusée pétillait dans ses yeux gris. Qu'est-ce qui vous amène dans le monde si fermé des Archives ?

— Je fais des recherches sur un vieux dirigeable. J'espérais trouver quelque chose à la bibliothèque.

— Pas la peine d'y aller. Je me rends à une réunion, mais nous pouvons discuter en chemin.

— Avez-vous entendu parler du *Nietzsche* ? demanda Austin. Un dirigeable.

— Bien sûr ! Un seul dirigeable a porté ce nom : celui qui s'est perdu lors de l'expédition polaire secrète de 1935.

— Alors vous le connaissez ?

Il hocha la tête.

— Le bruit courait que les Allemands avaient envoyé un dirigeable au pôle Nord en mission secrète : un succès aurait humilié les Alliés et exalté la *Kultur* allemande dans la guerre de propagande. Les Allemands l'ont toujours nié, mais n'ont jamais pu expliquer ce qu'étaient devenus leurs deux plus brillants pionniers en matière de dirigeables, Heinrich Braun et Herman Lutz. Là-dessus, la guerre a éclaté et on n'en a plus parlé.

— C'est tout ?

— Oh, non ! Après la guerre, on a trouvé des documents attestant de la réalité de la mission avec un dirigeable analogue au *Graf Zeppelin*. Un message radio des explorateurs, envoyé alors qu'ils approchaient du but, aurait signalé qu'ils avaient découvert quelque chose d'intéressant sur la glace.

— Ils n'ont pas dit quoi ?

— Non. De toute façon, certains sont persuadés que c'était une invention, de Joseph Goebbels peut-être.

— Et vous, vous croyez à ces récits?

— C'est tout à fait possible, car cette technologie existait déjà.

— Qu'a-t-il pu advenir du dirigeable?

— Il y a toutes sortes de possibilités : une défaillance mécanique, une tempête non prévue, le givre ou une erreur humaine. Le *Graf Zeppelin* était certes très au point, mais ce voyage s'effectuait dans des conditions extrêmes. D'autres dirigeables ont connu un destin similaire. Il a pu s'écraser sur la banquise, être entraîné à des centaines de kilomètres et sombrer en mer avec la fonte des glaces. (Son visage soudain s'éclaira.) Ne me dites pas que vous en avez découvert des traces au fond de l'océan?

— Malheureusement non. Quelqu'un m'en a parlé... et, ma foi, ma curiosité scientifique l'a emporté.

— Je sais parfaitement ce que vous voulez dire. (Il s'arrêta devant une porte.) C'est ici que se tient ma réunion. Revenez me voir et nous en reparlerons.

— Je n'y manquerai pas. Merci de votre aide, dit Austin, content que Mac n'insiste pas davantage. Il n'aimait pas se montrer évasif avec de vieux amis.

MacDougal s'arrêta, la main sur la poignée de la porte.

— Nous venons de discuter de l'Arctique et, coïncidence amusante, il y a ce soir une grande réception pour l'inauguration d'une exposition sur la culture et l'art esquimaux, quelque chose comme « Les Gens du Nord glacé ». Il y aura des courses de traîneaux, tout le tremblement.

— Des courses de traîneaux à Washington?

— J'ai réagi comme vous, mais, apparemment, il y en aura réellement. Pourquoi n'y assisteriez-vous pas?

— Pourquoi pas, en effet?

En quittant le musée, il prit à l'accueil une brochure concernant l'exposition; elle s'intitulait en fait *Habitants du Grand Nord glacé* et exigeait une invitation. Il parcourut le prospectus et s'arrêta en découvrant le nom de l'organisateur : Oceanus.

Il fourra la brochure dans sa poche et regagna son bureau. En quelques coups de fil, il s'était procuré une invitation et, après avoir travaillé encore un moment au rapport destiné à Gunn, il rentra chez lui se changer. En passant devant sa bibliothèque, il répéta un geste familier et laissa ses doigts courir sur le dos de ses volumes soigneusement alignés ; il lui semblait qu'Aristote, Dante, Locke s'adressaient à lui.

Cette fascination d'Austin pour les grands philosophes remontait à ses années de collège et à l'influence d'un professeur qui avait su y intéresser ses élèves. Plus tard, la philosophie l'aida à se distraire de son travail et à jeter la lumière sur les recoins les plus sombres de l'âme humaine. Dans le cadre de ses missions, Austin avait dû tuer ou blesser des êtres humains. Son sens du devoir, de la justice et son instinct de conservation l'avaient protégé d'un doute paralysant et peut-être dangereux. Mais Austin n'était pas un être insensible et la philosophie le guidait dans l'examen du bien-fondé de ses actes.

Il choisit dans les rayonnages un volume épais, alluma la stéréo qui déversa bientôt les notes fluides du saxophone de John Coltrane, puis s'installa sur la terrasse pour chercher une citation à laquelle il pensait depuis que MacDougal avait parlé du *Nietzsche.*

Que ceux qui chassent les monstres veillent à ne pas, en chemin, les imiter. Et qu'ils n'oublient pas que quand on regarde dans l'abîme, l'abîme aussi vous regarde.

Il resta pensif quelques instants, se demandant s'il avait vu l'abîme ou, plus important, si l'abîme le regardait. Puis il referma le livre, le rangea sur l'étagère et se prépara pour la soirée.

24

UNE grande bannière indiquant « HABITANTS DU GRAND NORD GLACÉ » était tendue au-dessus de l'entrée du Musée national d'Histoire naturelle. Pour qu'on ne se trompe pas sur l'objet de l'exposition, on avait peint des personnages encapuchonnés de parkas en fourrure et qui, montés sur des traîneaux tirés par des chiens, traversaient un paysage arctique menaçant à l'horizon duquel se profilaient d'énormes icebergs.

Austin passa sous les colonnes du portique et avança dans la vaste rotonde octogonale du musée. Au centre se dressait un chef-d'œuvre de taxidermie, un éléphant d'Afrique chargeant dans une savane imaginaire et écrasant de ses douze tonnes l'étudiante toute frêle plantée sous la trompe dressée et qui, souriante, lui tendit un programme.

— Bonsoir, fit-elle. (Elle portait une version légère de la tenue esquimaude traditionnelle.) Soyez le bienvenu à l'exposition Habitants du Grand Nord glacé. Les premières vitrines se trouvent derrière cette porte. Toutes les vingt minutes sera projeté dans la salle Imax un film sur la culture esquimaude ; les concours de chiens de traîneaux et de lancer de harpons commenceront sur l'esplanade dans un quart d'heure à peu près. Ce devrait être passionnant !

Austin la remercia et suivit le flot des invités devant les vitrines emplies d'objets d'art esquimau; sculptures sur ivoire, couteaux de chasse et instruments de pêche, costumes et bottes de peaux protégeant des températures les plus froides de l'Arctique, traîneaux, canoës et baleinières de bois, le tout baigné par une mélodie plaintive rythmée par le battement d'un tam-tam.

Dans la foule se croisaient, comme d'habitude, hommes politiques, bureaucrates et journalistes. Bien qu'universellement connue, Washington reste une petite ville et Austin reconnut de nombreux visages; il discutait avec un historien du musée de la Marine passionné de kayak quand il entendit qu'on l'appelait : Angus MacDougal fendant la foule s'approchait d'Austin pour le prendre par le bras.

Il entraîna Austin vers un homme très digne aux cheveux gris qu'il lui présenta comme étant Charles Gleason, le commissaire de l'exposition.

— J'ai dit à Chuck que vous vous intéressez aux Esquimaux, dit MacDougal.

— A vrai dire, ils préfèrent qu'on les appelle « Inuits », ce qui signifie « le Peuple », enchaîna Gleason. « Esquimaux » – « mangeurs de chair crue » – était le nom que les Indiens leur avaient donné. Eux-mêmes se désignaient comme « Nakouruk », qui signifie « bon », précisa-t-il en souriant. Pardonnez-moi ce petit cours : j'ai enseigné à l'université pendant tant d'années que le pédagogue réapparaît toujours en moi.

— Ne vous excusez pas, je ne résiste jamais à l'occasion d'apprendre quelque chose de nouveau, le remercia Austin.

— C'est très aimable de votre part. Avez-vous des questions sur l'exposition ?

— Je m'interrogeais sur l'organisateur, répondit Austin. (Un panneau précisait que ces objets avaient été prêtés par Oceanus et il décida de tenter sa chance :) J'ai entendu dire que le patron d'Oceanus s'appelle Tounouk.

— Tounouk ?

— C'est cela.

— Vous parlez sérieusement ? fit Gleason en lui lançant un regard méfiant.

— Tout à fait. J'aimerais beaucoup rencontrer ce monsieur.

Gleason lui répondit par un demi-sourire étrange en même temps qu'il émettait un son qui hésitait entre le gloussement et le ricanement. Puis, incapable de se maîtriser, il éclata de rire.

— Pardonnez-moi, hoqueta-t-il, mais je ne parlerais pas de Tounouk comme d'un monsieur. Tounouk désigne chez les Inuits un mauvais esprit, à la fois créateur et destructeur.

— Tounouk serait un nom mythologique?

— Exactement. Les Inuits le situent dans les éléments, la mer, la terre et l'air. Chaque bruit inattendu, le craquement de la glace sous vos pas par exemple, trahit Tounouk en quête d'une victime. Le vent qui hurle comme une meute de loups affamés, c'est encore Tounouk.

Austin était consterné : selon Therri, Tounouk dirigeait Oceanus.

— Je comprends pourquoi ma remarque vous a fait rire, bredouilla Austin, gêné. Il s'agit d'un malentendu.

— Il n'y a pas de malentendu pour les Inuits, reprit Gleason. Quand ils voyagent seuls, ils se tiennent toujours à l'affût de Tounouk et brandissent un couteau en os pour l'éloigner.

Le regard d'Austin se posa derrière l'épaule de Gleason.

— Comme le couteau exposé dans cette vitrine?

Gleason tapota la vitre devant la lame blanche sculptée avec soin.

— C'est une pièce très rare, très inhabituelle.

— Comment cela?

— La plupart de ces couteaux servaient essentiellement à dépouiller les animaux. Celui-ci a été fabriqué uniquement pour tuer d'autres êtres humains.

— Bizarre, s'étonna Austin. Les Esquimaux n'avaient-ils pas la réputation d'un peuple pacifique et bon enfant?

— Parfaitement. Mais habitations exiguës et environnement difficile favorisent la violence. Aussi avaient-ils conçu des rites destinés à établir la coopération indispensable à leur survie et à éviter l'agressivité.

— Ce qui ne semble pas être le cas de ce poignard.

— Les Inuits, poursuivit Gleason en hochant la tête, ressentent les mêmes sombres passions que le reste de l'humanité. Cette arme provient d'une tribu probablement venue de Sibérie à l'époque préhistorique pour s'installer dans le nord du Québec ; elle a brisé ce code de paix, pratiquant le viol, le pillage, les sacrifices humains... Les autres communautés se sont regroupées pour chasser ceux qu'ils appelaient les « Kiolya ».

— Ça ne me dit rien.

— C'est ainsi que les Inuits désignent l'aurore boréale, que les peuples de l'Arctique considèrent comme la manifestation du mal. Le véritable nom de la tribu, personne ne le connaît.

— Qu'est-il advenu des Kiolya ?

— Ils se sont dispersés à travers le Canada, la plupart s'installant dans les villes où leurs descendants se sont spécialisés dans des activités criminelles : principalement tueurs à gages et extorsions de fonds. Quelques-uns avaient conservé leurs vieilles coutumes tribales, comme les tatouages verticaux sur les pommettes, jusqu'au jour où ils ont compris que cela permettait à la police de les identifier facilement.

— Je suis curieux. Comment se monte une exposition comme celle-ci ?

— De plusieurs façons différentes. Dans le cas présent, c'est une agence de relations publiques émanant d'Oceanus. Les responsables tenaient beaucoup à initier le public à la culture inuite ; ce projet leur étant cher, ils en assumaient l'organisation et les frais. Difficile de résister. C'est un spectacle fascinant, vous ne trouvez pas ?

Austin contempla le poignard kiolya, identique à l'arme qui lui avait ouvert la poitrine dans l'établissement de pisciculture des îles Féroé, et revit les tatouages verticaux sur le visage de l'homme qui le brandissait.

— Fascinant en effet, acquiesça-t-il.

— Faute d'être en mesure de vous présenter à Tounouk, je vous propose de vous faire rencontrer le représentant d'Oceanus.

— Il est ici ?

— Dans la salle du diorama, je viens de lui parler. Suivez-moi.

On avait baissé les lumières pour simuler la nuit arctique et des lasers projetaient au plafond le spectacle d'une aurore boréale. Seul devant un écran montrant une chasse aux phoques se tenait un gaillard bien bâti au crâne rasé. Ses lunettes noires masquaient son regard.

Gleason s'approcha de lui et dit :

— Docteur Barker, j'aimerais vous présenter Kurt Austin. M. Austin appartient à la National Underwater and Marine Agency. Vous devez en avoir entendu parler.

— Il n'y a, je pense, que les extraterrestres à ne pas connaître la NUMA.

Ils échangèrent une poignée de main – une pièce de bœuf congelée, se dit Austin.

— J'espère, dit Gleason à Kurt, que le docteur goûtera notre petite plaisanterie : M. Austin croyait que le patron d'Oceanus s'appelait Tounouk.

— M. Gleason, intervint Austin, m'a expliqué que Tounouk n'était pas un homme mais un mauvais esprit.

Barker considéra Austin à travers les verres sombres de ses lunettes.

— C'est plus compliqué que cela, répondit-il. Tounouk est en effet considéré comme maléfique dans la littérature inuite, l'incarnation de ce savant jeu de lumière que vous voyez au plafond. Mais, comme bien d'autres dans l'humanité, les peuples du Nord adoraient ce qu'ils craignaient le plus.

— Tounouk est donc un dieu.

— Quelquefois. Mais je peux vous assurer que le patron d'Oceanus, quant à lui, est tout à fait humain.

— J'entends bien. Mais quel est alors son vrai nom ?

— Il préfère garder son identité secrète. Aussi ne vous gênez pas pour l'appeler Tounouk, ses concurrents l'ont appelé de noms bien pires. Il évite le feu des projecteurs et laisse ses employés le représenter. Pour ma part, je travaille pour la société d'Aurora, une filiale d'Oceanus.

— Quel genre de travail faites-vous pour Aurora?

— Je suis généticien.

— On est loin ici de la génétique, fit Austin en jetant un coup d'œil autour de lui.

— J'aime sortir de mon labo. C'est moi qui ai suggéré à Oceanus de patronner cette exposition. Je m'intéresse directement aux Kiolya. Mon arrière-arrière-grand-père était capitaine de baleinier en Nouvelle-Angleterre. Il a séjourné dans la tribu et a tenté d'arrêter la chasse aux phoques qui a amené sa dissolution.

— M. Gleason m'a expliqué que les autres Esquimaux ont chassé les Kiolya parce que c'étaient des voleurs et des meurtriers.

— Ils ont fait ce qu'ils devaient pour survivre, précisa Barker.

— J'aurais été ravi de poursuivre cette discussion, mais vous allez devoir m'excuser : l'un de mes assistants a besoin de mon attention, coupa Gleason. Passez-moi un coup de fil un de ces jours, monsieur Austin, et nous pourrons bavarder à loisir.

Une fois Gleason parti, Austin reprit :

— Dites-moi, docteur Barker, quel genre d'activité pratique donc Oceanus pour avoir besoin des services d'un généticien?

Le sourire figé disparut.

— Allons, Austin, nous sommes seuls, inutile de continuer à jouer la comédie. Vous savez pertinemment ce que fait Oceanus. Vous vous êtes introduit par effraction dans nos installations des îles Féroé; vous y avez causé pas mal de dégâts et tué un de mes hommes. Je ne l'oublierai pas.

— Fichtre, s'exclama Austin, vous m'étonnez! De toute évidence vous me confondez avec quelqu'un d'autre.

— Je ne crois pas. La presse danoise a publié partout la photo du héros qui avait sauvé des marins danois après la collision.

— Collision provoquée par votre société, souligna Austin, cessant de faire semblant.

— Et qui aurait marché si vous n'étiez pas intervenu. (La voix douce et cultivée avait cédé la place à un grognement déplaisant.) Enfin, c'est fini maintenant. C'est la dernière fois que vous intervenez dans mes affaires.

— Vos affaires? Je vous croyais un simple employé d'Oceanus, docteur Barker... ou Tounouk peut-être?

Barker ôta ses lunettes et fixa sur Austin le regard de ses yeux gris pâle.

— Ce que je suis n'a aucune importance, en revanche ce que je suis a une influence directe sur votre avenir : je suis l'instrument de votre mort. Retournez-vous.

Austin jeta un coup d'œil par-dessus son épaule : deux hommes au teint basané se tenaient derrière lui, lui barrant le passage ; ils avaient refermé la porte pour empêcher les autres invités d'entrer. Austin se demanda s'il valait mieux pousser Barker dans la vitrine ou forcer le passage entre les deux cerbères ; aucune de ces solutions ne lui plaisait, il en cherchait une troisième quand on frappa à la porte : MacDougal passa la tête à l'intérieur.

— Salut, Kurt, lâcha-t-il. Désolé de vous déranger : je cherche Charlie Gleason.

— Pas du tout, fit Austin. (MacDougal n'était pas à proprement parler la cavalerie, mais il ferait l'affaire.)

Les gardes regardèrent Barker ; il chaussa ses lunettes et, glacial, salua Austin avant de se diriger vers la porte, flanqué de ses sbires. Une seconde plus tard, les trois hommes s'étaient perdus dans la foule.

MacDougal ne resta pas longtemps avec Austin. Il repéra presque aussitôt un sénateur ami du Smithsonian et se précipita pour lui arracher une subvention. Austin se mêla aux autres invités jusqu'à l'annonce des courses de traîneaux. Il repartait vers la rotonde quand il aperçut une cascade de cheveux châtains tombant sur des épaules nues : Therri avait dû sentir son regard, car elle se retourna en lui jetant un regard furibond. Finalement, elle sourit.

— Kurt, quelle heureuse surprise ! lança-t-elle en le toisant de la tête aux pieds. Vous êtes très élégant dans votre smoking !

Austin ne s'attendait pas à un accueil aussi amical après leur entrevue houleuse sur Roosevelt Island.

— Merci, répondit-il. J'espère qu'il ne sent pas trop la naphtaline.

— A vrai dire, vous sentez très bon, déclara-t-elle en rajustant un des revers de sa veste.

— Vous aussi. Cet échange de compliments fleuris signifie-t-il que nous revoilà amis ?

— Je n'ai jamais été en colère contre vous. Frustrée, peut-être, déplora-t-elle avec une moue que démentait son regard pétillant. (Elle ne parvenait pas à masquer une sensualité latente.) Décidons d'une trêve et repartons à zéro.

— Avec plaisir.

Therri jeta un coup d'œil autour d'elle.

— Je me demande ce qui vous a amené à cette réception.

— La même raison que celle qui vous y a attirée. Je suis certain que vous avez déjà noté que tous les objets exposés appartiennent ici à Oceanus.

— C'est précisément la raison de notre présence ici. (Therri jeta un coup d'œil vers la bordure de la rotonde où se tenait Ben Nighthawk. Mal à l'aise dans son smoking et ne sachant que faire de ses mains, il se dandinait d'un pied sur l'autre. Elle lui fit signe d'approcher.) Vous vous souvenez de Ben, reprit Therri.

— Enchanté de vous revoir, fit Austin en lui serrant la main. Beau smoking.

— Merci, fit Nighthawk sans enthousiasme. Je l'ai loué. (Il promena un regard circulaire sur les autres invités.) Je me sens un peu hors de mon élément.

— Ne vous inquiétez pas, le rassura Austin. La plupart de ces personnes ne viennent à ces réceptions que pour le buffet et les cancans.

— Ben a accepté de m'accompagner, expliqua Therri. Marcus le lui a suggéré parce qu'il pense qu'un détail, un objet, pourrait l'aider à se rappeler.

— Et alors ?

— Rien pour l'instant, reconnut Therri. Et vous ? Avez-vous appris quelque chose ?

— Oui, lâcha-t-il avec un sourire crispé. J'ai appris que vous ne tenez pas compte des mises en garde.

— C'est de l'histoire ancienne, débita patiemment Therri, comme face à un enfant assommant.

Austin surprit son regard de défi et décida de ne pas perdre son temps à essayer de la faire changer d'avis.

— Je vais voir les courses de traîneaux. Voulez-vous m'accompagner ?

— Merci, dit-elle en prenant le bras de Nighthawk. Nous nous y rendions nous aussi.

Un guide leur indiqua le chemin. On avait arrêté la circulation sur Madison Drive pour permettre aux spectateurs de traverser jusqu'au Mall. On distinguait sous les feux des projecteurs les tourelles rouges du Smithsonian de l'autre côté de la grande pelouse. En direction du Potomac, l'obélisque blanc du Washington Monument se dressait dans le ciel nocturne.

Des rubans jaunes de la police, brillamment éclairés par des lanternes, délimitaient une vaste section de la pelouse où des pylônes orange traçaient un rectangle. Des centaines d'invités en tenue de soirée ou de passants attirés par les lumières et l'agitation bordaient le périmètre. On apercevait quelques uniformes de gardes forestiers. Des camions alignés de l'autre côté de la piste montait le vacarme qui règne dans un chenil à l'heure de la pâtée. Puis des haut-parleurs diffusèrent une voix masculine qui noya les jappements et les aboiements.

— Mesdames et messieurs, dit le présentateur, bienvenue à l'exposition Habitants du Grand Nord glacé. Vous allez assister à la partie la plus excitante du spectacle, la course de traîneaux. En réalité, la démonstration va au-delà d'une simple course : les concurrents appartiennent à deux communautés distinctes d'Inuits du Canada et s'apprêtent à mettre en évidence les qualités indispensables pour survivre dans l'Arctique. Le chasseur doit se précipiter sur le gibier et utiliser son harpon avec une précision sans faille. Comme vous le savez nous n'avons pas beaucoup de neige à Washington à cette époque de l'année. (Il marqua un temps pour permettre les rires.) Les traîneaux se déplaceront donc sur des roues plutôt que sur des patins. Profitez bien du spectacle !

Des silhouettes s'agitèrent autour des camions, puis se divisèrent en deux groupes, chacun poussant un traîneau vers une ouverture dans l'enclos fermé par les rubans jaunes – l'un bleu vif et l'autre rouge comme une voiture de pompiers – jusqu'au point de départ où on les disposa côte à côte. On fit alors sortir les chiens et on leur passa les harnais tandis que leurs aboiements allaient crescendo. Aussitôt attelées, les équipes – neuf chiens, répartis en quatre couples et un chien de tête – exerçaient une traction telle que, malgré les freins serrés et la poigne des maîtres-chiens, les traîneaux commençaient à glisser.

Les deux mushers apparurent alors et grimpèrent chacun sur son traîneau. Quelques secondes plus tard retentit le starter : les mushers lancèrent des ordres, les chiens enfoncèrent leurs pattes dans le sol et les traîneaux démarrèrent comme des fusées jumelles. Au premier virage, les attelages pourtant partis à fond, les conducteurs ralentirent pour éviter les ornières de la piste herbeuse. Cela n'alla pas sans quelques dérapages, mais les traîneaux reprirent la course toujours côte à côte.

Ils entamèrent à fond de train la section où se tenait Austin, derrière le ruban jaune, près de Therri et de Ben. Les mushers encourageaient les bêtes à grands claquements de langue. Comme la soirée était douce, ils ne portaient pas de parkas de fourrure mais un pantalon moulant enfoncé dans leurs bottes ; la sueur luisait sur leurs torses nus.

La plate-forme des traîneaux – une toile métallique de près de deux mètres de long sur plus d'un mètre de large entourée par quatre enveloppes de pneus d'avion – reposait sur des tubulures métalliques utilisées pour faire glisser les patins lors du dressage canin en l'absence de neige. Les conducteurs dirigeaient les engins grâce à un petit volant fixé à l'extrémité d'un tube métallique. Debout, les pieds reposant sur d'étroites extensions de chaque côté de la plate-forme, ils inclinaient le buste pour offrir moins de résistance au vent et abaisser le centre de gravité.

Les concurrents abordèrent côte à côte le troisième virage. Le traîneau rouge tenait la corde ; son musher, virant très serré, lui fit mordre le bord de la piste et les roues intérieures se soulevèrent de quelques centimètres, ce que le conducteur compensa habilement par le poids de son corps et un léger coup de frein. Le musher du traîneau bleu exploita ce coup manqué : sans profiter de la place, il vira avec une habileté telle qu'il se lança dans la ligne droite avec un quart de longueur d'avance. La foule poussa des vivats qui redoublèrent quand le traîneau bleu porta son avance à une demi-longueur. Encore quelques mètres et il parviendrait à passer devant le rouge ; lui bloquant le passage, il contrôlerait la course. Lançant de fréquents coups d'œil par-dessus son épaule, il guettait l'occasion : il la trouva dans le quatrième et dernier virage qu'il attaquait à l'extérieur. Sa trajectoire et sa vitesse, parfaites, le placèrent entièrement devant le traîneau rouge qui, virant soudain à droite accrocha de sa roue avant la roue arrière gauche de son rival. Sous le choc, le traîneau bleu fit une embardée : le musher lutta pour le contrecarrer tandis que les chiens, sentant la secousse imminente, s'efforcèrent de la compenser en tirant avec plus d'ardeur, mais la force centrifuge fut la plus puissante. Déséquilibré le léger traîneau bleu se dressa sur deux roues et bascula, projetant le musher comme un homme-canon ; il heurta violemment la pelouse, fit quelques tours sur lui-même et ne bougea plus. Les chiens continuèrent à courir jusqu'au moment où, ne pouvant plus avancer davantage, ils commencèrent à se battre entre eux. Les maîtres-chiens plongèrent sous le ruban jaune pour les calmer tandis qu'on se précipitait au secours du blessé.

Bien qu'il eût d'ores et déjà course gagnée, le musher du traîneau rouge fila sans ralentir jusqu'à la ligne d'arrivée. Le traîneau glissait encore quand il sauta à terre et empoigna un harpon dans un tonneau. Sans même prendre le temps de viser, il le lança vers une cible installée près de la piste – il mit dans le mille –, il tira alors une hachette de sa ceinture et répéta son exploit.

Le vainqueur leva les poings en poussant un hurlement victorieux puis il fit un tour de piste en paradant, un sourire méchant aux lèvres. Son arrogance ne laissait aucun doute : la collision n'était pas accidentelle. Des huées jaillirent alors de la foule abasourdie et, pour manifester leur désapprobation, les invités, écœurés, commencèrent à revenir vers le musée.

Le musher vainqueur se tourna vers eux, les bravant du regard il cherchait quelqu'un d'assez courageux ou d'assez insensé pour relever le défi quand il s'arrêta sur Austin. Ses yeux sombres se plissèrent. Austin se crispa : à quelques pas de lui se tenait son agresseur, celui qui l'avait blessé d'un coup de couteau et qui avait lancé une grenade dans son bateau à la Porte des Sirènes. Austin n'avait nul besoin du tatouage vertical sur les pommettes ni du nez qu'il avait mutilé pour reconnaître l'individu : la haine qui brûlait dans son regard sauvage suffisait.

Au milieu du visage large et sombre, les grosses lèvres formèrent sans rien dire un mot : Austin.

Austin resta stupéfait en constatant que l'homme connaissait son nom, mais il dissimula sa surprise et lança, avec toute l'ironie dont il était capable :

— Ça fait longtemps qu'on ne s'est pas vus, Nanouk. Pas mal l'opération de chirurgie plastique que j'ai pratiquée sur ton joli minois.

Le musher s'approcha encore, séparé seulement par le ruban jaune, et Austin sentait son haleine fétide.

— Je m'appelle Umealiq, lança-t-il, et je veux que tu t'en souviennes quand tu me supplieras de t'épargner.

— Je comprends que tu sois mécontent de mon travail, répondit Austin d'un ton paisible. Reconnais que le terrain n'était pas fameux. Rembourse-moi seulement mon bateau, celui que tu as fait sauter, et nous serons quittes.

— De moi, tu n'obtiendras que la mort, ricana le sinistre individu, ses doigts épais commençant à dégainer son poignard.

La plupart des spectateurs étaient partis ; quelques-uns cependant observaient la scène, ce qui, se dit Austin, n'empêcherait pas l'homme de le tuer. Aussi, serrant les poings, s'apprêtait-il à le frapper sur son nez cassé, là où ce serait particulièrement douloureux, quand Ben Nighthawk se jeta sur le musher. L'Indien était trop léger et son placage trop incertain pour provoquer beaucoup de dégâts : le musher poussa un grognement et vacilla légèrement ; d'un coup puissant, il écarta Nighthawk.

La main sur le couteau, il fit un pas en avant mais une brusque agitation le figea sur place : le conducteur du traîneau bleu, le visage maculé de sang et de boue, traversait la pelouse, escorté de plusieurs maîtres-chiens furieux. Umealiq se retourna pour leur faire face. Ils échangèrent quelques propos véhéments, discutant sans doute de la tactique de la course. Lançant un dernier regard furibond à Austin, le musher du traîneau rouge se fraya un chemin parmi les autres et s'éloigna vers les camions.

Therri, agenouillée, s'occupait de Nighthawk qui n'avait écopé que d'un œil au beurre noir.

— C'est le meurtrier de mon cousin ! s'écria-t-il en se relevant.

— Tu en es certain ? demanda Therri.

Nighthawk fixait un regard hébété sur la silhouette qui s'éloignait et se précipita d'un pas incertain. Austin le devança et lui barra la route.

— Ses copains et lui vous tueront.

— Je m'en fiche !

— Ce n'est pas le moment, le dissuada Austin d'un ton ferme.

Nighthawk comprit que sa détermination ne suffirait pas et, jurant dans sa langue, il partit vers le musée.

— Merci d'avoir arrêté Ben, dit Therri. Nous devrions prévenir la police.

— Ce n'est pas une mauvaise idée mais je crains que ne surgisse un problème.

Un groupe d'hommes traversait la pelouse, venant du musée. A leur tête, la haute silhouette du Dr Barker. Il salua Austin comme un vieux camarade.

— Content de vous revoir, Austin. Je m'arrêtais pour vous dire adieu.

— Merci, mais je ne vais nulle part.

— Oh, mais si ! Umealiq vous attend avec votre amie ; il veut vous apprendre pourquoi il s'appelle comme le harpon à tête de pierre que les Inuits utilisent pour chasser le phoque, précisa-t-il en lui montrant du doigt l'endroit où l'autre l'attendait. Puis, escorté de deux gardes du corps, il se dirigea vers une longue limousine, laissant derrière lui le reste de la troupe.

En comptant ceux qui sortaient en courant des camions, Austin arriva à une vingtaine de gaillards : il n'avait pas l'avantage du nombre ! Les perspectives s'aggravèrent quand deux hommes éteignirent les lanternes qui illuminaient la piste.

Le vaste champ de course était désert ; seule présence policière, l'agent de la circulation qui arrêtait les voitures sur Madison Drive pour permettre aux invités de regagner le musée. Austin suivit du regard les ombres qui évoluaient sur la pelouse, exécutant une manœuvre classique d'encerclement.

Il prit le bras de Therri pour tenter de la guider vers le musée, mais les hommes de Barker lui barraient le chemin. Dans cette reprise de la scène de Copenhague, Austin ne disposait cette fois d'aucun couvercle de poubelle. Il aperçut quelques badauds et même deux gardes forestiers qui traversaient la pelouse sans se rendre compte du drame qui se déroulait, mais il décida de ne pas appeler à l'aide, car il les mettrait en danger.

Une seule lumière était restée allumée. Planté dans ce cercle lumineux, comme un acteur sous le feu d'un projecteur, se tenait Umealiq, la main posée sur le fourreau de son poignard. Les hommes se rapprochaient. Austin n'avait plus le choix : il prit la main de Therri et tous deux s'avancèrent lentement vers une mort inéluctable.

25

La mort avait beau rôder autour de lui, Austin gardait une sérénité stupéfiante : il avait commandé à son cerveau de passer à une sorte de vitesse mentale surmultipliée; ses synapses crépitaient mais une voix intérieure ralentissait le cours de ses pensées, lui permettant d'assimiler calmement les détails que lui apportaient ses sens tandis que se formulait un plan d'action.

Deux éventualités s'offraient à Therri et à lui : un signal de leur chef, et les hommes qui les prenaient en tenaille les tailleraient en pièces avec leurs hachettes ou – et c'était probable, estimait Austin – Gueule cassée se chargerait lui-même du travail comme il l'avait promis. Austin travaillait donc sur une troisième option qui ne devait pas être décelable, aussi jetait-il autour de lui des regards craintifs pour donner l'impression d'être en proie à l'affolement mais aussi pour calculer leurs chances.

Therri lui serra la main à lui faire mal aux jointures.

— Kurt, que faut-il faire? demanda-t-elle d'une voix qui tremblait un peu.

Austin trouva dans sa question un certain soulagement. Loin d'avoir perdu tout espoir, Therri cherchait, elle aussi, un moyen de se tirer de ce mauvais pas; sa détermination laissait entendre qu'elle avait des réserves : elle en aura besoin, songea Austin.

— Continuez à marcher en pensant que vous vous promenez dans un parc.

— Vous parlez d'une promenade ! rétorqua Therri en lançant un regard en coulisse à leur escorte silencieuse. Vous parlez d'un parc ! Enfin, je retrouve l'ambiance de notre rendez-vous de Copenhague !

Encore un bon signe, cette pointe d'humour.

— Quand je dirai « mush », suivez-moi.

— « Mush » ?

— Exactement. Ne me quittez pas d'une semelle. Où que j'aille, restez sur mes talons.

Therri acquiesça et ils continuèrent de progresser lentement jusqu'à se rapprocher suffisamment de Gueule cassée pour distinguer les diamants noirs de son regard impitoyable brillant sous la courte frange. Ses acolytes, cherchant sans doute à accroître la terreur de leurs victimes, avaient adopté l'allure d'un cortège funèbre – impression renforcée par leurs combinaisons noires. Pour Austin, ils n'étaient que des obstacles dangereux qu'il lui faudrait écarter ou éviter. Toute son attention se concentrait sur sa gauche, sur le traîneau rouge, abandonné sans surveillance, et les chiens, assis ou affalés sur l'herbe, les yeux mi-clos. Austin prit une profonde inspiration, il s'agissait de bien calculer son coup.

Gueule cassée réagit le premier : sa main descendit vers le manche de son couteau en os toujours dans son fourreau et un sourire plissa sa bouche cruelle ; il émit quelques mots dans une langue inintelligible qui attirèrent un instant l'attention de ses hommes qui le regardèrent.

Austin serra la main de Therri.

— Prête ? chuchota-t-il. Elle répondit d'une pression des doigts.

— *Mush !*

Austin fit un pas vers la gauche, tirant violemment Therri par le bras, et plongea vers une brèche dans l'alignement des hommes en noir qui, voyant leurs proies foncer, s'efforcèrent de se rapprocher ; la brèche se rétrécissait. Au dernier moment, Austin changea de direction et lâcha la main de Therri pour percuter à l'estomac le garde qui se trouvait sur sa gauche, il avait mis tout son poids dans son épaule et l'homme émit un son curieux avant de se plier en deux. Austin rebondit et se redressa juste à temps pour frapper de l'autre épaule un deuxième garde qui chargeait, une hachette à la main : l'impact le déséquilibra et il laissa tomber son arme dans l'herbe. Therri se trouvait juste derrière Austin et, en quelques pas, ils furent près du traîneau. Les chiens dressèrent l'oreille et Kurt se cramponna au cadre de l'engin pour qu'ils ne démarrent pas en trombe. Il n'eut pas besoin de parler, Therri s'était précipitée sur la plate-forme ; assise les jambes tendues en avant, les mains serrant les montants devant elle. Austin desserra le frein.

– Allez ! lança-t-il avec une autorité telle que l'attelage n'attendit pas l'ordre en inuit.

L'art de conduire un traîneau ne faisait malheureusement pas partie des quelques talents terriens que possédait ce marin. Il avait fait quelques tentatives lors de trajets à ski et s'était retrouvé deux ou trois fois le nez dans des congères ; il avait alors découvert que cela n'était pas aussi simple qu'il y paraissait : il fallait se tenir en équilibre sur des patins aussi étroits que des lames de couteau tout en maîtrisant une meute d'animaux bien proches encore de leurs frères loups. Bien que courtes, les pattes des chiens de traîneaux soudés en attelage développaient une force extraordinaire.

Il savait aussi que le conducteur doit se comporter en chef de meute s'il veut que ces chiens entêtés réagissent à ses ordres. Avant même qu'il eût parlé, l'attelage était debout. La bride se tendit, et le volant faillit lui échapper des mains. Austin fit quelques pas en courant tout en poussant l'engin puis il sauta à bord et laissa les chiens faire le travail. Ils aboyaient à tout rompre, ravis de reprendre la course, leur exercice favori.

Tout cela n'avait pris que quelques secondes. Les hommes de Gueule cassée essayèrent bien de barrer la route au traîneau mais les chiens étaient trop rapides. Ils aboyaient allègrement et distançaient leurs poursuivants. Une fois hors d'atteinte, Austin tenta quelques expériences de conduite : « hue » et « dia », constata-t-il avec plaisir, passaient très bien – son attelage était polyglotte. La direction exigeait un toucher léger, surtout dans les courbes. Un virage pris trop serré et le traîneau filait comme la mèche d'un fouet même si le poids des deux passagers maintenait les quatre roues sur le sol.

Leur charge les ralentissait aussi. Austin n'avait pas envisagé cela comme un problème, convaincu qu'il sèmerait un homme à la course, surtout Gueule cassée et ses sbires, tous courtauds. Sa belle assurance se dissipa quand il découvrit derrière lui qu'Umealiq le poursuivait sur l'autre traîneau. Austin quitta la pelouse pour s'engager sur une allée goudronnée et prit de la vitesse grâce à l'asphalte bien lisse ; seulement il devait sans cesse contourner des obstacles, comme dans un slalom – il manqua de peu un jeune couple, avant de frôler un promeneur avec un caniche qui se mit à aboyer furieusement ; il obligea une patineuse à se réfugier sur le gazon et elle l'accabla d'injures. Mais faisant fi des cris furieux et des imprécations, le traîneau continuait de plus belle. Austin calcula que les chiens ne tiendraient plus longtemps en courant à fond de train : habitués qu'ils étaient à courir dans le froid et la neige, leur épaisse fourrure ne tarderait pas à leur tenir trop chaud dans la douceur du soir. Il jeta un coup d'œil pour s'orienter : ils se rapprochaient du Smithsonian et Umealiq avait gagné du terrain.

— Doucement ! ordonna-t-il aux chiens.

— Qu'est-ce que vous faites ? s'écria Therri.

— Descendez !

— Quoi ?

— Descendez et courez vers les endroits éclairés autour du Smithsonian. Je ne peux pas le distancer avec vous à bord, et c'est à moi qu'il en veut vraiment.

Comprenant le danger, Therri maîtrisa sa tendance naturelle à discuter et sauta ; elle roula sur le sol, se releva aussitôt et se mit à courir. Sur un ordre d'Austin, l'attelage s'élança et tourna à angle droit sur une autre allée. Plus léger, le traîneau réagissait mieux. Cependant la courte halte pour mettre Therri en sûreté avait permis à Umealiq de gagner du terrain.

Austin essuya du revers de sa manche la sueur qui l'aveuglait et jeta un coup d'œil par-dessus son épaule. Gueule cassée avait réduit de moitié la distance qui les séparait. Austin, après avoir évité un nouveau piéton, distingua, droit devant lui, la pointe blanche du monument à Washington, autour duquel des soldats montent toujours la garde ; hélas, les chiens commençaient à se fatiguer et il n'arriverait jamais jusque-là. Il encouragea l'attelage d'un claquement de langue comme l'avaient fait les mushers durant la course.

Des voitures passaient dans la rue qui coupait l'allée devant lui. Avec un peu de chance, il pourrait mettre entre Gueule cassée et lui le flot de la circulation. Le traîneau déboucha sur le trottoir et Austin s'élança vers une ouverture qu'il avait repérée entre deux voitures en espérant se faufiler jusqu'au trottoir d'en face. Les chiens hésitèrent, mais il les encouragea de la voix. Les pattes du chef de la meute avaient quitté le trottoir quand une de ces innombrables limousines qui patrouillaient dans les rues de Washington surgit de nulle part et lui coupa le passage.

Austin donna un brusque coup de volant, mais le chien de tête avait déjà changé de direction et, filant vers la droite, entraînait derrière lui l'attelage et le traîneau qui prit de la gîte comme un voilier qui serre le vent. Austin réussit à compenser avec son poids et l'engin retomba sur ses quatre roues. Les chiens couraient maintenant le long du trottoir. Gueule cassée avait viré de bord lui aussi et suivait, à quelques mètres.

Les deux traîneaux filaient, rappelant les chars de *Ben-Hur*. Les chiens zigzaguaient d'eux-mêmes au milieu des piétons : Austin, reconnaissant leur supériorité, leur avait pratiquement laissé le contrôle ; il s'efforçait simplement de ne pas perdre l'équilibre. C'est alors que Gueule cassée leva la main et braqua un pistolet sur Austin.

Celui-là se sentit pousser une cible sur le front. Cependant faire mouche ne serait pas facile : Gueule cassée tenait le volant de la main gauche et le pistolet de la droite. Faute d'être stabilisé par le volant, le traîneau zigzaguait et Gueule cassée n'arrivait pas à viser. Il tenta quand même sa chance.

La balle manqua Austin, ce qui ne le rassura pas pour autant. Gueule cassée s'obstinerait jusqu'à ce qu'il ait vidé son chargeur et risquait de toucher un passant, à défaut de sa cible. Instinctivement, il effleura le frein et fut donc légèrement dépassé. S'inspirant alors des coups fourrés d'Umealiq qu'il avait observés pendant la course, Austin vira sur la droite. Sa roue avant heurta la roue arrière de Gueule cassée qui dut lutter pour garder le contrôle. La manœuvre était risquée, mais elle donna l'effet escompté. Ne tenant le volant que d'une main trempée de sueur, Gueule cassée ne pouvait empêcher les roues avant du traîneau de tourner sur elles-mêmes et de se mettre en travers. L'engin fit un tête-à-queue puis se retourna; Gueule cassée dégringola et le pistolet lui échappa des mains. Son attelage tira encore un moment le traîneau renversé avant de s'apercevoir que cela ne servait à rien.

Austin n'était pas d'humeur à fêter cela : son attelage se dirigeait vers Constitution Avenue et, affolé par le coup de feu et énervé par la façon désordonnée de conduire de son musher, n'obéit pas à son ordre de stopper. Austin se résolut à suivre le mouvement, et l'attelage fonça dans le flot de la circulation.

L'engin quitta le trottoir et retomba lourdement sur ses quatre roues. Austin en eut la mâchoire ébranlée. Puis un hurlement épouvantable et un 4 x 4 gros comme une maison freina à mort, sa lourde calandre chromée à quelques centimètres d'Austin qui distingua le visage horrifié du conducteur et sa perplexité en découvrant qu'il était possible de croiser sur l'artère la plus animée de Washington un traîneau piloté par un homme en smoking.

Austin n'avait plus qu'à tenir bon malgré les crissements de freins, le choc sourd des voitures qui s'emboutissaient les unes les autres et l'odeur de caoutchouc brûlé qui flottait dans l'air. Il traversa l'avenue sans encombre et les chiens grimpèrent sur le trottoir d'en face. Le traîneau, heureusement, avait suffisamment ralenti pour permettre à Austin de sauter avant que la carcasse ne heurte le trottoir. D'ailleurs, les chiens, épuisés, n'avaient aucune envie de continuer et s'affalèrent purement et simplement là où ils se trouvaient.

Austin se retourna pour considérer le chaos qu'il avait provoqué sur Constitution Avenue : circulation bloquée et groupes de personnes excédées échangeant numéros d'immatriculation et noms d'assureurs. Le visage ruisselant de sang, Gueule cassée, toujours sur le trottoir d'en face, tira son poignard de sa ceinture et, le serrant contre sa poitrine, descendit sur la chaussée mais dut s'arrêter en entendant un hurlement de sirène. Là-dessus, un des camions-chenils stoppa brutalement, dissimulant quelques secondes l'Esquimau ; quand il repartit une seconde plus tard, Gueule cassée avait disparu.

Austin s'approcha des chiens hors d'haleine et leur caressa la tête l'un après l'autre.

— On recommencera, leur promit-il, mais pas tout de suite.

Il épousseta les genoux et les coudes de son smoking, ce qui ne l'empêchait pas, se dit-il, de paraître sortir d'une virée prolongée. Haussant les épaules d'un air résigné, il repartit vers le musée. Therri attendait au bord de l'avenue ; son expression anxieuse disparut quand elle aperçut Austin et elle se précipita pour le prendre dans ses bras.

— Dieu merci, vous n'avez rien ! dit-elle en le serrant très fort. Qu'est-il arrivé à cet affreux type ?

— Il s'est fait ramasser par la police de Washington. Désolé de vous avoir débarquée là-bas.

— Ce n'est pas grave. Il m'est déjà arrivé qu'on me laisse tomber mais jamais depuis un traîneau en marche.

Therri lui raconta qu'après avoir été cavalièrement débarquée du traîneau, elle s'était adressée à des policiers dont la voiture était garée près du Smithsonian ; elle leur avait expliqué que son ami risquait d'être assassiné sur la grande pelouse. Manifestement, ils pensèrent qu'elle était folle mais se déplacèrent quand même pour vérifier. Elle était alors partie à la recherche de Ben, sans succès. Elle était en train de se demander ce qu'elle devait faire quand elle avait entendu les sirènes ; elle s'était alors avancée sur le boulevard et l'avait vu qui arrivait. Un taxi les ramena à leurs voitures et ils se séparèrent sur un long baiser en se promettant de reprendre contact le lendemain.

Un véhicule bleu turquoise de la NUMA était garé dans l'allée d'Austin quand il rentra chez lui ; la porte d'entrée n'était pas verrouillée ; le quartet de Dave Brubeck jouait *Take Five*. Installé dans le fauteuil en cuir noir préféré d'Austin, un verre à la main, Rudi Gunn. Commandant en second de la NUMA, Gunn, petit, sec et nerveux, des épaules étroites, était diplômé d'Annapolis et avait été commandant dans la Marine.

— J'espère que ça ne t'ennuie pas que je me sois introduit chez toi, l'accueillit Gunn.

— Pas du tout, sinon je ne t'aurais pas donné le code.

Gunn désigna son verre.

— Je commence à être à court de pur malt, annonça-t-il avec un sourire.

— J'en parlerai au maître d'hôtel. (Austin reconnut le livre que tenait Gunn.) Je ne savais pas que tu appréciais Nietzsche.

— Je l'ai trouvé sur la table basse. Un peu lourd à digérer.

— Plus que tu ne le penses même, précisa Austin en s'approchant du bar pour se verser un verre.

Gunn reposa le volume et prit sur le guéridon un dossier relié.

— Merci de m'avoir fait parvenir ton rapport. Je l'ai trouvé bien plus intéressant que les ouvrages de M. Nietzsche.

— C'est bien ce que je pensais, dit Austin en s'installant dans un canapé.

Gunn repoussa sur son front ses grosses lunettes à monture d'écaille et entreprit de feuilleter le dossier.

— Dans des moments pareils, je me rends compte que je mène une vie vraiment assommante, observa-t-il. Tu as manqué ta vocation : tu devrais écrire des scénarios pour des jeux vidéo.

Austin avala une grande gorgée, savourant l'arôme puissant du rhum et le picotement de la bière jamaïcaine.

— Oh non ! C'est bien trop tiré par les cheveux.

— Permets-moi de ne pas être d'accord, mon vieux. Où vois-tu un scénario tiré par les cheveux quand une mystérieuse société coule des navires par télécommande ? Dans une caverne oubliée des îles Féroé aux parois couvertes de fresques extraordinaires ? Quand il s'agit d'une créature sortie des *Dents de la Mer* qui te laisse sur le cul ? (Il fut pris d'un fou rire incontrôlable.) Ça, je regrette de ne pas l'avoir vu.

— Vraiment, se lamenta Austin, le respect fout le camp.

Gunn retrouva son calme et tourna quelques pages.

— La liste est interminable : des tueurs esquimaux qui s'en

prennent aux humains et non aux phoques. Ah, oui ! et puis cette avocate qui s'acoquine avec des écologistes extrémistes. (Il leva les yeux.) Jambes longues et minces, j'imagine.

Austin songea à la silhouette de Therri.

— Longueur à peu près normale, dirais-je, mais bien galbées.

— On ne peut pas tout avoir. (Gunn reposa le dossier sur ses genoux et toisa Austin, des escarpins éraflés au nœud papillon de travers en passant par son smoking avec un trou au genou.) Le videur du musée t'a jeté à la porte de la réception ? Tu me parais un peu, comment dire, chiffonné.

— La réception a été parfaite, mais Washington n'est plus ce qu'elle était.

— J'espère que ce n'était pas un smoking de location, ajouta Gunn.

— C'est pire, précisa Austin. Il m'appartient. Peut-être que la NUMA me dédommagera.

— J'en parlerai à l'amiral Sandecker, promit Gunn.

Austin emplit leurs verres, puis lui raconta sa rencontre avec Marcus Ryan et les événements de la soirée.

Après avoir écouté son récit sans faire de commentaires, Gunn tapota le rapport posé sur ses genoux.

— Comment, selon toi, ton aventure en traîneau trouve-t-elle sa place dans cette histoire insensée ?

— Beaucoup de suggestions, mais aucune qui soit cohérente. Une seule phrase suffit : les responsables d'Oceanus ne font preuve d'aucune pitié envers quiconque se met sur leur chemin.

— En me fiant à ce que tu m'as expliqué, je conclurai de même, déclara Gunn. (Il s'interrompit un moment, l'air soucieux. Il raisonnait aussi calmement et aussi froidement qu'un ordinateur et savait trier de multiples informations en séparant le bon grain de l'ivraie.) Et ce Basque, Aguirrez ? reprit-il.

— Un type intéressant, le joker de cette partie. J'en ai parlé à un ami de la CIA. Aguirrez est peut-être allié aux séparatistes basques. Perlmutter fait pour moi des recherches sur ses antécédents familiaux. Tout ce que je sais maintenant c'est qu'il s'agit soit d'un terroriste basque, soit d'un archéologue amateur. A toi de choisir.

— Peut-être pourrait-il suivre cette affaire pour nous... Dommage que tu ne puisses pas le joindre.

Austin reposa son verre, tira son portefeuille de sa poche pour en extraire la carte que lui avait donnée Aguirrez quand il avait quitté le yacht du Basque. Il la tendit à Gunn qui nota le numéro de téléphone inscrit au verso.

— Pourquoi pas ? dit-il en la lui rendant.

Austin décrocha un téléphone et pianota le numéro. Les péripéties de la nuit l'avaient épuisé et il n'espérait guère arriver à un résultat. Il fut donc étonné quand il entendit au bout du fil la voix de basse familière.

— Quelle agréable surprise, monsieur Austin ! J'avais le sentiment que nous nous reparlerions un jour.

— J'espère que je ne vous dérange pas.

— Pas du tout.

— Vous êtes toujours aux Féroé ?

— Non, à Washington pour affaires.

— Washington ?

— Oui, ma partie de pêche aux Féroé n'a pas tenu ses promesses. Que puis-je faire pour vous, monsieur Austin ?

— Je vous appelais pour vous remercier de m'avoir tiré d'un mauvais pas à Copenhague.

Aguirrez ne fit aucun effort pour nier que c'étaient ses hommes qui avaient mis en fuite les voyous armés de matraques qui avaient attaqué Austin et Therri Weld. Il se contenta de rire et de répondre :

— Vous avez l'art de vous mettre dans des situations difficiles, mon ami.

— Mes ennuis se rapportent la plupart du temps à une société nommée Oceanus. J'espérais que nous pourrions en discuter de nouveau et que vous me mettriez au courant de vos dernières découvertes archéologiques.

— Avec le plus grand plaisir, acquiesça Aguirrez. Demain matin j'ai des rendez-vous, mais pas l'après-midi.

Ils convinrent d'un rendez-vous à Washington dont Austin nota l'adresse. Il raccrocha et commençait à rapporter à Gunn leur brève conversation quand le téléphone sonna. C'était

Zavala, de retour d'Europe. Joe avait réglé les problèmes du *Sea Lamprey* et s'apprêtait à abandonner le navire quand le *Beebe* avait été invité par le navire danois *Thor* à participer à des recherches dans les îles Féroé.

— Je voulais juste prévenir de mon retour. J'ai retrouvé ma Corvette et je m'apprête à aller prendre un verre avec une ravissante jeune dame, précisa Zavala. Rien de neuf depuis notre dernière rencontre ?

— Le train-train. Ce soir, un Esquimau fou m'a poursuivi sur son traîneau devant le monument de Washington ; il voulait me tuer. A part ça, tout est tranquille.

Silence à l'autre bout du fil. Puis Zavala reprit :

— Tu plaisantes, n'est-ce pas ?

— Absolument pas. Rudi est ici. Passe donc me voir et tu auras tous les détails de cette abominable histoire.

Zavala habitait dans un petit immeuble d'Arlington, en Virginie, qui avait jadis abrité une bibliothèque publique.

— Je crois que je vais annuler mon rendez-vous. Je vous retrouve dans quelques minutes.

— Encore une chose. Tu l'as toujours, la bouteille de tequila que nous devions entamer aux Féroé ?

— Bien sûr, elle est dans mon sac.

— Je pense que tu ferais bien de l'apporter.

26

Le lendemain matin, en se rendant à la NUMA, Austin s'arrêta au musée d'Histoire naturelle. Gleason se trouvait dans la salle d'exposition quand Austin arriva et il n'avait pas l'air content. Les invités, la musique et les restes du buffet avaient disparu, mais ce n'était pas cela qui le préoccupait : les vitrines étaient vides, il ne restait aucun boîtier en place.

— C'est terrible, absolument terrible, répétait Gleason hors de lui.

— Comme les soldes, suggéra Austin.

— Bien pis, un désastre total. Les organisateurs ont rembarqué tous les articles de l'exposition.

— Ont-ils le droit de faire ça ? (Au moment même où les mots sortaient de sa bouche, Austin réalisa la bêtise de sa question.)

— Oui, affirma Gleason en agitant les bras, à cause d'une clause du contrat en petits caractères qu'ils ont insisté pour nous faire signer. Ils ont le droit d'arrêter l'exposition à tout moment contre une modeste compensation financière.

— Pourquoi ont-ils décidé de tout arrêter ?

— Du diable si je le sais ! L'agence de relations publiques qui avait mis tout cela sur pied prétend qu'elle se contente d'obéir aux ordres.

— Le Dr Barker ?

— J'ai essayé de le joindre, mais il a disparu.

— Vous connaissez mieux Oceanus que quiconque, reprit Austin en touchant au but véritable de son arrêt au musée. Que savez-vous du Dr Barker ?

— Pas grand-chose, malheureusement. J'en sais plus sur son ancêtre.

— Le capitaine baleinier dont il parlait ?

— Oui, Frederick Barker. Un des poignards kiolya exposés lui appartenait. Cette pièce, une arme redoutable qui coupe comme un rasoir, a plus de cent ans. Rien qu'à la regarder, elle me donne des maux d'estomac.

— Où trouverais-je des renseignements sur le capitaine Barker ?

— Dans mon bureau pour commencer, déclara Gleason en jetant un coup d'œil navré aux vitrines vides. Venez, je n'ai plus grand-chose à faire ici.

Son bureau se trouvait dans l'aile réservée à l'administration. Gleason fit signe à Austin de s'asseoir puis prit sur une étagère un vieil ouvrage intitulé *les Capitaines baleiniers de New Bedford*. Il l'ouvrit à une page et le posa devant Austin.

— J'ai déniché cela dans notre bibliothèque quand il a été question de l'exposition. Voici le capitaine Barker. Comme tous les baleiniers de Nouvelle-Angleterre c'était un rude gaillard. Beaucoup devenaient capitaines à vingt ans. Les mutineries, les tempêtes destructrices, les indigènes hostiles faisaient partie de la routine. L'adversité a transformé certains en ogres, d'autres en philanthropes.

Austin examina la photographie en noir et blanc : Barker y arborait une tenue indigène et on avait du mal à distinguer ses traits. Une parka doublée de fourrure encadrait son visage et de grosses lunettes opaques avec des fentes horizontales lui masquaient les yeux. Une maigre barbiche blanche ornait son menton.

— Intéressantes, ces lunettes, observa Austin.

— Ce sont des lunettes de soleil. Les Inuits étaient parfaitement conscients des dangers de la cécité des neiges. Elles étaient particulièrement importantes pour Barker atteint par l'albinisme congénital de sa famille. On prétend que c'est la raison pour laquelle il a passé tant d'hivers dans les glaces du Nord, pour éviter la lumière du soleil.

Gleason expliqua qu'en 1871, le navire de Barker, *l'Orient*, avait fait naufrage et que son capitaine avait été le seul survivant.

— Les indigènes lui ont sauvé la vie et Barker a passé tout l'hiver dans un campement esquimau. Il raconte comment la femme du chef lui retirait ses bottes et réchauffait ses pieds gelés à la chaleur de ses seins nus.

— Il y a des façons plus désagréables de se réchauffer. Que viennent faire les Kiolya dans cette histoire ?

— C'étaient eux qui l'avaient sauvé.

— Cela ne correspond pas aux coutumes sanguinaires que vous m'avez décrites. Je m'attendais plutôt à ce qu'ils tuent cet étranger.

— Normalement, ç'aurait dû être le cas, mais n'oubliez pas que Barker ne ressemblait pas aux chasseurs de baleines ordinaires. Avec ses cheveux parfaitement blancs, sa peau pâle et ses yeux très clairs, il devait ressembler à une sorte de dieu des neiges.

— A Tounouk peut-être ?

— Tout est possible. Barker n'a pas insisté sur certains points. Les quakers de New Bedford n'auraient pas approuvé que l'un de leurs membres se fasse passer pour un dieu. En tout cas, l'expérience l'a transformé.

— Dans quelle mesure ?

— Il est devenu un farouche partisan de la protection de l'environnement. Quand il est rentré, il a insisté auprès de ses camarades baleiniers pour qu'ils cessent de massacrer les morses. Les Kiolya se sont imposés sur les terrains de la chasse aux phoques comme une bande de dealers prenant possession d'un nouveau territoire ; ils ont même pris des femmes et des outils aux vaincus. Le résultat c'est que les autres tribus d'Inuits mouraient pratiquement de faim jusqu'à ce qu'elles se décident à s'unir contre les Kiolya. Barker avait assisté à ce conflit sur la viande de phoque et voulait y mettre fin. Il était reconnaissant aux Kiolya de l'avoir sauvé et pensait que si on protégeait les phoques, ils renonceraient à leurs habitudes de pillage.

— Avait-il raison?

— A mon avis, Barker était un naïf. Il ne pensait pas que, à part la force, rien n'aurait pu les faire changer de comportement.

Cette réponse laissa Austin songeur. Épris de philosophie, il croyait fermement à la permanence du passé. Les Kiolya représentaient peut-être la clef du mystère entourant Oceanus.

— J'aimerais en apprendre davantage sur la tribu.

— Je dirais qu'on trouvera l'essentiel dans la main courante de la police canadienne. On n'a pas beaucoup de renseignements entre le début de leur diaspora et l'époque actuelle, mais j'ai quand même découvert une histoire bizarre qui confirme ce que je vous disais tout à l'heure à propos de cette histoire de dieu.

Il fouilla dans un classeur et en tira une coupure de presse d'un numéro de 1935 du *New York Times* protégée par une enveloppe en plastique. L'article avait été écrit dans la baie d'Hudson :

« L'histoire de l'exploration du nord de l'Arctique s'est enrichie d'un nouveau mystère quand un Allemand, surgissant à demi fou de la toundra glacée, a prétendu être le seul survivant d'une catastrophe de dirigeable.

Les autorités canadiennes ont déclaré que cet Allemand, un certain Gerhardt Heinz, avait été amené par des Esquimaux inconnus qui, apparemment, l'auraient sauvé. Le *Times* a retrouvé M. Heinz dans une salle d'hôpital où il est mort peu après. Au cours de l'interview, celui-ci a raconté :

“Je participais à un voyage secret vers le pôle Nord pour la plus grande gloire de la mère Patrie. Objectif atteint mais, lors du trajet de retour, nous avons repéré l'épave d'un navire bloqué par les glaces. Le commandant a insisté pour que nous nous posions sur la banquise pour comprendre ce qui s'était passé : il s'agissait d'un bateau extrêmement ancien, vieux sans doute de plusieurs centaines d'années. Nous en avons retiré un cadavre gelé que nous avons entreposé dans la chambre froide du dirigeable avec quelques objets étranges.

Après avoir décollé et parcouru une certaine distance, des problèmes mécaniques nous ont contraints à atterrir. Les survivants ont décidé de tenter la traversée de la banquise, je suis resté pour garder le zeppelin. J'étais presque mort quand des indigènes m'ont retrouvé et m'ont soigné."

M. Heinz disait que les indigènes ne parlaient pas l'anglais mais il avait compris que le nom de leur tribu était "Kiolya" ; où on le prit pour un dieu puisqu'il était tombé des cieux et que, quand il leur avait demandé par gestes de le ramener au poste le plus proche, ils avaient obéi.

Les autorités allemandes contactées par le *Times* ont affirmé tout ignorer de M. Heinz et d'un voyage en dirigeable vers le pôle Nord. »

Austin demanda à Gleason une photocopie de l'article et le remercia de lui avoir consacré tant de temps.

— Désolé pour votre exposition, dit-il en prenant congé.

— Je vous remercie, mais ce qui m'étonne surtout, reprit Gleason en secouant la tête, c'est cet arrêt si brutal. Au fait, avez-vous entendu parler du sénateur Graham ? Voilà un autre désastre. Il s'agissait de l'un de nos plus solides partisans.

— Il me semble l'avoir vu hier soir à la réception.

— En effet, mais alors qu'il rentrait en Virginie, un camion a obligé sa voiture à quitter la route. Il est dans un état critique. Le chauffard s'est enfui.

— Je suis désolé d'apprendre cela.

— Bon sang, s'exclama Gleason, j'espère qu'il ne faut pas croire au proverbe qui dit : « Jamais deux sans trois » !

— Cette série de malchances s'explique peut-être plus simplement..., rétorqua Austin.

— Ah, oui ? Comment ?

Austin désigna le ciel et déclara avec beaucoup de sérieux :

— Tounouk.

27

ST. Julien Perlmutter s'engouffra dans sa spacieuse tanière de Georgetown et jeta un coup d'œil attendri sur les volumes, anciens et neufs, qui, par centaines, débordaient des rayonnages croulants.

Confronté à un tel désordre, un être humain normal se serait enfui. Mais un sourire ravi se dessina sur ses lèvres tandis que son regard s'attardait sur une pile avant de passer à la suivante. Il pouvait énumérer les titres, et même citer des pages entières de ce qui était considéré comme la collection la plus complète au monde concernant l'histoire de la navigation.

Après l'austérité d'un vol transatlantique, il mourait de faim. Il ne s'agissait pas de trouver dans un avion l'espace nécessaire à sa corpulence – il réservait simplement deux sièges – mais, selon Perlmutter, de la frugalité culinaire quasi monacale de la première classe. Tel un missile attiré par la chaleur, il se dirigea vers la cuisine et constata avec bonheur que la gouvernante avait suivi ses instructions.

Bien qu'il fût encore tôt, il ne tarda pas à s'attabler devant un gigot farci à la provençale agrémenté de pommes de terre parfumées au thym, qu'il arrosa d'un bordeaux tout simple mais bien équilibré. Ayant ainsi repris quelques forces, il se tamponnait la bouche et sa magnifique barbe grise quand la sonnerie du téléphone retentit.

— Kurt ! s'écria-il en reconnaissant la voix de son interlocuteur. Comment, au nom du ciel, avez-vous su que j'étais de retour ?

— On a annoncé sur CNN une pénurie de *pasta* en Italie. J'ai supposé que vous alliez rentrer pour faire un vrai repas.

— Pas du tout ! tonna Perlmutter. A dire vrai je suis rentré parce que je regrettais de ne plus être importuné au téléphone par de jeunes impertinents.

— Vous me semblez en pleine forme, St. Julien. Vous avez dû apprécier votre voyage.

— Tout à fait, et j'ai l'impression d'avoir consommé toutes les *pasta* d'Italie. Il est bon de se retrouver chez soi.

— Je me demandais si vous aviez trouvé quelque chose concernant le point d'histoire que j'avais soulevé.

— Je comptais vous appeler dans la journée. J'ai découvert du matériel fascinant. Pouvez-vous passer ? Je prépare du café et nous discuterons du résultat de mes recherches.

— J'arrive, je traverse justement Georgetown.

Perlmutter leur servit deux énormes cappuccinos puis repoussa une pile de livres, ce qui dégagea un fauteuil pour Austin, et un deuxième tas, ce qui lui permit de loger son large arrière-train sur un grand canapé.

— Eh bien, déclara Perlmutter en buvant son café à petites gorgées, venons-en au fait... Après votre appel à Florence, j'ai discuté de votre demande concernant les reliques de Roland avec signor Nocci, mon hôte florentin. Il se rappelait une référence historique qu'il avait relevée dans une lettre au pape Médicis rédigée par un nommé Martinez, un fanatique, partisan de l'Inquisition espagnole, tout particulièrement quand elle s'intéressait aux Basques. M. Nocci m'a mis en rapport avec la conservatrice adjointe de la Bibliothèque laurentienne : elle a déniché un manuscrit de la main de Martinez dans lequel il déverse son venin tout particulièrement sur Diego Aguirrez.

— L'ancêtre de Balthazar ! Beau travail !

— Ce n'est que le début, annonça Perlmutter en souriant.

Martinez affirme carrément qu'Aguirrez avait recueilli les restes de Roland et que, pour les récupérer, il était prêt à le poursuivre – je le cite – « jusqu'au bout du monde ».

Austin émit un petit sifflement.

— Donc les reliques de Roland existent et elles se trouvent entre les mains de la famille Aguirrez.

— Cela semblerait vérifier les rumeurs selon lesquelles Diego aurait été en possession de l'épée et du corps.

Perlmutter lui passa un classeur.

— Voici la copie d'un manuscrit provenant des Archives de la Bibliothèque de Venise. On l'a découvert au musée de la Marine dans un dossier concernant les galères de guerre.

Le titre annonçait : « Une exonération de l'homme et de la mer », 1520. Le préambule décrivait l'ouvrage comme un *Récit de Richard Blackthorne, mercenaire malgré lui au service de l'Inquisition espagnole, humble matelot qui a toujours défendu le nom de Sa Majesté, dans lequel il fournit la preuve des infamies dont on l'a accablé sans fondement et où il met en garde quiconque voudrait jamais faire confiance aux Espagnols assassins*.

Il jeta un coup d'œil à Perlmutter.

— Blackthorne a certainement le sens de la période, mais qu'est-ce que cela a à voir avec Roland et feu Aguirrez?

— Mais tout, mon garçon, absolument tout, fit Perlmutter en contemplant le fond de sa tasse. Auriez-vous la gentillesse d'aller m'en chercher un autre? Ce voyage m'a épuisé. Et profitez-en pour vous servir aussi.

Austin n'avait aucune intention de se lever mais obéit néanmoins et alla remplir leurs tasses : Perlmutter était au mieux de sa forme quand il mangeait et buvait.

Perlmutter but une gorgée de café et passa une main sur le manuscrit comme s'il le lisait avec ses doigts.

— Vous pourrez l'étudier à loisir mais je vais vous en donner maintenant un bref résumé. Blackthorne, accusé d'avoir volontairement servi les Espagnols abhorrés, tient à mettre les choses au point.

— Cela ressort clairement du préambule.

— Blackthorne, issu d'une respectable famille de marchands du Sussex, ne voulait pas que son nom soit flétri. Il s'était embarqué très jeune, puis de simple steward était devenu capitaine d'un vaisseau marchand sillonnant la Méditerranée. Capturé par des Barbaresques, il s'était retrouvé rameur à bord d'une galère algérienne ; elle avait fait naufrage et il avait été sauvé par des Génois qui l'avaient remis aux Espagnols.

— Rappelez-moi de ne jamais accepter l'aide de Génois.

— Blackthorne n'était pas un cadeau. L'Inquisition exigeait que tout Anglais soit arrêté, torturé et exécuté en tant qu'hérétique. Les marins anglais et hollandais évitaient les ports espagnols de crainte d'être emprisonnés. Si on était pris en possession d'un exemplaire de la Bible ou d'un classique de l'Antiquité, on était jugé hérétique et bon pour le bûcher.

— Soit Blackthorne a survécu, soit c'est un nègre qui a écrit ses Mémoires, fit Austin en jetant un coup d'œil au classeur.

— Il a bénéficié de neuf vies, notre capitaine Blackthorne. Il a d'abord échappé une fois aux Espagnols mais il a été repris. On a fini par le tirer de sa cellule fers aux pieds pour être jugé. Le procureur l'a traité d'ennemi de la foi et « autres termes injurieux », comme il le dit. Condamné à mort et conduit au bûcher, le destin intervint sous les auspices improbables d'El Brasero.

— Le restaurant mexicain de Falls Church ?

— Vous ne vous adressez pas à la bonne personne. Les mots « mexicain » et « restaurant » accolés forment, selon moi, un oxymoron comparable à « intelligence service ». *El Brasero*, « réchaud » en espagnol, était le surnom donné à Martinez à cause du zèle avec lequel il faisait brûler les hérétiques.

— Pas le genre de type à inviter à un barbecue.

— Non, pourtant c'est lui qui a sauvé Blackthorne. J'ai été impressionné par la débrouillardise de l'Anglais, par sa connaissance de l'espagnol et, surtout, des galères de guerre et des voiliers.

— Donc, pour capturer Aguirrez, Martinez était même prêt à épargner une victime.

— Absolument. Selon ses écrits, Martinez estimait Aguirrez particulièrement dangereux parce qu'il pouvait utiliser les reliques de Roland pour regrouper ses compatriotes contre les Espagnols. Quand Aguirrez s'est échappé avec son bateau, Martinez s'est lancé à sa poursuite. Blackthorne menait la galère de tête d'El Brasero lorsqu'ils ont rattrapé la caravelle d'Aguirrez au large de la côte française en 1515. Bien qu'il fût encalminé, et que son adversaire eût l'avantage du nombre, Aguirrez parvint à couler deux galères et à mettre Martinez en fuite.

— Plus j'en apprends sur Diego, plus je le trouve sympathique !

— Sa stratégie était brillante, appuya Perlmutter en hochant la tête. Je compte faire figurer cette rencontre dans une anthologie des grandes batailles navales que je prépare. El Brasero avait malheureusement à son service un informateur qui connaissait les habitudes d'Aguirrez : il faisait toujours escale aux îles Féroé avant la traversée de l'océan.

— Skaalshavn..., murmura Austin en se penchant en avant.

— Vous connaissez ?

— Je m'y trouvais il y a quelques jours.

— L'endroit ne m'est pas familier.

— Je ne peux pas vous le reprocher, c'est un coin vraiment perdu. Un pittoresque village de pêcheurs et son port, qui constitue un refuge naturel. Il y a aussi des grottes intéressantes dans le voisinage.

— Des grottes ? s'exclama Perlmutter tout excité.

— Tout un réseau. Je les ai vues. D'après les dessins sur les parois, je dirais qu'elles ont été occupées, de façon intermittente, à une époque reculée. Les Basques, ou d'autres, ont pu les utiliser pendant des centaines, voire des milliers d'années.

— Blackthorne mentionne des grottes dans son récit. Elles jouent même un rôle capital dans son histoire.

— Comment cela ?

— Aguirrez aurait pu facilement distancer ses poursuivants et fuir en Amérique du Nord où El Brasero ne l'aurait jamais retrouvé. Les Basques étaient les seuls marins assez intrépides en ce temps-là pour traverser l'Atlantique. Mais Diego savait qu'El Brasero s'en prendrait à sa famille. Et il savait aussi que, même s'il cachait les reliques en Amérique du Nord, El Brasero l'attendrait quand il regagnerait l'Europe.

— Peut-être a-t-il décidé de faire front pour la plus simple des raisons : il voulait se venger de l'homme qui lui avait gâché sa vie et volé sa fortune, avança Austin.

— Je suis bien d'accord. Et El Brasero était tout aussi décidé à terminer le travail qu'il avait commencé. Il avait quitté sa galère pour un navire de guerre deux fois plus grand que la caravelle de Diego et dont il avait confié le commandement à Blackthorne. Le vaisseau était hérissé de canons qui auraient tôt fait de régler le sort des Basques. Mais Diego, connaissant la présence d'un informateur aux côtés de Martinez, se garda bien d'approcher des grottes. Il posta quelques-uns de ses hommes sur le rivage, là où El Brasero les repérerait facilement ; quand Martinez mit ses canots à la mer, les hommes se précipitèrent dans les grottes et entraînèrent derrière eux leurs poursuivants.

— Je flaire un piège...

— Votre nez est plus fin que celui de Martinez, tout au plaisir très proche de faire griller sur le bûcher Diego et son équipage.

— Cela me rappelle le dernier combat de Custer. Ces grottes forment un véritable labyrinthe, l'endroit idéal pour tendre une embuscade.

— Alors vous ne serez pas surpris par la suite, une stratégie sur deux fronts. La caravelle fonça sur le vaisseau de guerre à l'équipage réduit à une poignée d'hommes et, en quelques coups de canon, l'arrêta ; puis ses marins montèrent à l'abordage. Pendant ce temps Diego préparait son embuscade : il avait traîné un des canons de son navire dans les grottes et l'utilisait pour déjouer l'assaut. (Perlmutter brandit un poing potelé comme s'il revivait le combat.) El Brasero avait beau être un habile escrimeur, Aguirrez était plus fort que lui, et, plutôt que de le tuer tout de suite, il joua avec lui avant de souffler à jamais la flamme d'El Brasero.

— Que faisait M. Blackthorne pendant tout ce temps ?

— Il suivait celui qu'El Brasero avait désigné pour tuer Diego et l'abattit sur place. Diego demanda à rencontrer Blackthorne, qui lui raconta son histoire. Diego, qui avait besoin d'un capitaine expérimenté pour commander le vaisseau de guerre, passa alors un marché avec lui : Blackthorne prendrait le commandement du bateau et ramènerait sains et saufs les hommes de Diego chez eux. Quelques semaines plus tard, à en croire le récit de Blackthorne, il remontait la Tamise avec sa prise.

— Et qu'est-il advenu des reliques de Roland ?

— Blackthorne n'y fait jamais allusion. Il relate seulement que Diego garda avec lui un équipage de quelques volontaires et renvoya les autres en Angleterre avec Blackthorne. Diego n'avait plus besoin ni d'artilleurs ni de serveurs, seulement de marins qualifiés. Même El Brasero disparu, il savait que les reliques ne seraient pas en sûreté aussi longtemps que l'Inquisition sévirait. Il continua donc vers l'ouest et l'on n'entendit plus jamais parler de lui. Encore une des énigmes de la mer.

— Peut-être pas, rétorqua Austin en tendant à Perlmutter la coupure de presse concernant l'accident du zeppelin.

Perlmutter lut l'article et leva les yeux vers Austin.

— Et si ces « objets insolites » que mentionne Heinz étaient les reliques disparues ?

— C'est exactement ce que je pense. Ce qui signifie qu'elles sont entre les mains d'Oceanus.

— Oceanus les rendrait ?

Austin songea à ses démêlés avec les tueurs de la société.

— C'est peu probable, répondit-il en riant.

— Bref, conclut Perlmutter, pensif, il nous reste beaucoup à apprendre des dessous de cette saga.

— Exact. Je me propose d'ailleurs de vous en énumérer quelques sanglants détails autour d'un autre cappuccino, suggéra Austin en se levant.

— Bien sûr, mon vieux, et tant que vous y êtes versez-m'en un, voulez-vous ?

28

AUSTIN arriva trois minutes à peine avant l'heure du rendez-vous avec Aguirrez. En sortant de chez Perlmutter, il avait traversé le quartier des ambassades et s'était garé sans problème – les dieux qui veillent sur les conducteurs de Washington lui avaient souri. Il s'arrêta devant un immeuble carré en verre teinté encastré dans un ensemble de maisons anciennes de Pennsylvania Avenue. Austin lut la plaque vissée sur la porte d'entrée et se demanda s'il ne s'était pas trompé d'adresse : étant donné les ennuis de la famille Aguirrez avec les autorités espagnoles tout au long des siècles, Kurt n'aurait jamais eu l'idée d'aller chercher Balthazar à l'ambassade d'Espagne.

Il donna son nom au factionnaire et on l'escorta jusqu'à la réceptionniste qui pianota un numéro sur son interphone avant d'échanger quelques mots en espagnol avec son interlocuteur.

— M. Aguirrez est avec l'ambassadeur, il vous reçoit dans un instant, assura-t-elle avec un délicieux accent qui évoquait la Castille.

Quelques minutes plus tard, Aguirrez débouchait en effet dans le hall. A la place du survêtement bleu et du béret noir, il avait revêtu un costume bleu foncé à la coupe impeccable – une semaine entière de mon salaire, évalua Austin. Mais le meilleur tailleur ne pouvait dissimuler les mains et la robuste stature du paysan. Il discutait avec un homme aux cheveux de neige qui marchait auprès de lui, les mains derrière le dos, la tête baissée, en écoutant avec beaucoup d'attention ce que le Basque lui racontait. Aguirrez, apercevant Austin, lui fit un signe de la main et se sépara de son interlocuteur sur un sourire et une cordiale poignée de main. Il s'approcha alors d'Austin et le prit par l'épaule.

— Monsieur Austin ! s'exclama-t-il avec entrain. Quel plaisir de vous revoir ! Pardonnez-moi de ne pas vous avoir présenté à l'ambassadeur ; il était en retard pour une réunion. Venez par ici.

Aguirrez entraîna Austin jusqu'au salon confortable, certainement, de l'une des anciennes demeures appartenant au complexe de l'ambassade : une énorme cheminée de marbre dominait la pièce dont le sol était couvert de tapis épais, des meubles imposants en bois sombre y trônaient et des tableaux évoquant des scènes rurales espagnoles ornaient les murs.

— Vous semblez étonné, monsieur Austin, remarqua Aguirrez devant l'air surpris de son visiteur.

Austin ne voyait pas de raison de tourner autour du pot.

— En effet, la présence dans les murs de l'ambassade d'Espagne d'un Basque soupçonné de terrorisme me surprend.

Aguirrez ne paraissait pas offusqué.

— Vous vous êtes évidemment penché sur mon passé : vous savez donc que rien n'a corroboré ces soupçons.

— Vous ne portez quand même pas votre béret.

— Par égard pour mes hôtes, fit Aguirrez avec un rire sonore, j'ai renoncé à ce couvre-chef ; pourtant il me manque. Mais ici, certains pourraient s'imaginer que je cache une bombe dessous et leur nervosité entraverait nos travaux.

— Qui consistent ?

— A régler pacifiquement et définitivement le problème basque.

— Pas commode après des centaines d'années de lutte.

— Je suis persuadé que nous y arriverons.

— Que donnent vos recherches sur vos ancêtres ?

— Dans cette affaire, passé et présent sont indissociables : les séparatistes basques veulent une patrie. Le gouvernement espagnol a tenté l'autonomie, et a obtenu de bien mauvais résultats. Si je retrouve nos reliques, cela risque de déclencher un déferlement de nationalisme basque. Je connais mes compatriotes. Cela déchirerait l'Espagne.

— Vous avez donc acquis une grande importance aux yeux du gouvernement espagnol.

— En effet, j'ai rencontré de hauts fonctionnaires madrilènes, acquiesça-t-il, qui m'ont demandé d'informer votre Département d'État de la situation et de rassurer ses responsables quant au fait que je ne suis pas un terroriste. J'ai accepté de mettre les reliques en lieu sûr, dès que je les aurai trouvées.

— Qu'est-ce qui vous empêchera de revenir sur votre parole ?

Le Basque fronça les sourcils et une lueur menaçante apparut dans ses yeux sombres.

— C'est une question logique, que m'a également posée le gouvernement espagnol. Par respect pour la mémoire de mon ancêtre choisi pour veiller sur les reliques, ai-je répondu aux autorités qui, en retour, prendront peu à peu des mesures significatives pour assurer aux Basques leur autonomie.

— Vous vous serviriez des reliques comme d'un moyen de pression ?

— Je préfère, avoua-t-il en haussant les épaules, voir là une solution qui tient compte de nos intérêts mutuels.

— Ce n'est pas un mauvais marché, compte tenu du fait que vous ne détenez pas les reliques.

— Un petit détail, dit-il en retrouvant son sourire, je connais la route maritime par laquelle mon ancêtre a abordé le Nouveau Monde. Les Basques connaissaient déjà les Féroé en 875 : Diego y aurait fait escale avant de mettre le cap sur Terre-Neuve ou le Labrador. De nombreux précédents étayent cette théorie. Dès le Moyen Age en effet, mes compatriotes pêchaient la morue et chassaient la baleine au large des côtes d'Amérique du Nord.

— J'ai lu que Cabot avait entendu des Indiens utiliser des mots qui auraient pu avoir une origine basque.

— Sans aucun doute ! fit-il, le visage tout rouge d'excitation. Je sais qu'il existe quelques grottes encore inexplorées non loin de Channel-Port aux Basques à Terre-Neuve. Sitôt l'affaire réglée ici, je regagne mon yacht et très bientôt – j'en suis convaincu – je tiendrai entre mes mains l'épée et le cor de Roland.

Austin marqua un temps, cherchant comment lui annoncer la nouvelle en douceur.

— Il pourrait y avoir un problème, lança-t-il, n'ayant trouvé finalement aucun moyen.

— Que voulez-vous dire ? s'enquit Aguirrez, le regard méfiant.

Austin lui tendit une photocopie du manuscrit de Blackthorne.

— D'après ce document, les reliques ne se trouveraient pas là où vous le pensez.

Austin entreprit alors de lui raconter son entretien avec Perlmutter. Plus il avançait dans sa relation, plus le visage d'Aguirrez s'assombrissait.

— Mes recherches m'ont permis d'apprécier ce remarquable historien maritime.

— Aucun n'est, en effet, mieux informé que lui.

— Je le *savais !* s'écria Aguirrez en frappant sa paume du poing. Diego n'a pas été tué par El Brasero ; il lui a échappé, avec les reliques.

— Ce n'est pas tout, reprit Austin en tendant à Aguirrez la coupure de presse citant le survivant du zeppelin.

— Je ne comprends toujours pas, déclara-t-il après avoir lu l'article.

— Le zeppelin qui a retrouvé le navire de votre ancêtre bloqué dans les glaces appartient à Oceanus.

Aguirrez comprit alors aussitôt.

— Oceanus détiendrait donc les reliques ?

— Il y a fort à parier.

— Et, à votre avis, impossible d'aborder ce problème avec Oceanus ?

— On ne peut aborder aucun sujet avec Oceanus, répondit Austin avec un petit rire ironique. Vous vous rappelez mon accident de bateau ? Eh bien, j'ai un aveu à vous faire : c'est un garde de sécurité d'Oceanus qui a fait sauter mon embarcation avec une grenade à main.

— Je n'avais pas cru à votre histoire à propos des vapeurs d'essence.

— Puisque nous en sommes aux aveux, poursuivit Austin, pouvez-vous m'expliquer pourquoi vos hommes m'ont suivi à Copenhague ?

— A titre de précaution. A vrai dire, je ne savais pas trop quoi penser de vous : certes, selon votre carte d'identité, vous apparteniez à la NUMA, mais pourquoi fourrer votre nez dans l'installation d'Oceanus ? J'ai alors pensé à une mission officielle. Cela a piqué ma curiosité et j'ai décidé de vous avoir à l'œil ; vous ne faisiez d'ailleurs aucun effort pour dissimuler vos allées et venues. Mes hommes se sont trouvés dans les parages quand on vous a attaqué. Au fait, comment va la jeune femme qui vous accompagnait ?

— Elle va très bien, grâce à la vigilance de vos hommes.

— Alors vous ne m'en voulez pas de vous avoir fait suivre ?

— Pas du tout, mais je n'aimerais pas que ça devienne une habitude.

— Je comprends. (Aguirrez marqua un temps.) Ai-je raison de supposer que vos agresseurs travaillaient pour Oceanus ?

— Cela me semble une conclusion justifiée, car ils ressemblaient beaucoup aux gardes auxquels je m'étais heurté aux Féroé.

— Par deux fois Oceanus a essayé de vous tuer. Prenez garde, mon ami, ces gens sont capables d'une nouvelle tentative.

— C'est déjà fait.

Visiblement préoccupé, Aguirrez ne demanda pas de détails ; il quitta son fauteuil pour arpenter la pièce, le manuscrit de Blackthorne à la main.

— Le personnel de l'ambassade ne doit pas connaître le contenu de ce document. Sans les reliques, plus rien n'incitera le gouvernement espagnol à évoluer vers l'autonomie basque. Mais cette affaire dépasse les contingences politiques, ajouta-t-il, un frémissement dans la voix. Si je ne retrouve pas les reliques, j'aurai manqué à mes devoirs envers mon ancêtre Diego.

— Je connais peut-être un moyen.

Aguirrez s'arrêta net et fixa sur Austin un regard perçant.

— Qu'est-ce que vous dites ?

— Nous voulons tous les deux coincer Oceanus. Discutons-en, en tenant compte comme vous l'expliquiez tout à l'heure de nos intérêts mutuels.

Aguirrez haussa ses sourcils broussailleux, son visage demeurant impassible. Puis il s'approcha d'une cave à liqueurs pour y prendre deux petits verres et une bouteille d'un alcool jaune verdâtre. Il emplit les verres à ras bord et en tendit un à Austin qui reconnut l'arôme caractéristique de l'Izarra.

Une heure plus tard, Austin se glissait derrière le volant de sa voiture. Il se demandait s'il ne venait pas de conclure un accord susceptible de le hanter plus tard mais, pour l'instant, il se fiait à son instinct. Aguirrez était certes rusé mais avait des principes et, comme tous deux visaient les mêmes objectifs, il aurait été stupide de ne pas s'allier.

Deux messages s'affichaient sur son portable : le premier – il émanait des Trout – lui apporta un réel soulagement. Il avait travaillé avec eux dans l'équipe des Missions spéciales et les savait assez grands pour se débrouiller tout seuls ; mais ils ne connaissaient rien des dangers qu'ils encouraient en se mêlant d'inspecter les installations d'Oceanus.

Ce fut Gamay qui décrocha. Paul et elle venaient de rentrer du Canada ; ils avaient juste le temps de déposer leurs bagages chez eux avant de se rendre au bureau de la NUMA : Zavala les y attendait pour les mettre au courant des derniers développements.

— Avez-vous pu vous introduire dans les installations d'Oceanus ? s'informa Austin, après les salutations d'usage.

— Non, répondit Gamay, mais nous sommes tombés sur quelques obstacles...

Trop désinvolte, le ton de Gamay.

— Je sais d'expérience, la coupa Austin, que quand on tombe sur Oceanus, la chute peut être brutale. Vous allez bien tous les deux ?

— Très bien. Une légère commotion pour moi et un poignet cassé pour Paul. Les coupures et les ecchymoses sont en voie de disparition.

Austin jura sous cape, se reprochant d'avoir mis en danger ses équipiers.

— Je ne me rendais pas compte du guêpier dans lequel je vous fourrais. Désolé.

— Pas du tout. Tu nous as simplement demandé de glaner quelques renseignements sur Oceanus. Nous sommes partis pour le Canada de notre proche chef. D'ailleurs, ça valait le voyage, sinon, nous n'aurions pas découvert le poisson-diable.

— Sûre que ta commotion ne t'a laissé aucune trace ? demanda Austin, un peu sceptique quant à l'existence de cette espèce.

— Je n'ai jamais eu les idées plus claires, Kurt. De toute ma vie de biologiste marine, je n'ai jamais rencontré quelque chose de pareil. Paul l'appelle la « mort blanche ».

Austin eut un bref frisson en se rappelant le monstre aux dents acérées qu'il avait entrevu furtivement dans l'aquarium d'Oceanus.

— Tu me raconteras ça. J'arrive.

Il raccrocha et composa le numéro de Gunn.

— Salut, Rudi, dit-il en oubliant les plaisanteries habituelles. Il est temps que nous parlions sérieusement avec Sandecker.

29

L'IMMENSE écran vidéo de la salle de conférences s'éclaira une seconde d'une lueur bleutée et l'image apparut. On aperçut des écailles d'un blanc argenté dans les filets puis on entendit Mike Neal crier : « Tenez bon, mes enfants, on en a un vivant ! » On entrevit un poisson se débattant sur le pont puis, en gros plan, une gueule hérissée de dents qui sectionnèrent le manche d'une gaffe. Ce même poisson se faisait ensuite assommer à coups de batte de base-ball, le tout accompagné des exclamations stupéfaites des Trout.

Paul Trout pressa la télécommande et fit un arrêt sur image. Le plafonnier se ralluma et une voix sèche et autoritaire lança :

— *Les Dents de la mer* a un concurrent redoutable, dirait-on.

L'amiral James Sandecker, le patron de la NUMA, était assis à une longue table de conférence, sa tête émergeant du nuage violacé que crachait le gros cigare qu'il tenait à la main.

— Amiral, déclara Gamay qui lui faisait face avec Austin, Zavala et Rudi Gunn, ce que vous voyez sur cet écran est unique. Le grand requin blanc attaque quand il a faim ou quand on le chasse ; cette créature est le mal incarné.

Sandecker souffla un nuage de fumée et regarda autour de lui.

— Maintenant que vous avez attiré mon attention sur ce film d'horreur – le plus bref qui soit –, pouvez-vous, au nom du ciel, m'expliquer le rapport entre ce monstre et le plâtre qui entoure le poignet de Paul ?

Prenant tour à tour la parole, Gamay et Paul racontèrent leur aventure canadienne, depuis leur visite à la conserverie d'Oceanus jusqu'à leur conversation avec les généticiens de McGill.

— Tu as bien dit Frederick Barker ? intervint Austin.

— Oui, répondit Gamay. Tu le connais ?

— Nous nous sommes croisés et ses hommes ont tenté de me tuer la nuit dernière.

Austin décrivit brièvement sa rencontre avec Barker et la folle course de traîneaux sur le Mall.

— Félicitations, Kurt ! L'embouteillage que vous avez causé a fait la une du *Washington Post.* (Sandecker resta un moment songeur.) Vérifions si j'ai bien suivi cette histoire. D'après vous, Oceanus aurait orchestré le naufrage de deux navires dans les eaux féringiennes pour détourner l'attention d'un projet secret que dirigerait ce Barker, et qui concernerait l'élevage de poissons mutants. (Il désigna l'écran.) Des mutants similaires à celui de Paul et Gamay. En outre, des marginaux – des Esquimaux de surcroît – auraient tenté de vous tuer aux Féroé, à Copenhague et à Washington.

— Je vous accorde, admit Austin en secouant la tête, ainsi résumé, ça paraît incroyable.

— Le baron de Münchhausen n'aurait pas fait mieux. Par chance, Paul et Gamay attestent l'existence de ces Esquimaux meurtriers. (Il se tourna vers Gunn.) Que pensez-vous de cette histoire insensée, Rudi ?

— Avant de répondre, j'aimerais demander à Gamay ce qui se passerait dans le cas où ces super-poissons soumis à des mutations artificielles se répandraient dans la mer et commenceraient à se reproduire.

— Le Dr Throckmorton – le collègue de Barker – les assimile à une bombe biologique à retardement, déclara Gamay. En quelques générations, ils remplaceraient les variétés naturelles.

— Et alors ? la provoqua Sandecker jouant l'avocat du diable. Il suffirait aux pêcheurs de prendre quelques gros poissons ; plus besoin d'en pêcher beaucoup !

— Exact, mais nous ne connaissons rien des effets à long terme. Et si ces poissons présentaient des propriétés les rendant impropres à la consommation humaine ? Et si on aboutissait à une espèce imprévue de mutants ? Et si leur descendance ne parvenait pas à survivre à l'état sauvage ? Il ne nous resterait plus rien, ni espèces naturelles ni mutants ; le système océanique serait complètement déréglé ; pêcheurs, conserveurs et distributeurs du monde entier seraient réduits à l'inactivité. Cela désorganiserait les sociétés qui se nourrissent de la protéine des poissons. Des nations industrielles en souffriraient aussi.

— Quel tableau..., résuma gravement Sandecker.

— Et encore, je suis prudente dans mes estimations. Il y a tant d'inconnues. Nous savons que des mutations génétiques sont envisagées pour plus de vingt-cinq espèces, ce qui représenterait, en cas de propagation dans la mer, une tragédie de proportions inconcevables.

— Le monstre que nous avons vu s'est très certainement échappé d'un laboratoire de recherche, appuya Rudi. Imaginez que d'autres du même genre soient délibérément lâchés dans la mer ?

— Pourquoi risquerait-on l'extinction d'une espèce ? s'exclama Gamay horrifiée. Ce serait épouvantable !

— Pas pour tout le monde, la détrompa Gunn.

— Précisez, demanda Sandecker.

— Le poisson disparaîtra, certes, de la *mer* mais pas des élevages d'Oceanus qui a pris des brevets internationaux pour ces gènes : les espèces seraient donc préservées dans ses banques d'ADN.

— Très malin ! Ainsi, Oceanus aurait la mainmise sur l'une des principales sources de protéines au monde, renchérit Sandecker.

— Un monopole pareil, estima Paul, atteindrait des milliards de dollars.

— Cela va bien au-delà des questions financières, observa Sandecker. La protéine des poissons constitue le principal approvisionnement alimentaire d'une grande partie de la population mondiale. Contrôler l'alimentation, c'est détenir le pouvoir.

— Et voilà pourquoi on a la gâchette aussi facile chez Oceanus, dit Austin. Les publics concernés ne laisseraient pas dépeupler les océans sans réagir très violemment.

– Ça semble plausible, ajouta Gunn. On répartit à travers le monde des couveuses de poissons mutants et, en très peu de temps, on est capable d'ensemencer les principales zones de reproduction.

— D'autant plus qu'il ne vous en faudrait guère, appuya Gamay, puisqu'un seul mutant lâché dans la nature peut féconder des douzaines de femelles. Reconnaissez cependant qu'il n'y a rien d'illégal à déverser du poisson en pleine mer.

— Certes, mais ces gens-là n'hésitent devant rien : plusieurs morts, la mise en captivité de tout un village indien et la perte de deux navires – pour préserver leur sale petit secret, râla Austin. Pour autant que je sache, meurtres et enlèvements sont considérés comme illégaux.

— Mais, objecta Sandecker, nous ne sommes pas en mesure de prouver la responsabilité d'Oceanus. Il nous faudra donc procéder avec prudence, sans utiliser les voies habituelles, sans même informer le gouvernement canadien, car Oceanus pourrait nous faire tomber sous le coup de la loi. L'équipe des Missions spéciales a été constituée pour atteindre des objectifs qui échappent à la surveillance officielle : elle constitue donc le vecteur idéal pour mener à bien notre plan.

— J'ignorais que nous avions un plan, ironisa Zavala.

— Cela me semble évident, poursuivit l'amiral. Nous faisons valser Oceanus et leur abominable projet en pirates, comme eux. Je me rends compte que ce ne sera pas facile. La famille et les habitants du village de Nighthawk pourraient se trouver en danger : notre intervention poussera Oceanus à agir précipitamment.

— Nous devons aussi prendre en considération le fait que Marcus Ryan veut faire jouer un rôle à la SDM dans cette histoire, ce qui risque de compromettre notre projet, renchérit Austin.

— La question est donc réglée, trancha Sandecker. Agissons sans plus tarder en frappant les installations dans la forêt canadienne. Kurt, le jeune Indien vous a-t-il situé son village?

— Non, car Ryan ne le lâchait pas, et maintenant Ben semble avoir disparu, mais je continue à le rechercher.

— Nous n'avons pas assez de temps. (Le regard de Sandecker se posa sur un retardataire qui s'était discrètement glissé dans la pièce durant la discussion.) Hiram, vous avez quelque chose pour nous ?

Hiram Yeager n'avait rien d'un athlète ni d'une gravure de mode ; cela ne l'empêchait pas de régner sur le dixième étage de l'immeuble de la NUMA qui abritait un réseau informatique traitant et emmagasinant un extraordinaire ensemble de données numériques sur les océans. Le cerveau arborait sa tenue habituelle : jean, blouson, tee-shirt blanc et bottes de cow-boy ; des cheveux longs noués en queue-de-cheval et des yeux gris contemplant le monde derrière des lunettes d'instituteur à monture métallique.

— Rudi m'a demandé de faire dresser par Max une liste des endroits où se sont produites de soudaines mises à mort de poissons et de vérifier s'il n'y aurait pas, par hasard, dans ces parages des conserveries de poisson ou des installations de pisciculture.

— Voulez-vous que nous poursuivions cette réunion au centre informatique ? proposa Sandecker.

Le visage juvénile de Yeager rayonnait d'excitation.

— Inutile, regardez ce dont est capable mon « Max portable ».

Sandecker fit la grimace. Il était impatient de lancer ses troupes et ne s'intéressait absolument pas aux expériences de Yeager, seulement à leurs résultats. Mais son respect pour le génie de l'informatique lui imposait une patience inhabituelle chez lui, la même qui permettait à Yeager d'ignorer le code vestimentaire de la NUMA.

Yeager brancha un ordinateur portable à diverses prises et à l'écran vidéo, puis il pressa le bouton MARCHE. Si quelqu'un s'attendait à une présentation ordinaire, c'était mal connaître Hiram Yeager : une jeune femme apparut en effet sur l'écran – des yeux brun topaze, des cheveux châtains, les épaules dénudées presque jusqu'à la naissance des seins. Difficile d'admettre que cette ravissante créature n'était qu'une intelligence artificielle, le produit final d'un circuit électronique extraordinairement complexe. Yeager avait enregistré sa propre voix en la modifiant numériquement pour lui donner un timbre féminin et il avait programmé dans le système le visage de sa femme, une brillante artiste-peintre. Max se révélait parfois aussi susceptible et caractérielle qu'elle.

Normalement, Yeager se tenait derrière une grande console et l'image de Max était projetée en trois dimensions sur un écran géant.

— Avec le Max portable, il n'est plus nécessaire d'être dans le service pour poser des questions, car la machine se branche de n'importe où sur l'ordinateur central. Je peux donc l'emporter avec moi partout où je vais, n'est-ce pas, Max?

En général Max répondait à la question préliminaire par un sourire éblouissant mais, cette fois, elle donnait l'impression d'avoir sucé des citrons.

Yeager manipula les cadrans et fit une nouvelle tentative.

— Max, ça va?

Les yeux se baissèrent vers le bas de l'écran.

— Je me sens un peu... déprimée.

— Tu as pourtant l'air en pleine forme, fit Yeager.

— En forme?

— Merveilleuse, autrement dit.

— Tant que vous y êtes, envoyez une gerbe de roses à cette jeune personne! s'écria Sandecker qui avait perdu patience.

— Avec moi, dit Zavala, ça marche toujours.

Sandecker le foudroya du regard.

— Merci, Joe, de nous faire bénéficier de votre vaste expérience; elle vous sera très utile pour vos Mémoires. Hiram, venons-en au fait, s'il vous plaît.

— Bonjour, amiral Sandecker, susurra Max en souriant.

— Bonjour, Max. Hiram a raison, vous êtes vraiment merveilleuse; je crois cependant que nous devrions mettre un terme à cette expérience de Max portable. A l'avenir nous vous rendrons visite au centre informatique.

— Merci de votre compréhension, amiral. Que puis-je pour vous?

— J'aimerais que vous nous fournissiez les données réclamées par Hiram.

— Cette carte, commenta la voix de Max, recense les endroits où ont été commis des massacres de poissons à proximité d'installations de pisciculture. Je suis en mesure de vous donner les coordonnées de chacun d'entre eux.

— Ne prenez pas cette peine pour l'instant, mais veuillez nous désigner les sites appartenant à Oceanus.

Des emplacements disparurent mais il en resta malgré tout une quantité appréciable.

— Maintenant, allez au Canada, demanda Sandecker.

L'image zooma sur Cap-Breton.

— Bingo ! s'exclama Paul Trout. C'est là que Gamay et moi avons eu maille à partir avec Oceanus.

— Max, interrogea Austin, pourriez-vous relier le site d'Oceanus au lac le plus proche ?

Le premier essai concernait un plan d'eau trop petit et trop proche de lieux habités. Enfin, après plusieurs tentatives, Max parvint à relier l'installation de pisciculture avec le seul lac assez grand et assez isolé pour correspondre à la description de Nighthawk.

— Nous allons prendre quelques photos-satellite de ce site, mais mon instinct me dit que c'est bien là, déclara Austin.

— Merci, Max. Vous pouvez arrêter maintenant, dit Sandecker avant d'ajouter, manifestement content de lui, à l'adresse de Zavala : Voilà comment on doit traiter les femmes ! (Son visage redevint sérieux.) Il est temps d'agir, reprit-il.

Zavala leva la main et s'éclaircit la voix.

— C'est une région assez accidentée. A supposer que nous repérions sans mal ces individus, que fait-on ? On se contente de leur sauter dessus ?

— Je suis ouvert à vos suggestions, répondit Sandecker, apparemment étonné par la question.

— J'en ai une : faire appel à la police montée canadienne.

— Je suis convaincu que vous y arriverez sans son aide, rétorqua Sandecker avec un sourire de crocodile. Vous avez carte blanche.

— A défaut de la police montée, insista Zavala, je me contenterai d'un contingent des Forces spéciales.

— Je comprends tout à fait les hésitations de Joe, appuya Austin venant au secours de son équipier. Les Trout et moi avons expérimenté les méthodes des mafieux d'Oceanus : ils tirent d'abord et posent des questions ensuite.

— Remplir toutes les formalités nécessaires pour mettre en branle la police montée canadienne ou les unités de l'armée serait trop long. Quant aux Forces spéciales, il faudrait l'autorisation du Président pour intervenir en territoire canadien. Ça me paraît douteux.

— Dans ce cas, j'aimerais faire une proposition, dit Austin, et il rapporta sa conversation avec Aguirrez.

— Laissez-moi réfléchir, répondit Sandecker en tirant d'un air songeur sur son cigare. Vous suggérez d'utiliser les ressources de ce Basque – un terroriste peut-être – pour mener à bien une mission de la NUMA en pays étranger?

— Puisqu'il nous faut oublier les Marines et la police montée, je ne vois plus que lui.

— Hmm, fit Sandecker. Peut-on lui faire confiance?

— En tout cas, oui en ce qui concerne les reliques. Au-delà, je ne peux rien affirmer; je vous rappelle toutefois qu'il m'a sauvé la vie à deux reprises.

Sandecker tirait sur sa barbe impeccablement taillée. Que le Basque intervienne séduisait le côté non conformiste de l'amiral, mais il détestait perdre le contrôle de la situation.

— Jugez vous-même, céda Sandecker, se fiant totalement malgré tout à Austin et à son équipe.

— Il y a autre chose, reprit Austin, et il leur raconta la fermeture brutale de l'exposition et l'accident dont avait été victime le sénateur Graham.

— Je le connais bien, fit Sandecker.

— Devinez à quoi s'intéressait récemment sa commission du commerce? A combler les lacunes de la législation concernant l'expédition de poissons mutants aux États-Unis. Coïncidence d'autant plus étonnante qu'il revenait d'une soirée organisée par Oceanus.

— Cette exposition n'aurait donc, selon vous, servi qu'à couvrir des assassins ?

— Ça se tient. Graham éliminé, les lacunes dans la loi pourraient fort bien n'être jamais comblées.

— Je suis d'accord. Il y a certainement assez de politiciens véreux prêts à empocher des pots-de-vin, lâcha Sandecker qui tenait le Congrès en piètre estime.

— Oceanus, résuma Austin, vient d'écarter un obstacle majeur ; elle est donc prête à pousser ses pions.

Sandecker se leva de son fauteuil et promena autour de la table le regard froid de ses yeux bleus.

— Alors, conclut-il, il est grand temps que nous poussions les nôtres.

Un message demandant de rappeler immédiatement attendait Austin à son bureau, il émanait du commandant du navire de la NUMA, le *William Beebe,* qui travaillait avec les Danois dans les îles Féroé.

— J'ai pensé que vous voudriez savoir, dit le commandant quand Austin réussit à le joindre, qu'il y a eu un accident dans la région : un navire de recherche travaillant avec un scientifique danois, le professeur Jorgensen, a sauté – on ignore comment – faisant huit victimes, dont le savant.

Austin n'avait plus repensé aux recherches que menait Jorgensen à proximité des installations d'Oceanus ; il se rappelait maintenant que son vieil ami lui avait conseillé la prudence.

— Merci, capitaine, répondit-il. Une idée de ce qui a provoqué l'explosion ?

— L'unique survivant, survivante en fait, a parlé d'un hélicoptère survolant la zone avant l'explosion. Mais c'était assez vague. C'est elle qui a suggéré que nous vous appelions. Elle avait, semble-t-il, été invitée. Elle s'appelle Pia quelque chose.

— C'est une de mes amies. Comment va-t-elle ?

— Quelques côtes cassées, des brûlures. Mais les docteurs pensent qu'elle va s'en tirer ; elle paraît solide.

— Elle l'est. Pourriez-vous lui faire dire que je passerai la voir dès qu'elle se sentira mieux ?

— C'est entendu.

Austin remercia le capitaine et raccrocha. Regard dans le vide, mâchoires serrées, il pensait au sourire chevalin de Jorgensen et à la gentillesse de Pia. Barker – ou Tounouk, s'il préférait – venait de commettre l'erreur de sa vie. En tuant le professeur et en blessant Pia, il avait donné à l'affaire un aspect personnel.

30

L'HYDRAVION monomoteur volait aussi bas que possible et Therri Weld, assise auprès du pilote, distinguait nettement la cime des arbres dont elle avait redouté durant la première partie du vol que l'une d'entre elles ne déchirât le fuselage. La paire de dés accrochée au tableau de bord avait déclenché sa frayeur, mais, comme le voyage se poursuivait sans incident, elle avait fini par admettre que le pilote, un énorme gaillard grisonnant surnommé l'Ours, connaissait vraiment son affaire.

— Je ne viens pas très souvent par ici, cria l'Ours par-dessus le rugissement du moteur. C'est trop loin pour la plupart des « sportifs » qui viennent au Canada chasser et pêcher ; pour eux, en effet, se débrouiller avec les moyens du bord consiste à descendre dans un chalet avec une installation sanitaire. (Par le pare-brise il désigna le paysage monotone qui se déroulait sous eux.) On arrive au lac Miroir ; en réalité, ils sont deux, raccordés par un petit bras d'eau. Les gens du pays disent les Jumeaux, même s'il y en a un plus grand que l'autre. On va se poser sur le petit dans quelques minutes.

— Moi, intervint Marcus Ryan assis derrière le pilote, je ne vois que des arbres, et encore des arbres.

— Oui, en effet, il y a pas mal d'arbres dans cette région,

appuya l'Ours hilare en jetant un coup d'œil pour voir si Therri appréciait la plaisanterie faite aux dépens de Ryan. Elle sourit vaillamment, mais le cœur n'y était pas. La présence de Ben Nighthawk l'aurait rassurée, hélas, il n'avait pas répondu et Marcus ne lui avait pas laissé le temps de réessayer.

— Renoncez si vous voulez, lui avait dit Ryan. Chuck et moi irons tout seuls. En tout cas, faites vite parce que l'avion nous attend.

Elle venait tout juste de boucler ses bagages quand Ryan vint la chercher. Quelques instants plus tard, ils s'entassaient dans le Jet privé de la SDM avec Chuck Mercer, l'ancien second du *Sea Sentinel;* privé de son navire, il avait hâte de reprendre une activité.

Therri aurait fait preuve de davantage d'enthousiasme si elle n'avait pas eu conscience que Ryan improvisait sa stratégie au fur et à mesure. C'était grâce à Ben que Ryan savait où aller et c'était Ben qui aurait dû les y emmener. Ben qui lui avait indiqué le nom et l'emplacement du lac. Ben aussi qui lui avait donné le nom de l'Ours.

Le pilote, qui avait autrefois touché à la drogue, avait la réputation de travailler sans poser de questions à condition d'être bien payé : il n'avait même pas cillé quand Marcus avait prétendu vouloir tourner un documentaire sur la culture indigène dans le village de Ben sans être vu.

L'Ours était d'un naturel discret; pourtant, tout le monde connaissant son passé, il ne se méfiait plus et, en faisant le plein de son appareil, il avait laissé échapper quelques mots sur le travail que lui demandait la SDM. Il ne pouvait pas se douter que des oreilles inquisitrices écoutaient et que la destination de son avion avait été notée.

Soudain Therri aperçut la réverbération des rayons du soleil de fin d'après-midi. Quelques secondes plus tard, l'hydravion plongeait comme s'il avait rencontré un courant d'air descendant. Le cœur de la jeune femme se serra, mais les flotteurs de l'appareil effleurèrent la surface du lac et l'hydravion se posa.

L'Ours dirigea l'engin vers une crique à la berge assez abrupte et, abandonnant son poste de pilotage, descendit sur un flotteur et sauta à pieds joints. Dans l'eau jusqu'à la ceinture, il remorqua l'appareil près du rivage ; il l'attacha à une souche, puis aida ses passagers à décharger plusieurs colis dont le plus volumineux, un canot pneumatique d'environ deux mètres cinquante de long, qu'ils gonflèrent rapidement à l'aide d'une capsule de $C0_2$. Les poings sur les hanches, l'Ours les observait avec intérêt tandis que Ryan essayait un moteur de hors-bord avec silencieux qui fonctionnait sur batterie.

— Je reviendrai demain, prévint-il. Si vous avez besoin de moi, vous avez la radio. Faites gaffe.

L'hydravion s'éloigna jusqu'à une extrémité du lac et décolla. Therri s'approcha de Ryan et de Mercer qui déballaient un pain d'explosif C-4 en examinant les détonateurs.

— Comme au bon vieux temps, dit Mercer en souriant.

— Vous vous sentez toujours d'attaque, Chuck ?

— Vous avez devant vous le type qui a coulé pratiquement à lui tout seul un baleinier irlandais.

— C'était il y a quelques années. Nous sommes plus âgés aujourd'hui.

— Pousser un bouton ne demande guère d'énergie, rétorqua Mercer en tripotant un détonateur. De toute façon, je n'arrive pas à oublier que ces salauds ont coulé notre bateau. (Mercer n'avait pas décoléré depuis qu'il avait appris que les navires d'Oceanus étaient entretenus dans les chantiers des Shetland où aurait été saboté le *Sea Sentinel.*)

— Pas plus que la mort de Goth, ajouta Ryan.

— J'y pense aussi, mais ne pouvez-vous envisager d'autres moyens ? demanda Therri.

— Je voudrais bien, fit Ryan. Il va falloir jouer serré.

— Je ne discute pas de la nécessité, mais des moyens. Et la famille de Ben ? Vous risquez leurs vies.

— Nous ne pouvons pas nous laisser détourner de notre objectif principal. Nous savons par nos contacts dans l'entourage du sénateur Graham qu'Oceanus poursuit les expériences de mutation génétique chez les poissons auxquelles nous avons mis un terme en Nouvelle-Zélande. Nous devons arrêter cette abomination avant qu'ils ne la déclenchent.

— *Abomination.* Vous me faites peur, Marcus. Vous parlez comme un prophète biblique.

Le visage de Ryan s'empourpra, mais il se maîtrisa.

— Je n'ai pas l'intention de causer à la famille de Ben des dommages collatéraux. Oceanus sera trop occupé avec les petits cadeaux que nous allons lui faire pour réagir. D'ailleurs, dès que nous en aurons terminé ici, nous avertirons les autorités.

— Il suffirait de quelques rafales d'une arme automatique pour massacrer la famille de Ben. Pourquoi ne pas faire appel tout de suite à une aide extérieure ?

— Parce que cela prendrait un temps que nous n'avons pas. Il faudrait des mandats de perquisition, des procédures légales. Avant que la police montée décide d'enquêter, les villageois seraient morts. (Il marqua une pause.) Souvenez-vous, j'ai essayé de mettre la NUMA sur cette affaire mais Austin a refusé.

Therri se mordit la lèvre. Sa loyauté sans faille envers Ryan ne l'empêchait pas d'émettre des critiques.

— Ne vous en prenez pas à Kurt, sans lui vous mangeriez des sardines dans une cellule de prison danoise.

— Vous avez raison, reconnut Ryan avec un grand sourire. Je m'égare. Il est encore temps de rappeler l'Ours.

— Pas question, Ryan.

Mercer avait fini de composer les paquetages. Il fixa la sangle de son pistolet et en tendit une à Ryan. Therri refusa de porter une arme. Ils entassèrent leur matériel dans le canot pneumatique, le poussèrent vers le large et mirent le moteur en marche. Il démarra avec un léger bourdonnement et les entraîna bientôt à une vitesse modeste mais respectable. Même après avoir franchi le chenal donnant sur le plus grand des lacs, ils continuèrent à naviguer près de la rive.

Ryan utilisait une carte annotée selon les renseignements de Ben. A un endroit, il stoppa le canot et scruta l'autre rive dans ses jumelles. Il distingua une jetée et plusieurs embarcations, mais aucun édifice correspondant à la description de Nighthawk.

— C'est curieux, je ne distingue aucun dôme. Ben disait qu'il s'élevait au-dessus des arbres.

— Qu'allons-nous faire ? s'informa Therri.

— Continuer jusqu'au village de Ben et attendre là-bas. Ensuite, nous traverserons le lac et laisserons nos cartes de visite là où elles feront le plus d'effet. La minuterie sera réglée pour la fin de la matinée, nous serons loin d'ici.

Ils repartirent. Le soleil disparaissait derrière les arbres lorsqu'ils aperçurent l'emplacement du village de Ben. Ils l'inspectèrent avec des jumelles à vision nocturne et, ne décelant aucune menace, ils échouèrent le canot sur la plage et débarquèrent. Il régnait un silence de mort, à peine rompu par le léger murmure du vent dans les arbres et le clapotis d'une vague.

Prudent, Ryan insista pour examiner les maisons et l'épicerie, mais, ainsi que Ben l'avait décrit, le village était bien désert. Ils prirent une petite collation qu'ils terminèrent dans l'obscurité totale à l'exception des reflets noir bleuté des eaux du lac et de quelques points lumineux sur la rive opposée. Ils se reposèrent à tour de rôle jusqu'à minuit, puis ils reprirent leur navigation.

Ryan s'arrêta au milieu du lac pour regarder dans ses jumelles.

— Nom de Dieu ! s'écria-t-il.

Therri n'eut pas besoin des jumelles qu'il lui tendait pour distinguer la structure baignant dans une lumière bleu verdâtre.

Ryan ordonna à Mercer de barrer en évitant la jetée. Quelques minutes plus tard ils s'échouèrent et dissimulèrent le canot pneumatique sous des broussailles. Puis ils longèrent la plage jusqu'à une trentaine de mètres du ponton ; là, ils coupèrent vers les terres et trouvèrent la route qui avait mené Ben et Josh Green au hangar du dirigeable. Les ornières décrites par Ben avaient été, depuis longtemps, effacées et goudronnées.

Ils se trouvaient devant une construction d'un genre particulier, qui bourdonnait au rythme de pompes. Grâce à une petite torche à acétylène, Mercer se débarrassa rapidement des cadenas.

De grands bassins vitrés occupaient toute la longueur du bâtiment dans lequel flottait une lourde odeur de poisson. La pièce était plongée dans une semi-pénombre mais on distinguait quand même de grandes formes pâles qui s'agitaient derrière les parois. Mercer ne perdit pas de temps : il disposa des pains de C-4 autour des pompes et des canalisations électriques, c'est-à-dire aux endroits où ils causeraient le plus de dégâts. Il plaça ce qui restait à l'extérieur des bassins.

Armer les charges et régler les minuteries ne leur demanda pas plus d'une demi-heure. Personne ne les dérangea ; seuls quelques individus s'affairaient au loin, mais Ryan ne voulut cependant pas forcer la chance – il se sentait mal à l'aise – et ils regagnèrent la rive. Tout se passait comme prévu et l'Ours reviendrait les chercher juste avant le big bang.

Hélas ! ce ne fut pas le cas. Pour commencer, le canot avait disparu ; pensant avoir mal apprécié la distance à cause de l'obscurité, Ryan envoya Therri et Mercer explorer la plage pendant que lui montait la garde. Au bout de cinq minutes, ne les voyant pas revenir, il partit à leur recherche et les découvrit debout côte à côte regardant vers le lac.

— Vous l'avez trouvé ? demanda-t-il sans obtenir de réponse.

En s'approchant, il comprit pourquoi ils restaient immobiles : ils avaient les poignets liés derrière le dos avec du fil électrique et étaient bâillonnés avec du chatterton. Il s'apprêtait à libérer ses amis quand une douzaine de gaillards, jaillissant des buissons derrière la plage, se ruèrent sur eux.

L'un d'entre eux arracha son pistolet à Ryan tandis qu'un autre braqua le faisceau d'une torche électrique sur sa main : elle tenait l'une des charges déposées auprès des bassins. L'homme la jeta dans le lac et éclaira alors son propre visage pour que Ryan ne perdît rien de sa peau grêlée et de ses traits tordus par un rictus affreux.

Puis, prenant un poignard dans sa ceinture, il le pointa sous le menton de Ryan et en fit jaillir une goutte de sang. Il marmonna alors dans une langue inconnue et remit le couteau dans son fourreau. Ils prirent ensemble la direction du hangar qui abritait le dirigeable.

31

AUSTIN examina à la loupe la photo-satellite et poussa le tout. Après avoir étudié un moment la photo, Zavala dit :

— Je distingue un lac, une clairière et des maisons – probablement le village de Nighthawk ; en face, une jetée et quelques bateaux, mais aucun hangar : le dirigeable est certainement caché.

— Mon vieux, j'ai l'impression qu'on nous envoie décrocher la lune.

— Ça ne serait pas la première fois. Écoute, Max a dit que c'était là et je suis enclin à lui faire confiance.

— Bien obligé, répondit Austin. (Il consulta sa montre.) Notre avion sera prêt dans deux heures. On ferait mieux de boucler nos sacs.

— Je n'ai même pas eu le temps de défaire le mien, soupira Zavala. On se retrouve à l'aéroport.

Austin fit rapidement le tour de sa maison et s'apprêtait à franchir la porte quand le voyant de son répondeur se mit à clignoter. Il hésita puis, finalement, écouta ; ce dont il se félicita : Ben Nighthawk avait laissé un numéro de téléphone.

Austin lâcha son sac et pianota précipitamment sur les touches.

— Je suis sacrément content de vous entendre ! s'exclama Nighthawk. Je n'ai pas bougé du téléphone.

— J'ai essayé plusieurs fois de vous contacter.

— Pardonnez-moi de m'être dégonflé, ce type m'aurait tué si vous n'étiez pas intervenu. Après, je me suis apitoyé sur mon sort avec des copains et quand j'ai fini par rentrer chez moi, un message de Therri m'attendait, disant que la SDM se mettait en campagne de son côté. Ryan l'aura persuadée.

— Quel idiot ! Ils vont se faire tuer.

— J'ai la même impression. Et je suis inquiet pour ma famille. Il faut les empêcher de faire ça.

— Je suis tout à fait d'accord pour essayer, mais j'ai besoin de votre aide.

— Vous l'avez.

— Dans combien de temps pouvez-vous partir ?

— Quand vous voudrez.

— Maintenant ? Je pars pour l'aéroport ; en chemin je passe vous prendre.

— Je serai prêt.

Zavala quitta la NUMA et regagna sa maison d'Arlington, en Virginie, au volant de son cabriolet Corvette 1961. Le rez-de-chaussée était impeccable – normal chez un professionnel du microscope ; en revanche, le sous-sol aurait pu être à la fois l'atelier du capitaine Nemo et une station-service perdue en pleine cambrousse : des maquettes d'engins sous-marins en équilibre instable côtoyaient d'innombrables outils, tranchants pour la plupart, et une impressionnante liasse de graphiques maculés par des doigts graisseux.

Seule anomalie dans ce fatras, le classeur métallique fermant à clef dans lequel Zavala rangeait sa collection d'armes. Ingénieur maritime en théorie, Zavala exerçait pourtant au sein des Missions spéciales des fonctions qui exigeaient parfois une certaine puissance de feu et utilisait, contrairement à Austin, qui préférait un revolver Bowen fait sur mesure, tout ce qui lui tombait sous la main. Tout en se demandant ce qui, à part une bombe à neutrons, lui serait utile contre une multinationale impitoyable disposant de sa propre armée, il contempla les armes à feu discrètement étalées dans l'armoire ; il se décida pour un Ithaca Modèle 37, le fusil à répétition employé par SEAL au Vietnam ; il lui plaisait bien parce qu'il fonctionnait presque comme un fusil automatique.

Zavala rangea soigneusement l'Ithaca dans son étui, prit une provision conséquente de munitions et se mit aussitôt en route pour l'aéroport de Dulles ; il s'arrêta devant un hangar un peu à l'écart où des mécaniciens procédaient aux contrôles de dernière minute sur un Jet de la NUMA. Il donna un baiser sur l'aile de sa Corvette en guise d'adieu puis monta à bord de l'appareil.

Il examinait son plan de vol quand, quelques instants plus tard, arrivèrent Austin et Ben Nighthawk. Austin présenta son compagnon qui regardait tout autour de lui comme s'il cherchait quelque chose.

— Ne vous inquiétez pas, le rassura Austin, Joe n'est pas un bandit de grand chemin mais un excellent pilote.

— Exact, confirma Zavala en levant les yeux vers Ben, j'ai tout appris par correspondance, sauf la partie qui concerne l'atterrissage.

— En plus, Joe adore plaisanter, précisa-t-il, ne voulant surtout pas que Ben s'enfuie terrorisé.

— Je me demande seulement... Eh bien... N'y a-t-il que nous trois ?

Un sourire retroussa les lèvres de Zavala.

— On nous fait souvent ce genre de remarque, déplora-t-il en se rappelant le scepticisme de Becker constatant qu'ils étaient seuls, Austin et lui, pour secourir les marins danois. Je commence à développer un complexe d'infériorité.

— Nous ne songeons pas au suicide, insista Austin. Nous prendrons quelques renforts en chemin. En attendant installez-vous et prenez du café, il y en a dans cette Thermos. Je vais aider Joe dans le cockpit.

Ils reçurent bientôt l'autorisation de décoller et l'appareil mit le cap sur le nord. Un peu moins de trois heures plus tard – leur vitesse de croisière était de huit cents kilomètres à l'heure –, ils survolaient le golfe du Saint-Laurent. Ils se posèrent sur un petit aéroport de la côte. Rudi Gunn s'était renseigné et avait appris la présence dans le golfe d'un navire de surveillance de la NUMA. Ils franchirent la douane canadienne sans problème puis embarquèrent sur le navire qui les attendait à quai pour les mener au *Navarra* à l'ancre, comme convenu, à dix milles au large.

— Joli, apprécia Zavala en découvrant la ligne effilée du yacht. Il doit être rapide mais ne me semble pas assez costaud pour s'attaquer à Oceanus.

— Attends un peu, lâcha Austin avec un sourire entendu en montant dans le canot du *Navarra*.

Aguirrez les attendait sur le pont, son béret noir fièrement posé sur son crâne. Auprès de lui se tenaient les deux gaillards qui avaient escorté Austin après son sauvetage devant la Porte des Sirènes.

— Ravi de vous revoir, monsieur Austin ! salua Aguirrez en serrant cordialement la main de Kurt. Je suis enchanté que vos amis et vous puissiez embarquer. Voici mes deux fils, Diego et Pablo.

C'était la première fois qu'il les voyait sourire et il remarqua la ressemblance avec leur père. A son tour il présenta Zavala et Nighthawk. Pendant ce temps le yacht avait levé l'ancre et Aguirrez invita tout le monde à le suivre dans le grand salon. Il leur fit signe de s'asseoir et un steward leur servit des boissons chaudes et des sandwiches. Aguirrez leur demanda comment s'était passé leur voyage et attendit patiemment la fin de leur repas pour, d'un déclic de télécommande, dévoiler un écran géant derrière une cloison coulissante. Encore un déclic et la photo aérienne d'une forêt et d'une étendue d'eau apparut.

— C'est mon lac ! C'est mon village ! s'exclama Nighthawk, sidéré.

— J'ai utilisé les coordonnées fournies par M. Austin et les ai transmises à un satellite commercial, expliqua Aguirrez. Toutefois, je ne vois pas le hangar à dirigeable dont vous parliez.

— Nous avons eu le même problème avec les photos-satellite dont nous disposions, mais notre ordinateur confirme qu'il s'agit bien de l'endroit, souligna Austin.

Nighthawk se leva et s'approcha de l'écran.

— C'est ici, je le sais, dit-il en désignant un coin de forêt au bord du lac. Regardez, on voit très bien qu'on a déboisé, et, plus loin, là, la jetée. (Il était manifestement un peu perdu.) Seulement, là où se trouvait le hangar, je ne vois que des arbres.

— Décrivez-nous une nouvelle fois ce que vous avez vu, lui demanda Austin.

— Malgré ses dimensions énormes, nous n'avons vu le dôme qu'à l'arrivée du dirigeable : la surface était couverte de panneaux.

— De panneaux ? répéta Zavala.

— Oui, ceux qu'on voit, par exemple, sur le dôme géodésique construit à Montréal pour les jeux Olympiques. Des centaines de sections.

— Je ne pensais pas, remarqua Zavala, la technologie du camouflage adaptatif aussi poussée...

— Je parlerais plutôt d'invisibilité, le coupa Austin.

— Nous n'en sommes pas loin. Le camouflage adaptatif est une innovation technique : on tapisse ce qu'on veut dissimuler de panneaux sensibles au décor et aux changements d'éclairage ; des capteurs « impriment », en quelque sorte, ce qu'ils « voient » sur les panneaux. Par conséquent, en regardant du sol vers cet objet, on ne découvrira rien d'autre que des arbres, le dôme se fondant avec la forêt environnante. Quelqu'un a manifestement pensé à un imageur de satellite. Ce ne serait pas difficile de projeter le faîte des arbres sur les panneaux.

— Joe, s'extasia Austin, tu ne cesseras jamais de m'époustoufler avec les secrets de la connaissance.

— Il me semble avoir lu ça dans *Science et Vie.*

— Néanmoins, intervint Aguirrez, vous avez probablement résolu le mystère. Ces fameux panneaux pourraient être programmés la nuit pour se fondre dans l'obscurité ambiante. M. Nighthawk en a vu plus qu'on n'aurait voulu lors de l'ouverture du dôme pour accueillir le zeppelin. Autre chose, ajouta-t-il en projetant une autre photo aérienne, regardez ce cliché du secteur pris hier ; on y aperçoit le contour d'un petit avion ; et maintenant je zoome sur lui.

L'image d'un hydravion emplit alors tout l'écran ; à proximité, sur la berge, on distinguait quatre silhouettes.

— L'appareil a disparu peu après qu'on a pris la photo ; regardez bien.

Cette fois, apparut une petite embarcation occupée par trois personnes. L'une d'elles, une femme, semblait surveiller l'apparition d'éventuels guetteurs de l'espace.

Austin tenta d'étouffer un juron mais le Basque l'avait entendu.

— Je les connais, maugréa-t-il en guise d'explication. Voilà qui va compliquer la situation. Dans combien de temps pourrons-nous sauter ?

— Nous remontons la côte jusqu'au point qui vous rapprochera le plus. Dans deux heures peut-être. En attendant, venez voir ce que j'ai à vous proposer.

Aguirrez et ses fils les entraînèrent de coursive en coursive jusqu'à un vaste hangar brillamment éclairé installé dans l'entrepôt.

— Nous avons deux hélicoptères, annonça-t-il. Le premier, un appareil civil que nous utilisons pour nos déplacements. Quant au Sea Cobra de la Marine espagnole – elle en a commandé un certain nombre et, grâce à mes relations, j'ai réussi à en détourner un – nous le gardons en réserve ; il est équipé de l'armement standard, précisa Aguirrez, faisant l'article comme un vendeur de voitures pour des options sur une Buick.

D'un coup d'œil Austin repéra le lance-roquettes et les canons accrochés sous les ailerons.

— L'armement standard fera l'affaire, approuva-t-il.

— Parfait, dit Aguirrez. Mes fils vous accompagneront à bord de l'Eurocopter et le Sea Cobra suivra pour un renfort éventuel. Ce qui me préoccupe, ajouta-t-il soucieux, c'est que l'utilisateur d'un camouflage aussi sophistiqué doit être en possession de meilleurs moyens de détection et qu'un comité d'accueil pourrait fort bien vous attendre ; et un hélicoptère, même puissamment armé, risque d'être vulnérable.

— Je suis tout à fait d'accord, acquiesça Austin. C'est pourquoi notre itinéraire sera terrestre. Nous nous poserons près d'un camp de bûcherons abandonné et Ben nous guidera à travers la forêt. Ils n'envisagent que des intrusions par le lac, comme celle de Ben. Mais nous, nous arriverons et repartirons par-derrière, avec la famille et les amis de Ben, je l'espère...

— Cela me plaît; aussi simple à concevoir qu'à exécuter. Quelles sont vos intentions, une fois arrivés à proximité de votre objectif? demanda Aguirrez.

— C'est plus difficile, reconnut Austin, car nous ne disposons, en gros, que du récit de Ben et de photos aériennes. Il nous faudra improviser. Bah! ce ne sera pas la première fois.

Aguirrez ne semblait pas inquiet.

— Dans ces conditions, je propose que nous nous y mettions.

Il fit un signe à Diego qui s'approcha d'un téléphone posé près d'une batterie de boutons. Il dit quelques mots puis commença à en presser quelques-uns. Des moteurs vrombirent, une sirène d'alarme retentit et des portes aménagées dans le plafond s'écartèrent lentement, le plancher commença à s'élever et, quelques instants plus tard, se stabilisa au niveau du pont sur lequel des hommes d'équipage, alertés par la sirène, se dirigeaient vers le Sea Cobra pour le préparer.

32

Le Dr Throckmorton avait réquisitionné pour son expédition un robuste chalutier de trente mètres de long aménagé par le Service des pêcheries canadiennes. Il était amarré non loin de l'emplacement du bateau de Mike Neal lors de la première visite des Trout au port.

— Pour citer le grand Yogi Berra, « Voilà qui me donne une impression de déjà-vu », déclara Paul Trout en s'engageant sur la passerelle du navire.

— Curieuse sensation de se retrouver ici, lui répondit Gamay en contemplant le port endormi. Cet endroit est si paisible.

— Aussi paisible qu'un cimetière, commenta Paul.

Throckmorton les accueillit avec son enthousiasme habituel.

— Ah ! les docteurs Trout ! Quel plaisir de vous avoir à bord ! Je suis content que vous m'ayez appelé. Je ne me doutais pas que nous nous reverrions si vite après notre discussion à Montréal.

— Nous non plus, dit Gamay. Vos découvertes ont causé un certain émoi à la NUMA. Merci de nous recevoir une fois encore.

— Pas du tout. Pour m'aider, leur apprit-il en baissant la voix, j'ai recruté un couple très brillant de mes jeunes étudiants, mais je ne vous cache pas que je suis enchanté de la présence à mes côtés de scientifiques adultes. Vous portez toujours votre plâtre, comment va votre bras ?

— Très bien. Je ne vois pas le Dr Barker, dit Paul en regardant autour de lui.

— Il n'a pas pu venir, expliqua Throckmorton. Des engagements personnels. Plus tard, peut-être. Je le laisse faire. Ses connaissances en génétique sont très précieuses.

— Alors les recherches n'ont pas donné grand-chose ? demanda Gamay.

— Au contraire, mais dans ce domaine je joue plutôt le rôle du mécanicien, si vous permettez cette analogie. Je suis capable d'assembler le châssis et la carrosserie d'une voiture de sport, cependant les croquis de Frederick me sont indispensables.

— Et pourtant le bolide le plus sophistiqué n'est rien sans son mécanicien, rétorqua gentiment Gamay.

— Vous êtes bien bonne, mais il s'agit d'une affaire complexe dont certains aspects m'intriguent. (Throckmorton fronça les sourcils.) Les pêcheurs sont d'admirables observateurs ; ainsi la flottille locale a décidé de se déplacer vers des lieux de pêche plus productifs. J'ai discuté avec quelques anciens – parmi ceux qui ont vu péricliter les réserves de poissons puis leur remplacement par ces prétendus poissons-diables ; eh bien, figurez-vous qu'aujourd'hui les poissons-diables ont également pratiquement disparu : ils meurent tous et j'ignore pourquoi.

— Dommage que vous n'ayez pas pu en prendre un.

— Oh, je n'ai pas dit cela ! Venez, je vais vous montrer.

Throckmorton leur fit traverser le « labo sec » où on gardait à l'abri de l'humidité ordinateurs et matériel électrique pour passer dans le petit « labo humide » avec des éviers, de l'eau courante, des bassins et des paillasses sur lesquelles on découpait les spécimens qu'on voulait étudier. Il enfila une paire de gants et plongea une main dans un énorme congélateur. Avec l'aide des Trout, il en retira la carcasse congelée d'un saumon d'environ un mètre vingt et la déposa sur la table.

— Il ressemble au poisson que nous avons pris ! s'exclama Paul en inspectant les écailles d'un blanc pâle.

— Nous aurions aimé garder cet échantillon vivant, mais impossible ; il a saccagé le filet et aurait dévoré l'équipage.

— Maintenant que vous avez vu de près un de ces monstres, qu'en concluez-vous ? demanda Gamay.

Throckmorton prit une profonde inspiration qui gonfla ses joues rebondies.

— C'est bien ce que je craignais : il s'agit incontestablement d'un saumon modifié, autrement dit d'un mutant produit en laboratoire. C'est la même espèce que celui que je vous ai montré dans mon labo.

— Pourtant il m'avait paru plus petit et... plus normal.

— Parce que, avança Throckmorton, s'ils ont bien été tous deux programmés avec des gènes de croissance, j'ai toujours maîtrisé mes propres expériences alors que, semble-t-il, rien n'a été tenté pour réduire la taille de ce sujet ; comme si l'apprenti sorcier avait eu envie de voir ce qui se passerait. Mais sa taille et sa férocité ont causé sa chute : ses congénères se sont attaqués aux réserves naturelles, les ont détruites puis remplacées ; cela fait, ils se sont massacrés entre eux.

— Autrement dit, leur boulimie les aurait empêchés de se reproduire ?

— C'est possible. A moins qu'ils n'aient pas su s'adapter à la vie sauvage ; les grands arbres sont bien plus vulnérables aux tempêtes qu'un misérable pin de garrigue. La nature s'emploie à éliminer les mutants ; ils n'ont pas leur place dans l'Univers.

— Il me semble, intervint Gamay, que le Dr Barker avait envisagé des poissons asexués ; ainsi ils ne se reproduiraient pas.

— Oui, c'est tout à fait possible, mais imaginez la complexité d'une telle biotechnique.

— Quel est l'objet de vos prochaines recherches ? demanda Paul.

— Cela dépendra de ce que nous apprendrons durant les jours à venir. Je rapporterai ce spécimen et tout ce que j'aurai pu pêcher d'autre à Montréal pour nous pencher sur le génome. Une fois établi, je le comparerai avec certains éléments stockés dans mon ordinateur. Ainsi, peut-être réussirons-nous à découvrir son concepteur.

— C'est possible ?

— Bien sûr ! Un programme génétique parle presque autant qu'une signature. J'ai transmis au Dr Barker ce que j'avais trouvé. Frederick est un génie dans ce domaine.

— Vous semblez le tenir en très haute estime, observa Paul.

— En effet, c'est un esprit brillant. Je regrette seulement qu'il se soit impliqué dans une entreprise commerciale.

— A ce propos, nous avons entendu parler d'une sorte de conserverie de poisson quelque part sur la côte. Cela pourrait-il avoir un rapport avec ce spécimen ?

— Dans quelle mesure ?

— Je ne sais pas. La pollution peut-être. Cela me fait penser aux grenouilles à deux têtes qu'on trouve parfois dans des eaux contaminées.

— Hypothèse intéressante mais peu probable. Vous pourriez rencontrer des spécimens mal formés ou morts, mais ce monstre-là n'est pas un accident. Et les autres espèces auraient, elles aussi, souffert de malformations ; or ce n'est pas le cas. Mais pourquoi ne pousserions-nous pas jusque-là ? Nous jetterons l'ancre pour la nuit à proximité de la conserverie de façon à faire quelques lancers de filets au matin. Combien de temps pouvez-vous rester à bord ?

— Aussi longtemps que vous nous supporterez, répondit Paul. Nous ne voudrions pas nous imposer.

— Pas le moins du monde, protesta le professeur en remettant le saumon dans le congélateur, mais vous déciderez peut-être d'abréger votre séjour quand vous aurez vu votre cabine.

En effet, elle offrait une surface à peine plus grande que les deux couchettes superposées qu'elle contenait. Paul renonça à caser la totalité des deux mètres de sa carcasse dans la couchette inférieure et laissa pendre ses jambes en dehors.

— J'ai réfléchi aux propos du Dr Throckmorton, dit Gamay en essayant le matelas d'en haut. Imagine que tu sois le Dr Barker et que tu travailles à ce bio-poisson pour le compte d'Oceanus. Serais-tu d'accord pour que quelqu'un analyse un matériel génétique qui conduirait jusqu'à ta porte ?

— Sûrement pas, et nous savons de source sûre qu'Oceanus ne plaisante pas avec les fouineurs !

— Une suggestion ?

— Bien sûr : nous détournons Throckmorton de son projet de halte nocturne en simulant une rage de dents ou en inventant je ne sais quelle excuse.

— Tu n'en as pas réellement envie ?

— Je te rappelle que je n'ai pas arrêté de gémir depuis que je sais que Kurt et Joe sont partis jouer sans moi.

— Inutile de me le répéter : tu as réagi comme si on t'avait interdit la cour des grands.

— Le Dr Throckmorton est charmant, mais je ne m'attendais pas à lui servir de nounou et à devoir l'empêcher d'intervenir.

— Donc, selon toi, maintenant c'est à nous de jouer ?

Paul acquiesça et dit :

— Tu as un dollar ?

Gamay lui tendit une pièce de un dollar canadien ; Paul la lança en l'air et la rattrapa sur le dos de son plâtre.

— Pile. J'ai perdu. A toi de choisir le quart que tu préfères.

— Tu n'auras qu'à prendre le premier, quand l'équipage sera couché.

— Parfait, fit-il en s'extrayant de la couchette. De toute façon je n'arriverai pas à dormir sur cet instrument de torture. En tout cas, je suis armé, dit-il en levant son plâtre.

— J'ai mieux, fit Gamay avec un sourire. (Elle fouilla dans son sac et en tira un étui contenant un petit 7,65.) Je l'ai pris au cas où je voudrais m'entraîner.

Paul sourit : le père de Gamay lui avait appris à tirer sur des pigeons d'argile alors qu'elle n'était encore qu'une enfant ; il en avait fait une tireuse d'élite. Il prit le pistolet et constata qu'il pouvait viser en appuyant son bras blessé sur son autre main.

— Mieux vaudrait peut-être, observa Gamay en regardant ses tentatives incertaines, que nous prenions le quart ensemble.

Le navire jeta l'ancre à environ un mille de la côte : sur la côte rocheuse, des toits et un pylône de transmissions signalaient les installations d'Oceanus. Le dîner rassembla dans la petite cambuse les Trout, Throckmorton, ses étudiants et quelques membres de l'équipage; le professeur et ses invités y allèrent chacun de leur petite histoire sur leurs travaux et le temps passa rapidement; vers vingt-trois heures on sonna le couvre-feu.

Paul et Gamay gagnèrent leur cabine, enfilèrent gros chandail et caban et prirent des couvertures, puis, quand le silence régna sur le bateau, ils se glissèrent sur le pont et se postèrent face à la terre. La nuit était fraîche et la mer d'un calme plat. Paul s'assit, adossé à la cloison de la cabine et Gamay s'allongea auprès de lui. Les deux premières heures passèrent rapidement. Puis ce fut le tour de Gamay de veiller et celui de Paul de se reposer. Il ne dormait que depuis quelques minutes, lui sembla-t-il, quand Gamay le secoua par l'épaule.

— Que se passe-t-il ? demanda-t-il aussitôt.

— J'ai besoin de tes yeux. Tu vois cette tache sombre sur l'eau : j'ai cru que c'était un paquet d'algues mais ça s'est rapproché.

Paul se frotta les yeux et tout d'abord il ne vit dans la direction qu'elle lui indiquait que le noir bleuté de la mer. Cependant une masse plus sombre lui parut progresser vers eux; puis il surprit des murmures.

— C'est une grande première : des algues qui parlent ! Si on tirait un coup de semonce ?

Ils rampèrent vers l'avant et Gamay se posta en position de tir, les coudes appuyés sur le pont, tenant le pistolet à deux mains. Paul tripotait une torche électrique et finit par se mettre en place. Quand Gamay lui donna le signal, il alluma le puissant faisceau : quatre paires d'yeux en amande dans des visages basanés clignotèrent de surprise; quatre hommes vêtus de noir avaient stoppé leurs deux kayaks, pagaies figées en l'air.

Crac !

La première balle fracassa la pagaie de l'homme de tête d'une des embarcations; la deuxième balle fit de même avec le second kayak. Les deux hommes à l'arrière pagayèrent furieusement pour reculer, les autres tentant de les aider en plongeant les mains dans l'eau. Les embarcations firent demi-tour et repartirent vers la terre, mais Gamay n'allait pas les laisser s'en tirer ainsi. Les canots se trouvaient presque hors de portée de la torche quand elle fracassa les deux autres pagaies.

— Joli coup, Annie du Far-West ! s'exclama Paul.

— Bien repéré, Dick le Borgne ! Voilà qui devrait les occuper un moment.

Bien que peu bruyants, les coups de feu avaient tiré de leur couchette le Dr Throckmorton et quelques membres de l'équipage qui déboulèrent sur le pont.

— Oh, bonjour, dit-il en apercevant les Trout. Nous avons entendu du bruit. Bonté divine ! s'exclama-t-il en repérant le pistolet dans la main de Gamay.

— J'ai subitement eu envie de m'exercer un peu.

Des voix montaient de la surface de l'eau. Un marin s'approcha du bastingage et tendit l'oreille.

— Quelqu'un a besoin d'aide, il faut mettre un canot à l'eau !

— Si j'étais vous, je ne ferais pas cela, déclara Paul avec aménité mais sans se laisser fléchir. Ces types se débrouillent très bien tout seuls.

Throckmorton hésita puis renvoya le matelot.

— C'est bon. Je reste avec les Trout. Maintenant, mes amis, ajouta-t-il quand ils furent seuls, expliquez-moi ce qui se passe.

— Je vais faire du café, annonça Gamay. La nuit pourrait être longue. (Quelques minutes plus tard elle revint avec trois bols fumants.) J'ai trouvé du whisky et j'en ai versé dans chaque tasse, prévint-elle. Nous en aurons certainement besoin.

Tour à tour, ils évoquèrent leurs soupçons sur le complot que tramait Oceanus, étayant leurs propos de preuves glanées à diverses sources.

— Ces accusations sont graves, avertit Throckmorton. Vous devez avancer des preuves solides de cet abominable projet.

— La preuve, c'est cette chose que vous avez rangée dans votre congélateur, rétorqua Gamay. Avez-vous d'autres questions ?

— Oui, répondit Throckmorton au bout d'un moment. Reste-t-il du whisky ?

Prévoyante, Gamay avait glissé la flasque dans sa poche ; elle servit Throckmorton qui, après avoir bu une gorgée, reprit :

— Les propos de Frederick me dérangeaient, mais je supposais, avec optimisme sans doute, que la raison scientifique l'emporterait le moment venu sur ses intérêts commerciaux.

— Avant tout, commença Gamay, j'ai besoin de votre réponse à une question fondamentale. Est-il possible de détruire les populations de poissons indigènes pour les remplacer par ces « frankenfish » ?

— Tout à fait possible, et si quelqu'un en est capable, c'est bien le Dr Barker. Cela explique tant de choses. J'ai quand même du mal à y croire : le Dr Barker acoquiné avec cette bande. Je reconnais pourtant qu'il a agi bizarrement. (Il cligna les yeux comme quelqu'un qui sort d'un rêve.) Ces coups de feu : quelqu'un aurait tenté de monter à bord ?

— Il semblerait, confirma Gamay.

— Il vaudrait peut-être mieux lever l'ancre et alerter les autorités !

— Nous ignorons la part que tient dans le tableau cette installation à terre, temporisa Gamay tout à la fois ferme et rassurante. Mais Kurt est persuadé de son importance et demande que nous la surveillions jusqu'à la fin de sa mission.

— N'est-ce pas faire courir un danger aux passagers de ce bateau ?

— Pas nécessairement, répondit Paul. Dès l'instant que nous nous tenons sur nos gardes. Avertissez le capitaine ; qu'il se tienne prêt s'il faut partir rapidement. Mais nos amis ne reviendront pas : la surprise est éventée.

— Très bien ! lança Throckmorton d'un air déterminé. Puis-je vous être utile en quelque chose ?

— Oui, dit Paul. (Il prit le whisky des mains de Gamay et versa une nouvelle rasade à Throckmorton pour l'aider à supporter la situation.) Attendre.

33

L'ÉQUIPE des Sentinelles de la Mer progressait difficilement dans une forêt très dense ; Therri tenta de dévisager les brutes qui les encadraient, mais un canon de fusil enfoncé dans son dos avec une force telle qu'elle lui arracha des larmes de douleur l'en dissuada ; elle se mordit les lèvres pour ne pas crier.

Il faisait sombre, seules quelques lumières brillaient çà et là dans le lointain. Quand, enfin, la forêt se fit moins dense, ils étaient parvenus devant la porte d'un bâtiment éclairée par un projecteur. Les gardes poussèrent les prisonniers à l'intérieur, coupèrent leurs liens puis partirent aussitôt, la porte claquant derrière eux.

L'odeur d'essence et le sol taché d'huile évoquaient un garage énorme, pourtant il ne contenait aucun véhicule, seulement une quarantaine de personnes blotties, effrayées, épuisées, contre le mur du fond. Ils considérèrent les nouveaux venus avec inquiétude, puis l'un d'entre eux, assis en tailleur, se leva et s'approcha. Il avait le visage ridé comme du vieux cuir, des cernes sombres et de longs cheveux gris noués en queue-de-cheval ; il portait des vêtements crasseux et pourtant il émanait de lui une incontestable dignité.

— Je m'appelle Jesse Nighthawk, dit-il en tendant la main.

— Nighthawk, répéta Therri, comprenant soudain pourquoi son interlocuteur lui semblait si familier. Vous devez être le père de Ben.

— Vous connaissez mon fils ? s'étonna-t-il.

— Oui, je travaille avec lui au bureau de la SDM à Washington.

Le vieil homme jeta un coup d'œil par-dessus l'épaule de Therri comme s'il cherchait quelqu'un.

— Ben est venu ici, je l'ai vu quitter le couvert des arbres en courant. Son compagnon a été abattu.

— Oui, je sais. Ben va bien, c'est lui qui nous a expliqué tous vos problèmes.

— Notre dessein, fit Ryan en s'avançant, est de vous libérer.

— Je ne doute pas de vos bonnes intentions, répondit Jesse en secouant la tête. (Il voyait certainement en Ryan celui qui arrive en tête du détachement de cavalerie pour sauver la situation.) Je regrette cependant votre présence, car vous vous exposez à de grands dangers.

— Ils nous ont capturés dès l'atterrissage, expliqua Therri, comme s'ils savaient que nous arrivions.

— Le méchant m'a dit qu'il y a des guetteurs partout, précisa Nighthawk.

— Le « méchant » ?

— Vous le rencontrerez, j'en ai bien peur. Ce personnage de cauchemar a tué le cousin de Ben avec un javelot, ajouta Jesse les yeux pleins de larmes. Nous avons trimé jour et nuit pour défricher la forêt. Même les femmes, même les enfants. (Sa voix lasse se brisa.)

— Qui sont ces gens ? demanda Ryan.

— Ils s'appellent les Kiolya. Des Esquimaux, je crois mais je n'en suis pas sûr. Qu'ils construisent en face de notre village ne nous plaisait pas beaucoup, mais, comme nous-mêmes squattions ce terrain, nous ne pouvions rien dire. Puis, un jour, ils ont traversé le lac et, sous la menace de leurs fusils, ils nous ont emmenés. Depuis, nous n'arrêtons pas d'abattre des arbres pour les traîner jusqu'au chantier. Savez-vous de quoi il s'agit ?

Ryan n'eut pas le temps de répondre : on déverrouillait la

porte. Six hommes entrèrent dans le garage, un fusil-mitrailleur sous le bras. Même visage sombre, large avec des pommettes hautes et des yeux en amande au regard impitoyable. Ils paraissaient cependant presque doux à côté du septième arrivant : bâti comme un taureau, sa tête reposait quasi directement sur des épaules puissantes ; une peau rouge jaunâtre, grêlée ; un rictus déformait ses lèvres ; des tatouages verticaux attiraient l'attention sur son nez informe ; et enfin, pour toute arme, un poignard pendait à sa ceinture.

Therri n'en croyait pas ses yeux : elle avait devant elle le conducteur du traîneau qui avait pris Austin en chasse. Difficile d'oublier le visage ravagé et le corps certainement gonflé aux stéroïdes. Elle comprit tout de suite qu'il était « le méchant » dont Jesse avait parlé. L'homme balaya du regard les nouveaux prisonniers et s'attarda sur le corps de Therri qui en frissonna de peur et de dégoût. Instinctivement Jesse Nighthawk et les autres villageois reculèrent.

Un sourire bestial crispa son visage quand le tortionnaire vit la crainte qu'il inspirait. Il lança un ordre guttural et Therri, Ryan et Mercer furent poussés dehors et entraînés dans la forêt. Complètement désorientée, Therri n'avait plus aucune idée de la situation du lac : si, par miracle, elle réussissait à s'échapper, elle ne saurait pas dans quelle direction s'enfuir.

Plus les minutes passaient, plus sa confusion s'aggravait : ils avançaient sur un sentier pavé qui semblait barré par un mur végétal sombre et infranchissable ; entre les troncs et les branches, c'était un perpétuel jeu de noirs et de gris. Ils n'étaient plus qu'à quelques mètres des premiers arbres quand une section de la forêt disparut en laissant place à un rectangle de lumière d'un blanc aveuglant qui obligea Therri à protéger ses yeux. Une fois son regard habitué, elle distingua des gens qui allaient et venaient comme sur une scène appartenant à une autre dimension.

On les fit pénétrer dans un volume énorme, brillamment éclairé et couvert d'un haut plafond arrondi. En se retournant, elle vit le rectangle de la forêt disparaître ; elle comprit alors que le bâtiment était très habilement camouflé. L'architecture de l'édifice lui-même aurait suffi à lui couper le souffle, mais ce fut le volumineux dirigeable blanc argenté, stationné à l'intérieur du dôme, qui pétrifia Therri.

Bouche bée, ils contemplèrent cette torpille, à laquelle deux terrains de football n'auraient pas suffi pour se poser. Une queue pointue, encadrée de quatre ailerons stabilisateurs, lui donnait, malgré ses proportions gigantesques, une silhouette effilée. Les quatre moteurs étaient fixés dans des nacelles maintenues sous le ventre de l'appareil par des poutres. Le dirigeable reposait sur un système compliqué de portiques fixes ou mobiles. Une cinquantaine de mécaniciens en salopette s'affairaient autour du dirigeable faisant retentir l'air du fracas de leurs machines et outils. Les gardes poussèrent les prisonniers sous le nez arrondi : il se dressait au-dessus de leurs têtes et Therri eut la vision fugitive de ce que doit ressentir un insecte juste avant qu'une chaussure ne l'écrase.

Le poste de pilotage – long, étroit et presque entièrement vitré – était installé sous le ventre de l'appareil, légèrement en retrait du nez ; on leur ordonna d'y entrer. L'intérieur rappela à Therri celui d'un navire ; même roue à rayons, même habitacle. Un homme y donnait des ordres. Contrairement aux gardes, qui semblaient tous sortis du même moule, il était grand, sa peau paraissait décolorée, et il avait le crâne rasé. Il se retourna pour observer l'arrivée des prisonniers derrière ses lunettes aux verres sombres puis reposa le bloc-notes électronique qu'il tenait à la main.

— Tiens, tiens, quelle charmante surprise ! SDM arrive à la rescousse !

Il souriait mais son ton était aussi chaleureux qu'une rafale de vent soufflant sur un glacier.

— Mon nom, fit Ryan sans relever le sarcasme, est Marcus Ryan et je dirige les Sentinelles de la Mer. Voici Therri Weld, notre conseil juridique, et Chuck Mercer, notre directeur des opérations.

— Inutile de me débiter vos noms, grades et matricules. Je sais pertinemment qui vous êtes, répondit l'homme. Ne perdons pas de temps. Dans le monde de l'homme blanc, je porte le nom de Frederick Barker, mon peuple m'appelle Tounouk.

— Vous êtes tous des Esquimaux ? s'enquit Ryan.

— C'est le nom que nous donnent les ignorants. Nous sommes des Kiolya.

— Vous ne correspondez pas au type esquimau.

— J'ai hérité des gènes d'un capitaine baleinier de Nouvelle-Angleterre. Handicap humiliant au début, il m'a permis de passer pour un Blanc, dans l'intérêt des Kiolya.

— Quel est donc cet engin ? demanda Ryan en levant les yeux.

— Superbe, n'est-ce pas ? Le *Nietzsche* a été conçu et construit en secret par les Allemands : ils comptaient embarquer des passagers prêts à payer une fortune pour survoler le pôle Nord. Quand il s'est écrasé, les miens ont cru à un don du ciel. Dans une certaine mesure, ils n'avaient pas tort. J'ai dépensé des millions à le remettre en état. Nous avons apporté des améliorations aux moteurs qui sont désormais plus puissants et nous avons remplacé les enveloppes de gaz : les nouvelles peuvent contenir des millions de mètres cubes d'hydrogène.

— Je croyais que, à cause du *Hindenburg*, intervint Mercer, on avait renoncé à l'hydrogène.

— Les dirigeables allemands ont parcouru sans dommage des milliers de milles en utilisant l'hydrogène. Je l'ai choisi en raison du poids de ma cargaison : la puissance ascensionnelle de l'hydrogène est en effet égale à deux fois celle de l'hélium. Grâce au plus simple des atomes, le Peuple de l'aurore boréale s'apprête à connaître le destin qu'il mérite.

— Que d'énigmes ! ironisa Ryan.

— Au contraire. La légende raconte que les Kiolya sont nés dans l'aurore boréale, redoutée par les tribus inuites parce qu'elle porterait malheur. Vous allez d'ailleurs bientôt découvrir qu'il s'agit d'une réputation méritée.

– Vous avez l'intention de nous tuer, n'est-ce pas ?

— Les Kiolya se débarrassent des prisonniers devenus inutiles.

— Et les villageois ?

— Je vous le répète, nous ne gardons pas de prisonniers.

— Puisque vous nous avez condamnés, satisfaites au moins notre désir et expliquez-nous ce que vient faire ici cette curiosité aéronautique.

Un sourire glacé plissa les lèvres pâles.

— C'est ici que le héros joue sur la vanité du méchant dans l'espoir qu'arrive la cavalerie. Ne perdez pas votre temps. Vous vivrez aussi longtemps que vous pourrez m'être utiles.

— Aimeriez-vous apprendre ce que nous connaissons de vos projets ?

Barker se contenta de dire quelques mots dans une langue inconnue au chef des gardes qui s'avança pour lui tendre un des pains d'explosif C-4 soigneusement préparés par Mercer.

— Vous comptiez faire des recherches minières ?

— Fichtre non ! riposta Ryan. Nous comptions couler votre installation comme vous l'avez fait de notre navire.

— Brutal et direct comme toujours, monsieur Ryan. Mais vous n'aurez pas l'occasion d'allumer votre petit feu d'artifice, lança-t-il d'un ton où vibrait le mépris. (Il rendit les explosifs à son homme de main.) Et que savez-vous précisément de notre « installation » ?

— Nous savons tout de vos expériences avec des poissons génétiquement modifiés.

— Ce n'est qu'une partie de nos plans grandioses, dit Barker. Laissez-moi vous expliquer ce que vous réserve l'avenir. Ce soir, ce dirigeable décollera et mettra le cap à l'est avec, dans la cale, des bassins emplis de plusieurs espèces de poissons génétiquement modifiés ; ainsi il répandra mes créations dans l'océan comme un fermier sème du grain. En quelques semaines, quelques mois au plus, les espèces indigènes seront éliminées. Si cette expérience pilote réussit comme je m'y attends, nous procéderons à l'ensemencement de tous les océans. Peu à peu, le marché mondial ne sera plus alimenté que par les poissons produits par nos banques de gènes brevetés. Nous détiendrons alors un quasi-monopole.

— Vous croyez vraiment que ce projet insensé marchera ? s'esclaffa Ryan.

— Il n'a rien d'insensé. Tous les modèles informatiques annoncent un succès fracassant. De toute façon, les réserves naturelles de poissons sont condamnées par la pêche intensive et la pollution industrielle. Je ne fais que hâter le jour où les océans se transformeront en vastes installations de pisciculture. Et le plus beau, c'est qu'il n'est même pas illégal de jeter des poissons dans la mer.

— En revanche tuer des gens l'est ! s'exclama Ryan, la fureur brillant dans son regard. Vous avez abattu mon ami et collègue Josh Green...

— Josh n'est pas le seul, coupa Therri incapable de se maîtriser plus longtemps. Il y a eu le reporter sur le *Sentinel*, celui des vôtres abattu par vos brutes à Copenhague, le cousin de Ben Nighthawk ; vous avez aussi attaqué le sénateur Graham ; vous réduisez des gens en esclavage.

— Mais c'est que l'avocate de la compagnie a la langue bien pendue ! ricana Barker, abandonnant toute civilité. Pourquoi n'était-elle pas là pour plaider la cause des Kiolya mourant de faim après le massacre des phoques par les Blancs ? Pourquoi n'était-elle pas là quand la tribu a été contrainte d'abandonner ses terrains de chasse traditionnels et de s'installer dans des villes loin de sa patrie ?

— Rien de tout cela ne vous donne le droit de tuer des gens et de bousiller les océans dans votre intérêt ! lança-t-elle, furieuse. Vous pouvez terroriser une bande de malheureux Indiens et les trimbaler où bon vous semble, mais vous allez devoir lutter contre la NUMA.

— Ce n'est pas ce ramassis de farfelus et de débiles rameutés par l'amiral Sandecker qui va m'empêcher de dormir !

— Ni l'arrivée de Kurt Austin ? ajouta Ryan.

— Je sais tout d'Austin. C'est un homme dangereux, mais la NUMA considère la SDM hors la loi. Non, vos amis et vous êtes seuls ici, plus seuls que vous ne l'avez jamais été. (L'homme de main tatoué de Barker lui dit quelques mots en langue kiolya.) Umealiq me rappelle que vous souhaitiez voir les animaux de compagnie.

Barker les guidant et les gardes les escortant, les prisonniers quittèrent le hangar du dirigeable pour se retrouver, quelques instants plus tard, dans le bâtiment qu'ils avaient truffé à leur arrivée de charges d'explosifs. Seulement cette fois l'intérieur était brillamment illuminé.

Barker s'arrêta devant un bassin qui contenait un poisson de près de trois mètres et pencha la tête à la manière d'un artiste qui vérifie sa toile.

— Mes premiers travaux concernaient presque tous le saumon, expliqua Barker. Je n'ai guère rencontré de difficultés pour créer des géants comme celui-là. Je suis assez fier de ma sardine : elle pesait plus de vingt kilos et a vécu quelques mois.

Poursuivant la visite, il s'approcha du réservoir suivant : le saumon qui y évoluait était deux fois plus petit que son voisin mais son corps – Therri déglutit avec peine – portait deux têtes identiques.

— Ce sujet n'a pas donné les résultats escomptés, mais reconnaissez quand même qu'il est intéressant.

Ensuite, ils passèrent devant un spécimen couvert d'excroissances rondes, puis devant un autre aux yeux protubérants, et enfin devant des malformations identiques mais sur d'autres espèces comme l'aiglefin, la morue ou le hareng.

— Ils sont hideux, commenta Ryan.

— L'amour embellit tout, rétorqua Barker en s'arrêtant devant un aquarium abritant un poisson blanc argenté d'environ un mètre cinquante. Voici l'un des premiers prototypes que j'ai mis au point avant de découvrir que je ne contrôlais plus leurs tendances agressives ni leurs dimensions. J'en ai lâché quelques-uns dans la nature pour voir ce qui se passait ; malheureusement, après avoir éliminé les espèces locales, ils se dévorèrent entre eux.

— Il ne s'agit pas d'expériences mais de monstres, grommela Ryan. Pourquoi les laissez-vous vivre ?

— Vous plaignez les poissons ? Même pour la SDM, c'est pousser les choses un peu loin. Laissez-moi vous parler de ce gaillard. Il rend bien des services. Nous avons jeté dans son bassin l'Indien et votre copain ; en un rien de temps, il les avait rongés jusqu'aux os. Depuis, les autres Indiens – nous les avions conviés au spectacle – ne nous ont pas posé l'ombre d'un problème.

Ryan, perdant son calme, se précipita sur Barker ; il le tenait à la gorge quand son acolyte s'empara du fusil d'un garde et en abattit la crosse sur la tête de Ryan. Il s'écroula sur le sol, aspergeant de sang Therri.

Son estomac se tordit et elle retrouva la terreur qu'elle avait lue dans les yeux de Jesse Nighthawk.

— Puisque M. Ryan et ses compagnons s'intéressent autant à leurs amis à nageoires, proféra Barker, j'essaierai d'organiser un dîner.

Là-dessus les gardes se rapprochèrent.

34

L'EUROCOPTER avec, à son bord, Austin, Zavala, Ben Nighthawk et les deux Basques, décolla du *Navarra* et entama un large cercle en attendant le Sea Cobra. Quelques minutes plus tard, les deux hélicos faisaient route côte à côte vers le soleil déclinant.

De son siège, Austin distinguait la redoutable silhouette du Sea Cobra ; il avait beau savoir que l'hélicoptère de combat transportait un armement suffisant pour raser une petite ville, il ne se faisait pas d'illusions : avec Oceanus, ce ne serait pas du gâteau.

A la vitesse de cent vingt-cinq nœuds, les deux appareils franchirent rapidement une côte rocheuse, laissant la mer derrière eux. Ils survolaient une forêt de sapins très dense en rasant le faîte des arbres pour éviter d'être détectés. Austin vérifia le chargeur de son revolver puis se détendit sur son siège pour repasser leur plan dans sa tête.

Zavala accusait parfois Austin d'improviser au fur et à mesure ; il plaisantait, mais il y avait du vrai dans ce reproche. Austin savait que toute organisation a ses limites. Pour avoir grandi sur l'eau ou à proximité immédiate, il réagissait en marin ; il savait qu'on remplit une mission comme on pilote un bateau par gros temps : quand les choses vont mal, elles vont vraiment mal. Un bon marin veille donc à ce que ses cordages ne s'emmêlent jamais et il a toujours une écope à portée de la main.

Austin croyait fermement au principe qu'il faut réduire les choses à l'essentiel. Son objectif principal étant d'évacuer sans dommage la famille de Ben et ses amis, il ne pouvait pas faire simplement plonger le Sea Cobra en canardant tout ce qui se trouvait à sa portée – les frappes chirurgicales, ça n'existe pas. Il faudrait utiliser avec discernement l'armement de l'hélico, ce qui réduisait considérablement ses redoutables capacités. Les sourcils froncés, il songeait au joker que cet idiot fanatique de Marcus Ryan lui avait distribué. Austin n'avait pas besoin de l'affection qu'il portait à Therri Weld pour troubler son jugement.

Le moteur de l'Eurocopter changea de régime : l'appareil réduisait sa vitesse pour se rapprocher de la cime des arbres. Ben, qui était assis derrière Austin avec Zavala et les frères Aguirrez, faisait signe au pilote de descendre, lequel secouait la tête pour faire comprendre qu'il n'y avait aucun endroit où atterrir.

Pablo jeta un coup d'œil par le hublot.

— Vous faites confiance à l'Indien?

Austin examina la zone malgré la visibilité réduite dans le soleil couchant; partout cette verdure sombre, mais ils se trouvaient maintenant presque arrivés chez Ben Nighthawk.

— C'est son pays, pas le mien.

Pablo hocha la tête et cria quelque chose en espagnol au pilote qui marmonna tout seul puis annonça par radio à l'autre hélicoptère son intention de se poser. Le Sea Cobra se détacha et se mit à tourner en rond au-dessus de la zone; ses détecteurs à infrarouges localiseraient tout corps dégageant de la chaleur et rôdant dans les parages. Ne détectant aucun signe de vie humaine, le Sea Cobra leur donna l'autorisation d'atterrir.

L'Eurocopter s'enfonça au cœur de la forêt, chacun, à l'exception de Ben, s'attendant à ce que les pales se déchiquettent contre les troncs d'arbres. Mais il n'y eut qu'un craquement de branchages puis le choc sourd des patins heurtant le sol. Seuls les yeux perçants de Ben avaient pu repérer que la forêt touffue n'était en réalité qu'une zone défrichée envahie de broussailles. Le Sea Cobra se posa non loin de là.

Austin poussa un soupir de soulagement et sauta de l'hélico, Zavala et les frères Aguirrez sur ses talons. Malgré le balayage négatif aux infrarouges, ils étaient accroupis en position de combat, le doigt sur la détente. Quand les rotors se furent totalement immobilisés, un silence, si absolu qu'il semblait tangible, s'abattit sur eux. Ben descendit à son tour et jeta un coup d'œil aux fusils-mitrailleurs brandis par ses compagnons.

— Vous ne trouverez personne ici, déclara-t-il. Cet endroit n'a pas été utilisé depuis mon enfance. Il y a une rivière par là au milieu des arbres. (Il désignait quelques bâtisses délabrées, à peine visibles dans la pénombre.) C'était le baraquement des bûcherons et la scierie. A cause de nombreux accidents, mon père disait que ce lieu portait malheur. On a bâti un autre camp en aval d'où les troncs flottaient plus rapidement jusqu'au marché.

— Le jour tombe. Nous ferions mieux de nous dépêcher, remarqua Austin beaucoup plus terre à terre.

Ils rassemblèrent les sacs à dos et se divisèrent en deux groupes. Les équipes de la NUMA, Nighthawk et les frères Aguirrez – les Basques évoluaient avec une assurance qui trahissait leur habitude des missions clandestines – constitueraient le groupe d'assaut. Les deux pilotes, eux aussi puissamment armés, attendraient un éventuel appel en renfort.

Guidés par Ben, ils pénétrèrent dans la forêt, passant ainsi de la pénombre à l'obscurité. Ils suivaient Ben en portant, sauf le dernier de la file, une petite torche halogène dont ils braquaient le faisceau sur le sol. Sur plusieurs kilomètres ils alternèrent marche et trot, progressant sans effort sur le tapis d'aiguilles de pins jusqu'au moment où Ben leur fit signe d'arrêter. Essoufflés, en sueur, ils attendirent dans les ténèbres.

— Nous sommes à moins de deux kilomètres, diagnostiqua Ben après avoir écouté attentivement quelques instants.

— C'est le moment de nous assurer que notre poudre est bien sèche, suggéra Zavala en prenant son fusil.

— Ne vous inquiétez pas pour les gardes, le rassura Ben, ils sont tous du côté du lac. Personne ne s'attendrait à nous voir arriver par ici.

— Pourquoi donc ? répliqua Zavala.

— Vous verrez. Surtout ne passez pas devant moi, recommanda Nighthawk qui repartit sans ajouter un mot.

Dix minutes plus tard, il ralentit le pas, conseillant à ses compagnons d'avancer prudemment ; soudain il fit stopper le groupe ; ils se trouvaient au bord d'un gouffre. Austin braqua sa lampe sur les parois verticales puis vers le fond où coulait bruyamment un torrent. Le faisceau ne parvint pas à l'éclairer.

— Je sais pourquoi nous ne trouverons pas de gardes de ce côté, dit Zavala. Nous avons pris un mauvais chemin et nous nous retrouvons sur le bord nord du Grand Canyon.

— Nous sommes au « Saut de l'homme mort », les informa Ben. Les gens d'ici ne sont guère inspirés en matière de toponymie.

— Ils sont malgré tout assez explicites, ironisa Austin.

Zavala regarda à droite puis à gauche.

— Peut-on contourner ce petit fossé ?

— Oui, en parcourant une quinzaine de kilomètres toujours à travers la forêt, répondit Ben. Nous nous trouvons ici à l'endroit le plus étroit et le lac est à moins d'un kilomètre.

— Ça me rappelle un film d'Indiana Jones où ils traversaient un gouffre sur un pont invisible, plaisanta Zavala.

— Demandez et vous recevrez, déclara Austin en sortant de son sac à dos un rouleau de corde en Nylon et un grappin pliant.

— Amigo, fit Zavala en ouvrant de grands yeux, tu ne cesseras jamais de m'étonner. Dire que je me croyais fin avec mon couteau suisse à tire-bouchon incorporé. Je parie que ton petit sac cache une bouteille de bon vin.

Austin exhiba une poulie et un harnais de rappel.

— Avant que vous ne me décerniez un badge de boy-scout, je dois avouer que Ben m'a prévenu de l'existence de ces douves au pied des murailles du château.

Austin demanda qu'on lui laisse de la place. Il s'approcha dangereusement près du bord, fit tourner le grappin au-dessus de sa tête et le lança. Le premier essai était un peu court et les crochets heurtèrent la paroi. Les deux lancers suivants atteignirent l'autre côté, mais la prise ne tenait pas. Le quatrième essai fut le bon : les crochets se logèrent dans une fissure. Austin assura l'autre extrémité de la corde à un arbre et la testa en tirant de tout son poids. Il attacha ensuite la poulie et le harnais de rappel à la corde, prit une profonde inspiration et se lança dans le vide. Il sembla arriver de l'autre côté à Mach 2 ; heureusement les buissons amortirent son atterrissage. Utilisant une corde de rappel, Zavala attira la poulie, y attacha le sac à dos d'Austin et la renvoya. Le reste de l'équipement fut transporté de la même façon. Puis ce fut le tour de Zavala et de Ben, et enfin celui des Basques.

Ils ramassèrent leurs paquetages et reprirent leur progression à travers bois jusqu'à ce qu'ils aperçussent des lueurs dansant parmi les arbres comme les feux d'un camp de gitans. A peu près en même temps, ils entendirent les bruits étouffés de machines.

Ben les fit s'arrêter.

— Maintenant, vous pouvez vous préoccuper des gardes, chuchota-t-il.

Zavala et les Basques prirent l'arme qu'ils portaient en bandoulière et Austin ouvrit le rabat de son étui à revolver. Il avait étudié les photos-satellite du complexe et reconstitué le mieux possible le plan de l'installation. Ben l'avait aidé à combler certaines lacunes.

Un réseau d'allées et de routes pavées, reliant entre eux quelques petits bâtiments disséminés dans les bois, entourait le hangar situé non loin du lac. Austin commanda à Ben de l'emmener à l'endroit d'où il avait aperçu le dôme. Pendant que les autres attendaient, l'Indien le guida jusqu'à une route goudronnée éclairée par des lumières à basse intensité à hauteur de chevilles. La voie étant libre, ils s'empressèrent de traverser le macadam jusqu'à un autre secteur boisé.

Une nouvelle fois, Ben s'arrêta puis, tendant les mains devant lui comme un somnambule, s'avança vers les arbres qui leur barraient le chemin. Après une autre halte, il murmura à Austin de faire comme lui. Austin l'imita, les bras tendus, s'attendant à toucher l'écorce rugueuse d'un tronc ; à la place sa main rencontra une surface froide et lisse. Il colla son oreille dessus et perçut un bourdonnement sourd. Il recula pour vérifier de nouveau la présence des arbres. Le camouflage adaptatif a un bel avenir, songea-t-il.

Ben et lui revinrent rapidement sur leurs pas pour rejoindre les autres. Austin suggéra de se séparer pour inspecter les bâtiments extérieurs et de se regrouper dans un quart d'heure.

— Et si on nous repère ? demanda Pablo légèrement hésitant.

— Neutralisez sans qu'on vous voie. Faites-le sans bruit, recommanda Austin. Et si ça barde, filez par où nous sommes arrivés.

— Et moi ? s'informa Ben.

— Vous nous avez conduits ici. Vous avez le droit de vous reposer.

— Je me reposerai quand ma famille sera en sûreté.

— Alors, ne me lâchez pas d'une semelle, répondit Austin, comprenant fort bien la motivation de l'Indien.

Il tira son revolver de son étui et attendit que les autres se fussent fondus dans les ténèbres. Puis il fit signe à Ben de le suivre et ils filèrent sur le chemin goudronné, sacrifiant le couvert des bois à la rapidité.

Des bruits trahissant une certaine activité se faisaient entendre du côté du lac, mais la voie était libre et ils arrivèrent bientôt devant un long bâtiment bas qui n'était pas gardé.

— Allons-y, fit Austin à Ben.

Il s'agissait d'un entrepôt ; ils l'inspectèrent rapidement et regagnèrent le lieu de rendez-vous. Zavala arriva quelques minutes plus tard.

— Nous sommes tombés sur un entrepôt, dit Austin. As-tu trouvé plus excitant ?

— Oui, et je le regrette, répondit Zavala. Je renonce à jamais au poisson avec des frites. Je crois que je suis tombé sur un filon de « Frankenfish ».

Il décrivit les créatures difformes qu'il avait découvertes dans le bâtiment qu'il avait inspecté. Il en fallait beaucoup pour perturber le calme naturel de Zavala, mais au ton de sa voix, il était manifestement ébranlé.

— Des prototypes, sans doute, suggéra Austin.

Un léger bruissement l'interrompit; ce n'était que Pablo qui revenait de la visite de ce qui ressemblait à un garage vide; à l'intérieur pourtant, il avait vu des restes de nourriture, des os et aussi des couvertures dans lesquelles on avait peut-être dormi. Il tendit à Austin un objet qui lui fit serrer les dents : une poupée.

Diego n'eut pas besoin d'expliquer la raison de son retard : plié en deux, il portait sur ses épaules un lourd fardeau. Quand il se redressa, un garde inconscient s'écroula sur le sol.

— Vous m'avez dit de neutraliser quiconque se mettrait sur mon chemin, mais j'ai pensé que cette ordure serait plus utile vivante.

— Où l'avez-vous trouvé?

— Dans un baraquement destiné aux gardes, avec cent ou peut-être même deux cents couchettes. Cette « chose » faisait la sieste.

— Je parie que c'est la dernière fois qu'il s'endort à son poste, dit Austin.

Il s'agenouilla et braqua le faisceau de sa torche sur le visage du garde : mêmes hautes pommettes et même large bouche que celles de ses collègues; seule différence, une meurtrissure au front. Austin se redressa et dévissa le bouchon d'un bidon. Il en but une gorgée avant d'asperger la victime. Les traits épais s'agitèrent, les yeux papillonnèrent et finirent par s'écarquiller quand ils découvrirent les fusils menaçants.

— Où sont les prisonniers? demanda Austin en brandissant la bouteille pour être tout à fait explicite.

L'homme grimaça et ses yeux sombres se mirent à briller comme des braises que l'on attise; il grommela quelque chose dans une langue incompréhensible. Diego se voulut plus persuasif : il posa sa botte sur l'entrejambe du garde et appuya le canon de son fusil entre les deux yeux. La grimace disparut mais Austin comprit que le fanatisme aiderait cet homme à supporter toutes les menaces et toutes les souffrances qu'on lui infligerait.

Diego le comprit aussi et se déplaça, posant le pied sur le visage de l'homme et le canon de son fusil sur son entrejambe; il obtint quelques mots, toujours incompréhensibles.

— Parle anglais, ordonna Diego, en appuyant davantage le fusil.

Le garde reprit son souffle.

— Le lac, haleta-t-il, le lac.

— Même un porc, conclut Diego en souriant, tient à garder ses *cojones*.

Il releva son fusil, le fit pivoter et l'enfonça la crosse en avant. Il y eut un bruit écœurant et la tête du garde pendit comme celle de la poupée qu'Austin tenait toujours dans sa main.

Austin tressaillit mais pas de compassion envers le garde. D'ailleurs il était trop occupé à envisager les hypothèses les plus terribles quant au sort des prisonniers.

— Fais de beaux rêves, fit-il en haussant les épaules.

— Montrez-nous le chemin, demanda Pablo.

— Puisque nous n'avons pas tout à fait l'avantage du nombre, ça pourrait être le moment d'appeler les réserves, proposa Zavala.

Pablo prit la radio accrochée à sa ceinture et ordonna au pilote du Sea Cobra de l'amener quinze cents mètres plus loin. Austin fourra la poupée à l'intérieur de sa chemise. Puis, suivi des autres, il se précipita vers le lac, bien décidé à rendre la poupée à sa légitime propriétaire.

35

QUAND les gardes déboulèrent dans le garage-prison en brandissant des matraques, Marcus Ryan venait d'obtenir de Jesse Nighthawk tous les renseignements possibles concernant la forêt afin de préparer une évasion – espoirs aussitôt anéantis quand les cerbères, une vingtaine au moins, se mirent à matraquer au hasard. Les Indiens, habitués à ces rossées collectives destinées à décourager leur résistance, se réfugièrent contre le mur du fond, mais Ryan fut trop lent à réagir et les coups commencèrent à pleuvoir sur ses épaules et sur sa tête.

Therri, elle, jouait avec Rachael, une petite fille d'environ cinq ans ; c'était la benjamine du groupe et elle appartenait à la nombreuse famille de Ben. Therri s'interposa entre un garde et l'enfant, se crispant dans l'attente des coups. Déconcerté par cette réaction inattendue, il s'arrêta dans son geste puis éclata de rire.

— Puisque c'est comme ça, toi et la fille passerez les premières, lança-t-il, le regard impitoyable.

Il appela un de ses compagnons qui saisit Therri par les cheveux. On la traîna, le visage maintenu contre le sol par une matraque appuyée en travers de la nuque. Ensuite, on lui lia les mains derrière le dos avec du fil électrique qui lui entaillait douloureusement les poignets. Puis on la remit debout et elle aperçut Marcus et Chuck, la tête ensanglantée.

Traités comme du bétail, les prisonniers furent canalisés vers la porte puis poussés dans la forêt. Après quelques minutes de marche, ils distinguèrent entre les arbres le reflet du lac. La capture de l'équipe de la SDM datait de quelques heures, pourtant il leur semblait vivre ce cauchemar depuis des jours.

On parqua tout le monde dans une cabane près du lac et on les laissa seuls, certains adoptant une attitude stoïque pour réconforter les enfants qui pleuraient et ceux qui redoutaient l'inconnu plus que les coups. Au bout d'un petit moment, la porte s'ouvrit sur Barker et son escorte. Il avait ôté ses lunettes de soleil et Therri vit pour la première fois ses yeux étrangement pâles – la couleur d'un ventre de serpent à sonnette, songea-t-elle – qui étincelaient à la lueur des torches; il affichait un sourire satanique.

— Bonsoir mesdames et messieurs, dit-il avec la bonne humeur d'un guide. Merci de votre visite. Dans quelques minutes, je m'élèverai au-dessus de cet endroit dans la première phase d'un voyage sans pareil. Je vous remercie tous de m'avoir aidé à réaliser ce projet. Quant à ceux de la SDM je regrette leur arrivée tardive, car ils n'ont pas eu l'occasion d'apprécier pleinement, à la sueur de leur front, l'ingéniosité de mon plan.

— Assez de foutaises! s'écria Ryan qui avait retrouvé son sang-froid. Que comptez-vous faire de nous?

Barker scruta le visage ensanglanté de Ryan comme s'il le voyait pour la première fois.

— Tiens, monsieur Ryan! Vous m'avez l'air un peu décoiffé aujourd'hui. Je ne reconnais plus votre mise en plis habituelle.

— Répondez à ma question.

— J'y ai répondu lors de notre premier entretien. Je vous avais dit que vos amis et vous resteriez en vie aussi longtemps que vous me seriez de quelque utilité. (Nouveau sourire.) Je ne vous en trouve plus. Aujourd'hui, je vais faire éliminer le dôme, pour vous distraire : ce sera la dernière image qu'enregistrera votre cerveau agonisant.

Ces dernières paroles glacèrent Therri jusqu'aux os.

— Et les enfants? s'insurgea-t-elle.

— Les enfants? répéta Barker. Je ne m'intéresse à aucun

d'entre vous, jeune ou vieux. Vous sombrerez tous dans l'oubli le jour où le monde apprendra qu'une insignifiante tribu esquimaude contrôle une portion significative de l'océan. Désolé, je ne peux pas m'attarder. Mon horaire est très précis.

Il tourna les talons et disparut dans la nuit. On rassembla les prisonniers pour les entraîner vers le lac. Quelques instants plus tard leurs pas résonnaient sur la longue jetée de bois. Une sorte de barge, mais avec une coque de catamaran, se trouvait à quai. Quand elle fut assez près, Therri constata qu'un tapis roulant reliait un conteneur arrimé à l'avant et un large toboggan à l'arrière. Un poste d'alimentation mobile, se dit-elle. La nourriture, entreposée dans le conteneur, est transportée par le tapis roulant jusqu'au toboggan d'où elle tombe dans les cages des poissons.

— Ils s'apprêtent à nous noyer! réalisa-t-elle soudain en criant.

Marcus et Chuck avaient vu la barge eux aussi et, au cri de Therri, ils essayèrent d'échapper à leurs ravisseurs. Les coups de matraque qui en résultèrent leur ôtèrent toute idée de rébellion. Des mains brutales empoignèrent Therri et la poussèrent sur la barge. Elle trébucha et s'écroula sur le pont. Elle réussit à se tourner pour ne pas tomber la tête la première sur la surface dure et ce fut son bras droit qui absorba douloureusement le plus gros du choc. Son genou lui faisait aussi un mal de chien, mais elle n'avait pas le temps de se pencher sur ses maux. On la bâillonna avec du chatterton, on lui ligota les chevilles, on attacha un poids aux liens de ses poignets et on la traîna jusqu'à l'extrémité de la barge pour l'allonger en travers du tapis roulant.

Contre elle, un autre corps, plus petit; elle découvrit avec horreur que la deuxième victime serait Rachael; ensuite venaient les hommes de la SDM, puis la masse des autres prisonniers. Quand tous furent installés sur le tapis roulant, les machines de la barge se mirent en marche.

On largua les amarres et le bateau commença à glisser. Therri parvint à faire face à l'enfant et s'efforça de la réconforter du regard. Au loin, au-dessus des arbres, ainsi que Barker l'avait promis, elle apercevait la lumière du dôme. Elle se jura, quant à elle, que si jamais l'occasion se présentait, elle le tuerait de ses propres mains.

Bientôt les machines s'arrêtèrent et on jeta l'ancre. Therri essayait de desserrer ses liens, mais en vain. Elle s'apprêta alors au pire qui ne tarda pas : le moteur du tapis roulant démarra et Therri se rapprocha inexorablement du bord du toboggan et donc de l'eau froide et noire qu'on distinguait plus bas.

36

Austin avait conduit son groupe d'assaut hétéroclite en évitant l'esplanade plongée dans l'ombre et parallèlement au sentier vaguement éclairé qu'on distinguait entre les arbres. Il avançait avec une prudence infinie, s'assurant, avant de faire peser tout son corps sur son pied, que rien par terre ne risquait de faire du bruit.

Ils n'avaient vu personne – en dehors du garde dont ils s'étaient défaits –, pourtant Austin avait la sensation désagréable qu'ils n'étaient pas seuls. Cette impression se justifia quand le dôme du hangar s'éclaira comme une ampoule géante et qu'un sourd grondement s'éleva de l'esplanade.

Austin et ses compagnons se figèrent comme des statues puis, à retardement, ils se plaquèrent sur le sol, leurs armes chargées prêtes à repousser un assaut. Pourtant la grêle de balles qu'ils attendaient n'arriva pas ; au lieu de cela le grondement s'enfla et les enferma dans un déferlement de sons : ils étaient émis par des centaines de Kiolya fixant de leurs yeux de zombi Barker debout sur une estrade dressée devant le dôme. S'y ajouta, soutenue par le battement monotone d'une douzaine de tam-tams, la litanie chantée par la foule :

— Tounouk... Tounouk... Tounouk...

Barker savoura cette admiration puis leva les bras vers le ciel. La mélopée et le battement des tambours cessèrent aussitôt et Barker se mit à parler dans une langue étrange qui avait ses origines bien au-delà des lointains confins de l'aurore boréale. Il commença lentement, sa voix prenant de l'ampleur.

Zavala se glissa auprès d'Austin.

— Que se passe-t-il ?

— On dirait une réunion d'anciens élèves.

— Pouah ! Je ne voterai pas pour ces majorettes si elles se présentaient à un concours de beauté, commenta Zavala.

Ce spectacle barbare fascinait Austin qui contemplait la scène entre les arbres. Il réalisait malgré tout le service que Barker rendait à l'équipe de la NUMA : subjuguée par son chef, l'assistance n'avait pas remarqué la présence d'intrus. Austin se releva et fit signe aux autres d'en faire autant. Ils reprirent leur progression dans la forêt et finirent par déboucher à découvert sur la rive du lac.

Les alentours du quai semblaient abandonnés. Austin supposa que tous les coupe-jarret de Barker avaient été rassemblés autour du grand igloo pour assister à la représentation donnée par leur chef. Ne voulant cependant prendre aucun risque, il se glissa vers un hangar auprès du quai ; les deux battants de la porte face à l'eau étaient grands ouverts, comme si la dernière personne à sortir s'était précipitée.

Pendant que Zavala et les Basques montaient la garde, Austin entra et promena autour de lui le faisceau de sa torche. Il ne vit que du matériel de navigation, des rouleaux de corde, des ancres, des bouées. Il s'apprêtait à sortir quand Ben lui désigna le sol cimenté et, plus particulièrement, l'empreinte d'un pied d'enfant dans la poussière. Fronçant les sourcils, Austin rejoignit Zavala et les frères Aguirrez qui observaient des lumières se déplaçant sur le lac. Austin crut entendre le bruit d'un moteur mais n'en était pas certain à cause du vent qui apportait les échos de la voix de Barker. Il tira de son sac des jumelles à vision nocturne qu'il porta à ses yeux.

— C'est un bateau carré et bas sur l'eau.

Ben regarda à son tour et dit :

— C'est le catamaran que j'ai vu la première fois que je suis venu ici.

— Vous n'en avez pas parlé, je ne m'en souviens pas.

— Désolé, il s'est passé tant de choses cette nuit-là. Josh Green et moi avons vu ce bateau; il était amarré au quai mais, sur le moment, je n'y ai pas attaché d'importance.

— Ce pourrait être très important. Décrivez-le-moi.

— Je dirais, s'exécuta Ben en haussant les épaules, qu'il mesurait plus de quinze mètres de long. Une barge, en quelque sorte, mais avec une coque de catamaran. Un tapis roulant de deux mètres de large reliait un gros conteneur à la poupe, d'où il descendait doucement vers l'eau. Ça servait à nourrir les poissons, avons-nous pensé.

— A nourrir les poissons, murmura Austin. Rappelez-vous ce que je vous ai dit à propos des cages à poissons.

Austin ne pensait pas à des poissons en cage mais au vieux cliché concernant la Mafia : des galoches en ciment et un petit voyage au fond d'East River. Soudain, il jura; il venait de se rappeler comment les Kiolya réglaient leurs problèmes avec les tribus voisines : Barker avait certainement prévu un sacrifice humain pour fêter son départ.

Austin courut jusqu'au bout du quai et s'arma une nouvelle fois de ses jumelles à vision nocturne. La description de Ben l'aidait à mieux comprendre ce qu'il voyait : l'embarcation, assez basse, se déplaçait lentement et avait presque atteint le milieu du lac. Des gens s'affairaient sur le pont.

— Qu'est-ce que c'est? demanda Pablo en regardant les lumières qui se reflétaient sur l'eau.

— Je ne sais pas exactement mais je subodore des ennuis, répondit Austin. Appelez le Sea Cobra.

Pablo décrocha la radio fixée à sa ceinture et lança un ordre en espagnol.

— Ils sont en route, annonça-t-il, et demandent quels sont les ordres.

— Qu'ils commencent par faire fondre ce grand igloo.

Pablo sourit et relaya l'ordre, Zavala reçut quelques indications d'Austin et s'éloigna de la jetée.

— Rendez-vous au village de Ben, ordonna Austin aux deux autres. Si la situation devient trop délicate quand le feu d'artifice commencera, cachez-vous dans les bois.

— Ceux de ma tribu se trouvent-ils sur la barge ? demanda Ben avec inquiétude.

— Je crois. Je vais y regarder de plus près avec Joe.

— Je veux y aller.

— Je le sais, mais votre connaissance de la forêt nous sera précieuse pour nous faire partir d'ici. (Voyant l'air obstiné de Ben, il ajouta :) Le danger que courent les vôtres grandit à chaque seconde passée à discuter.

Le rugissement d'un moteur l'interrompit : Zavala, capable de démonter un moteur dans son sommeil, venait de faire démarrer l'un des scooters des mers amarrés au quai.

— Je savais que nos couteaux suisses me serviraient, déclara-t-il en les rejoignant. (Depuis la dernière visite de Ben les hommes de Barker ne prenaient aucun risque et ne laissaient plus aucune clef sur les tableaux de bord.)

Austin jeta un coup d'œil inquiet vers le lac puis enfourcha l'engin, Zavala installé derrière. Quelques secondes plus tard, la machine fonçait à quatre-vingts kilomètres à l'heure à la poursuite des lumières qui s'éloignaient.

Austin éprouvait pour ce genre de matériel des sentiments divers : pollueurs, bruyants, certes, mais également rapides, il devait en convenir. En quelques minutes, il n'avait plus besoin de ses jumelles à vision nocturne. La barge avait stoppé : ses occupants avaient entendu la pétarade du scooter des mers et aperçu le panache d'écume de son sillage. Un projecteur s'alluma.

Complètement aveuglé par la lumière éblouissante, Austin se pencha sur le guidon ; sa réaction – il le savait – arrivait trop tard : il aurait voulu être tout près de la barge avant d'être découvert, car ses traits et ses cheveux clairs le désignaient immédiatement comme un étranger, donc comme l'ennemi. Il tira brusquement sur le guidon en soulevant un mur d'écume, le projecteur le repéra aussitôt. Il fit une embardée dans la direction opposée, ignorant combien de temps il pourrait continuer à slalomer ainsi et même si cela servait à quelque chose.

— Tu peux me moucher cette lumière? cria-t-il par-dessus son épaule.

— Si tu gardes un peu le cap, lui répondit Zavala.

Austin ralentit sa machine et la maintint par le travers du catamaran. Cible tentante pour ceux de la barge, mais risque à courir : en effet, si Zavala échoua dans sa première tentative, la lumière s'éteignit au second coup de feu.

Des torches électriques s'allumèrent et leurs minces faisceaux sondèrent l'obscurité; des armes de petit calibre se mirent à crépiter. Austin pilotait désormais hors de portée des lumières et à toute vitesse pour que le sillage ne fût pas trop voyant; les balles ricochaient autour de l'engin et le catamaran avait repris sa route.

Austin était persuadé que cette escarmouche, loin de retarder la sinistre tâche de la bande de Barker, l'avait au contraire précipitée. Il se doutait que si Zavala et lui essayaient d'arraisonner le bateau comme des agents de la circulation, ils seraient tout de suite transformés en passoire. Les secondes, précieuses, s'écoulaient. Puis Austin se rappela un détail que Ben lui avait confié à propos du catamaran; cela lui donna une idée qu'il exposa à Zavala.

— Je commence à m'inquiéter, remarqua celui-ci.

— Je ne te le reproche pas : je sais que c'est risqué.

— Tu ne comprends pas : j'aime bien ce plan et c'est justement ça qui m'inquiète.

— Quand nous serons prêts, je prendrai contact avec la NUMA. En attendant, essaye d'atténuer un peu leur résistance.

Zavala acquiesça et braqua son fusil sur une silhouette dont le propriétaire avait eu la mauvaise idée de rester debout dans la lumière des lampes. Le fusil tonna. L'homme leva les bras et disparut comme un canard dans un stand de tir.

Austin remit les gaz et la riposte ne toucha que la surface du lac. Nouvelle détonation et nouvelle disparition. Sur la barge, on finit par comprendre et on éteignit les feux de position. Exactement la réaction escomptée par Austin.

Le catamaran commençait à prendre de la vitesse. Austin suivit quelque temps une trace parallèle à la sienne puis fit demi-tour pour se poster à deux cents mètres en arrière. Ne quittant pas des yeux le sillage double, il accéléra ; à la dernière seconde, il arrêta le moteur.

Le nez du scooter des mers heurta l'arrière du catamaran avec un bruit sourd, puis l'engin dans un horrible grincement métallique glissa sur le pont incliné. Un matelot qui avait deviné la manœuvre s'apprêta à tirer, mais le scooter le cueillit aux jambes ; on entendit distinctement les os craquer et l'homme fut catapulté au beau milieu du pont. Zavala avait sauté avant l'arrêt du scooter, suivi de près par Austin qui tira son revolver de son étui.

Le scooter avait dérapé, si bien qu'il se trouvait en travers du pont, leur offrant ainsi une certaine protection. Austin aperçut dans son viseur une silhouette qui avançait dans l'obscurité et tira. Il manqua son coup mais l'éclair révéla un abominable spectacle : des corps – il était incapable de dire s'ils étaient vivants ou morts – couchés en travers du tapis roulant glissaient inexorablement vers le toboggan fatal.

Il cria à Zavala de le couvrir. Des trois balles tirées à une cadence très rapide, une ou deux – à en juger par les hurlements – atteignirent leur cible. Austin remit son pistolet dans l'étui, se jeta sur la première silhouette et l'arracha au tapis roulant. Une autre, plus petite, vint la remplacer sur cette funeste chaîne de montage. Austin, en répétant l'opération, constata qu'il s'agissait d'un entant.

D'autres corps arrivaient vers lui. Combien de temps parviendrait-il à les mettre à l'abri ? Il ne le savait pas mais il était bien décidé à tout tenter. Il attrapa le suivant par les jambes, un homme, d'après son poids, qu'il sauva au prix d'un grand effort. Il agrippait des chevilles quand le tapis roulant s'immobilisa. Austin se redressa, le visage ruisselant de sueur, le souffle rauque. Sa vieille blessure à la poitrine lui donnait des élancements. Une silhouette approchait. Il saisit aussitôt son revolver.

— Ne tire pas, amigo, dit la voix familière de son équipier.

— N'étais-tu pas censé me couvrir ? fit Austin en abaissant son revolver.

— Si, mais très vite il ne restait plus personne contre qui te couvrir. J'ai épinglé deux ou trois types, les autres ont préféré sauter à l'eau. Et enfin, j'ai trouvé le bouton d'arrêt du tapis roulant.

Le premier corps arraché à une mort quasi certaine émettait des sons étouffés derrière le chatterton. Austin emprunta la torche de Zavala et son regard croisa celui des yeux couleur gentiane bien reconnaissables de Therri Weld. Aussitôt libérée, elle le remercia sans s'attarder puis se précipita vers la fillette qui avait failli l'accompagner dans la mort. Austin lui tendit la poupée que l'enfant étreignit passionnément.

Ryan gratifia Austin de son sourire habituel et l'accabla de louanges. Austin, furieux contre lui pour s'être interposé dans l'opération de sauvetage et avoir risqué la vie de Therri, l'aurait volontiers jeté à la mer.

— Pour l'instant, éclata-t-il, bouclez-la !

Ryan comprit qu'Austin n'était pas d'humeur à plaisanter et il resta silencieux.

On libérait les derniers prisonniers quand Austin entendit un bruit de moteur ; il reprit son revolver et s'accroupit derrière le bastingage avec Zavala. Le bateau, moteur coupé, heurta la coque de la barge. Austin se leva et braqua sa torche sur l'embarcation.

— Venez, cria Austin en découvrant le visage anxieux de Ben Nighthawk. Ici tout le monde va bien.

Manifestement soulagé, Ben grimpa avec les frères Aguirrez sur le catamaran. Pablo semblait avoir des problèmes pour se déplacer ; il fallut d'ailleurs l'aider. Il avait une manche tachée de sang au-dessus du coude.

— Que s'est-il passé ? s'inquiéta Austin.

— Pendant que vous étiez ici, expliqua Diego, nous avons pris un bateau ; des gardes nous ont vus et ont voulu nous faire payer la location. Nous leur avons donné ce que nous avions. Pablo a été blessé, mais nous avons abattu ces salauds. (Regardant sur le pont autour de lui, il aperçut au moins trois corps.) Je vois que vous n'avez pas chômé non plus.

— C'est le moins qu'on puisse dire, fit Austin en jetant un coup d'œil vers le quai où l'on voyait bouger des lumières. On dirait que vous êtes tombés dans un vrai guêpier.

— Un très gros guêpier en effet, répondit Pablo. (Il leva les yeux : on entendait le tut-tut de l'hélicoptère.) Mais nous avons de quoi piquer aussi.

Austin vit une ombre fugitive qui se détachait sur le miroir bleu du ciel nocturne. Le Sea Cobra arrivait juste à temps. En approchant du complexe de Barker, il ralentit et, au lieu de déclencher la destruction attendue, se mit à tourner en rond : il ne trouvait pas sa cible. Au sol, on avait réinstallé le camouflage de l'igloo et le grand bâtiment se confondait avec la forêt obscure. Ce moment d'indécision se révéla fatal. Les projecteurs illuminèrent l'hélicoptère comme un bombardier allemand lors du Blitzkrieg de Londres, qui répondit en lançant un missile sur l'esplanade. Trop tard. Il tua bien quelques Kiolya mais, au même instant, une traînée lumineuse fila vers le ciel ; à une aussi courte distance, le missile sol-air guidé par la chaleur ne pouvait pas manquer la cible, le tuyau d'échappement du Sea Cobra. Un éclair éblouissant de lumière jaune et rouge et l'hélico éclata en fragments enflammés qui tombèrent dans le lac. Cela s'était passé si vite que sur le catamaran on eut du mal à croire ce qu'on voyait : la cavalerie censée les secourir était tombée dans une embuscade tendue par les Indiens. Même Austin, qui savait que le cours de la bataille pouvait tourner en un instant, resta pétrifié, mais il se reprit rapidement, car il n'y avait pas de temps à perdre. En quelques minutes, les tueurs de Barker pouvaient leur tomber dessus. Aussi il demanda à Ben de conduire les rescapés à terre pour qu'ils se cachent dans la forêt.

— Encore une fois, fit Ryan en s'approchant, je vous dois une fière chandelle. Je suis vraiment désolé pour tout cela.

— C'est ma tournée, mais la prochaine fois que vous serez dans le pétrin, débrouillez-vous tout seul.

— Je peux peut-être vous revaloir ça en vous donnant un coup de main.

— Vous pouvez peut-être me revaloir ça en foutant le camp d'ici. Assurez-vous que Therri et les autres débarquent sans problème.

— Et vous, s'inquiéta Therri en surgissant derrière Ryan, qu'allez-vous faire ?

— Échanger quelques mots avec le Dr Barker ou Tounouk.

— Ça, fit-elle en le dévisageant d'un air incrédule, c'est vraiment tenter le diable. Quand je pense que vous m'avez reproché de courir des dangers inutiles. Ses hommes et lui vont vous massacrer.

— Je vous ai invitée à dîner, ne l'oubliez pas. Vous ne vous en tirerez pas comme ça.

— A dîner ? Comment pouvez-vous penser à une chose pareille au milieu de cette folie ? Vous êtes dingue !

— Je suis tout à fait sain d'esprit et tout autant décidé à passer un dîner en tête-à-tête sans être interrompu.

Elle se radoucit et un léger sourire éclaira son visage.

— Ça me plairait bien aussi. Alors soyez prudent.

Il posa sur ses lèvres un léger baiser avant d'aider Zavala à pousser le scooter dans l'eau. L'engin avait quelques traces de l'assaut mais le moteur était en bon état et Zavala n'eut aucun mal à le remettre en marche. Austin se dirigea droit sur le cataclysme qui les attendait et réalisa alors qu'il n'avait pas la moindre idée du comportement qu'il adopterait face au Dr Barker. Peu importait, il trouverait quelque chose.

Austin et Zavala accostèrent à quelques centaines de mètres du quai et revinrent à pied vers l'esplanade ; elle était vide, de nombreux défenseurs s'étaient enfuis dans la forêt. Quelques corps gisaient autour du cratère.

Le camouflage électronique jouait son rôle, le dôme était invisible, mais de la lumière filtrait d'une mince ouverture rectangulaire dans la forêt, là où on avait laissé un portail ouvert. Personne ne leur barrant la route, Austin et Zavala entrèrent et contemplèrent, abasourdis, l'énorme torpille argentée qui occupait la majeure partie du hangar. De puissants projecteurs se reflétaient sur la coque d'aluminium du zeppelin, laissant dans l'obscurité le périmètre du dôme. Austin et Zavala se glissèrent dans l'ombre, derrière un échafaudage roulant d'où ils pouvaient tout à loisir observer la scène.

Des hommes s'affairaient autour du dirigeable, se livrant apparemment aux derniers préparatifs avant le décollage et leur présence donnait toute son échelle au gigantesque appareil. Les équipes de lancement tiraient sur des amarres comme des concurrents luttant à la corde. Tout en haut, le toit du dôme s'ouvrait lentement sur le ciel étoilé. Austin étudia le zeppelin sur toute sa longueur, depuis le nez arrondi jusqu'à la queue effilée, en passant par l'aileron triangulaire sur lequel était écrit *Nietzsche*, bref, un bel exemple de forme adaptée à la fonction ; la préoccupation principale n'était pourtant pas l'esthétique.

La cabine de contrôle aurait été accessible, mais des gardes l'entouraient. Après un nouvel examen, Austin découvrit ce qu'il cherchait ; il désigna la nacelle la plus proche abritant un moteur et exposa rapidement son idée à Zavala, lequel hocha la tête et, joignant le pouce au médius, lui signala qu'il avait compris ; il annonça aussitôt par radio à Diego qu'ils allaient embarquer sur le dirigeable. L'ouverture du dôme était presque totale et, dans quelques secondes, les équipes de lancement commenceraient à donner du mou aux amarres.

Le zeppelin reposait sur des supports en pointe rappelant les vieux derricks des puits de pétrole. D'autres tours étaient disposées tout autour du dirigeable. Zavala sur ses talons, Austin passa de l'une à l'autre pour atteindre finalement les deux échafaudages qui soutenaient la nacelle arrière tribord. Il jeta un coup d'œil circulaire ; les hommes s'occupaient des amarres, personne ne semblait les avoir vus ; il grimpa alors jusqu'au faîte de la tour.

Le carter du moteur était ovoïdal et avait à peu près les dimensions d'un 4×4 ; il était fixé au fuselage par des poutrelles métalliques. L'hélice était haute comme deux hommes. Austin empoigna une poutrelle et se hissa sur le haut de la nacelle. A travers ses semelles il sentait les puissantes vibrations du moteur. En s'accélérant la rotation de l'hélice provoquait un remous et il dut se cramponner pour éviter d'être emporté. Il se pencha pour tendre une main à Zavala qui escaladait le carter du moteur quand on donna du mou aux amarres ; ses jambes pendant dans le vide, Zavala essaya de poser un pied sur l'arrondi de la nacelle. Austin dut utiliser la force considérable de ses épaules pour donner à Zavala le coup de main dont il avait besoin.

Pendant ce temps le zeppelin se rapprochait du toit. Une fois parvenus sur la nacelle, impossible de les voir d'en bas ; pourtant les remous de l'hélice s'accentuant rendaient leur situation de plus en plus difficile. Austin aperçut alors une ouverture rectangulaire à l'endroit où les poutrelles apparaissaient à l'intérieur du fuselage. Il voulut appeler Zavala, mais le vent emporta ses paroles et il dut se contenter de montrer l'orifice. Zavala répondit. Même sans l'avoir entendu, Austin aurait parié sur la réponse de Joe : « Après toi. »

Austin entreprit de grimper. Les poutrelles étaient munies d'échelons – un ingénieur pouvait ainsi accéder au socle du moteur pour les réparations en plein vol –, mais l'hélice tournant et le zeppelin s'élevant, l'ascension n'était guère facile et le style d'Austin guère élégant ; il finit cependant par s'engouffrer dans le ventre du zeppelin, Zavala sur ses talons, échappant aux remous de l'hélice.

Le dirigeable avait quitté le dôme et le toit se refermait. Les gens au sol ressemblaient à des fourmis affairées puis disparurent complètement une fois le dôme reconstitué. Désormais les passagers clandestins n'avaient plus le choix : Zavala et Austin commencèrent leur escalade dans l'obscurité.

37

DEUX fois plus long qu'un Boeing 747 et construit avant l'arrivée des ordinateurs et des matériaux de l'âge spatial, le *Nietzsche* relevait du miracle. On l'avait conçu sur le modèle du *Graf Zeppelin,* le cigare argenté de deux cent quatre-vingt-trois mètres construit en 1928 par le pionnier des dirigeables Hugo Eckener, mais on y avait incorporé des innovations qu'on retrouverait plus tard dans le *Hindenburg.* Les appartements des passagers du *Graf* se trouvaient derrière la salle de contrôle, ceux du *Nietzsche* à l'intérieur même du fuselage.

Leur périlleuse ascension mena Austin et Zavala dans une sorte d'atelier où étaient rangés des outils de mécanicien, des pièces détachées et de longues combinaisons de cuir noir comme en portaient les aviateurs d'antan. La pièce n'était pas chauffée et les combinaisons devaient être bien utiles pour ceux qui y travaillaient. Austin en essaya une qui lui allait parfaitement bien.

— Tu ressembles au Baron rouge, commenta Zavala.

Austin compléta par un casque de cuir.

— Je préfère me considérer comme un maître du déguisement. (Devant l'air sceptique de son partenaire, Austin reprit :) Il ne t'aura pas échappé que notre type physique diffère sensiblement de celui de ces messieurs esquimaux que nous avons rencontrés. Si ces tenues ridicules nous facilitent les choses, ça en vaut peut-être la peine.

— Ah ! que de sacrifices j'aurai consentis à la NUMA, gémit Zavala en cherchant une combinaison à sa taille.

L'unique porte de la pièce donnait sur une coursive à la moquette épaisse et aux cloisons décorées de fresques représentant des hommes coiffés de hauts-de-forme posant devant des montgolfières et des machines volantes de toutes sortes. L'éclairage provenait d'appliques anciennes en cristal. Tout au bout du couloir se trouvaient les cabines des passagers, confortablement meublées, au papier peint fleuri personnalisé, et proposant chacune deux couchettes.

Ensuite on aboutissait à une élégante salle à manger : une douzaine de petites tables rectangulaires recouvertes d'une nappe blanche avec des serviettes pliées avec soin ; à chacune, deux fauteuils en acajou, capitonnés, semblaient attendre des invités.

Par les fenêtres hautes garnies de rideaux, les convives avaient, mythe unique, le monde à leurs pieds. A côté et décoré aussi de motifs Art déco, un grand salon avec bar, estrade pour l'orchestre et piste de danse au plancher soigneusement ciré ; la cloison derrière le bar proposait une véritable collection de photos de zeppelins.

On entendait le vrombissement des moteurs.

— On se croirait sur un vieux transatlantique, déclara Zavala, le regard émerveillé.

— Prie le ciel qu'il ne s'agisse pas du *Titanic*, rétorqua Austin en l'entraînant vers une salle meublée de canapés et de fauteuils de cuir – le fumoir selon ce que ses connaissances en allemand lui permirent de deviner.

Un autre couloir les mena à une vaste salle de travail comprenant une grande table éclairée par des lampes halogènes, avec des ordinateurs et des sièges plus fonctionnels que confortables. Une partie de la salle était plongée dans l'ombre. Austin trouva un commutateur et l'actionna. Toute la pièce fut inondée de lumière et les deux hommes se crispèrent en découvrant qu'ils n'étaient pas seuls : deux silhouettes étaient plantées contre la cloison du fond et Zavala, jurant en espagnol, braqua son fusil.

— Attends ! s'écria Austin.

Zavala lui obéit et sourit en découvrant que ses ennemis n'étaient que des corps momifiés, étayés par des supports métalliques dans une position naturelle ; leur peau était aussi brune que du cuir et tendue sur leurs crânes ; les orbites étaient vides et les visages remarquablement bien conservés. Austin et Zavala s'approchèrent.

— Il ne s'agit pas, décréta Zavala, des Frères de la côte.

— A mon avis, ils ne sont même pas frères ; leurs vêtements dénotent des époques différentes.

L'un, ses cheveux bruns pendant sur ses épaules, portait une chemise et des guêtres de gros tissu, l'autre, plus grand, cheveux blonds coupés court, un blouson de cuir d'avant la Seconde Guerre mondiale – un peu comme ceux qu'arboraient Austin et Zavala. Accrochée au-dessus des momies, une plaque d'aluminium aux bords déchiquetés sur laquelle on pouvait lire le mot *Nietzsche.*

A côté des momies, une vitrine de musée, avec un Leica 35 mm et plusieurs objectifs, une caméra Zeiss, des cartes de l'hémisphère Nord et un album relié de cuir. Austin ouvrit la vitrine et feuilleta les pages de l'album : elles étaient couvertes de notations en allemand qui s'arrêtaient en 1935. Il fourra le cahier dans sa poche et examinait une collection de harpons et de poignards esquimaux quand Zavala l'appela :

— Kurt ! Il faut que tu voies ça !

Zavala se tenait devant un long coffre d'ébène posé sur des tréteaux ; sur le couvercle, un cor, probablement taillé dans une défense d'éléphant, incrusté de pierres précieuses et cerclé d'or. Austin le prit avec précaution et le tendit à Zavala qui s'émerveilla devant les détails des scènes de bataille sculptées dans l'ivoire.

Austin ouvrit le coffre et repoussa le couvercle : reposant sur un lit de velours pourpre, une épée dans son fourreau, la garde incrustée d'or et gravée de fleurs et le lourd pommeau triangulaire orné d'un énorme rubis. La somptueuse décoration de cette arme aux possibilités si redoutables le laissa songeur.

Il souleva la lame à double tranchant pour en apprécier l'équilibre parfait, puis la tira avec précaution de son fourreau. Il eut l'impression qu'un courant électrique lui courait le long du bras. S'agissait-il de *Durandal*, l'épée légendaire brandie par Roland contre les Sarrasins? La lame était ébréchée par endroits; il imagina un instant Roland la fracassant contre un rocher pour qu'elle ne tombe pas entre les mains de l'ennemi.

— Ce truc-là doit valoir une fortune, fit Zavala avec un petit sifflement.

— Bien plus que cela, répondit Austin, songeant au temps et à l'argent dépensés par Balthazar dans sa quête de l'objet qu'il tenait à la main.

Il ôta son blouson et boucla le fourreau à sa taille; il battait contre sa jambe et l'épaisse ceinture de cuir l'empêchait d'attraper son revolver. Finalement, il fit passer le ceinturon par-dessus son épaule et l'épée pendit le long de son côté gauche. Puis il remit son blouson.

— Comptes-tu faire de l'escrime? demanda Zavala.

— Peut-être bien. Reconnais que ça a plus d'allure que ton couteau suisse!

— Lui, il a un tire-bouchon, lui rappela Zavala. Que fait-on de ce gros clairon?

— Remettons-le en place. Je ne veux pas me faire accuser d'avoir filé avec l'argenterie.

De l'autre côté de la salle, une carte du monde était étalée sur la table; les régions côtières de tous les continents étaient hachurées à l'encre rouge; auprès de chacune une date et la liste de plusieurs espèces de poissons. Une grosse étoile marquait l'emplacement du lac; du doigt, il suivit la droite tracée au crayon qui reliait l'étoile à un point situé dans l'Atlantique Nord; au-dessus figurait la date du jour.

Austin se redressa et s'exclama :

— Il faut arrêter cet engin avant qu'il n'atteigne l'Atlantique! Il ne s'agit pas d'un vol d'essai.

— Tout à fait d'accord. Je te ferai simplement remarquer que cet appareil mesure presque trois cents mètres de long et qu'il est plein de tueurs puissamment armés qui pourraient fort bien ne pas être de ton avis.

— Inutile de nous emparer de tout le dirigeable; la cabine de contrôle suffira.

— Il fallait le dire! C'est pratiquement fait!

— Tu te sens capable de piloter cette vieille casserole?

— Bien sûr, risposta Zavala. On met les gaz et on braque le nez vers l'endroit choisi.

Cette réponse désinvolte n'inquiéta pas Austin. Son équipier avait à son actif des centaines d'heures de vol à bord de pratiquement tout ce qu'on avait pu construire en matière de machines volantes. Il essayait de se situer dans le zeppelin : sans doute à peu près au milieu. S'ils continuaient à avancer tout en descendant, ils devraient arriver à la cabine de contrôle.

Ils quittèrent l'étrange musée et s'engagèrent dans un labyrinthe de coursives tout à fait différentes des premières; le décor était plus neuf et plus fonctionnel. Devant une volée de marches qui descendaient, Austin se pensa arrivé à la cabine de contrôle, mais des relents de saumure et de poissons lui rappelant désagréablement la première bouffée qu'il avait respirée dans l'établissement piscicole d'Oceanus aux îles Féroé le firent changer d'avis.

Il hésita sur les premières marches, dégaina son revolver et descendit lentement dans les ténèbres. Ses oreilles perçurent un bruit de moteurs et de ventilateurs qui le renforça dans son hypothèse d'un élevage de poissons. Il se trouvait au beau milieu des marches quand les lumières s'allumèrent sur un problème plus grave que celui des bio-poissons : le Dr Barker se tenait au pied de l'escalier.

— Bonjour, monsieur Austin, nous vous attendions. Aimeriez-vous vous joindre à nous?

Impossible de refuser : une seule pression sur la détente de l'un des fusils d'assaut braqués sur eux suffirait pour réduire Austin et Zavala à leurs molécules de base. Plus persuasif encore le large sourire qu'Austin repéra sur un visage particulièrement couturé : le sbire de Barker qui avait tenté à plusieurs reprises de le tuer n'abandonnerait pas.

— Ce serait stupide de refuser une si chaleureuse invitation, dit Austin en descendant les dernières marches.

— Maintenant, ordonna Barker, laissez tomber vos armes par terre et poussez-les du pied vers moi.

Austin et Zavala obtempérèrent. Les gardes ramassèrent leurs armes et les fouillèrent. Gueule cassée se chargea d'Austin et palpa brutalement son blouson de cuir.

— Ça va me faire plaisir de te voir crever! grommela-t-il.

— Je connais un dentiste capable de faire des merveilles avec vos dents, déclara Austin (*Durandal* lui brûlait les côtes).

Gueule cassée interrompit immédiatement sa fouille et empoigna Austin par les revers de son blouson; un ordre de Barker le fit reculer.

— En voilà une façon de traiter nos invités, dit-il. (Se tournant vers Joe, il reprit :) Monsieur Zavala, je présume?

Ses lèvres retroussées dans un semblant de sourire et la douceur de ses yeux bruns ne parvinrent pas à dissimuler le mépris dans sa voix.

— Et vous êtes le docteur Barker, le savant fou, je présume? Kurt m'a beaucoup parlé de vous.

— J'en suis fort aise, répondit Barker en jetant un coup d'œil amusé à Austin. Seriez-vous en route, messieurs, pour un bal costumé?

— Justement oui. Si vous n'y voyez pas d'inconvénient, nous allons reprendre notre chemin, dit Austin.

— Ne partez pas si vite, vous venez d'arriver.

— Puisque vous insistez. Si vous le permettez, nous aimerions baisser les mains.

— Faites donc, mais ne donnez pas à mes hommes une excuse pour vous abattre sur place.

— Merci du conseil, fit Austin en jetant un coup d'œil autour de lui Comment avez-vous su que nous étions à bord, des caméras de surveillance cachées?

— C'est bien trop sophistiqué pour cette relique, mais, par sécurité, nous avons installé des palpeurs autour de l'appareil. Un voyant dans la cabine de contrôle a indiqué un changement de la température de l'air dans la salle d'entretien du moteur tribord. Nous sommes allés voir : le panneau était ouvert et nous avons pensé à un incident jusqu'à ce que nous découvrions la disparition de deux combinaisons.

— Que de négligence de notre part !

— Négligence qui aurait pu vous coûter la vie. Si vous aviez envie de faire un tour, nous aurions été ravis d'arranger cela.

— Peut-être la prochaine fois.

— Il n'y aura pas de prochaine fois. (Barker s'avança et ôta ses lunettes de soleil, révélant les yeux pâles qu'Austin avait découverts lors de la réception au Smithsonian : des iris presque aussi blancs que le globe oculaire et qui lui rappelèrent un serpent venimeux qu'il avait eu l'occasion de voir.) La NUMA et vous m'avez causé beaucoup trop d'ennuis, expliqua Barker.

— Ennuis qui ne font que commencer, rétorqua Austin.

— Voilà des propos courageux pour quelqu'un dans votre situation ; ce qui ne m'étonne d'ailleurs pas. Vous avez beaucoup déçu Umealiq, à Washington, en détruisant ses projets à votre égard.

— Umealiq ? s'informa Zavala qui entendait ce nom pour la première fois.

— Le vrai nom de Gueule cassée, lui expliqua Austin. C'est censé signifier « Lance de pierre ».

Un léger sourire plissa les lèvres de Zavala.

— Cette situation vous amuse ? demanda Barker.

— J'aurais juré, répondit Zavala, que ça voulait dire « phoque adulte » en kiolyan.

Gueule cassée mit la main au poignard d'ivoire qu'il portait à la ceinture et fit un pas en avant. Mais Barker l'arrêta et regarda le duo de la NUMA d'un air songeur.

— Que savez-vous des Kiolya ?

— Je sais qu'ils représentent aux yeux des Inuits la lie de l'Arctique, scanda Austin.

Le teint pâle de Barker s'empourpra.

— Les Inuits sont mal placés pour juger. A cause d'eux, le monde croit que les peuples du Nord sont constitués d'un ramassis de caricatures qui mâchonnent de la graisse, déambulent en manteaux de fourrure et vivent dans des maisons de glace.

Austin n'était pas mécontent d'avoir fait perdre son calme à Barker.

— On m'a dit que les Kiolya sentent la graisse de baleine rance.

Zavala sauta sur l'occasion pour renchérir.

— A vrai dire, c'est bien pire, et c'est pourquoi ces abrutis leur préfèrent la compagnie des mâles, précisa-t-il.

— Insultez-nous tout votre soûl, vos reparties minables sentent les propos de condamnés, lança Barker. Mes hommes forment une fraternité comparable à celle des moines guerriers d'antan.

Austin réfléchissait désespérément. Barker avait raison : malgré toutes les insultes que Joe et lui pourraient imaginer, ils n'étaient que deux pékins sans défense à la merci de plusieurs gardes puissamment armés. Il allait falloir modifier l'équation, ce qui exigeait une certaine volonté ; il bâilla et rappela :

— Ne nous aviez-vous pas promis un tour ?

— Quelle grossièreté de ma part de l'avoir oublié !

Barker les précéda sur une passerelle surélevée qui courait au milieu de la salle ; de chaque côté on entendait de l'eau bouillonner, mais l'obscurité dissimulait l'origine de ce bruit. Barker remit ses lunettes de soleil et lança un ordre. Une seconde plus tard, une lumière bleutée révéla, de part et d'autre de la passerelle, des aquariums installés soit au niveau du sol, soit à une soixantaine de centimètres plus bas ; à travers les couvercles de plastique transparent qui les fermaient, on voyait très nettement les énormes poissons qui nageaient à l'intérieur.

— Vous paraissez intrigué, monsieur Austin.

— Encore une erreur de calcul de ma part. Je croyais que vous gardiez vos spécimens dans vos installations côtières pour qu'ils aient accès à l'eau salée.

— Il ne s'agit pas de poissons ordinaires, commença Barker avec un frémissement d'orgueil dans la voix. Ils sont conçus pour survivre aussi bien dans l'eau salée que dans l'eau douce ; par rapport aux échantillons que j'ai mis au point avec le Dr Throckmorton, ils offrent une amélioration – un peu plus gros et un peu plus agressifs, ils sont en outre de parfaites machines à reproduire. Le dirigeable volera à quelques mètres au-dessus de la surface de l'océan et ils glisseront par des toboggans spéciaux qui se trouvent dans le ventre du zeppelin. Regardez bien mes créations, déclara-t-il en étendant les bras comme il l'avait fait lors de sa harangue. Ces superbes créatures nageront bientôt dans la mer.

— Dites plutôt : Mes monstres provoqueront des dégâts incroyables, rectifia Austin.

— Des monstres ? Je ne pense pas. J'ai seulement utilisé mes talents en génétique pour fabriquer un produit plus commercial. Cela n'a rien d'illégal.

— Le *meurtre* est illégal.

— Je vous en prie, épargnez-nous votre pitoyable indignation. Avant votre entrée en scène, il y avait déjà eu bien des victimes et il y aura encore bien d'autres obstacles à franchir. (Il s'approcha des bassins situés de l'autre côté de la cale.) Ceux-ci sont mes chouchous. Je voulais savoir quelles dimensions j'arriverais à donner à un poisson ordinaire. Mais ils sont trop agressifs pour la reproduction, on est obligés de les séparer par des vannes pour qu'ils ne s'attaquent pas les uns les autres.

Sur un mot de Barker un homme retira d'un congélateur une morue d'une soixantaine de centimètres et la jeta dans l'un des aquariums ; il ne fallut que quelques secondes pour qu'elle disparût dans une écume ensanglantée.

— Je vous ai fait réserver une table, annonça alors Barker.

— Merci, déclina Austin, nous avons déjà dîné.

Barker examina le visage des deux compères mais n'y décela aucun signe de frayeur, au contraire, ils le défiaient.

— Je vous laisse le temps de réfléchir à votre destin et d'imaginer ce qu'on ressent quand on est déchiqueté par des dents aussi acérées que des rasoirs et éparpillé dans l'océan. Mes hommes viendront vous chercher quand nous aurons fait le plein dans notre installation de la côte. Adieu, messieurs.

Austin et Zavala furent poussés à l'intérieur d'une sorte de réserve dont on ferma la porte à clef.

Austin essaya la serrure puis s'assit sur un tas de cartons.

— Tu ne sembles guère préoccupé par la perspective de servir de pâtée aux poissons, constata Zavala.

— Je n'ai absolument pas l'intention de distraire cet albinos et ses abrutis d'hommes de main. Au fait, bravo pour ton commentaire sur leurs femmes.

— Je l'ai pourtant fait à contrecœur, tu connais mon intérêt pour les femmes, toutes les femmes. Elles doivent en voir de toutes les couleurs avec ces assassins. Alors, monsieur Oudini, comment allons-nous nous tirer de ce mauvais pas ?

— En forçant le passage, je pense.

— C'est évident ! Et, une fois franchie cette porte – à supposer que nous y parvenions –, quelles sont nos chances contre un bataillon de fous furieux armés ?

— A vrai dire, nous sommes trois.

— Ton ange gardien, sans doute ? ironisa Zavala en faisant semblant de chercher autour de lui.

Austin ôta son blouson et tira l'épée de son fourreau. La lame sembla luire d'un feu intérieur dans la pénombre.

— Je te présente mon amie... *Durandal* !

38

Le catamaran se présenta comme une barge de débarquement et ses deux coques jumelles glissèrent sur le rivage; la fibre de verre crissa sur le gravier. Les passagers commencèrent aussitôt à débarquer, Ben Nighthawk, le premier, suivi des Basques et de l'équipe de la SDM pour aider les villageois à descendre. Sans plus tarder, le groupe s'enfonça dans les terres. Seuls Ben et Diego restèrent en arrière.

Jesse Nighthawk, constatant que son fils n'avait pas quitté la plage, poussa tout le monde dans les bois et revint sur ses pas.

— Pourquoi ne viens-tu pas ? demanda le vieil homme.

— Pars sans moi, répondit Ben. Je dois parler à Diego, nous avons du travail à faire.

— Que veux-tu dire ? Quel genre de travail ?

— Une vengeance, précisa Ben en regardant vers l'autre côté du lac.

— Ne retourne pas là-bas, supplia Jesse, c'est trop dangereux.

Diego intervint alors :

— Les pilotes de l'hélicoptère abattu étaient nos amis. Nous ne laisserons pas leur mort impunie.

— Ils ont tué mon cousin, ajouta Ben, battu et torturé ma famille et mes amis, saccagé notre magnifique forêt.

Dans l'ombre, Jesse ne distinguait pas le visage de son fils, mais il sentait la détermination dans sa voix.

— Très bien, céda-t-il, navré. Je veillerai à ce que les autres arrivent à bon port.

Marcus Ryan, Chuck Mercer et Therri Weld revinrent à leur tour sur la plage.

— Que se passe-t-il? demanda Marcus, quand il perçut l'atmosphère pesante.

— Ben et cet homme repartent. J'ai essayé de les en empêcher. Ils tiennent à se faire tuer.

— Papa, dit Ben en posant une main rassurante sur l'épaule de son père, ce n'est pas du tout mon intention. Je ne sais pas ce qu'en pense Diego; moi, en tout cas, je voudrais faire disparaître cet igloo hideux.

— Difficile à deux, constata Ryan. Il vous faudrait de l'aide.

— Merci, Mark, mais les autres ont davantage besoin de vous.

— Vous n'êtes pas le seul à avoir un compte à régler, coupa Ryan. Barker a tué Joshua et coulé mon navire. Maintenant il s'apprête à semer la mort dans les océans. Ça fait beaucoup. Mais cette chose, là-bas, n'est pas une cabane de bambou. Vous ne la ferez pas disparaître en soufflant dessus.

— Nous le savons. Nous trouverons un moyen.

— Il faut réussir du premier coup. Je sais comment envoyer ce dôme dans la stratosphère. (Ryan se tourna vers Mercer.) Vous vous rappelez ce dont nous avons discuté?

— Oh, très bien. Il s'agissait de jouer un bon tour à Barker dès que l'occasion s'en présenterait.

— Alors, Ben, qu'en pensez-vous? insista Ryan. Nous sommes dans le coup?

— La décision ne dépend pas seulement de moi, répondit le jeune Indien en se tournant vers Diego.

— Ils sont beaucoup plus nombreux que nous et Pablo est hors jeu. Nous aurons beaucoup de chance si nous restons en vie, se contenta de dire le Basque.

— Bon, Mark, acquiesça Ben après un instant d'hésitation, vous êtes de la partie.

Ryan eut un sourire triomphant.

— Il nous faudra des explosifs. Quand ils nous ont capturés, ils ont pris notre C-4.

— Mon frère et moi avons quelques grenades, dit Diego en tapotant son sac à dos. Trois chacun, ça suffira?

— A condition d'être placés au bon endroit, répondit Mercer consulté d'un coup d'œil par Ryan.

— En quoi puis-je vous être utile? s'informa Therri qui avait assisté à la discussion.

— Les amis de Ben sont dans un sale état. Ils ont besoin de votre aide, surtout les gosses, suggéra Ryan.

— Je ferai de mon mieux, promit Therri. (Elle l'embrassa et posa un baiser sur la joue de Mercer et de Ben.) Soyez prudents.

Elle repartit vers la forêt pendant que Ben et sa petite troupe poussaient le catamaran à l'eau et embarquaient. Le bateau fonçait à une vitesse respectable et traversa rapidement le lac; Pablo et Diego, fusil à la main, l'amarrèrent et ils s'enfoncèrent dans les terres. Mercer s'arrêta au hangar à bateaux et en ressortit avec deux rouleaux de câble d'arrimage, une longueur de corde et un rouleau de ruban adhésif.

Sous la direction de Ryan, le groupe contourna l'esplanade et arriva discrètement au pied du dôme. Ryan trouva la citerne de carburant qu'il cherchait dans une clairière artificielle taillée dans des fourrés très épais. Une inscription prévenait du caractère extrêmement inflammable du contenu du réservoir relié au bâtiment par un tuyau d'acier de quinze centimètres de diamètre; à côté de l'orifice, une porte fermée à clef; en plastique, comme le dôme, elle ne résista pas longtemps aux robustes épaules de Diego.

Ils s'engouffrèrent tous dans le passage étroit qui, sur quelques mètres, suivait le tube d'acier. Le conduit disparaissait sous un mur à côté d'une autre porte qui, elle, n'était pas verrouillée. Elle ouvrait sur l'intérieur du hangar : des hommes s'affairaient au milieu du bâtiment, d'autres déroulaient des amarres ou déplaçaient des portiques ou des échafaudages. Quelques gardes sortaient par la porte principale.

Ryan fit signe à ses compagnons de ne pas bouger tandis que Mercer et lui pénétraient à l'intérieur. Ils suivirent la paroi en se dissimulant derrière de gros rouleaux de tuyaux jusqu'à ce qu'ils retrouvent la canalisation. Barker la leur avait montrée quand il avait expliqué pourquoi il préférait l'hydrogène à l'hélium pour gonfler le dirigeable. Une soupape contrôlée par un grand volant permettait l'alimentation en gaz; Ryan le manœuvra et ils entendirent le sifflement du gaz s'échappant par la valve.

Le gaz s'éleva vers le toit où, espéraient-ils, sa présence ne serait décelée que trop tard. Leur travail accompli, ils refirent le même chemin en sens inverse. Pendant ce temps Ben et Diego n'étaient pas restés inactifs. Suivant les instructions de Mercer, ils avaient fixé les grenades à main avec du ruban adhésif. De petits bouts de corde avaient été attachés aux goupilles et reliés au cordon d'un des rouleaux. Ryan et Mercer jugèrent l'installation satisfaisante puis, en repartant vers le lac, ils déroulèrent le cordon en s'efforçant de le tendre autant que possible loin des buissons et des arbustes.

Une fois les soixante mètres de la bobine déroulés, ils firent une épissure pour rattacher le cordon à celui de l'autre rouleau. Il manquait une douzaine de mètres pour atteindre le lac. Mercer se précipita dans le hangar à bateaux et en ressortit avec quelques bouts de ficelle qu'ils nouèrent ensemble de manière à combler la distance jusqu'au bord de l'eau. Diego retourna alors sur l'esplanade et se posta derrière un gros arbre. Les Kiolya, ayant terminé leur travail, se déversaient à l'extérieur, certains regagnaient leurs baraquements. Le Basque visa calmement un garde et tira une courte rafale. L'homme s'écroula. Des collègues accoururent et tirèrent au jugé là où ils voyaient les éclairs des coups de feu; Diego se déplaçait sans cesse et les balles ne le menacèrent jamais. Quand deux autres gardes eurent ainsi été abattus, ce fut le sauve-qui-peut vers la porte de l'igloo géant, exactement la réaction attendue par Diego.

En abattant ceux qui avaient choisi de fuir dans la forêt, Diego réussit à inciter les autres à rechercher « la protection » du dôme. Il savait qu'ils prendraient d'autres sorties et qu'ils se disperseraient dans les bois pour tenter de prendre leurs adversaires de flanc. Mais, au moment où le dernier d'entre eux s'engouffrait dans le hangar, Diego courait déjà vers la plage.

Du rivage où il l'attendait, Ryan, alerté par la fusillade, se mit à guetter Diego. Quand il le vit courir dans sa direction, il tendit l'extrémité du cordon à Ben.

— A vous l'honneur !

— Merci, dit Ben en prenant le cordon. Rien ne saurait me faire plus plaisir.

— Quand Ben tirera sur ce cordon, ordonna Ryan, plongez aussitôt et gardez la tête sous l'eau aussi longtemps que possible. Allons Ben, que ça saute !

L'Indien donna un coup sec sur le cordon ; ils emplirent tous leurs poumons d'air puis disparurent sous la surface de l'eau. Hélas, rien ne se passa. Ryan sortit la tête et poussa un juron. Il remonta sur la plage, ramassa l'extrémité du cordon et tira dessus : il sentit une résistance comme si le cordon était accroché à une branche.

— Je vais voir. Ça a dû se coincer quelque part, cria-t-il.

Il avait en partie raison. Le cordon était coincé non par quelque chose mais par quelqu'un. Un garde qui s'était isolé avait vu Diego foncer vers le lac et avait cherché à comprendre ce qui se passait. Il tenait le cordon dans sa main quand il vit Ryan approcher, plié en deux, les yeux rivés sur le cordon à tel point qu'il ne vit pas l'homme épauler son fusil. La balle le toucha à l'épaule avec la violence d'un coup de marteau. Il s'effondra sur les genoux.

Le garde n'eut pas le temps de tirer une seconde fois. Heureusement, Diego avait suivi Ryan et lâcha une rafale qui frappa le garde en pleine poitrine. Il bascula en arrière, ses doigts crispés sur le cordon tandis qu'il mourait. Le regard brouillé, Ryan le vit s'écrouler, pesant de tout son poids sur le cordon. Malgré la douleur, une alarme retentit dans son cerveau et il essaya de se lever mais ses jambes refusèrent de le porter. Des mains robustes le soulevèrent alors et l'entraînèrent vers le rivage. Ils touchaient presque l'eau quand le lac s'illumina, comme aspergé de peinture phosphorescente.

En s'effondrant, le garde avait heurté le cordon, lui faisant subir une secousse qui se transmit aux goupilles des grenades : six secondes plus tard elles explosaient simultanément. Une milliseconde après, l'hydrogène de la citerne prenait feu; il parcourut les quelques mètres de la canalisation et jaillit par la buse comme un lance-flammes en effleurant le nuage invisible d'hydrogène qui planait sous le dôme.

En quelques instants, le hangar se transforma pour les gardes en un véritable enfer. Saturé d'hydrogène l'air surchauffé s'engouffra à l'intérieur du dôme, carbonisant aussitôt les occupants. Le dôme ne contint que quelques secondes la chaleur ainsi emmagasinée, le toit un instant à blanc avant que les épaisses cellules de plastique qui constituaient les parois ne se volatilisent. Ce délai, bien qu'infime, donna à Ryan et à Diego le temps qu'il leur fallait : ils plongeaient dans le lac quand le dôme explosa en projetant des nappes de flammes qui pulvérisèrent la forêt et les bâtiments voisins.

Handicapé par sa blessure, Ryan n'avait aspiré qu'une brève goulée d'air. Il vit l'eau s'illuminer, entendit un grondement sourd et resta aussi longtemps qu'il le put sous l'eau avant de relever la tête. Quand il refit surface, l'épaisse fumée de la forêt en feu lui piqua les yeux mais il ne sentait même pas la douleur. Il contemplait avec stupéfaction le nuage en forme de champignon qui s'élevait dans le ciel, jaillissant d'un lit de braises marquant l'endroit où il avait pour la dernière fois vu le dôme. Auprès de ce spectacle, l'explosion du *Hindenburg* faisait penser à une bougie qu'on souffle.

Ben, Mercer et Diego pointèrent la tête hors de l'eau et partagèrent sa stupeur. A cause des menées tortueuses de Barker et de ses sbires, chacun avait perdu un être cher, aucun pourtant ne fut satisfait par tant de ravages. Justice avait été partiellement rendue : certes, le généticien fou avait été touché mais sa démarche délirante n'avait été que momentanément entravée. A la lueur de la forêt en flammes, ils nagèrent jusqu'au catamaran, aidant Ryan à faire le trajet. Quelques minutes plus tard le bateau s'éloignait, son sillage éclairé par le rougeoiement du bûcher funéraire.

39

AUSTIN était assis sur une caisse d'antibiotiques pour poissons, l'épée entre les genoux, la tête appuyée sur la garde. Quelqu'un ne le connaissant pas n'aurait vu dans son attitude que du découragement; Zavala savait, lui, que quand son ami serait prêt, il agirait.

De son côté Zavala enchaînait les exercices – tenant tantôt du yoga, tantôt du zen – et les mouvements de boxe pour détendre ses muscles et concentrer son attention. Il acheva de démolir un adversaire imaginaire d'un uppercut du gauche suivi d'un crochet du droit très sec, se frotta les mains et annonça :

— Je viens de battre successivement Rocky Marciano, Sugar Ray Robinson et Mohammed Ali.

— Garde donc quelques directs pour Barker et ses copains, nous commençons à descendre, lui suggéra Austin.

Austin était certain que Barker avait dit la vérité : il les donnerait en pâture à ses « chouchous », ainsi qu'il les appelait, et déchargerait le reste dans l'Atlantique. Un meurtrier comme Barker ne reculerait devant aucune forme de violence ou de duplicité pour parvenir à ses fins. Si Barker disait qu'il les tuerait au-dessus de l'Atlantique, c'est qu'il en avait bien l'intention.

Austin attendait l'escale où le zeppelin devait refaire le plein en espérant que l'équipage serait occupé au moment de l'atterrissage. Les gardes leur avaient retiré leur montre et ils ne pouvaient donc surveiller le passage du temps. Privé de tout repère, Austin avait planté la pointe de son épée dans le plancher et collé son oreille à la garde. L'arme recueillait les vibrations du moteur comme une aiguille sur un phonographe. Depuis quelques minutes, leur rythme avait changé, signalant le ralentissement des moteurs. Il se leva et se rapprocha de la lourde porte en bois. Ils lui avaient déjà donné de grands coups d'épaule, mais cela ne leur avait apporté que des bleus.

Austin frappa doucement le battant pour s'assurer qu'aucun garde n'était posté de l'autre côté. N'obtenant pas de réponse, il saisit l'épée à deux mains, souleva la lame au-dessus de sa tête et l'abattit de toutes ses forces.

Le bois se fendit, mais pas sur toute son épaisseur. En se servant de la pointe il fit sauter une section large comme sa main, qu'il entreprit d'agrandir. Austin et Zavala se relayèrent et, en quelques minutes, vinrent à bout de la serrure pourtant cadenassée. Ils ouvrirent la porte et, n'apercevant pas de gardes, se dirigèrent avec précaution jusqu'à la cale aux poissons. Là, Austin se pencha par-dessus la passerelle.

— Désolé de vous décevoir, les enfants, s'excusa-t-il auprès des formes laiteuses qui nageaient dans les bassins, mais nous avons d'autres projets pour le dîner.

— De toute façon, ajouta Zavala, la cuisine mexicaine ne leur plairait sans doute pas. Vérifie donc le niveau de l'eau.

La surface du bassin était en effet légèrement inclinée : le zeppelin penchait vers l'avant, il amorçait donc sa descente. Austin voulait pénétrer dans la salle de contrôle, mais il se doutait que l'endroit serait puissamment défendu. Une nouvelle fois, ce fut dans la personnalité psychotique de Barker qu'il chercha une solution. Dans ses divagations, Barker en avait trop révélé.

— Joe, lui demanda Austin, tu te souviens de ce que notre hôte a dit des panneaux coulissants ?

— Qu'ils séparent les poissons les plus agressifs. Sinon ses petits chouchous se dévoreraient entre eux.

— Il a précisé aussi qu'il y a un système d'alarme sur l'enveloppe contenant le gaz. Je parierais que si on retire les panneaux, une sirène se déclenchera. Serais-tu d'accord pour m'aider à créer un peu de bordel ?

Sans attendre la réponse de son ami, Austin souleva un des panneaux. Les poissons étaient remontés vers la surface, associant la présence d'un être humain à la distribution de nourriture. Une fois la cloison retirée, ils restèrent un instant figés sur place, puis les ailerons s'agitèrent frénétiquement, et les formes argentées se bousculèrent et les mâchoires claquèrent. Se rappelant le destin que Barker avait prévu pour eux, Austin et Zavala observaient ce combat silencieux, l'estomac serré. En quelques secondes, les bassins s'emplirent de sang ; les monstres s'étaient mis en pièces.

Bouger le panneau avait déclenché le clignotement d'une lumière rouge fixée à la paroi. Austin attendit près de la porte tandis que Zavala faisait le guet sur la passerelle. Il faillit pousser un cri de joie en ne voyant qu'un seul garde se présenter ; en apercevant Zavala, il s'arrêta net et épaula son fusil. Austin s'avança par-derrière en disant : « Salut. » Surpris, le garde se retourna et prit le coude d'Austin en pleine mâchoire ; il s'écroula comme une masse. Austin ramassa son fusil et le lança à Zavala. Comble de chance, il découvrit la commande qui arrêtait l'alarme.

Zavala, muni du fusil, et Austin, brandissant son épée comme s'il s'apprêtait à attaquer un château fort, quittèrent la cale aux poissons par une coursive menant aux marches qui descendaient vers la cabine de contrôle. La porte était ouverte et ils purent voir des hommes aller et venir et d'autres postés devant des commandes ; Barker ne se trouvait pas parmi eux. Austin fit signe à Zavala de revenir en arrière : la cabine de contrôle pouvait attendre. Inutile de s'attaquer aux griffes et aux dents du monstre alors qu'il serait sans doute plus facile de lui trancher la tête.

Austin savait où trouver Barker. Aussi se dirigèrent-ils en courant vers la salle de travail, faisant également office de musée, où ils avaient découvert *Durandal*. Austin avait deviné juste : le savant et Gueule cassée étaient penchés sur la table des cartes.

L'instinct animal de Gueule cassée lui fit lever la tête le premier. La fureur plissa son visage et il poussa un grognement qui alerta Barker. Une fois sa surprise passée, il arbora un grand sourire. Austin ne voyait pas les yeux toujours cachés derrière des lunettes de soleil, mais ils regardaient l'épée, il en était sûr. Sans un mot, Barker prit le cor et vérifia l'intérieur du coffre.

— Tiens, tiens, monsieur Austin, il s'avère que non seulement vous êtes un passager clandestin mais en outre un voleur.

Il referma le couvercle et reposa le cor dessus. Mais auparavant il avait jeté un coup d'œil à Gueule cassée qui répondit par un hochement de tête presque imperceptible. Avec une rapidité inouïe, Barker reprit le cor et le lança à la tête de Zavala, qui parvint à l'esquiver. Umealiq en profita pour plonger derrière le bureau puis, agile comme un chat, il se réfugia derrière le gros canapé d'où il jaillit bientôt comme un diable de sa boîte, tirant au hasard un coup de feu, pour disparaître par une porte ouverte.

— Rattrape-le avant qu'il n'alerte les autres ! cria Austin inutilement, car Zavala était déjà sur ses talons.

Austin et Barker se retrouvèrent seuls. Sans se départir de son sourire, Barker déclara :

— Désormais, monsieur Austin, tout se passe entre vous et moi.

Austin lui rendit son sourire.

— Malheureusement pour vous.

— Courageuse déclaration. Mais songez un peu à votre situation : Umealiq va tuer votre équipier et revenir, dans quelques instants, avec des hommes armés.

— Et vous, Barker, songez un peu à *votre* situation, rétorqua Austin en levant son épée. Je vais vous arracher le cœur et le donner en pâture à vos monstres mutants.

Barker pivota comme un danseur, saisit un harpon figurant parmi une collection d'armes esquimaudes accrochées au mur et le lança sur Austin avec une étonnante précision. Austin se pencha pour l'éviter et le harpon se planta dans la poitrine d'une des momies. L'armature qui la soutenait se renversa, entraînant dans sa chute le morceau d'enveloppe de dirigeable sur lequel était écrit *Nietzsche*. Barker s'empara d'un autre harpon et d'un poignard en ivoire puis se précipita sur Austin.

Austin détourna d'un rapide coup d'épée la pointe du harpon mais ce geste le laissa à découvert. Il recula pour éviter le poignard et trébucha sur le cor ; il se tordit la cheville et tomba. Avec un cri de triomphe, Barker plongea sur Austin dont l'épée se trouvait coincée sous lui. Le poignard s'abattit. Du revers de la main Austin bloqua le poignet de Barker et essaya de l'agripper au passage mais sa paume, moite, glissa. Se résignant alors à lâcher l'épée, il dégagea son autre main et s'en servit pour repousser la pointe du poignard qui menaçait sa gorge.

Exaspéré par la force d'Austin, Barker prit son élan et s'apprêta à frapper une nouvelle fois. Austin roula sur le côté, laissant l'épée derrière lui. Les deux hommes se relevèrent au même instant.

Austin tenta de ramasser l'épée, mais le poignard fendit l'air et lui frôla la poitrine. D'un coup de pied Barker écarta l'épée puis fonça sur Austin. Celui-ci fit un pas en arrière et sentit derrière lui le bureau : impossible d'aller plus loin. Barker était si proche qu'Austin se voyait dans les lunettes de soleil.

Barker sourit et leva son poignard pour lui donner le coup de grâce.

Zavala avait franchi la porte d'un bond puis s'était arrêté net : au lieu de la coursive à laquelle il s'attendait, il se retrouvait dans un réduit guère plus grand qu'une cabine téléphonique avec des barreaux d'échelle grimpant le long d'une paroi. Une seule lampe fixée au mur suffisait à éclairer l'espace exigu ; en dessous, un râtelier où étaient accrochées des torches électriques – un clou était vide ; il braqua une lampe vers le haut et crut distinguer un mouvement furtif, puis plus rien que les ténèbres. Il passa son fusil en bandoulière, coinça la torche dans sa ceinture et grimpa. Le puits débouchait sur un couloir aménagé dans l'entrecroisement de poutres métalliques qui faisaient sans doute partie d'une quille assurant la rigidité du dirigeable et permettant d'accéder à ses entrailles.

La quille coupait un autre passage d'où provint le léger bruit qu'aurait pu produire une chaussure heurtant une cale. Zavala s'engagea dans ce nouveau couloir et constata qu'il s'incurvait pour suivre l'intérieur de l'enveloppe du zeppelin. De l'autre côté le tissu blanc des sacs gonflés au gaz collait à l'armature. Il pensa qu'il s'agissait sans doute d'un anneau qui, avec les quilles, aidait à la stabilité du dirigeable.

Son hypothèse se révéla juste car le passage se mit bientôt à se recourber sur lui-même si bien qu'il grimpait juste au-dessus des énormes poches de gaz. Zavala, malgré sa bonne forme, était hors d'haleine quand, parvenu au sommet du zeppelin, il tomba sur un autre passage triangulaire courant d'une extrémité à l'autre du dirigeable. Le choix cette fois était plus facile. Il braqua sa lampe sur la traverse. Il aperçut un mouvement et entendit des pas lourds qui retentissaient au loin.

Zavala se précipita, sachant qu'il devait empêcher Gueule cassée de parvenir à la nacelle de contrôle où il sonnerait l'alarme. Il arriva à un croisement avec, cette fois, un anneau de soutien. Impossible de deviner la direction prise par Gueule cassée. Mentalement, Zavala se construisit un plan de l'énorme dirigeable.

Il avait sous les yeux le cadran d'une horloge : le couloir où il se trouvait indiquait douze heures, le précédent, huit heures, donc, pour maintenir la rigidité des anneaux, il devait y avoir un troisième passage horizontal à quatre heures. Et là, peut-être pourrait-il couper la route à Gueule cassée.

La descente de l'anneau ne fut pas facile et il faillit pousser un cri de triomphe en tombant sur le troisième passage transversal. Il dévala le couloir en s'arrêtant à chaque anneau pour tendre l'oreille. Il estimait que Gueule cassée avancerait aussi loin qu'il le pourrait avant de descendre dans la nacelle de contrôle en utilisant un autre anneau.

Au troisième croisement, Zavala entendit qu'on descendait une échelle métallique. Il attendit patiemment d'entendre le souffle rauque, puis il alluma sa torche. Le faisceau surprit Gueule cassée cramponné à l'échelle comme une énorme et affreuse araignée. Gueule cassée entreprit alors de remonter.

— Pas un geste ! ordonna Zavala en portant le fusil à son épaule.

Umealiq s'arrêta et regarda Zavala.

— Tu signes ton arrêt de mort, ricana-t-il. Si tu me manques et que tu touches un sac d'hydrogène, le dirigeable s'enflammera et ce sera fini pour ton copain et toi.

Un sourire retroussa les lèvres de l'ingénieur qui savait que l'hydrogène était volatil et ne risquait guère de s'enflammer qu'avec une balle traçante.

— Malheureusement pour toi, tu te trompes ! riposta-t-il. Je ferais simplement un trou dans la poche de gaz.

Le sourire mauvais d'Umealiq disparut ; il se pencha et braqua son arme sur Zavala. Il n'y eut qu'un seul coup de fusil. La balle, de gros calibre, toucha Umealiq en pleine poitrine et le fit choir de son échelle. Zavala dut s'écarter pour éviter le corps qui s'écrasa à ses pieds. L'incrédulité d'Umealiq, sentant la mort le gagner peu à peu, se traduisit par un rictus hideux qui tordit son visage.

— Encore un détail à propos duquel tu t'es trompé, conclut Zavala. Je ne manque jamais mon coup.

Pendant que Zavala poursuivait Gueule cassée, Austin luttait pour sauver sa peau. Une nouvelle fois, il avait bloqué le poignet de Barker et arrêté la lame du poignard à quelques centimètres de son cou. De l'autre main, il essaya de le saisir à la gorge mais Barker renversa la tête ; les doigts d'Austin ne purent que lui arracher ses lunettes de soleil. Face aux yeux pâles de Barker braqués sur lui, Austin resta paralysé un instant et lâcha le poignet de son adversaire. Barker dégagea son bras et s'apprêta à frapper une nouvelle fois.

Austin tâtonnait désespérément sur le bureau derrière lui à la recherche d'un objet avec lequel il pourrait assommer Barker. Il éprouva soudain une sensation de brûlure : sa main avait touché la lampe halogène qui éclairait la carte. Il l'empoigna, la retourna et la braqua sur le visage de Barker pour le brûler. L'autre bloqua la lampe mais resta impuissant contre le faisceau lumineux, aussi destructeur pour ses yeux ultrasensibles qu'un jet d'acide. Il poussa un hurlement et porta la main devant ses yeux pour les protéger. Il recula, trébucha et poussa des imprécations en kiolyan. Abasourdi, Austin observa les dégâts qu'il avait provoqués avec une simple ampoule électrique.

Barker quitta la salle à tâtons. Austin ramassa l'épée et se précipita à sa poursuite; sa hâte lui fit négliger la prudence. Barker l'attendait dans la cale à poissons et se précipita sur lui dès qu'il eut franchi la porte; son poignard le toucha à la cage thoracique à la hauteur de sa blessure précédente. Austin lâcha l'épée et chuta sur le couvercle en plastique d'un aquarium. Il sentit quelque chose de moite et de poisseux détremper sa chemise.

Le rire mauvais de Barker, mais – Austin fut soulagé de le constater – il n'avait pas recouvré la vue. Austin essaya de se hisser hors du bassin; ses mouvements et l'odeur du sang excitant les créatures en dessous de lui. Barker tourna la tête en direction d'Austin.

— C'est vrai, monsieur Austin, je n'y vois pas, mais mon ouïe, très développée, me donne une sorte de vision. Au royaume des aveugles, celui qui a l'oreille la plus fine est roi.

Austin essaya de pousser Barker à une réaction qui lui serait fatale. Perdant abondamment son sang, il ne savait combien de temps il lui restait avant de perdre connaissance. Zavala était peut-être mort. Il était livré à lui-même. Il n'avait qu'une seule chance. Poussant un gémissement pour étouffer le bruit, il fit glisser le couvercle du bassin le plus proche.

La tête de Baker s'immobilisa comme une antenne de radar qui a repéré sa cible. Il sourit, ses yeux pâles fixés sur Austin.

— Etes-vous blessé, monsieur Austin? s'enquit Barker, tout souriant, en avançant de quelques pas sur la passerelle dans sa direction.

Usant du même stratagème, Austin fit bouger encore un peu le couvercle. Barker descendit et longea lentement les bassins. Austin jeta un coup d'œil : l'ouverture ne mesurait même pas trente centimètres. Il se remit à gémir et l'augmenta légèrement.

Barker s'arrêta et tendit l'oreille comme s'il soupçonnait quelque chose.

— Allez vous faire voir, Barker, proféra Austin. Je suis en train d'ouvrir les parois.

Barker, le visage décomposé, poussa un grognement de fauve et se précipita. Il n'entendit jamais le glissement du couvercle : il avait disparu dans l'aquarium. Sa tête remonta à la surface. Terrifié en réalisant où il se trouvait, il se cramponna au bord du bassin et essaya de se hisser. Le poisson mutant, d'abord surpris par cette intrusion, tournait maintenant autour des jambes de Barker, excité en outre par le sang de la blessure d'Austin qui avait coulé dans l'eau.

Austin se redressa et dégagea calmement les panneaux voisins. Barker était à moitié sorti quand les occupants des autres bassins le découvrirent. Il pâlit encore davantage puis retomba dans l'eau. L'agitation s'accrut et le corps de Barker disparut complètement dans une écume ensanglantée.

Austin arrêta l'alarme et gagna en chancelant la cabine de Barker qui contenait armoire à pharmacie et trousse de secours. Quand, à force de pansements et de sparadrap, il eut arrêté l'hémorragie, il ramassa l'épée pour partir à la recherche de Zavala ; à ce moment-là son équipier entra.

— Où est Barker ? demanda-t-il.

— Après une petite discussion, il a perdu la tête, lâcha Austin avec un sourire glacé. Je te raconterai plus tard. Et Gueule cassée ?

— Une mauvaise chute. (Il jeta un coup d'œil autour de lui.) Il me semble que ce serait une bonne idée de sortir de cet engin.

— Je commençais tout juste à apprécier la promenade, mais j'admets ton point de vue.

Ils se précipitèrent vers la nacelle de contrôle ; elle était occupée par seulement trois hommes : deux manœuvrant une barre de gouvernail l'un à l'avant, l'autre à bâbord et le troisième, le commandant probablement, donnant des ordres. L'irruption d'Austin et Zavala lui fit porter la main au pistolet qu'il portait à la ceinture.

Austin, peu enclin à plaisanter, pointa la lame de l'épée, aiguisée comme un rasoir, sous la pomme d'Adam de l'officier et aboya :

— Où sont les autres ?

La crainte remplaça la haine dans le regard du Kiolya.

— Ils préparent les amarres pour l'atterrissage.

Pendant que Zavala le couvrait, Austin abaissa son épée et s'approcha d'un des hublots de la nacelle : des cordes pendaient de l'immense zeppelin, une douzaine répartie sur toute sa longueur. Les projecteurs du dirigeable éclairaient le visage levé vers lui des hommes qui attendaient pour la manœuvre de l'atterrissage. Austin ordonna au commandant d'emmener ses hommes et de quitter la salle de contrôle. Puis il ferma derrière eux la porte à clef.

— Tu te sens capable de piloter cet engin? demanda-t-il à Zavala.

— Ça ressemble à un gros bateau : la barre à l'avant, c'est le gouvernail, l'autre commande le gouvernail en profondeur. Je vais prendre celle-là. Il faudra sans doute y aller avec douceur.

Austin prit la barre. Le zeppelin penchait en avant, ce qui lui permettait de bien voir ce qui se passait en bas. L'équipage au sol avait déjà saisi quelques-unes des amarres.

Il prit une profonde inspiration et se tourna vers Zavala.

— Allons-y!

Zavala actionna le gouvernail de profondeur, mais le zeppelin refusa de s'élever. Austin poussa les commandes du moteur à mi-vitesse, le dirigeable commença à avancer mais les amarres le ralentissaient.

— Il nous faut davantage de force ascensionnelle.

— Et si on larguait du lest?

— Ça pourrait marcher.

Austin inspecta le tableau de bord jusqu'au moment où il trouva ce qu'il cherchait.

— Tiens bon, prévint-il.

Il pressa le bouton. Un grondement de torrent et, des aquariums, se déversèrent des centaines de poissons et des milliers de litres d'eau grâce à un toboggan installé sous le dirigeable. Affolé, l'équipage au sol se dispersa et lâcha les amarres. Ceux qui avaient cru pouvoir tenir bon les imitèrent aussitôt quand ils s'élevèrent brutalement dans les airs en même temps que le dirigeable.

Le zeppelin prit de l'altitude et fut bientôt hors d'atteinte.

Austin s'aperçut que, ainsi que l'avait dit Zavala, le gouvernail de profondeur ressemblait un peu aux commandes d'un bateau : il y avait un décalage entre l'action de la barre et la réponse de l'énorme masse au-dessus de leurs têtes. Austin mit le cap sur la mer. Dans l'éblouissante lumière dorée du soleil levant, il distingua à quelques milles de la côte la silhouette d'un navire. Là-dessus, des coups violents frappés à la porte les détournèrent du spectacle.

— Ne serions-nous pas les bienvenus ? cria-t-il par-dessus son épaule.

— A mon avis, nous ne l'avons jamais été, mais je ne vais pas discuter avec toi.

Après avoir rapproché autant que possible le dirigeable du navire, Austin ralentit le régime du moteur pendant que Zavala manœuvrait le gouvernail de profondeur pour que le zeppelin reprenne de l'altitude ; passant alors par les hublots, les deux amis empoignèrent chacun une amarre, Austin avec quelques difficultés à cause de sa blessure, puis descendirent en rappel vers la mer tandis que le zeppelin commençait à s'élever doucement.

Paul venait de prendre le quart quand il reconnut le bruit de gros moteurs : un appareil survolait l'installation d'Oceanus. Quelques instants auparavant, des projecteurs avaient balayé le ciel ; il distingua une ombre énorme – des lumières se reflétèrent sur une paroi métallique – qui mettait le cap vers la mer et perdait de la vitesse en se rapprochant du bateau.

Il réveilla Gamay et lui demanda d'alerter le reste de l'équipage. Il craignait que les gens d'Oceanus n'aient fait appel à un soutien aérien.

— Que se passe-t-il ? demanda le capitaine encore un peu ensommeillé.

Paul désigna le zeppelin qu'embrasaient les rayons du soleil levant.

— Ne sachant pas s'il s'agit d'un ami ou d'un ennemi, mieux vaudrait bouger.

Le capitaine, maintenant tout à fait réveillé, se précipita vers la passerelle.

— Bonté divine ! s'exclama le professeur Throckmorton qui venait de les rejoindre. Je n'ai jamais rien vu d'aussi gros !

Ses machines grondèrent et le navire s'ébranla. Ils virent avec inquiétude que le dirigeable progressait de façon chaotique, virant de gauche et de droite, son nez se dressant puis pointant vers le bas, mais réduisant la distance qui les séparait. En fait, il arrivait droit sur eux et si bas que ses amarres effleuraient maintenant les vagues.

Gamay ne quittait pas des yeux la cabine de contrôle ; elle vit deux têtes apparaître aux hublots puis deux hommes en sortir et glisser le long des cordes. Elle les montra à Paul, dont le visage s'éclaira d'un large sourire et qui demanda au capitaine de stopper le navire.

— Mais ils vont nous rattraper !

— Absolument, capitaine, absolument.

Le capitaine marmonna mais regagna la passerelle en courant et quelques matelots préparèrent le canot pneumatique du bord. Les machines tournaient désormais au ralenti et le navire s'arrêta doucement tandis que l'ombre gigantesque du zeppelin emplissait le ciel. Les deux silhouettes accrochées aux cordes sautèrent, le canot pneumatique s'approcha d'elles et les Trout hissèrent Zavala et Austin à bord.

— C'est gentil de passer, dit Paul.

— C'est gentil de nous recueillir, répondit Austin.

Tout en souriant de plaisir, Austin ne quittait pas des yeux le zeppelin. A son grand soulagement, le dirigeable reprit de l'altitude et s'éloigna du navire. Les hommes de Barker avaient dû enfoncer la porte et regagner la nacelle de contrôle. Avec leurs armes automatiques, ils n'auraient fait qu'une bouchée du navire et de ses passagers, seulement les Kiolya étaient décapités maintenant que Tounouk, leur grand chef, avait disparu.

Quelques minutes plus tard, des mains amicales aidaient Austin et les autres à remonter à bord du navire de recherche. On leur donna des vêtements secs ; auparavant, Gamay avait pansé en professionnelle la blessure d'Austin. La plaie nécessiterait peut-être quelques points de suture, mais, en réalité, elle était plus laide que méchante. Au fond, se consola-t-il, deux cicatrices symétriques sur le torse, c'est plutôt original. Ils savouraient la chaleur du poêle de la cambuse avec les Trout en buvant du café bien fort quand le cuistot, originaire de Terre-Neuve, leur proposa un petit déjeuner.

Austin réalisa qu'ils n'avaient rien mangé depuis la veille. L'expression de Zavala était parlante, il était tout aussi affamé.

— Tout ce que vous voudrez, acquiesça Austin, mais que ce soit copieux.

— Des gâteaux de poisson et des œufs, suggéra le cuisinier.

— Des gâteaux de *poisson* ? s'exclama Zavala.

— Mais oui, c'est une spécialité de Terre-Neuve.

Austin et Zavala échangèrent un bref coup d'œil.

— Non, merci, dirent-ils en chœur.

40

COMME il l'avait promis, l'Ours se montra à la hauteur. Therri l'avait supplié par radio de l'aider à évacuer une cinquantaine de personnes. Sans poser de question, le pilote avait aussitôt rameuté tous ses collègues à cent cinquante kilomètres à la ronde. Les hydravions affluèrent de partout pour transporter les rescapés de la rive du lac. On commença par les vieillards et les malades, puis ce fut le tour des plus jeunes. Therri se sépara sur le rivage de la petite Rachael, qui lui était devenue si chère, avec un mélange de soulagement et de tristesse.

Les exploits de Ryan lui attribuaient une place sur l'un des premiers appareils à décoller. Mais sa blessure à l'épaule ayant été pansée tant bien que mal pour arrêter l'hémorragie et prévenir l'infection, il préféra attendre. Quant aux frères Aguirrez, ils s'occupèrent eux-mêmes de leur transfert : l'Eurocopter les ramena au yacht.

Avant de partir, Ben et quelques jeunes de la tribu retraversèrent le lac pour constater ce qu'étaient devenues les installations de Barker. « Rien, annoncèrent-ils, il ne reste plus rien. » A Therri, qui les interrogeait sur le sort des poissons monstrueux qu'elle avait vus, Ben, laconique, répondit en souriant : « Grillés. »

Therri, Ben et Mercer furent parmi les derniers à partir. La jeune femme découvrit l'étendue de la zone calcinée autour du site conçu par le dangereux Barker.

— Il y a eu un petit feu de forêt par là ? cria l'Ours par-dessus le vrombissement du moteur. Vous êtes au courant ?

— Probablement une imprudence avec une allumette, lâcha Mercer. (Mais l'air sceptique de l'Ours lui fit ajouter :) Quand on sera rentrés, je vous raconterai toute l'histoire autour d'une bière.

A vrai dire, il en fallut plusieurs.

Pendant ce temps, Austin et Zavala, ravis de retrouver les Trout, rentraient tranquillement au port à bord du navire de recherche de Throckmorton. Le professeur, bouleversé d'apprendre les projets insensés que fomentait Barker, promit d'exposer au Parlement les dangers des poissons génétiquement modifiés et, ensuite, de témoigner devant la commission sénatoriale du sénateur Graham.

De retour à Washington, Austin fit à Sandecker son rapport sur la mission. L'amiral écouta avec une attention passionnée le récit de la fin de Barker mais, plus que tout, ce fut *Durandal* qui le fascina : il palpait l'épée avec précaution. Contrairement à la plupart des marins, Sandecker n'était pas superstitieux, aussi Austin haussa-t-il les sourcils quand il entendit l'amiral murmurer en contemplant la lame étincelante :

— Kurt, cette arme est hantée. Elle a sa vie propre.

— J'ai éprouvé le même sentiment, reconnut Austin. La première fois que je l'ai eue en main, j'ai ressenti une onde électrique courir le long de mon bras.

Sandecker tressaillit comme s'il se réveillait et remit l'épée dans son fourreau.

— Superstitions ridicules, naturellement.

— Naturellement. Que suggérez-vous d'en faire ?

— La question ne se pose même pas. Nous la rendons à son dernier et légitime propriétaire.

— Roland est mort. Quant à Diego, d'après ce que j'ai vu, il n'est pas près de revendiquer la possession de *Durandal*.

— Laissez-moi y penser. Vous permettez qu'en attendant je vous emprunte l'épée ?

— Bien sûr, et même si je pensais me frayer, grâce à elle, un chemin au milieu de toutes mes paperasseries.

Sandecker alluma son cigare et jeta l'allumette dans la cheminée. Arborant son habituel sourire de carnassier, il dit :

— Je pense depuis toujours que le feu est le moyen le plus efficace de soulager les bureaucrates.

Deux jours plus tard, Sandecker le convoqua par téléphone.

— Kurt, si vous avez une minute, pourriez-vous monter me voir ? Prenez Joe au passage. Des personnes souhaiteraient vous rencontrer.

Austin alla repêcher Zavala dans le labo des sauvetages en profondeur et lui transmit le message de Sandecker. Le duo se présenta dans l'antichambre de l'amiral, la réceptionniste leur sourit et leur fit signe d'entrer.

Sandecker les accueillit sur le seuil du saint des saints de la NUMA.

— Kurt. Joe. Ravi de vous voir, dit-il en les prenant par le bras.

Derrière Sandecker se détachaient les silhouettes de Balthazar Aguirrez et ses deux fils. Balthazar rugit de plaisir en découvrant Austin et lui secoua la main à lui faire sauter la clavicule, puis ce fut le tour de Zavala.

— J'ai tenu à remercier M. Aguirrez et ses fils pour leur aide au Canada, expliqua Sandecker. Je leur ai parlé de votre mission.

— Sans votre assistance, nous n'aurions pas pu la mener à bien, précisa Austin. Je suis désolé que les pilotes soient morts et que vous ayez perdu un hélicoptère. Navré aussi que Pablo ait été blessé.

D'un geste Aguirrez écarta ces regrets.

— Merci, mon ami. L'hélicoptère n'est qu'une machine facilement remplaçable et la blessure de mon fils cicatrise sans problème. Quant aux pilotes qui ont laissé leur vie dans cette opération, c'est dommage, mais il s'agissait, comme pour tous les hommes de mon équipage, de mercenaires extrêmement bien payés et qui avaient pleine conscience des risques d'une profession qu'ils avaient choisie.

— C'est néanmoins une perte tragique.

— J'en conviens. Je suis enchanté de la réussite de votre mission, mais avez-vous des nouvelles de l'épée et du cor?

— Vos reliques, répondit Sandecker, ont connu un long voyage difficile. Grâce au journal découvert par Kurt dans le macabre musée de Barker, nous avons réussi à reconstituer l'histoire. Votre ancêtre, Diego, cinglait vers les îles Féroé avant de traverser l'Atlantique, mais il n'a jamais touché terre. Son équipage et lui sont morts très probablement de maladie et leur vaisseau a dérivé dans les glaces polaires. Un zeppelin l'a découvert des centaines d'années plus tard lors d'un vol secret jusqu'au pôle Nord et a recueilli le corps de votre ancêtre. Mais des problèmes mécaniques ont contraint le dirigeable à se poser sur la banquise. Les Kiolya l'ont découvert et ont emporté les corps de Diego et de Heinrich Braun, le commandant du zeppelin.

— Kurt m'a déjà raconté cette histoire, s'impatienta Aguirrez. Mais les reliques?

— Messieurs, reprit Sandecker, je suis d'une grossièreté impardonnable. Asseyez-vous, je vous prie, et permettez-moi de vous offrir un verre.

L'amiral désigna à ses hôtes les confortables fauteuils de cuir disposés devant son grand bureau et prit dans un bar dissimulé par un panneau une bouteille de whisky pur malt et en servit à chacun un petit verre. Il approcha le sien de son nez, ferma les yeux et prit une profonde inspiration. Puis il ouvrit sa cave à cigares – des cigares qu'on roulait exprès pour lui – et les distribua.

— Tiens, aurais-je perdu mon coupe-cigare? dit-il en tapotant la poche de poitrine de son blazer. L'un de vous, messieurs, a-t-il un canif? Peu importe. (Il plongea la main sous son bureau et en tira un fourreau qu'il posa devant lui.) Peut-être que ceci fera l'affaire.

L'incrédulité se lut dans les yeux sombres de Balthazar. Il se leva, tendit la main vers le fourreau et le prit précautionneusement à deux mains. Les doigts tremblants, il sortit l'épée et la brandit au-dessus de sa tête comme pour convoquer les légions de Charlemagne à la bataille.

— *Durandal*, chuchota-t-il avec émotion.

— Le cor arrivera dans quelques jours, avec les restes de votre ancêtre, annonça Sandecker. J'ai pensé que vous pourriez remettre ces précieuses reliques à leur propriétaire légitime.

Balthazar remit l'épée au fourreau et la tendit à ses fils.

— Le propriétaire légitime en est le peuple basque. J'utiliserai l'épée et le cor de Roland pour que les Basques obtiennent leur autonomie. Mais, reprit-il avec un sourire, de façon pacifique.

Il venait de lire dans les yeux bleus de Sandecker la joie que lui inspirait la réussite de son geste théâtral. Il leva bien haut son verre.

— Portons un toast à cet objectif, proposa-t-il.

Ryan appela Austin dans le courant de la journée pour lui dire qu'il était de retour à Washington et souhaitait le retrouver à « leur lieu de rendez-vous habituel ». Austin arriva à Roosevelt Island avec quelques minutes d'avance et attendait devant la statue quand il vit Ryan approcher. Austin remarqua qu'il était pâle et qu'il avait les traits tirés. Mais il n'y avait pas que sa blessure : le port arrogant et la futilité de Monsieur Je-sais-tout, qu'Austin trouvait insupportables, avaient disparu. Ryan semblait plus sérieux et plus mûr. Il sourit en lui tendant la main.

— Merci d'être venu, Kurt.

— Comment vous sentez-vous ?

— Comme si j'avais servi de cible au stand de tir.

— On s'y fait, dit Austin en se rappelant ses multiples cicatrices. Et puis, avoir fait échouer les projets de Barker vous aide certainement à supporter la douleur. Félicitations.

— Sans l'aide de Ben, de Chuck et de Diego Aguirrez, cela n'aurait pas pu se faire.

— Ne soyez pas modeste.

— C'est vous qui êtes modeste. J'ai entendu parler de vos aventures à bord du zeppelin.

— Ne tombons pas dans les congratulations ou nous allons gâcher une relation qui s'annonce si bien.

— Je vous ai demandé de venir ici, dit Ryan en riant, pour vous présenter mes excuses. Je me suis montré autoritaire et suffisant.

— Les meilleurs d'entre nous n'y échappent pas.

— Ce n'est pas tout. J'ai essayé de me servir de Therri pour obtenir votre aide.

— Je sais. Je sais aussi que Therri a un caractère trop indépendant pour qu'on se serve d'elle.

— En tout cas, je tenais à vous faire mes excuses avant mon départ.

— Vous parlez comme si vous alliez disparaître dans le soleil couchant.

— Comme à la fin d'un western ? Non, je ne suis pas encore tout à fait prêt pour ça. Je pars dans quelques jours pour Bali pour tenter avec la SDM d'arrêter le commerce illicite des tortues de mer. Ensuite, j'ai un coup de main à donner aux lions d'Afrique du Sud, et la réserve marine des Galápagos à protéger du braconnage. Entre-temps je vais essayer de récolter des fonds pour remplacer le *Sentinel*.

— Vaste programme ! Bonne chance.

— J'en aurai besoin. (Ryan jeta un coup d'œil à sa montre.) Désolé de filer mais je dois passer les troupes en revue.

Ils regagnèrent le parking où ils échangèrent une dernière poignée de main.

— Dès que nous serons venus à bout de toute la paperasserie qui s'est accumulée, nous irons dîner ensemble.

— Je promets de ne pas vous interrompre comme à Copenhague.

— Ne vous inquiétez pas, lui répondit Austin en levant les yeux vers le ciel, un sourire mystérieux sur les lèvres. Là où j'emmène dîner Therri, personne ne nous interrompra.

41

— ACCEPTERIEZ-VOUS encore un peu de champagne, mademoiselle ? proposa le maître d'hôtel.

— Merci, acquiesça Therri avec un sourire. Très volontiers.

Il emplit la coupe de cristal et d'un geste professionnel fit tourner la bouteille de Moët. Puis, après avoir claqué des talons, il regagna son poste, prêt à revenir au plus infime haussement de sourcil. Sa tenue était impeccable, un nuage de brillantine plaquait ses cheveux noirs et une fine moustache ornait sa lèvre supérieure. Et puis, surtout, il observait l'attitude du parfait maître d'hôtel, un détachement très légèrement ennuyé allié à une attention que rien ne réussirait à distraire.

— Il est merveilleux, chuchota Therri. Où l'avez-vous trouvé ?

— Il vient tout droit de l'Orient Express, affirma Austin. (Voyant l'air dubitatif de Therri, il ajouta :) Je l'ai emprunté au service d'hôtellerie de la NUMA, je l'avoue. Il œuvrait à La Tour d'Argent avant que Sandecker ne l'engage pour prendre en main la salle à manger de la NUMA.

— Il a remarquablement organisé notre dîner, déclara-t-elle.

Leur table, pour deux, était recouverte d'une nappe blanche soigneusement amidonnée qui mettait particulièrement en valeur l'argenterie Art déco. Pour la circonstance, Therri portait une robe-bustier noire époustouflante et Austin un smoking remplaçant celui qu'il avait mis en lambeaux lors de la course de traîneaux à Washington. Un quartet à cordes jouait du Mozart.

— Je suppose qu'ils appartiennent au National Symphony Orchestra.

Austin eut un sourire penaud.

— Ce sont des copains du service technique de la NUMA qui se réunissent les week-ends. Pas mal, n'est-ce pas?

— Oui, c'est vrai; le dîner aussi. Je ne sais pas quel chef vous avez embauché, mais... (Elle s'interrompit, surprenant le regard amusé d'Austin.) Ne me dites pas qu'il vient lui aussi de la NUMA.

— Non. C'est un de mes amis. St. Julien Perlmutter. Il voulait à tout prix cuisiner pour nous ce soir. Je vous présenterai plus tard.

Elle but une gorgée de champagne et son visage, soudain, s'assombrit.

— Pardonnez-moi, mais le Dr Barker et ses monstrueuses créatures me hantent. Quel cauchemar!

— Si seulement ça n'avait été qu'un mauvais rêve. Hélas, Barker et ses amis étaient très réels! Les poissons aussi.

— Quel homme étrange et terrible... Nous ne saurons probablement jamais comment un esprit aussi brillant a pu devenir maléfique à ce point.

— C'est d'autant plus étonnant que son ancêtre – tous les récits s'accordent sur ce point – était quelqu'un de tout à fait convenable. Le premier Frederick Barker, constatant que les Esquimaux mouraient de faim, a tenté de convaincre ses collègues capitaines baleiniers d'arrêter le massacre les phoques.

— Ses gènes se sont abâtardis en passant de génération en génération, suggéra-t-elle.

— Ajoutez une goutte de syndrome divin au bouillon génétique et vous obtenez un savant fou qui se croit l'incarnation d'un esprit mauvais.

— Quelle ironie du sort, dit-elle après un moment de réflexion. Barker, ce produit de gènes dénaturés, a mis en application dans son laboratoire précisément cette transformation pour créer des monstres en partant de poissons normalement inoffensifs. Je frémis chaque fois que je pense à ces pauvres créatures. (Une lueur d'angoisse passa dans son regard.) C'est bien fini, n'est-ce pas, cette folie ?

— Barker n'a laissé aucun écrit, répondit Austin. Cet authentique génie gardait en mémoire toutes ses manipulations génétiques. Ses connaissances ont disparu avec lui.

— Pourtant, un autre esprit aussi brillant serait capable de reproduire son travail.

— Certes, mais on va bientôt combler les lacunes de la loi. On n'autorisera plus aux États-Unis les poissons génétiquement modifiés. Les Européens sont tout aussi décidés à rayer de leurs menus les « Frankenfish » et les chips. Sans marché, la reproduction devient inutile.

— Et les autres Kiolya ?

— Arrêtés, morts ou en fuite. Sans Barker pour les pousser à une frénésie meurtrière, je pense qu'ils ne constituent plus une menace. Les entreprises de Barker sont à prendre : les loups se partagent les morceaux de sa gigantesque multinationale. Maintenant, laissez-moi vous poser une question. Qu'est-ce que l'avenir vous réserve à la SDM ?

Nous nous séparons. Les actions de commando ne me conviennent guère. On m'a proposé un poste de conseil en écologie au cabinet du sénateur Graham.

— Ravi d'apprendre que vous travaillerez dans les parages.

Le maître d'hôtel posa alors un téléphone noir sur la table.

— M. Zavala aimerait vous parler, dit-il.

— Désolé d'interrompre ton dîner, fit la voix de Joe. Je t'informe que nous commençons bientôt à descendre.

— Merci pour la balade. Combien de temps avons-nous encore ?

— Assez pour une très longue danse.

Austin sourit et raccrocha.

— Joe appelait de la cabine de contrôle. Nous allons bientôt atterrir.

Par la grande baie vitrée, Therri contemplait tout en bas le tapis de lumières.

— C'est magnifique. Je n'oublierai jamais cette soirée. Je me demande cependant comment vous avez réussi à disposer d'un zeppelin pour un dîner en tête à tête ?

— J'ai dû faire jouer quelques relations. Les Allemands tiennent beaucoup à récupérer leur dirigeable, le premier qui s'est posé au pôle Nord. Quand j'ai appris qu'on ramenait le zeppelin du Canada à Washington, j'ai proposé les services d'un pilote expérimenté et en échange j'ai réservé la salle à manger pour quelques heures. La seule façon, ai-je pensé, de dîner sans être dérangés. (Il regarda sa montre.) D'après le pilote, nous avons assez de temps pour une danse.

— Je serais ravie.

Austin lui offrit son bras, la conduisit vers le bar plongé dans la pénombre, mit en marche un tourne-disques et bientôt retentirent les accents envoûtants de l'orchestre de Glenn Miller.

— Il me semble que cela s'imposait.

— Merci pour cette soirée exceptionnelle, répéta-t-elle.

— Mais elle n'est pas encore terminée. Quand nous aurons atterri, nous irons prendre un verre chez moi. Qui sait comment elle se terminera ?

— Oh, je le sais, murmura-t-elle, rêveuse.

Il la prit dans ses bras et, respirant son parfum, il la fit danser parmi les étoiles.

FIN

DANS LA COLLECTION « GRAND FORMAT »

SANDRA BROWN
Le cœur de l'autre

CLIVE CUSSLER
Atlantide
Bouddha
Glace de feu
L'or bleu
L'or des Incas
Odyssée
Onde de choc
Raz de marée
Serpent
Walhalla

MARGARET CUTHBERT
Extrêmes urgences

LINDA DAVIES
Dans la fournaise
L'initiée
Les miroirs sauvages
Sauvage

ALAN DERSHOWITZ
Le démon de l'avocat

JANET EVANOVICH
Deux fois n'est pas coutume
La prime

JOHN FARROW
La ville de glace
Le lac de glace

GIUSEPPE GENNA
Au nom d'Ismaël
La peau du dragon

GINI HARTZMARK
A l'article de la mort
Crimes au labo
Mauvaise passe
Le prédateur
La sale affaire
La suspecte

PAUL KEMPRECOS
Blues à Cap Cod
Le meurtre du Mayflower

ROBERT LUDLUM
La trahison Prométhée
Le code Altman
Le complot des Matarèse
Objectif Paris
Opération Hadès
La directive Janson
Le pacte Cassandre
Le protocole Sigma

GAYLE LYNDS
La Spirale
Mascarade

STEVE MARTINI
Irréfutable
L'avocat
Le jury
La liste
L'accusation
Pas de pitié pour le juge
Principal témoin
Réaction en chaîne
Trouble influence

CHARLES MC CARRY
Old boys

PETER MOORE SMITH
Les écorchés
Los Angeles

DAVID MORRELL
Démenti formel
Disparition fatale
Double image
In extremis
Le contrat Sienna
Le Protecteur

PERRI O'SHAUGHNESSY
Amnésie fatale
Entrave à la justice
Intentions de nuire
Intimes convictions
Le prix de la rupture

MICHAEL PALMER
De mort naturelle
Fatal
Le patient
Situation critique
Traitement spécial
Un remède miracle

JOHN RAMSEY MILLER
La dernière famille

LISA SCOTTOLINE
La bluffeuse
Dans l'ombre de Mary
Dernier recours
Erreur sur la personne
Justice expéditive
Rien à perdre

SIDNEY SHELDON
Crimes en direct
Matin, midi et soir
Racontez-moi vos rêves
Rien n'est éternel
Un plan infaillible

MARK SINNETT
La frontière

KARIN SLAUGHTER
À froid
Au fil du rasoir
Mort aveugle

Cet ouvrage a été imprimé par

FIRMIN DIDOT

GROUPE CPI

Mesnil-sur-l'Estrée

pour le compte des Éditions Grasset
en mai 2006

Imprimé en France

Dépôt légal : mai 2006
N° d'édition : 14401 – N° d'impression : 79720
ISBN : 2-246-66221-4